Oresteia
奧瑞斯泰亞

阿格門儂・奠酒人・和善女神

［逐行注釋全譯本］

埃斯庫羅斯 著／呂健忠 譯注

我看到在那光源的深處
宇宙間四散飄零的飛頁
　　由於愛而裝釘成一本書。

　　　　　　　──但丁《神曲・天堂篇》33.85-87

目次

引言

希臘悲劇中的神曲

希臘人在公元前1600-1100所建立的青銅文明，史稱邁錫尼文明，因為希臘南部的邁錫尼城體現了那個文明最高的成就。邁錫尼人在地中海廣建殖民城市，遍及塞普路斯、克里特、希臘北部和西西里；他們的活動為後代的希臘人提供了大量的英雄事蹟，因此又有英雄時代之稱。希臘英雄時代的英雄偉業在公元前1250年的特洛伊戰爭臻於高峰。可是，邁錫尼人鏖戰十年固然獲得最後的勝利，卻擺脫不了盛極必衰的歷史鐵律。戰後沒多久，多里安人（Dorians）南侵，邁錫尼文明崩潰，文字失傳，愛琴世界陷入長達四百年的黑暗時代。

在這上古希臘黑暗時代的末年，愛琴海東北岸出現了不世出的吟詩人荷馬，他取材於四百年來口傳的英雄故事詩，細織密縫編組成兩部格局恢宏而氣勢磅礡的史詩，就是歌詠特洛伊戰場英烈的《伊里亞德》和唱頌戰後英雄返鄉奇聞的《奧德賽》。由於時間的距離，歷史經過傳說的洗禮，發展成神話。荷馬史詩透露的就是黑暗時代末年對於英雄神話的歷史記憶。約當同時，愛琴世界恢復社會秩序，海上貿易重新開啟，順勢傳入希臘的腓尼基字母為希臘人提供了重建文明的契機。這個古希臘的新文明在公元前五世紀的雅典臻於高峰，史稱希臘文明的黃金盛世。

孕育西方現代文化的雅典黃金盛世以悲劇為主要的發聲管道。當時的悲劇詩人利用荷馬史詩所承傳的英雄故事作為思考的媒介，關照當代時局，從中體察人生的困局，進而領悟生命可以有更上一層樓的境界，發而為文成就了璀璨的瑰寶。

　　萬丈高樓平地起，雅典悲劇的前身是從公元前534年開始舉行，在酒神祭演出的酒神頌。從宗教歌舞表演的酒神頌發展成兼具美學價值與文學趣味的悲劇，論功表揚，埃斯庫羅斯（525?-456?）是第一人。他有七部作品傳世，其中《阿格門儂》、《奠酒人》和《和善女神》合稱《奧瑞斯泰亞》三聯劇，於公元前458年在雅典的酒神劇場演出。他在這生平壓軸之作描寫邁錫尼文明最強勢的統治者阿格門儂因征伐特洛伊而引起家變，家變衍為國變，政治的變局又蔓延到兩性戰爭的角力場，從而揭露性別政治的幽微。埃斯庫羅斯從英雄時代的傳說看出足以為殷鑑的微言大義，於是抽絲剝繭繼之以鋪陳，把一場恩怨情仇敷衍成戲劇史上無與倫比的悲劇神曲。

　　《奧瑞斯泰亞》是希臘悲劇中的《神曲》，本書的注釋將證明這個比喻絕非溢美。埃斯庫羅斯的一生見證了雅典在開創民主政體的過程中發展成文化搖籃的胸懷與視野，他的詩劇奠定了一個源遠流長的文學傳統，他引領的風騷濃縮了雅典叱吒一世的雄圖偉業，我們在那一番偉業看到了人類社會史上最根深柢固的衝突因子：雖然理性與感性共同譜出人性光輝的樂章，有創生之德的情愛卻難以擺脫人性中帶有毀滅傾向的怨恨。尤其讓人感動的是，他透過《奧瑞斯泰亞》指出，信心加上耐心所產生的樂觀情懷足以使功同造化的智慧發揮無窮的妙用。他詩心立命寄意所在，就是指引一條經營社會和諧的康莊大道——他的寄意和但丁沐浴在博愛慈光之下的慧見（《神曲・天堂篇》33.85-87）殊途同歸：

> 我看到在那光源的深處
> 宇宙間四散飄零的飛頁
> 　由於愛而裝釘成一本書。

　　《伊里亞德》描寫暴力對文明的威脅，《奧德賽》呈現情愛的可貴，《奧瑞斯泰亞》把這兩條線索結合為一，陳明戰後餘波必須化解。宣戰容易，終戰卻是大不易，所謂「善後」往往是一廂情願的說詞。公元前415年，也就是波希戰爭結束之後65年，距離雅典在伯羅奔尼撒戰爭（431-404 B.C.）向斯巴達投降還有11年，另一位悲劇詩人尤瑞匹底斯在描寫城破國亡情景的《特洛伊女人》95-97，藉海神波塞冬之口說道：

> 凡人真蠢，佔領城池還要劫掠搜刮，
> 連神廟聖地和墳墓安息地也不放過；
> 現在播種荒涼，日後將收割毀滅。

《舊約‧何西阿書》8:7也有類似的說法：「他們播下風，收割暴風。」說這話不需要真知灼見，只要具備起碼的見識就夠了，可嘆世人之蠢竟有至於歷古而長青者。埃斯庫羅斯當然明白箇中道理，可是他想像的眼界還有更深遠的意境：他不只是揭露人間地獄的景象，他也觀照心靈世界的煉獄，他更感興趣的則是在人間經營天堂榮耀的可能性。酒神劇場中宇宙三界的苦難、苦惱與榮耀就聚焦在奧瑞斯身上[1]。

劇情提要

　　《奧瑞斯泰亞》三聯劇以希臘聯軍攻陷特洛伊的火炬信號傳抵阿果斯揭開序幕（1-39）。奉王后克萊婷之命守候信號的家僕入宮覆命時，由阿果斯長老組成的歌隊來到王宮廣場，準備上早朝——他們在國王阿格門儂出征期間輔佐王后攝政（258-60）。他們想起王師遠征，雖然肯定那是替天行道的義舉（40-59），卻難掩心中的疑慮，因為希臘聯軍統帥阿格門儂為了使部隊順利出發，竟然殺自己的女兒祭神（183-245）。

---

[1]　奧瑞斯的譜系：

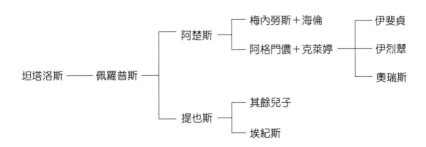

阿楚斯家族

　　往事儘管不堪，歌隊聽到王后宣佈捷報，心頭的愁雲頓然消散（插戲一）。他們載歌載舞稱頌天理昭彰（355-66），同時回憶戰爭的起因：都是婚外情惹的禍。特洛伊王子帕瑞斯在斯巴達作客，竟然拐走女主人海倫（403-25）。阿格門儂為了替弟弟梅內勞斯討回公道，號召希臘各城邦共組聯軍遠征特洛伊。然而，收容姦夫淫婦的特洛伊固然得到現世報（367-402），希臘全境卻也是遍地哀戚，因為一將功成萬骨枯（427-474）。愁雲再度籠心頭；女人心，無常性，戰爭獲勝的消息不就是女人說的，豈能輕易相信（475-87）！

　　說時遲，那時快，阿果斯大軍的傳令趕在阿格門儂之前返抵王宮，不由得眾長老不信克萊婷消息靈通（插戲二）。緊接著是馬拉戰車載阿格門儂本人和戰利品風風光光上場。克萊婷創下先例，擺出紅毯迎賓的場面，鼓簧舌慫恿夫君接受有違常情的歡迎儀式（905-13）。阿格門儂知道踐踏家財之事不可為，堅拒不從（914-30）。夫妻一場唇槍舌劍（931-43），阿格門儂因為虛榮心作祟而敗陣（944-50）。他跨下戰車，踩上紫紅毯，踏進家門（956-57）。眾長老察覺氣氛詭異，唱詩發抒焦慮（975-1033）。

　　阿格門儂的戰利品包括特洛伊公主卡珊卓（951-55）。她不理會克萊婷要她進宮參與家祭的命令（1034-68），卻在克萊婷離開之後，因看到阿波羅像而神靈附身（1072-87），源源唱出阿楚斯家族的過去和當前王宮裡面正在進行的陰謀，預言阿格門儂和自己雙雙難逃一死以及《奠酒人》將會發生的奧瑞斯報仇事件（1090-294）。不受人指使的卡珊卓預言完畢，坦蕩蕩走進她口中的鬼門關（1295-330）。

　　卡珊卓入宮，歌隊有感於她的預言，擔心孽緣禍根難善了（1031-41）。果不其然，宮中隨即傳出阿格門儂被殺的叫喊聲（1042-44），卡珊卓的預言當場應驗。眾長老七嘴八舌聲中（1346-71），克萊婷出來宣佈國王的死訊，宣稱自己是為了替十年前被獻為祭牲的女兒伊斐貞復仇（1372-98）。以情夫埃紀斯為靠山（1435-37），她的氣勢有效壓制眾長老威脅的口吻與氣焰，她的自我辯解則使得他們啞口無言。

　　埃紀斯接著出場，證實卡珊卓所說阿楚斯家族的詛咒。按他自己的說法（1577-1611），他的父親提也斯和他的伯父阿楚斯有王位之爭，遭到放逐。事後，阿楚斯計騙提也斯回來，暗中殺害提也斯的兩個兒子，以人肉招待

他。僥倖逃過劫難的埃紀斯和克萊婷有共同的仇人，於是攜手共謀，趁阿格門儂出征期間策劃復仇之計，交由克萊婷執行。埃紀斯沒說出來的家醜是提也斯和嫂嫂的奸情。

聽完埃紀斯這個「男人婆」（1625）的說詞，眾長老義憤填膺。眼看衝突一觸即發（1612-53），能伸能屈、剛柔並濟的克萊婷又一次擺平對她的敬意難掩性別成見的眾長老（1654-73）。埃紀斯和克萊婷相偕入宮，長老們悻悻離去。《阿格門儂》結束，《奠酒人》緊接著上演。

克萊婷和埃紀斯共同治理阿果斯之後第八年，阿格門儂的獨子奧瑞斯返鄉祭拜父墳（1-9）。他從小寄養在朋友家，沒能參加父親的葬禮，如今在阿波羅主使下，由摯友皮拉代斯陪同回來報父仇（270-96）。他在祭拜時，正巧他的姊姊伊烈翠奉母命，帶領侍女到阿格門儂墳上奠酒安魂（10-164），因為克萊婷夢見自己生下一條蛇，還親自哺乳，可是這條蛇吸出來的乳汁帶有血塊（514-550）。姊弟相認之後，伊烈翠和歌隊都有心促成奧瑞斯報殺父之仇的義舉（166-268）。

計謀已定（554-84），奧瑞斯和皮拉代斯打扮成旅客的模樣，向克萊婷假稱是專程前來報知奧瑞斯的死訊，受到王后熱誠的款待（652-718）。當時正巧埃紀斯不在宮內，克萊婷遣奧瑞斯的老奶媽基莉莎去通知埃紀斯由貼身侍衛陪同回宮。歌隊說服奶媽更改口信，要埃紀斯隻身回來（734-82）。

埃紀斯一進宮門隨即遇害（869），接著克萊婷也被殺（892-930），卡珊卓的預言再度應驗。奧瑞斯完成了復仇的計劃，當眾展示多年前他父親被殺身亡時裹在身上的血袍，宣稱自己所作所為合乎義理（972-1006）。可是，仇雖然報了，他卻出現精神錯亂的徵兆（1021-33）：他宣稱復仇女神對他糾纏不捨，失魂落魄奔離阿果斯（1048-62）。

奧瑞斯倉皇逃到德爾菲的阿波羅神殿，祈求保護。可是復仇女神並不善罷甘休。《和善女神》的開場戲就是在阿波羅神殿。在內殿，阿波羅已為奧瑞斯舉行過淨化儀式（39-45），並且憑法力鎮攝復仇女神的騰騰殺氣（46-59）。阿波羅雖然保證奧瑞斯的性命無虞，卻無法一勞永逸化解他心靈上的苦惱，於是建議他前往雅典求助於智慧女神雅典娜（64-84）。奧瑞斯在阿波羅護衛下來到雅典，復仇女神也在克萊婷亡魂激勵之下步步追蹤兇手的血跡（94-396）。

　　一逃一追，雙雙來到雅典衛城。雅典娜聽取雙方的說詞，深知茲事體
大，非創設一套可久可長的新制度（681-710）不足以解決舊社會遺留下
來的困境（插戲二）。她設立法庭，精選雅典公民代表組成陪審團（566-
73）。在法庭上，復仇女神和阿波羅分別擔任原告克萊婷和被告奧瑞斯的辯
護（576-673）。一陣攻防之後，由於雅典娜關鍵的一票，奧瑞斯獲判無罪
（752-53）。復仇女神心有不甘，威脅要把怨恨發洩在雅典，雅典娜充份發
揮辯舌長才的力量，並允諾責成雅典人在城內建廟恭迎她們離開幽冥世界，
終於說服復仇女神以祝福取代詛咒（778-1002）。復仇女神由怨靈蛻變為福
神，從此改稱和善女神。妥協引出海闊天空，在雅典娜率領的火炬隊伍護駕
之下，和善女神搬進她們在雅典的新家（1003-47）。

神曲要義

　　從《阿格門儂》在無邊的夜色中冒出信號光點，到《和善女神》火炬
的行列交織成光明燦爛的壯麗景象，奧瑞斯彳亍其間。守夜人的開場戲已經
顯示，埃斯庫羅斯筆下的阿果斯，有如索福克里斯的底比斯和莎士比亞的丹
麥，是個生病了的世界，其中國王的生死、家庭的盛衰、社會榮枯的與國家
的興亡息息相關，亟待良醫整治。不同的是，莎士比亞的世界病在人心，索
福克里斯的世界病在人智，埃斯庫羅斯的世界病在社會。我們冀望透過心理
的重整和智慧的開發可以有效解決社會問題，可是奧瑞斯這一位上古希臘的
復仇王子所面臨的社會問題涉及性別的本質與神學義理的爭辯。

　　且從性別的本質說起。《奧瑞斯泰亞》呈現性別嚴明的時代由於陰陽
混淆而引發的一連串後果。克萊婷是神話世界的女強人，埃紀斯的性別取向
跟她有互補之功，兩人組成絕配，把統領千艘軍艦的阿格門儂玩弄於股掌之
間。可是，他們再怎麼絕配也是奧瑞斯的手下敗將——奧瑞斯接受並且執行
阿波羅的格殺令，阿波羅則扮演父系天神的代理角色。對比之下，身為女俘
虜的卡珊卓死得最有尊嚴。而且，透過卡珊卓的洞見，我們看到兩性之間剪
不斷理還亂的關係貫串過去、現在與未來三世，舉凡構成家庭的兩性關係，
包括弟嫂、父女與母子與人神，無不牽扯在內。不獨此也，埃斯庫羅斯還進
一步呈現兩性關係的原型，指出性別衝突源遠流長，早在人類社會從母神信

仰過渡到父神信仰——用我們熟悉說法是從母系社會過渡到父權社會——就種下的禍根。要剷除禍根,只有亦男亦女的智慧神雅典娜有這個能耐——用當今的措詞就是,只有揚棄男女有別的性別成見,才有和諧可言。

人走到山窮水盡求助於神,這是神話。可如今我們看到的是,智慧神也有難以盡情施展之處,於是回頭找人,不是找某個人——憑個人的大能大德解決問題的是英雄,可是公元前五世紀的雅典離英雄時代已遠——而是求助於公民的集體智慧。民主的要義盡在其中!揆諸埃斯庫羅斯創作的時代背景,探討正義的本質無疑是《奧瑞斯泰亞》的一大旨趣。《和善女神》透過傳說中的天神與地祇的一場大會戰(見3: 296n)[2]呈現正義觀的演化,《奠酒人》把新時代與舊時代在宗教信仰/社會制度/倫理道德的衝突凝聚在正義神(父系奧林帕斯天神族)與復仇神(母系地祇族)的衝突,《阿格門儂》則把正義與復仇的衝突聚焦在855-974這一場男女主角的對手戲,特別是931以後,Oliver Taplin(308)稱其為「最偉大的希臘悲劇中的關鍵戲」:

> 阿格門儂得意洋洋凱旋歸來,這樣的神情姿態一直維持到855他和克萊婷面對面打交道才改觀。隨後兩人爭辯他該如何進宮,爭辯出之以戰爭勝負的措詞(見940-43, 956)。後來卡珊卓看待這場戲就是說「自以為轉敗為勝」(1237)。克萊婷在1374-78說到自己對付阿格門儂的整個陰謀也是用這樣的措詞。征服特洛伊的阿格門儂被克萊婷征服了。埃斯庫羅斯的劇場神來之筆就表現在把戰場轉化為肉眼可見的空間形式,具體呈現在觀眾眼前:王宮門檻和鋪在宮門前的紫紅布料。阿格門儂被俘虜了,被套上軛,卻不是被逼的。他說到卡珊卓(953)「沒有人情願套上奴隸的軛」:可是就在那一瞬間,他竟然自己這麼做。正如同戰場是軟性又奢華的,克萊婷征戰所用的武器不是金屬製品,而是話語言詞,是 $\pi\epsilon\iota\theta\acute{\omega}$〔說服,即說之以理使人動心〕——這是制伏特洛伊那一股的勢力(385-402),這一股勢力將

---

[2] 《奧瑞斯泰亞》三聯劇由《阿格門儂》、《奠酒人》和《和善女神》組成,引原文標示行碼如有混淆齟齬之虞時,另依次注明於行碼之前,行碼之後的n表示該行注釋。因此,"3: 296n" 即第三齣戲《和善女神》296行注。

會協助奧瑞斯（2: 726-29），最後還將迫使興怨的復仇女神脫胎換骨
成為賜福的和善女神。克萊婷的戰鬥將以謀殺獲得實質上的勝利，轉
捩點正如卡珊卓說的，就在這一場戲。（Taplin 312-13）

　　就是在這一場關鍵戲，丈夫狐疑的眼神引來妻子語氣詭異的辯解（877-
81），就在闊別十年的夫妻神情交鋒的那一瞬間，奧瑞斯注定了要一肩擔負
整個家族的苦難，而那個家族的苦難則是社會制度衍生的一場悲劇！「奧瑞
斯泰亞」這個標題表明這一部三聯劇是在褒揚奧瑞斯的英雄情操：他一人的
苦難催生了一個新制度，從此司法審判的公義觀取代冤冤相報的復仇律。奧
瑞斯是天降大任的原型英雄，他隻身承受代表舊社會的復仇女神的折磨，還
得忍受良心的煎熬。可是他熬過來了。就在他個人的運途柳暗花明的那一瞬
間，我們赫然發覺匹夫之勇云云、血性漢子云云、率性云云，俱往矣！
　　一切皆由戰爭起，在特洛伊爆發的這第一場歐亞大戰的起因卻眾說紛
紜，大致上離不開國族利益的衝突或海倫的因素。只就性別政治來看，海倫
引發戰爭有兩種說法。女性的觀點可以舉莎芙抒情詩為代表：

黑土地所見誰最美？
有人說是騎兵的行列，
有人說步卒，有人說船隊，
我說是所愛的人。

把這道理說明白
並不難：海倫貌美
世間沒人比得上，她
拋棄尊貴的丈夫
渡海奔向特洛伊。

她對孩子和親愛的父母
並不懷念，只因為愛情女神
第一眼就贏得她的心。

新婚少婦本多情，
悸動的心輕易可說服，
就像我現在想起Anactoria，
她不在我身邊。

我情願看她可愛的步態
和煥發的容光更甚於
呂底亞戰車馳赴沙場
壯盛的軍威。

像這樣，連情慾問題也敢於伸張自主意識的女人，是不可能得到傳統父權社會認可的。身為王后怎麼可能拋夫棄子離鄉叛國？不可能——海倫一定是被拐跑的！

　　按阿果斯長老的說法，她是被「偷走」的（401）。他們「怨海倫瘋心病」（1455）可信是情急之下感情用事的說詞，要瞭解他們對戰爭起因的看法，得把進場詩中39-59歌詠王師替天行道之義舉和對阿格門儂的歡迎詞中799-804非議戰爭「名雖正卻言不順」擺在一起看。一群男人為了奪回海倫而大動干戈，這事關男人的榮譽；罪魁禍首是帕瑞斯，因為他違背主客有道的禮節。「懲惡匡邪」（59）固然名正，「為了海倫」（800）卻難謂言順。眾長老的矛盾心理就反映在「征伐帕瑞斯，／為水性楊花一女人」（61-62）這句唱詞。有別於埃斯庫羅斯在整個三聯劇中多次使用矛盾修辭表達人生的矛盾現象，前引的一句矛盾唱詞傳達的是性別成見蒙蔽了道德認知。**「水性楊花」**的原文πολυάνορος[3]，字義是「一妻多夫」（詳見1: 62n），歌隊看似客觀陳述事實，其實透露強烈的性別偏見與嚴厲的道德批判。說是性別偏見，因為海倫只是被強勢的男人搶來搶去，挾持脅迫又強迫性交的

---

[3]　在本書的譯注，黑體一律表示引劇本原文，包括埃斯庫羅斯的希臘文原作與筆者的中譯原文。拉丁化的拼法則以斜體表示。如3: 202n有這樣的句子「宙斯則以賓主神（Zeus Xenios）的身分保護**外地人**（ξένον = xenos），括號中的四個字，依次是英文、希臘文拉丁拼法、引希臘原文、希臘原文的拉丁拼法」。

那些男人竟然不受任何譴責[4]！說是道德批判，因為那個希臘字傳達了父系社會單偶婚制對於兩性情慾採取的雙重標準，正如Richmond Lattimore英譯（**promiscuous**）和筆者中譯透過翻譯詮釋試圖表明的。

埃斯庫羅斯不著痕跡透露父系觀點的性別盲點，見識過人。他的想像力甚至穿透海倫渡海而去所揚起的水霧浪花，掃瞄到活靈活現的幢幢人影具有超越時空的意義。他洞察所及的超現實意義，即使只是摘述劇情也不難意會。可是，交代劇情容易，美學觀念的扞格難跨越。對雅典悲劇的體製稍作說明，應該有助於讀者跨越那一個鴻溝。

希臘悲劇的體製

希臘悲劇的制式結構包括開場戲、歌隊合唱曲、插戲和收場戲四大部份。開場戲指歌隊出場以前的戲，插戲指在兩首完整的歌隊合唱曲中間穿插演員作科說白的橋段，收場戲指沒有後續的歌隊合唱曲的戲。歌隊合唱曲包括進場詩和定位唱曲，依例有雙管笛伴奏。進場詩是歌隊進場時吟誦的詩歌，通常為行進曲調；簡稱唱曲的定位唱曲則是歌隊進入歌隊表演區定位之後所唱。有的悲劇在以說白為主的插戲當中間雜抒情應答。抒情應答是帶有抒情韻味的對話，使用的體裁可以含括說白、演員獨唱和歌隊合唱。

就表演形態而論，希臘悲劇屬於戲曲。戲得要有戲文，包括台詞與唱詞，這是文學的成分；曲得要有唱腔和伴奏，這是音樂的成分。唱曲主要用於抒情。抒情唱曲的歌詞即是抒情詩。抒情詩格律繁複，通常具備對稱結構，即對偶詩節。每一個對偶詩節包含格律相同而唱詞不同的兩個詩節，歌隊在演唱時隊形舞步朝相反的方向移動，分別稱作正旋詩節與反旋詩節，其美學效果類似中文的對聯[5]。有時候在對偶詩節之後加上一個獨立的終結詩節，或在一組對偶詩節中間加入一個獨立的中插詩節，因而形成的三段式結

---

[4] 在「同居」、「婚外情」之類的名稱尚未發明的上古社會，異性之間的性關係只能以「婚姻」描述。《阿格門儂》以「婚姻」描述海倫和帕瑞斯的關係，即是此意。

[5] 詩的格律是翻譯的禁地，根本無從譯起。在筆者的這個譯本，對偶詩節透過各行相同的中文字數和各詩節相同的排列方式表明其對稱的結構

構稱為三聯詩節。另有一些唱段並不是以對偶詩節的形態呈現，叫做非對偶結構（astrophic）。另外又有重複出現的詩節，稱作複唱詞。

　　希臘悲劇的聲腔，按格律之不同以及伴奏和舞蹈之有無，可分為說白、歌唱與吟誦三種，依次與京劇的白、唱、唸相類。說白用於對話，是演員用來交代劇情的台詞，雖然沒有伴奏，但是詩的格律注定了聲腔與肢體動作在某種程度上和京劇一樣「無聲不歌，無動不舞」──按J. Michael Walton（60-67）的描述，希臘悲劇中的舞蹈很可能類似中國傳統戲曲的身段。歌唱是悲劇中最富抒情韻味的聲腔，不論其為歌隊的合唱或演員的獨唱；行進曲調的吟誦則介於說白與歌唱之間。說白、吟誦和唱曲又可以彼此搭配成種種不同的組合，統稱為前文提到的抒情應答。悲劇中的抒情曲調可以有下列的實效：把觀眾從劇情的現實世界引向比較抽象而且不受時間制約的抒情網絡與意境。

　　演員的說白有一種特殊的體裁稱為穿針對白，主要用於演員彼此針鋒相對的時機。相對於展現辯論術之威力的穿針對白，個別演員的長篇道白則反映演說術的影響，兩者都是從史詩的宏論詞一脈相承而來。如果把悲劇的文學要素從純粹說理到純粹抒情列為一道光譜，那麼與穿針對白分佔光譜另一端的就是悲歌對唱。在對話中攙雜曲調的抒情應答有兩個最主要的功能：一方面藉抒情對比說理，二方面藉嚴謹的格律襯托失控的情感。埃斯庫羅斯的穿針對白和抒情應答可能反映悲劇起源的某些儀式特徵，不過他用來傳達劇中人熾烈的情感卻具有特殊的修辭效果。以上所述各種體裁的具體作用，譯注都會俟機說明。相關的術語及其定義，請見書末〈術語漢英對照暨索引〉。

　　大而化之地說，尼采在《悲劇的誕生》書中拈出阿波羅精神和酒神（戴奧尼索斯）精神，就是基於說理語言和抒情語言的二元區分，分別對應於傳統上的理智與情感，穿針對白和悲歌對唱則是這兩種語言區分和這兩種人性成分的極端表現。不論說理或抒情，詩的格律在相當的程度上決定了希臘悲劇獨樹一幟的寫意造境。

　　埃斯庫斯悲劇的一大特色是，藉視覺意象營造「詩中有畫，畫中有詩」的意境，同時藉唱曲充分揉合敘事與抒情，兩者水乳交融。他的意象「能蘊貯強烈的情感經驗，藉重出與變異豐富文義格局，拓展事件與人物的關係，使其進境於抽象的意義」（Rehm 47）。這樣的特色使得《奧瑞斯泰亞》絲

毫不愧於「悲劇神曲」的美名。只舉一例來說，阿格門儂以天羅地網之勢征服特洛伊，卻在自己家中的澡盆陷入克萊婷和埃紀斯設計的羅網，接著設計陷阱殺害阿格門儂的人也陷入奧瑞斯的羅網陷阱，最後奧瑞斯本人也逃不過復仇女神的獵捕。這個獵網的意象又和前文所提火光的意象在《和善女神》的結尾共同譜出光彩奪目的火網，此一特色在譯註會有詳細的說明。

　　由於「敘事不忘抒情，抒情不忘敘事」，埃斯庫羅斯的悲劇能夠同時展現史詩和抒情詩的格調與境界。史詩描述集體記憶中英雄的境遇，抒情詩以個人的觀感表達內心的經驗，希臘悲劇藉他人的經驗（即史詩的素材）呈現個人觀照所得的生命情態。就像埃斯庫羅斯從七百年前的傳說體悟公元前五世紀雅典文化的精髓，我們只要細心品味，必然能夠從兩千五百年前的詩劇體會足與當代經驗互相共鳴的生命韻律。

奧瑞斯泰亞

阿格門儂

'Αγαμέμνων

（**Agamemnon**）

《阿格門儂》譯注

劇中人：中文音譯超過四個字的，採用截尾譯法，「克萊婷」和「埃紀斯」都是如此，既精簡又便於掌握詩的節奏。

　　雅典酒神祭演出悲劇時，每一位劇作家頂多只能獲得三個演員名額的公款補助，沒有台詞的龍套角色不在此限。有台詞的劇中人往往不只三個，所以有人得要兼飾多個角色。在本劇，戲份最重的克萊婷由一名演員獨挑大樑，阿格門儂和埃紀斯由第二名演員擔綱，第三名演員則飾演守夜人、傳令和卡珊卓。由於演員全為男性，男扮女裝勢不可免，因而有戴面具的劇場成規。演員戴上了面具，也把他所扮演的角色客觀化、具體化，這使得劇作家呈現人物得以秉持社會與類型角色的觀點，進而賦予超越特定時空的意義。Rush Rehm（**41**）說：「希臘戲劇的一大發現在於，觀眾的想像力是劇場最大的資源。旁觀者設想固定形相的悲劇人物陷入急遽變化的處境時，戴面具表演的成規在這個節骨眼使那種想像力發揮了大功效。」

歌隊：成員為十二人之說，見**1348n**。

貼身侍衛：見**1650n**。

吹笛手：希臘悲劇在分類上屬於戲曲，不是話劇。其劇本以詩寫成，按格律之不同可分為說白（對話）、吟誦（行進曲調）與唱腔（抒情詩，又分演員獨唱與歌隊合唱）三種體裁。吟誦體和唱腔體都由吹笛手伴奏，抒情詩伴有舞蹈。古希臘的笛子有兩種形制，一種是類似排蕭的牧羊笛（syrinx），另一種是從吹孔分出兩根直管的雙管笛（aulos）。參見**3: 567**「吹號」。

時間：傳統上學界普遍將本劇開場的時間背景設定為「火炬在遠方出現時正逢破曉」，乃是基於這樣的假定：演完一齣希臘悲劇需要兩個半鐘頭，雅典酒神祭一口氣要演三齣希臘悲劇外加一齣羊人劇，伯羅奔尼撒戰爭期間在演完羊人劇之後還得接著演一齣喜劇，而這一切都得在天黑以前結束，因此勢必要從破曉時分就開演。Rehm（**p.154, n.18**）提出質疑：一萬兩千名觀眾摸黑上劇院，可能嗎？更何況篇幅像《阿格門儂》這麼長（**1673**行；《奠酒人》與《和善女神》分別只有**1076**和**1047**行）的希臘悲劇，大約**110**分鐘就可以演完。他的疑問切合實際；他估計的演出時間相當合理，如同樣兼具學術與實務背景的Peter Arnott（**59**）說：「大多數〔希臘〕悲劇可以在一個半鐘頭多一點的時間從容演完，羊人劇不超過**50**分鐘，喜劇將近兩個小時。」然而，不論實際情況如何，前述的假定「似乎是埃斯庫羅斯所嚮往的那種效果」（Walton **93-94**），而其劇場效果之強烈則無庸置疑。現代劇場搬演本劇，不論在室內或夜間在室外，都不難藉燈光創造黎明破曉的效果。講究場面的視覺效果正是埃斯庫羅斯悲劇的一大特色。

景：神像，見**519n**與**1081n**。

劇中人

守　望　人

克　萊　婷：阿格門儂之妻

傳　　　令

阿格門儂：阿果斯王，特洛伊戰爭中希臘聯軍統帥，希臘英雄時代勢力最
　　　　　大的君主

卡　珊　卓：特洛伊公主，阿格門儂的戰俘

埃　紀　斯：阿格門儂的堂弟，克萊婷的情夫

歌　　　隊：由十二名阿果斯長老組成，另有領隊克萊婷的**侍女**、阿格門儂
　　　　　的**侍從**與埃紀斯的**貼身侍衛**各若干名。

吹笛手一名。

時　　　間：特洛伊戰爭第十年近尾聲的一個夜晚，破曉在即。

地　　　點：阿果斯王宮前。

　　景　　：露天劇場。觀眾席呈馬蹄形扇狀展開，其前方的半圓形場地為
　　　　　歌隊表演區，中央有一祭台。歌隊表演區的後方為演員表演區，
　　　　　包括其外緣代表王宮正面的一座舞台建築，舞台以階梯銜接歌
　　　　　隊表演區。觀眾席兩端與舞台建築之間的通道為歌隊進場、退
　　　　　場的路徑。宙斯、阿波羅與赫梅斯的神像立於王宮門前。

1. 破題的詩行以**眾神……解除……苦勞**奠定《奧瑞斯泰亞》的感情基調與悲劇節奏，見**21n**。

3. **兒子**：原文為複數，這意味著阿格門儂和梅內勞斯兩兄弟住在一起、分享王位、共同統治阿果斯，這有違希臘人所瞭解的常理。傳統的說法是阿格門儂住在阿果斯（荷馬說是邁錫尼），梅內勞斯住在斯巴達。埃斯庫羅斯這一改變，顯而易見的戲劇效果是，使得阿格門儂為弟婦海倫興兵遠征特洛伊（**40-47**）一事出師有名，亦即合乎正義的原則，而正義的反諷正是本劇的一個主題。

6. **主宰**：古希臘人認為日月星辰掌控季節的變遷。

11. 不懷好意首度提到克萊婷；明確提到她的名字得等到**84**。在守夜人的心目中，這個「她」並沒有主體可言，只不過是阿格門儂的太太（**26**），而且是兩種性別湊合出來的怪胎。亞里斯多德說：「物體的部分，即身體，來自女性，靈魂來自男性，因為靈魂是特定身體的本質」（Zeitlin 1978: 66引）。對諸如此類的性別觀念的思辨允為整部《奧瑞斯泰亞》三聯劇最吸引女性主義與社會文化論者的一個面向。然而，克萊婷雖然具備**男人心**，卻無法掌握兵權。此一歷史事實有助於我們解讀她開口閉口充斥性意味的台詞與意象（見**1446-47n**），也有助於我們理解她和埃紀斯的共同利害關係，其重點不在性，而是在於權力。埃斯庫羅斯先在**10**行尾用κρατεῖ描述克萊婷掌有發號施令的權力（所以能下達命令，該希臘字也指一國之主〔如**258**〕，也可以兼指一家與一國之主，如**943贏**〔＝掌權〕和**1673當家做主**），緊接著用γυναικὸς ἀνδρόβουλον（「女人的男性心智／心思」）這樣的矛盾修辭表明她雌雄混雜「**不男不女**」的特徵。守夜人指出克萊婷身心不協調的特徵，也揭開了整個三部曲中兩性戰爭的主題。Winnington-Ingram（**87**）根據文體分析辯稱，克萊婷「恨阿格門儂，不只是因為他殺了她的孩子，不是因為她愛埃紀斯，而是出於嫉妒，不是嫉妒柯萊襄（見**1439n**）或卡珊卓，而是嫉妒阿格門儂本人和他身為男人的地位」；Zeitlin（**1978: 48**）從母系神話著眼，認為《奧瑞斯泰亞》反映「瀰漫於希臘思想的憎恨女人的傳統」；Herington則分析文本結構，申論劇中的兩性衝突乃是宇宙陰陽相剋的一環，亦即男vs.女＝父權vs.母權＝天vs.地＝光明vs.黑暗＝改革vs.保守＝自由vs.反動。

17. 首度出現醫療意象。

21. 火炬帶來希望與光明，即時**解除**守夜人的**苦勞**（**1**）。與此相對的是**長年的值夜**（**2**），即帶給人憂慮與恐懼的**無邊的黑暗**。只就劇情而言，光與暗這兩個意象辯證的過程如下：守夜人盼望火光劃破長夜（**21**），先後引出歌隊寄望旭日（**254**）**揭曉**（**252**）真相與克萊婷安排**光焰飛書衝破黑夜**（**588**），接著傳的**曙光…奇蹟**（**658-61**）帶出阿格門儂返抵阿果斯（插戲三），然而跟隨阿格門儂從特洛伊回來的卻是**旭日……引出更大的痛苦**（**1180-82**）。辯證的初步結果是，埃紀斯在**1577**把**光明**和**正義**（**報應**＝伸張正義）結合時，一方面預告更漫長的黑夜的開端，即暴政統治，另一方面卻暗示奧瑞斯將在《奠酒人》回來伸張正義。其終極結果則是《和善女神》煞尾雅典婦女的火炬迎神儀式，迎接已蛻變成和善女神的復仇女神。這部三聯劇以守夜人呼告**眾神**破題，他的禱告終於成真，也是一種「願望的實現」。他在**11**對於克萊婷的速描奠定了兩性戰爭的主題，**20-21**則以「火光穿透長夜」譜出主題意象。

22. 可以描述越來越近的火炬，也可以適用於日出，也可以引申為回應**1**的心理反應。

27. **爬起來**：希臘原文通常用於日月星辰的升起（Lloyd-Jones行注）。由於**6**用了「主宰」這樣的字眼，本行或許暗示克萊婷政治權力之竄升。

〔守夜人趴在王宮屋頂，視線深入夜色。〕

〔**開場戲**〕

守望人　　天界眾神啊，解除我的苦勞吧，

　　　　　長年的值夜，兩手托著下巴，

　　　　　縮在阿楚斯兒子的屋頂，像條狗。

　　　　　看夜空陣式壯觀的星辰

　　　　　帶給人間冬寒與夏暑，　　　　　　　　　　　5

　　　　　閃閃發亮的主宰耀眼天際，

　　　　　星辰起起落落我瞭若指掌。

　　　　　　我在守候火炬的信號，

　　　　　守候火光傳回特洛伊城破

　　　　　國亡的消息。我是奉命行事——　　　　　　10

　　　　　她女人身男人心，躊躇滿志。

　　　　　屋宇為床露水侵，我思緒漂泊，

　　　　　不曾有好夢來探望，

　　　　　因為恐懼挨在身邊取代了睡眠，

　　　　　我闔不了眼，睡不著覺。　　　　　　　　　15

　　　　　有時候想哼個調或唱首歌

　　　　　當作安眠藥治療瞌睡病，

　　　　　卻引出淚水，悲嘆這家族不幸，

　　　　　以前井然有序，現在今非昔比。

　　　　　只盼望我有幸解除苦差事，　　　　　　　　20

　　　　　就等火焰捎來福音劃破無邊的黑暗。

　　　　　　　　　　　　〔起身凝目遠眺，看到光點愈來愈亮。〕

　　　　　啊！火光破曉，夜盡天明，

　　　　　照亮阿果斯大街小巷，

　　　　　帶來歌舞歡騰頌吉慶。

　　　　　嗷呵！嗷呵！　　　　　　　　　　　　　25

　　　　　　我去報告阿格門儂夫人，信號來嘍！

　　　　　催她趕緊爬起來，快來歡呼，

30. **特洛伊**：原文稱Ιλίου（伊利翁），又名Ilios，指Ilus所建立的城砦，中譯統一使用一般讀者所熟悉的「特洛伊」（＝特羅斯〔Tros〕之地）。

33. **六六大順**：本義「三個六點」，喻象取自古希臘一種棋戲，擲三枚骰子以決定棋步。

34-35. 阿格門儂的舊屬依然對他依然忠心耿耿，對克萊婷卻不然，此一君民關係強化了克萊婷孤立的處境，其戲劇功能在阿格門儂被殺後表露無遺。

36-37. **巨牛壓住我舌頭**：希臘俗語，猶言「啞巴吃黃蓮，有苦說不出」。這句俗語，連同隨後帶出的二行半台詞，涉及語言的功能：語言用來溝通和傳達事實乃是體現理性之為用，其最高境界具現於阿波羅的神喻，守夜人把這個功能給撐反，卻在言詞上呼應了《阿格門儂》的倒錯母題。埃斯庫羅斯雖然不是有意探討這個問題，卻多方面展現語言之為用的虛與實（參見Klein 125-44）。阿波羅集預言神、真理神與光明神於一身，偏偏他的神喻最費解，因而有「巧曲神」之稱（1074n）；卡珊卓是阿波羅的女祭司，偏偏她的洞見無法取信於人。克萊婷則是透過言詞反諷把語言的「誤用」發揮到極致。

40. 〔**拄拐杖**〕：見74。歌隊進場，一路唱進場詩（40-257），其序曲（40-103）使用的格律是行進曲調的短短長二步格，屬於吟誦體，調性介於說與唱之間。短短長二步格：兩個短音節之後接一個長音節構成一個音步，兩個音步合為一個韻律單位，相當於音樂的節拍，一行詩包含兩個這樣的拍子。此一格律的節奏通常和行進分不開，故稱行進曲調。
    十寒暑：特洛伊戰爭打了十年，這是根據《伊里亞德》2.329卡爾卡斯的預言：「第十年我們將佔領街寬道廣的城市」。**公道**：希臘文的δίκη（dike）及其衍生字是這一部三聯劇的關鍵字眼，中譯雖然在不同的文義格局有不一樣的措詞，但基本概念總離不開「正義」、「公道」或「天理」之類的意思（見250n）。

41. **普瑞安**：特洛伊王，其子帕瑞斯奉使作客於梅內勞斯宮中，拐誘女主人海倫，是為特洛伊戰爭的導火線，事見60-62、399-426。**控訴**：歌隊合唱就使用法律措詞，遙遙呼應《和善女神》以司法審判解決窘態畢露的部落時代正義觀。以法律意象描述阿楚斯兩個兒子和普瑞安家族的關係，又見於534和813。

43. **昆仲王**：阿格門儂和梅內勞斯是兄弟，他們的父親是下一行提到的阿楚斯。**轡**：馬韁繩。**並轡**：兩匹馬共拉一車，因此分享共同的苦勞、榮耀與命運。首度出現馴獸意象（見217n），此一意象在本劇與農耕母題（如Robert Fagles在其英譯本所透露的）和命運母題息息相關。

45. 根據《伊里亞德》第二卷的艦隊點將錄，希臘聯軍出動1,186艘船。

49. **鷹**：原文為複數，宙斯的神鳥，故稱鳥王（113）。宙斯責成世人遵守主客之道，故稱為**賓主誼護持神**（60, 363）。他的聖名另有**至尊天神**（355, 509）和婚姻護持神（＝973**熟緣天尊**）。

50. 點出429-55將鋪陳的「青春夭折」母題。**家**：原文λεχέων可以兼指「巢」和「床」，前一義順著49的**蒼鷹**，後一義明顯影射411梅內勞斯的空床。**幼兒**：原文παίδων不用於指稱飛禽走獸，埃斯庫羅斯刻意一石兩鳥營造這樣的雙關義，指涉海倫被拐又影射伊斐貞被犧牲（231-35）。

53. **監護**：丈夫和父親分別是妻子和孩子的監護人。

好迎接她日夜盼望的火炬——
如果這信號火焰真的是
帶來特洛伊淪陷的消息。　　　　　　　　　　　30
我先要為自己見光起舞，
主人出手走運，我沾光，
一把火照得我六六大順。
　　希望這個家的主人平安回來，
我要緊緊握住他的手。　　　　　　　　　　　35
其餘的不必多說——有巨牛
壓住我舌頭。這個家要是開得了口，
事情自然說明白。我嘛，是說給
知情的人聽；對不知情的人，我健忘。

〔守夜人下。笛手引導歌隊拄拐杖吟進場詩上。〕

〔進場詩〕

歌隊〔吟〕　　　春去秋來十寒暑，討公道　　　〔行進曲〕40
　　　　　　　　控訴普瑞安：
　　　　　　　　梅內勞斯與阿格門儂
　　　　　　　　昆仲王並轡共榮辱，
　　　　　　　　阿楚斯兩公子
　　　　　　　　率阿果斯艦隊千艘　　　　　　　45
　　　　　　　　渡海遠征，
　　　　　　　　頻催戰鼓興義師。
　　　　　　　　討伐心切震青雲，
　　　　　　　　恰似蒼鷹悲鳴：
　　　　　　　　見家中幼兒遇劫，　　　　　　　50
　　　　　　　　高空盤旋去又來，
　　　　　　　　猛拍羽翼作船槳——
　　　　　　　　監護有深情
　　　　　　　　怎堪化烏有？

56. **阿波羅**：醫療神（146, 512, 1248），屠龍神（509），預言神（1074, 1202, 1255），道路神（1081, 1086），光明神（1257）。**潘恩**：山林與野生動物之神，也是牧羊神。或：不確定呼告哪一位神最恰當。

57. 回頭指涉**49蒼鷹**（＝天界僑客）悲鳴。**僑客**：寄居他鄉的人。

59. 「驅使復仇靈降天譴」，譯文使用倒裝句法，為的是保留原文把不吉祥的復仇靈擺在句末的掉尾結構。**復仇靈**：'Ερινύν，單數，但通常作複數稱為**復仇女神**（991），本義為死者的詛咒之擬人格（3: 416-17）。本中譯亦作**魔女**（464）、**怨靈**（749, 1190）、**復仇使者**（1119）。她們是黑夜的女兒（3: 321-22），在本三聯劇的結尾蛻變成賜福給雅典的和善女神，這才離開陰府而常住陽世。此所以復仇女神和黑夜意象有關。赫西俄德說，克羅諾斯（宙斯的父親）閹割烏拉諾斯（宙斯的祖父）所流的血被大地吸收之後生出復仇女神（*Theogony* 178-85，見拙作《情慾幽林》選譯），此一譜系正適合她們懲罰弒親者的職責。

60. 即奧德修斯說的宙斯「保護陌生人」（*Odyssey* 14.283-4）。帕瑞斯拐跑海倫，違背主客之道，因此宙斯要加以懲罰。但是，希臘的道德觀念雖然認為神會依自己的認定在必要時懲罰人，卻不認為神會感召人去懲罰別人，這在尤瑞匹底斯的《希波呂托斯》（*Hippolytus*）和《酒神女信徒》（*Bacchae*）兩劇的開場戲表達得很清楚。「所以，我們不該像阿格門儂那樣，把理由的正當性和征伐的必要性給攪混了」（Hogan注疏）。

61. **帕瑞斯**：原文'Αλεξανδρω（＝Alexander，「獲勝者」）因襲荷馬的稱呼，與Πάρις（＝Paris）通用，中譯統一作「帕瑞斯」。

62. **水性楊花**：「一妻多夫」。海倫嫁給梅內勞斯之前，曾被泰修斯劫走（Apollodorus 3.10.7），婚後又被帕瑞斯偷走（401），帕瑞斯死後被「賞」給小叔（帕瑞斯的弟弟）Deiphobus以表揚其戰功。在《奧德賽》4.274-76，梅內勞斯說她是「被天神帶去特洛伊」。從這些「事實」來判斷，說海淪水性楊花實在不公平。可是，即使在當今，女人失身，不論實情為何，總是女人自己的錯，甚至連男人的風流帳也要由女人埋單，更何況傳統的父權社會觀點從來不考慮女人個別的處境。因此，歌隊口中看似「客觀」的措詞，其實隱含道德批判。此所以Lattimore的英譯出現 "promiscuous"（雜交）這一個字眼。

64. 倒地不起。

65. **初祭**：προτελείοις（重出於720），引人聯想婚前獻祭，即226的**初祭**（προτέλεια）。特洛伊的滅亡被比喻為一場祭禮，祭禮必須獻出牲品；亡國獻祭犧牲無辜的勇士，婚前獻祭犧牲無辜的女兒。希臘文字首tele-用於表達朝特定目標的活動或過程，是劇中出現頻率最高的字根之一。Zeitlin撰文（1965）指出，在埃斯庫羅斯的字彙中，下列三個字息息相關：*teleia*（如226），表達「完成了的儀式」；形容詞*teleios*表達「完滿的犧牲、牲品」（如65, 806），或用於描述宙斯這位使萬事萬物尤其是儀式圓滿的神（如972-74）；名詞*telos*，表達「圓房、完婚、完成」（如745），及其表達導致出生或結束、毀滅的完整過程的相關動詞（如635、929與997）。

66. **攻守雙方**：「達那俄斯人（Danaans）與特洛伊人」。達那俄斯人：源自阿果斯王Danaos，狹義指阿果斯人，此處因襲荷馬以之代稱希臘人。

69. **燒牲**：古希臘人行燒化祭，燃燒以油脂裹覆的祭牲。**奠酒**：把酒澆在燒牲上。**69-70**主詞不明確，可以指違背主客之道的帕瑞斯、犧牲伊斐貞的阿格門儂或殺夫之前先行祭神的克萊婷。第一個解釋點出了特洛伊戰爭的導火線，第二個解釋為《奠酒人》預設伏筆，最後一個解釋直指本劇的素材，即克萊婷與埃紀斯復仇之事。歧義的癥結在於希臘文，一如中文，經

神明垂聖聽： 　　　　　　　　　55
阿波羅、潘恩或宙斯
聽天界僑客聲聲悽切透雲霄，
懲惡匡邪不嫌晚，
降天譴驅使復仇靈。
賓主誼有護持尊神：宙斯 　　　　60
差遣阿楚斯兩公子征伐帕瑞斯，
為水性楊花一女人，
搏鬥連連體力消，
塵土覆膝，
烽火初祭矛先斷 　　　　　　　　65
攻守雙方無差別。
　往事已矣，
未來由天定。
燒牲奠酒俱枉然，
無火祭品歸徒勞， 　　　　　　　70
結忿氣難消。
　我們一把老骨頭人人嫌，
當年已遭王師棄，
留守家園拄拐杖，
孱弱如稚童； 　　　　　　　　　75
青春有鬥志
曾經盪胸臆，
如今伴隨年華去，
戰神久疏離，
餘生付與三隻腳， 　　　　　　　80
光陰催老萎綠葉，
夢影獨留走陽間。
　克萊婷王后，
田達瑞斯的千金，

常在詩中省略主詞與代名詞。類似的例子如**418**行，無從確認是海倫、梅內勞斯或雕像的**眼神**；**1138**行，卡珊卓質問的對象可能是阿格門儂或阿波羅；**1460**的**血**可能是伊斐貞的、阿格門儂的或傷亡戰士的，也可能是他們全部的。

70. **無火祭品**：相對於有火的燒牲，餅、酒、蜜與乳也用於祭神，如索福克里斯《伊底帕斯在科羅納斯》**469-93**詳細描述以無火祭品向和善女神祈禱的情形。在另一方面，《安蒂岡妮》**1009-10**提到燒牲有煙無火是天怒人怨的表徵。人祭（**223-42**）也是無火祭品。

71. **結怨**：可能指宙斯，因為帕瑞斯違背主客之道（**60-63**）；也可能指克萊婷（**1376-78**），因為阿格門儂祭殺伊斐貞（**223-47**）。前者指出本劇的素材，後者點出戰爭的近因。如採取後一個觀點，由於祭牲和享宴密不可分（見**151n**），我們不免聯想埃紀斯因兄長被犧牲作成人肉餐而結怨（**1590-6**），以及《奠酒人》描寫的奧瑞斯因阿格門儂被克萊婷當成祭品般犧牲（**1385-87**）而結怨。

79. **戰技生疏已久**。以**戰神**阿瑞斯轉喻戰技。

80. 一如《伊底帕斯王》**393**人面獅身獸的謎語，第三隻腳指手杖。

81. **萎**：作動詞，使枯萎。

83. 根據現存的悲劇來判斷，歌隊的招呼語並不必然表示她在場，她的緘默也無法證實她不在場。取捨視詮釋的角度而定。Oliver Taplin（**279**）指出，本行以下到**103**的疑問透露眾長老出場，除了**258**陳明的表面理由，另有深層的心理動機：好奇。

97. **情理**：擬人化即為女神泰米絲（**3:2**），見**1431n**。

104. 歌隊進入表演區定位後改唱抒情詩，回憶十年前希臘聯軍在奧利斯港集結誓師的情景。長度在傳世的希臘悲劇中無出其右，而且意境之深遠無與頡頏的這一首合唱抒情詩，由三部分組成，意義與格律互相呼應。**104-59**是第一個部分，體裁為三聯詩節，使用長短短格，類似荷馬賴以經營氣勢綿綿而格局恢宏之敘事格調的史詩格律，卻穿插說白所用的短長格，藉以預告第三部分的唱腔特色。**160-90**是第二個部分，包含兩組對偶詩節，使用語調靜穆的長短格。長短格和短長格，在理論上是的相反的音節配置，在實際上卻由於技巧的運用（如省略音節）而有時候形成類似的聲韻效果。同樣值得注意的是，這個部分的四個詩節當中，前三個詩節（**160-83**）是學界通稱「宙斯讚美詩」，最後一個詩節卻重拾第一個部分尚未唱完的往事，整體而言展現的是宗教情調與現實經驗的緊密結合。這首唱曲的最後一個部分（**191-257**）是短長格混雜長短格，因此輕易可以順水推舟從**184-90**銜接下來。

106. **媚力**：「說服力」，指歌聲而言，重出於**86打動……的心**與**385**（見行注）擬人格的**媚娘**。

108. **阿凱奧斯**（Achaios）：古地名，在色薩利（Thessaly，位於希臘與馬其頓之間）南部，埃斯庫羅斯因襲荷馬以「阿凱奧斯人」（英譯Achaeans，與Aeolians, Dorians和Ionians合為希臘四大族群）代稱希臘人。**雙冠司令**：阿格門儂與梅內勞斯各擁王冠卻分享統帥權，措詞一如**104n**提到的格律，流露荷馬遺風。

111. **戰鳥**：猛禽。此處指宙斯的神鳥，有鳥王（**113**）之稱的鷹。以鷹象徵復仇者，其殘暴引出祭牲，祭牲影射盛饌，最後儀式圓滿。這是統攝《奧瑞斯泰亞》所有意象、母題、感情要素、戲劇動作與悲劇節奏的主題意念。**49-57鷹**的意象一變而為肉眼可以目睹的具體景象。

112. **特洛伊**：「透克羅斯的國土」。透克羅斯（Teuceros）是特洛伊開國之王。

發生什麼事？什麼消息　　　　　　　　　85
打動妳的心，
得要四處派人獻牲祭拜？
城裡供奉的神明，
住在地府的，住在天界的，
甚至家門的或市場的，　　　　　　　　90
大大小小的祭台
都看到妳燒化的牲禮；
燔肉處處燒不停，
火焰竄空此起彼落，
意誠心篤薰滿懷，　　　　　　　　　　95
王室珍藏的聖油不吝惜。
有事說來聽聽也合情理，
也好治療
我的愁苦，
從此不再思迷惘，　　　　　　　　　100
妳牲品的紅光照心頭，
點燃希望共輝映，
趕走啃心的憂慮把我心安。

〔唱〕　壽命添增嗓喉精，　　　　　　〔正旋詩節一〕
　　　年事雖高仍有豪情唱雄渾，　　　105
　　　　　神賜我媚力
　　　　　引吭歌鴻運：
　　　阿凱奧斯雙冠司令一條心
　　　　　率希臘青年
　　　　　　舉槍矛展開復仇，　　　　110
　　　　　戰鳥顯異兆
　　　　　催促揮軍特洛伊，
　　　　　鳥王成雙飛臨艦隊雙王，　　113

114. 缺行，原文編碼遺漏，並非傳抄稿脫落。本中譯標示的行碼完全依照希臘原文，以下有類似情形者亦同。

115. 白：梅內勞斯，因為他平安回到家。因此**烏黑**的那一隻鳥王是阿格門儂（Vidal-Naquet 78）。

116. 王宮：泛稱國王所在之地（Lloyd-Jones行注）。狹義的「王宮」在阿果斯。

117. 揮矛：右手邊。在希臘文，右手邊除了代表吉祥、幸運，另有承諾、同意的意思（Iliad 24.290-5, 309-13），如852所見。

119. 呼應50，反映冤冤相報的母題：受害者如今成為加害者；反過來說，加害者也將成為受害者。冤冤相報在本劇呈現為正義的反諷。

120. 不只是阻絕逃生之路，而且是不讓母兔生產以防牠傳種。我們很快就會看到，特洛伊人的命運正是如此（526-28）。

121. 複唱詞，重出於139、159，呼應守夜人盼望否極泰來的心情，同時引出160-83三個詩節的〈宙斯贊〉，「不只適用於〔此處的〕徵兆，也同時適用於整個三聯劇」（Zimmermann 40）。取自哀悼儀式（Hogan注疏）的這句唱詞，三次重出的調性各不相同，從此處的喜躍轉為139的悲痛，最後歸結於159的悲喜交加聽天命（Fagles行注）。複唱是原始詩歌的一大特色，後半具卻以傳統的祈願形態呈現。

124. 撲：原文表達的是撲殺之後大快朵頤，因此不是獵捕意象，而是口慾意象。本劇的口慾意象總離不開屠殺或復仇，因此能彰顯倒錯的意象充斥其間的反常世界。

126. 捕獲：取自追捕或撲殺獵物的隱喻。這是本劇一系列捕獵意象的先聲，與此關係密切的是網的意象——設陷阱捕獵所用之網。127-28把特洛伊百姓比喻作被捕待宰的牲畜。

129. 天意如此，因此**命運**對特洛伊豪奪強取。**命運**：大寫單數的*Moira*，不是複數形態合稱Atropus、Clotho與Lachesis三姊妹的司命娘娘*Moirai*，而是**1026命運**（本義為眾生各有其分配所得的「本分」，猶如我們說的「注定」）的擬人格。天命是定數，宙斯的意志（＝**125天意**）即是在彰顯天道；但是，人各有其運，那是個人憑其自由意志有所抉擇而造成的後果。譬如「欠債必還」是Moira要護持的天理，債務人可以選擇還或不還，但後果必須自行承擔，宙斯則確保後果必然應驗。就此處而言，帕瑞斯點燃了特洛伊戰爭的導火線，這是因；特洛伊將被夷為平地，這是果。卡爾卡斯的預言指出因果昭彰的事實。換句話說，把維繫宇宙和諧的「天理」擬人化，就是*Moira*。這樣一個天理的化身，早在荷馬就有了，如阿基里斯的神駒坐騎警告他大限將屆，復仇女神即時制止，使馬口不再能說出人言（Iliad 19.405-18）。不過埃斯庫羅斯在本劇賦給*Moira*道德色彩，卻是詩心立命的神來之筆。

130. 先：事先，在131-33所述之事發生以前。130-33直譯「但願不會有天神嫉妒，使得特洛伊戰爭的勝利（＝**132**為特洛伊套衛鐵）變得黯然無光」。

132. 衛鐵：馬嚼子，用於控制馬匹行動的鐵條。把特洛伊比喻為馬口中的衛鐵，屬於馴獸意象（見**217n**），與捕獵意象共同鋪陳本劇的命運母題。祭司把阿格門儂統率的鐵甲部隊比喻為可以打造成**馬銜**的鐵塊，特洛伊則是將會被他征服的馬。**衛鐵**和**236**的**馬勒**、**1066**的**馬銜索**都是馴獸工具。

133. 破了功：不能竟其功。

135. 天意注定特洛伊被毀，因此宙斯顯現猛鷹無情撲殺母兔（＝特洛伊）的徵兆，此一徵兆「惹怒了身兼註生女神的阿特密絲〔……〕；但是阿特密絲之所以把怒火投向代表天界勢力的奧林帕斯神族，乃是以*Potnia Theron*的身份，亦即野生動物的女王，也就是地母的代表」

一隻烏黑一隻白　　　　　　　　　　115
　高樓王宮上
　　揮矛醒目的位置，
睽睽眾目下
　飽餐懷胎的母兔，
　　防她跑完最後一程。　　　　　　120
　　　　——悲歌悲唱兮唯善行大道

隨軍祭司稟先見，　　　　　〔反旋詩節一〕
　看阿楚斯兩公子敵愾同仇
　　是撲兔戰鳥，
　　　開口解天意：　　　　　　　　125
「遠征軍將捕獲普瑞安城池，
　城牆下眾生
　　屆時難逃大浩劫，
　　命運強掠奪。
莫使天神先發威，　　　　　　　　　130
以免絜營部隊暗淡無光，
為特洛伊套銜鐵
　破了功，因為　　　　　　　　　　133
　　阿特密絲心不忍，　　　　　　　135
看飛狗無情，
　懷胎母兔作牲品；
　　她厭惡神鷹逞口慾。」
　　　　——悲歌悲唱兮唯善行大道

「娘娘慈祥，　　　　　　〔終結詩節〕140
對猛獅的幼兒也視同仁，
汎愛被眾生，
野地雛獸並霑恩，

（Hogan注疏）。準此，這是本劇首度暗示兩性戰爭將延燒到神界。不過早在《伊里亞德》，
阿特密絲就是偏愛特洛伊人。

136. 飛狗：「她父親的飛狗」，即宙斯的神鷹。飛鷹如獵狗般追捕野物，承**126**的捕獵意象。

140. 娘娘：阿特密絲。一組對偶詩節之後出現沒有對稱結構的一個詩節，名為終結詩節。像這
樣自成一體的三個詩節稱為三聯詩節，是合唱曲常見的曲式。由於詩的格律無從翻譯，中譯
以各行字數相同和各詩節排列方式相同表示對偶詩節在結構上的對稱。

146. 醫療神：阿波羅（見**2: 151n**），與阿特密絲為攣生。

147. 興邪風：見**185-197**。請注意**146-50**之間，特別是**興邪風**（**148-50**為其直接而且立即的影
響）之後，沒有斷句。

151. 再獻：應阿特密絲的要求。**牲品**：伊斐貞，見**223-47**所述的人祭。下不了肚：因為是人
祭，無宴可享。《伊里亞德》描寫燒牲的過程，可引為說明何以祭牲含有享宴之意：取腿骨
肉置於叉架上燒，酹酒之後，烤內臟即是第一道菜，接著切烤肉片，準備大快朵頤（**1: 459-
68, 2: 422-31**）。

152. 暗示克萊婷將為阿格門儂犧牲伊斐貞之事報仇。

153. 再惹怨毒：影射提也斯吃了一頓**人肉餐**（**1503**）之後下的詛咒（**1583-1602**）。

155. 參見**1186-91**。

157. 卡爾卡斯：即隨軍祭司（**122**），同荷馬所述（*Iliad* **1: 69**）。**聲聲悽厲**：因為占卜時神靈
附身。

160. 以下到**183**是宙斯讚美詩，節奏從氣勢恢宏的長短短格史詩格律改為語調靜穆的長短格，詩
節形態由三段式（有終結詩節）改為唱和體（無終結詩節），主題跟著改變。以三個詩節謳
歌宙斯的權能與智慧，卻夾在凶兆（**104-59**）和惡果（**184-257**）之間，「像發自道德深淵的
絕命求救聲」（Herrington 121）。**160-62**直譯作「宙斯，不管他是誰，如果〔呼請〕這個名
字／能博得他歡心，／我就這麼稱呼」。**160**顯然是祈禱詞的開頭，「不管他是誰」卻不合常
規，因為祈禱詞必須根據神性與功能正確呼請聖名。不過，Fagles行注卻認為，**160**前半行的
措詞「意指宗教神祕的套語」，因為神具有無限權能，沒有常名也沒有常道，呼叫神名反而
不敬。

168. 本詩節述宙斯祖孫三代親子逆倫殘殺之事，影射阿楚斯家族弒親逆倫累及三代。宇宙的二
代統治者克羅諾斯（**168霸主**）推翻第一代統治者烏拉諾斯（**171梟雄**），卻又被第三代統治
者宙斯（**172高手**）推翻。這故事雖然古老，卻由埃斯庫羅斯首度賦給它道德寓意（**175真
智**），即**178**所述。換句話說，神權嬗遞的暴力本質並非毫無意義，而是導向宙斯締建以綱常
為權力基礎的「必要之惡」。宙斯一但成了秩序與正義的護持尊神，人必定能夠從現世的苦
難學得經驗並增長智慧。依上述的解釋，歌隊顯然暫時擺脫了十年前目睹人祭慘案的旁觀者
立場，而是以作者的代言人身份陳明整部三聯劇的立意所在。

172. 三局較勁：取自摔角以「三局定勝負」（*Iliad* **23.733**）的隱喻。首度出現「三」這個寄意
深遠的數目字。

懇請應驗此預兆，

　　縱使福禍相倚伏。　　　　　　　　145

弟子誠心呼請醫療神

勸阻阿特密絲興邪風

　　滯留希臘艦隊　　　　　　　　　　148

　　長久困守港灣內，　　　　　　　　150

免得再獻牲品卻下不了肚，

　　家族積恨，髮妻斷情義，

　　　門庭再惹怨毒如隱疾，　　　　　153

　　弒子仇鬱結冤魂永不散。」　　　　155

通衢道旁宮門前，神鳥

顯異兆，卡爾卡斯聲聲悽厲

道吉凶。

　　　　　——悲歌悲唱兮唯善行大道

借問天尊如何稱聖名，　　　〔正旋詩節二〕160

　　心香祝禱呼宙斯，

　　　敢請邀恩寵；

我已經把枯腸盡搜索，

　　上窮碧落下黃泉

　　　唯賴宙斯大能兼大德　　　　　　165

卸除心障解疑慮。

洪荒溼遠曾經有霸主，　　　〔反旋詩節二〕168

　　兇殘暴戾入掌故，

　　　如今化烏有，　　　　　　　　　170

繼起梟雄吞食親骨肉，

　　三局角力逢高手。

　　　凱歌高唱勝利歸宙斯，　　　　　173

世世代代垂真智。　　　　　　　　　　175

178. **經者道也**，本劇之道在於正義：經歷苦難是通往正義之道。**經師**：學到教訓或增長智慧。
「從苦難中學得經驗」這句希臘諺語的意思，不是如Lattimore的英譯 "wisdon comes alone
through suffering" 所意味的，「唯有經歷苦難才獲得智慧」，而是如P. M. Smith對這一首〈宙
斯讚美詩〉所理解的，「傻瓜吃過苦才明白自己傻，有常識的人卻能預知苦難的代價」。
Lloyd-Jones行注補充道：這個希臘觀念的弦外之音是，「聰明人瞭解忤逆宙斯的意志是傻
瓜的行徑；傻瓜則是把警告當耳邊風，只有在身受其害之後才學到教訓」。類似的觀念見於
250、**1425**與**3: 276-77**、**520-21**。

179-80. 神界的苦難（**167-71**）在世間留下痛苦的記憶使人無法安眠，「把擔心天神的懲罰比喻
為夜間發作使人無法安眠的舊傷」（Lloyd-Jones行注）。

181. **智慧泉**：知道可為與不可為的分際，這是奧德修斯率先體現而奧瑞斯發揚光大的英雄情操
新要素。

182-83. 總結〈宙斯讚美詩〉：天神強勢主導，迫使世人在苦難中成長。**舵手凳**：見**1618n**。
「『**天神……強施恩**』是基於這樣的認知：對別人不義無法避免遭受正義護持神宙斯的懲
罰」（Lloyd-Jones行注）。

184. 此處可以見到抒情詩的格律有助於我們調整解讀文義的焦距。打斷回憶的〈宙斯讚美詩〉
（**160-83**）結束後，歌隊重拾奧利斯插曲的敘事，格律並沒有馬上改回敘事體（見**104n**）；
184-90重複正旋詩節三（**176-83**）的格律，這意味著亞格曼儂在奧利斯的遭遇和宙斯在天界
的經驗兩者在神學義理上具有一貫性，因此阿格門儂祭殺親生女一事「必需從讚美詩拈出的
神義論觀點加以解讀」（Zimmermann 41）——所謂神義論（theodicy），一言以蔽之，世間
雖有罪惡，天界的正義無可置疑。

184a. 指阿格門儂。

186. **疾風**：突如其來的「運氣」，指**147**「邪風」。以**疾風**比喻運氣逆轉，又說那是阿格門儂呼
出的**氣息**，「暗示人與事件緊結在一起的天人合一觀」，隱喻一如**218**，不同的是，此時尚未
暗示道德上的抉擇（Hogan注疏）。

190. 卡基斯在奧利斯對岸的埃維亞島（**292n**）上，隔一寬緊五、六公里的埃夫里普海峽。

191. **斯崔門**：希臘北方色雷斯（Thrace）境內的一條河。**東北風**：正好與希臘艦隊出航的方向
相反。

197. 猶言「出師未捷身先死」。**鮮花**：象徵青春的生命，轉喻戰士／勇士。本劇的花隱喻前後
出現四次（又見於**659, 955, 1663**），頻率雖然不高，照樣展現凝聚焦點的「運鏡」功夫。

198. **悽屬**：人世境遇與自然現象互相呼應（參見**186n**）。

199. **較勁**：可以有「威力不下於」和「試圖壓制」兩個意思。

200. **苦藥**：犧牲伊斐貞。

　　宙斯闢正道　　　　　　　　〔正旋詩節三〕
　　為永生立常軌：
　　苦難場作經師。
緬懷傷痛夜夜心，
點點滴滴擾安眠，　　　　　　　　　　180
　　始知忍性是智慧泉。
　　舵手凳上凜凜威儀是天神，
　　　枉顧人願強施恩。

　　希臘艦隊中　　　　　　　　〔反旋詩節三〕
　　較年長的統帥　　　　　　　　　184a
　　沒有怪罪先知，　　　　　　　　185
卻任氣息追疾風。
桅帆不張補給空，
　　希臘大軍飢腸轆轆，
　　困坐奧利斯看來回滾浪急，
　　　潮打對岸卡基斯。　　　　　　190

斯崔門颫來東北風，　　　　　　〔正旋詩節四〕
　　船膠著，人閒得慌餓得慌，
　　港灣無情損士氣，　　　　　　193
　　船體纜索俱遭殃，　　　　　　195
　　　時間遲延加倍慢，
　　　　阿果斯的鮮花漸飄零；
　　　先知再度悽厲，
　　較勁狂風猛浪，
　　　又下苦藥一帖，　　　　　　200
　　安撫阿特密絲；昆仲王
齊把權杖撞地面，眼淚奪眶出。

206. 命：取自《伊里亞德》的喻象。帕瑞斯之兄赫克特和阿基里斯決戰之前，宙斯取出他倆各自的「命錘」（κηρες，複數，意為「死亡的份量」）往命秤一擺，赫克特的往下沉，原本暗助他的阿波羅隨即離開戰場，赫克特的命就沈到陰府去了（22.209-12）。希臘瓶繪所見的人頭鳥身像即是此一「幽靈」的造形。埃斯庫羅斯取人格化的「幽靈」的意涵，卻改變了荷馬的意象，仿如阿格門儂一個人擁有一對命錘（Hogan注疏）。秤命運的重量不是表達宙斯下決定的過程，而是以象徵手法呈現注定要發生的事（Willcock 86-7）。

208. 掌上珠：「我家的榮耀」，指伊斐貞。

211. D. J. Conacher注意到，阿果斯長老口中替天行道的阿格門儂，在這節骨眼竟然只擔心自己將背負陣前逃脫的罪名，這個世俗的動機使得宗教的理由顯得牽強。

215. 理：阿格門儂心想「他們（的期盼）有理」，原文θέμις（themis）「表示合乎宗教習俗與信仰，其實是自欺欺人，正如緊接著的願望所透露的」（Hogan）；參見**1431n**。

216. 但願事順遂：呼應**120、139、159**的複唱詞。

217. 必然：宙斯稱命錘一事（見**206n**）說明了，在天父宙斯之上另有更高超的勢力，為了理解人生中諸多無從理解的事，遂將已然之事視為必然——國人所謂的天意，殆乎近之。**軛**：用於馴牛，本劇的牛軛意象主要是表達意志之屈從於外來的壓力，如此處的必然，**953、1071、1226**的奴隸。取自馴馬的意象，包括馬韁繩（**43**轡）、**馬勒**（**132、236**）、**馬具**（**529、1640**）和**馬銜索**（**1066**），也有同樣的作用。**必然的軛**雖是天意，當事人卻是自己套上的。命運由天定的事實排除不了個人的責任，因為人擁有自由意志，這在埃斯庫羅斯之前，荷馬已經清楚表明；在他之後，《伊底帕斯王》也多所闡示。

225. 一個女人：海倫。

226. 初祭：見**65n**。阿格門儂決定犧牲伊斐貞之後，騙稱要把她許配給阿基里斯。由於伊斐貞是騙婚的受害者，新娘自己成了祭品，這一場人祭可說是聖婚儀式慘無人道的諧擬，是現實世界的死亡婚禮。關於聖婚儀式，見**3: 214n**；死亡婚禮，見Neumann **82-93**。

233. 伊斐貞向獻祭員懇求無效。懇求的制式動作是雙掌環抱對方的膝蓋，因此必然下跪。**長袍**：祭禮服，轉喻獻祭員。

年長君主終於開口：　　　　　　〔反旋詩節四〕205

　「如果不服從，我的命沉重；

　　弒親逆倫也沉重，

　掌上珠血濺祭臺，

　　父親雙手將染腥。

　　　避凶趨吉該如何是好？　　　　　　210

　　怎能背棄艦隊，

　怎能辜負盟友？

　　他們熱切期盼　　　　　　　　　　　213

　　犧牲處女的血，理當把　　　　　　　215

　狂風平就這麼辦。但願事順遂。」

他套上必然的軛，　　　　　　　〔正旋詩節五〕

　噴出氣息特狂妄，　　　　　　　　　　218

　　無法無天不再有顧忌，　　　　　　　220

一轉念從此無惡不作。

　凡人難過執迷關，

　　惡膽始生種禍根。

他把心橫，拿女兒作犧牲；

　為了鼓舞士氣進行女人爭奪戰，　　　225

　　他為艦隊獻初祭。

呼天喚爹都徒勞，　　　　　　　〔反旋詩節五〕

　處女的臨終哀號　　　　　　　　　　　228

　　是好戰將領的耳邊風。　　　　　　　230

她父親禱過告傳下令，

　巨掌狠心拖著她

　　長袍前方膝著地，　　　　　　　　　233

臉貼祭台，像羔羊作犧牲，　　　　　　235

237. 意旨不在於伊斐貞會詛咒她父親，而是在於她的喊叫聲可能招來詛咒。其實，提也斯已經詛咒過了（**1602**）。

238. **橘黃長袍**：影射阿特密絲祭典，即《利西翠妲》劇中女歌隊自述經歷所唱的「身披黃袍扮神熊／參加迎神賽會當花童」（拙譯頁41）。阿特密絲在儀式現身為熊。活動進行到高潮時，花童卸下黃袍準備為女神跳舞，就像伊斐貞現在長袍落地。在西元前五世紀的雅典，獻給女神的祭品是一頭羊（可能因此有**235**的比喻），但是這個儀式似乎是在紀念以女孩獻祭的一段時期（Hogan注疏）。《舊約·申命記》**12:31**和**18:10**兩度禁止「以自己的女兒作牲祭」這個古老的習俗。無論如何，歌隊看不到伊斐貞長袍落地之後的舞蹈表演，只能在**243-47**代之以設想（或回憶？）往日在王宮裡的情景。

243-44. 英雄時代由年輕女子在男人的宴會上唱歌，文獻記載緊此一例（Lloyd-Jones行注）。常見古代作家，一如莎士比亞，以時代誤置作為與當代觀眾對話的一個管道（參見**1108n**）。

246. **派安贊**（歌）：見**2: 151n**。

247. 宴會結束時依例奠三杯酒，先後獻給一、宙斯與希拉，或奧林帕斯眾神，二、眾英雄，三、宙斯救世天尊；然後唱派安贊歌。

250. 重申**178**苦難的命意，卻進一步賦與道德意涵：苦難場之所以可為經師，乃因天道義理，因**正義能行其道**所致。Jane Harrison以中國的「道」和希臘的**dike**（正義）並論（Harrison 1963: 527；參見**40n**）。Hogan指出，**dike**「不是體制原則，而是事物合乎自然與社會的常軌」，如**260**恰當與**761**循規又蹈矩。這整部三聯劇的檯面人物，無不以正義作訴求。擬人格的Dike（**250、382、772**的**正義**），是宙斯的女兒（見**3: 949**），是均衡與諧調的原則，其意象就是宙斯的命秤（見**206n**）。命秤平穩，正義自能大行其道，則苦難可以作經師。然而，在《阿格門儂》，正義只是個**圈套**（**1611**）。

256. 直譯「唯一最接近國王的壁壘」，指克萊婷（Taplin 285-87）。

257. **阿果斯**：原文作「阿皮斯之地」，伯羅奔尼撒的古名。阿皮斯（Apis）：阿波羅之子，驅逐阿果斯的蟒蛇，因此阿果斯又名阿皮斯之地。

258. 正戲開演，**258-354**是第一場「插戲」。插戲：epeisodion（= episode），本義「餘興節目」，指在歌舞表演當中穿插對話。有別於唱曲是歌隊全體載歌載舞，插戲以演員的動作和對話為主。領隊代表眾長老說明出場的理由：向掌握王權的人致敬。原文以κράτος（見**11n**）這個字表明致敬的對象是克萊婷的統治／權力。這句開場白透露戰爭期間，眾長老們與王后的關係：他們輔佐克萊婷主持政務（參見**884議會**），提到她的名字是因為**主人**（**259**）阿格門儂不在國內。克萊婷雖然不甘於這樣的附屬角色，卻不是「女人干政」，而是「合法」攝政，她由於此一機緣而展現傳統上認為男性獨有的能力與魄力。男人出征使女人有機會實現潛能，從而改變兩性關係的傳統認知，這不只是《阿格門儂》的「歷史」背景，也是劇中鋪陳的一個主題。就此而論，本劇可視為納瓦拉的瑪格麗特所撰《七日談》的先驅（見拙作《情慾花園》的介紹）。**我們**：歌隊以說白體參與劇情時，由領隊代表全體歌隊（在本劇為城邦長老）與演員進行對話，此時的第一人稱代名詞，單數與複數並無實質上的差別。

衛兵伸手充馬勒強掩她櫻桃口，
　　防止詛咒進他家。

她一身橘黃長袍垂落地，　　　　　　　〔正旋詩節六〕
　　目光含悲猶帶哀憐，
　　　　一眼一箭射向獻祭員，　　　　　　　　240
　　　　　分明是圖畫人，
　　奮力要叫出名字說句話，
　　因為在她父親的宴客廳，
　　　　閨女經常展歌喉，
　　　　音色清純又虔誠滿懷　　　　　　　　　245
　　　　　唱派安贊，
　　　　　　獻上奠酒第三杯。

後來的事沒看到我不說。　　　　　　　〔反旋詩節六〕
　　卡爾卡斯料事靈驗。
　　　　正義道上苦難作經師。　　　　　　　　250
　　　　　目前不用操煩，
　　未來事到臨頭自然揭曉，
　　事先知情只是事先傷心，
　　　　看明白只待旭日。
　　　　但願好運氣隨後光臨，　　　　　　　　255
　　　　　心腹護衛
　　　　　　在阿果斯寄厚望。

〔插戲一〕

領隊　　　克萊婷，我們來向妳效忠。
　　　　　主人不在，王座懸虛，
　　　　　他的妻子理當受到擁戴。　　　　　　　260
　　　　　妳是聽到了什麼好消息，

264. 俗話：可能類似「美麗的母親生不出醜女」（Lloyd-Jones行註）。克萊婷在**264-66**駁斥領隊在**261-62**的台詞，重複「**好消息**」，卻以「**喜出望外**」取代領隊用於表明仍有希望尚未實現的「**求吉祥**」。她的語氣顯示，她和眾長老雖然維持表面的和諧，關係其實緊張。

265. 黑夜：黑夜女神。黎明從黑夜而生，因此是黑夜的女兒。黑夜生出朝陽，帶來光明與希望（見**21n**）。克萊婷的心願是殺阿格門儂為女兒伊斐貞替仇。報血仇是復仇女神的職責，復仇女神也是黑夜的女兒（參見**59n**）。這行台詞顯然話中有話。

267. 特洛伊：「普瑞阿摩斯的城市」。普瑞阿摩斯：Priamus，特洛伊王，中譯採用截尾音譯作「普瑞安」。

268. 抓不到：無法置信。以下到**280**是一段穿針對白，即兩個角色以等長的台詞——通長是一行對一行，但也可能半行對半行，或兩行對兩行——交錯進行的制式對白，猶如針鋒相對，故稱「穿針」。穿針對白最常用於質問，如**538-50**；也可能假質問之名而行爭論之實，如此處；在後一種種場合進行詢問特富動感，因為激動的語氣容易引起怒火進而互相指摘。領隊質疑克萊婷，不單純是由於**喜出望外的消息**（**266**）令人難以置信，其潛文本其實正如她在**277**意識到的，透露清一色男性的眾長老對於貴為王位代理人卻是女性的克萊婷有所懷疑。

271. 從克萊婷城府深、慣說反話又喜歡語帶玄機的性格來判斷，說她言下之意是「顯示你們效忠阿格門儂更甚於效忠我」是很有可能的。穿針對白雖嫌制式，卻也「經常獲致細膩而寫實的心理效果」（Hogan註疏）。

277. 幼稚：年紀輕，猶言「嘴上無毛」。

281. 火神：火，即守望人在開場白提到接著看到的火炬信號。**伊達山**在特洛伊東南。以下克萊婷所描述光焰傳信的路線（見頁**58**地圖），沿愛琴海北緣西傳，折向西南，由希臘本土中部上陸，往南把訊號傳回阿果斯，各站距離從二十五公里左右到超過一百五十公里不等。「在克萊婷的心目中，從伊達山傳回來的火代表宙斯的復仇之火，〔……〕這整段火炬台詞緊緊扣住息息相關的普瑞安家族和阿楚斯家族的命運」（Lloyd-jones 1962: 64）。

283. 赫梅斯斷崖：在連諾斯島（**284**），該島位於特洛伊西方，小亞細亞近海。赫梅斯是宙斯的神使。

285. 阿托斯：山名，在連諾斯西北，位於北希臘色雷斯的一個半島。**救世天尊**：宙斯（見**1: 247n**與**3: 759-60**）。

289. 馬基斯托斯：山名，在雅典北方希臘中部外海的埃維亞島上（見**190n**）。

	或只是獻牲祭神求吉祥，	
	我樂意聽，可也不怪妳不說。	
克萊婷	好消息大吉大利，像俗話說的，	
	但願朝陽從黑夜母親引出光明！	265
	你們會聽到喜出望外的消息：	
	阿果斯部隊已經佔領特洛伊。	
領隊	什麼？妳的話掠過耳朵，我抓不到。	
克萊婷	特洛伊落入希臘人手中。清楚了吧。	
領隊	喜悅注滿全身，擠出了淚水。	270
克萊婷	沒錯，你的眼睛流露忠誠。	
領隊	可是空口無憑，妳有證據嗎？	
克萊婷	有憑有據，除非天神捉弄我。	
領隊	夢中的景象動人心弦，妳也相信？	
克萊婷	沉沉昏睡的腦筋騙不過我。	275
領隊	謠言中聽使妳滿懷希望？	
克萊婷	難道你看我幼稚取笑我？	
領隊	那麼，特洛伊什麼時候陷落的？	
克萊婷	在黑夜，天邊新生的太陽還沒冒出頭。	
領隊	怎麼會有信差來得那麼快？	280
克萊婷	火神從伊達山發射燦爛的光芒，	
	烽火接烽火開始飛焰傳信。	
	伊達傳給赫梅斯斷崖	
	照亮連諾思整個島，第三棒	
	阿托斯的救世天尊岩接手大火炬，	285
	騰空拱背跨海的兩肩，	
	火焰喜孜孜猛竄、狂舞、飛奔，	
	松木燃亮金光，像另一個太陽，	
	把火焰遞給馬基斯托斯的守望人；	
	他不敢怠慢，也沒失職打瞌睡，	290
	抓到火棒又轉手發出一環光鍊，	

292. 埃夫里普海峽分隔埃維亞島與內陸，阿格門儂祭殺伊斐貞的奧利斯港就是對著這個海峽。

293. 梅薩皮昂：山名，隔著阿索坡斯河（**297**）與基泰戎山（**298**）對峙。

297. 阿索坡斯平原：在基泰戎山北麓。

298. 基泰戎山位於底比斯和科林斯之間，也就是襁褓中的伊底帕斯被遺棄的地方。

302. 攝魂眼沼澤：確實地點不詳，其名取典於傳說中的蛇髮女妖Gorgons三姊妹，凡人與其目光接觸則化作石塊。這個典故引人聯想《奠酒人》831-37用另一位阿果斯英雄佩修斯殺蛇髮女妖來類比奧瑞斯弒母之事。

303. 逐羊山：確實地點不詳，據判斷應座落於科林斯地峽，陸路由此地峽進入伯羅奔尼撒。其名字義係「山羊遍野之地」，這樣的地名無疑凝聚了克萊婷對於女兒作犧牲的傷心記憶（參見235與1415-18）。

307. 薩戎灣：今稱Engia海灣，在阿提咯（首府為雅典）南方，伯羅奔尼撒北方。

309. 黑寡婦：「蜘蛛」（重出於1492與1516），山名，中譯依Fagles的行注釋義。該山可能是今稱的Saint Elias，在阿果斯北方。如果埃斯庫羅斯設想的場所是在邁錫尼，那麼蜘蛛山可能就是指城砦本身或其上方的一對岩角，其衛城十分隱蔽卻視野奇佳，與蜘蛛網無異。俗稱黑寡婦的蜘蛛是腹珠科寇蛛屬。雌性寇蛛在交配之後，隨口就將雄寇蛛吃掉。藉此一習性影射克萊婷，可謂恰當之至：殺夫之前，她說自己在守活寡（**862**）；殺夫之後，他的丈夫**躺進蜘蛛網**（**1492**）。蜘蛛山不但和網的意象有關（見357n），而且為毒蜘蛛黑寡婦提供了絕對的優勢。

311. 「飛光驛站照亮一片危機四伏的地理景觀」，從這個角度來看，前述的地名不見得非要以寫實的觀點來考據，因為「每一個地點都反映克萊婷的想像視野籠罩地理景象」（Fagles行注）。火光照亮視野，在伊達山目睹木馬屠城（**824-28**）之後，神使赫梅斯把劫城慘象（**525-28**）傳報宙斯，後續的地名無一吉祥。這一張迷魂圖上的索命道，和克萊婷其他的長篇台詞一樣，也是反諷意味十足：火炬傳回凱旋的消息，卻帶來毀滅的因子。對守望人而言，火炬代表阿格門儂回來重整家邦，結果卻引出長夜；對克萊婷而言，火炬代表阿格門儂回來自投羅網，結果卻引火自焚。非得要到《和善女神》的煞尾，當兩性不再對立，當人神獲得妥協，我們才能領悟「宙斯引正道」的真諦，而不至於像劇中人一樣師心自用，憑藉的只是自己窺管測臆的目光。上述的觀點像探照燈，使得「**光苗……一脈遞傳**」的語意豁然開朗。在阿果斯預告阿格門儂即將被殺的火光，乃是在伊達山所見特洛伊被毀繼之以阿格門儂無法無天劫城之舉的直系後裔。套襲傳宗接代的這個隱喻（苗＝苗裔，是血緣承傳的意象）不只是把火意象投設到整個三聯劇，其效果甚至擴散到家族的始祖譚塔洛斯：譚塔洛斯作惡多端，最令人髮指的罪行是殺親生子佩羅普斯，煮了端給因善待他而前來作客的神吃。提也斯詛咒的人肉餐（**1590-602**）正是從譚塔洛斯一脈相傳。

312. 「西元前458年，火炬接力在希臘還是相當新奇，但是從那以後就深受雅典人喜愛」，一年一度的泛雅典娜節就有火炬接力賽（Hogan引N. Robertson）。

314. 第一棒最先獲知勝利的消息，最後一棒最先把消息帶進王宮。「但是，也許克萊婷心裡頭想的是另一場比賽——她希望自己跑最後一棒的接力賽」，也就是1659以假設句表達的心願（Fagles譯注）。競技意象上承172，下啟344。

315-16. 克萊婷的飛光驛站也是個隱喻，把阿果斯和特洛伊兩個城邦的命運繫結在一起，像這樣藉心象表達劇情是伊斯克勒斯慣用的手法。

翻越埃夫里普海峽送信號，
把火苗傳給梅薩皮昂的守望人。
他們接到消息，點燃高聳的乾柴堆，
發出回應的光，轉手又傳遞信號。　　　　　　　295
火炬沒有減弱，反而愈傳愈盛，
飛越阿索坡斯平原，
像滿月的光華，爬上基泰戎懸崖
喚醒下一站的烽火台。
守衛不敢看輕遠來的火光，　　　　　　　　300
焰頭竄升更超過當初吩咐的高度，
一道光輝凌空橫跨攝魂眼沼澤，
衝上逐羊山巔，飛快又傳棒，
唯恐火焰減速會怠慢指令。
明晃晃的一堆大火又點了起來，　　　　　　305
火鬃幡飛奔騰猛竄，射程
超越俯瞰薩戎灣的海岬，
火勢又猛又旺，朝南俯衝
直撞城郊黑寡婦岩的崗哨；
再一跳就上了阿楚斯兒子的屋頂。　　　　　310
光苗從伊達山一脈嫡傳，
這是我安排的火炬接力，
連環信差一棒扣一棒跑完全程，
第一棒和最後一棒拔了頭籌。
這就是我給你們的證據和信號，　　　　　　315
我丈夫從特洛伊傳給我的消息。

領隊　　　夫人，我待會兒就去謝神。
　　　　　不過，我聽出了興頭，
　　　　　請妳說仔細，好讓我驚嘆過癮。

克萊婷　　特洛伊今天落入希臘人手中。　　　　320
　　　　　我聽得到城內叫喊聲參差兜不攏：

329.「只能」哀號親人死亡,因此沒有自由可言。

330. 闖蕩:為了搜刮戰利品。

338-42. 克萊婷想像希臘部隊劫掠特洛伊的情景(**321-37**)表明了她盼望亞格曼儂全身而返(**338-42**)別有弦外之音,熟悉荷馬史詩的人更能明白她根本是睜眼說瞎話,就如同她自己隨後的**婦人之見**(**348**)所透露的。她口口聲聲擔心的,其實是她衷心盼望的,為的是羅織罪名,以便殺夫更心安理得。諸如此類的言詞反諷在她的台詞中俯拾皆是。

339. 實情(根據後荷馬時代的詩作)是,特洛伊王普瑞安在宙斯的祭台被阿基里斯的兒子殺死,她的女兒卡珊卓在雅典娜神廟硬被希臘將領埃阿斯給拖走。雅典娜為了洩恨,請求海神波塞冬在他們返鄉途中興風作浪(*Trojan Women*, **69-97**)。傳令在**653-60**的敘述即是雅典娜一怒攪翻愛琴海的結果。

341. 透露克萊婷的醋勁;參見**1438-43**。**341-42**這兩行是「劇中人說話心口不一最早的例子」(Walton **91**)。

344. 取自賽馬與賽車的隱喻。競賽場與起點相對的一端立有標竿,參賽者繞過標竿循原路徑折返起點。

346. 被殘殺的人:包括死在特洛伊的人和伊斐貞。

348. 鑑於克萊婷是反諷高手,本行台詞很可能透露她急於否認自己為「女人之身」的心態。

351. 有腦筋:相對於**277**的「幼稚」。

醋和油倒在一個罐子裡，
你會說它們陣勢分明處不來，
被征服者和征服者的聲音
就是這樣，迴響各自的命運。　　　　　　　325
那邊的人趴在屍體上，
伸手擁抱丈夫或兄弟，
孩子纏著老父，哭天叫地
喚親人，喉嚨不再有自由。
這邊的人，苦戰之後通宵闖蕩，　　　　　330
看到東西就搶來大快朵頤，
沒人理會什麼軍紀或官階，
大家都在抽自己的命運籤。
在槍矛奪來的特洛伊屋子裡，
他們安頓下來，不用露天　　　　　　　335
忍受寒霜與濕氣，不用站衛兵，
快快樂樂蒙頭一覺到天亮！
　　他們要是懂得敬神有道，
不去褻瀆淪陷區的神廟禁地，
掠奪別人就不至於被人掠奪。　　　　　340
部隊可不要被色慾給沖昏了頭，
別貪心不足，非分搶劫犯大忌。
他們還得平安踏上歸程，還得
調轉頭走原路回到起點。
但是，就算他們回到家都沒有冒犯神明，　345
被殘殺的人也是憤恨難消
死不瞑目。但願不再結新冤。
這些話只是我的婦人之見。
但願鴻運大開，每一個人都看得到。
我一心盼望的就只有這件事。　　　　　350

領隊　　　夫人說得有道理，像男人有腦筋。

355. 第一首唱曲和進場詩一樣，以行進曲（355-66）作為後續頌詩（367-488）的序曲。頌詩也可以稱作合唱頌，是伴有舞蹈的合唱抒情詩。這首頌詩有個特色：每一組對偶詩節都以歌詞不相同的複唱曲收煞。**黑夜娘娘**：黑夜女神，夜的擬人格。稱頌黑夜，因為躲在木馬裡的希臘伏兵以夜幕掩護展開屠城（見**826n**）。

357. **罟罩**：原文重出於**868**和**1115**的**網**，指漁網，即**359拖網**；參較**1382**。漁網意象是捕獵意象叢的一個意象單元。網和火是整部三聯劇的兩大引導母題，將在《和善女神》煞尾結合成一片火網，從而發微荷馬所稱的「宙斯的意志」（Iliad 1.5），如歌隊在**1487-88**所唱。

363. **主客正道**：牢靠的人際關係有賴於彼此信任，這是維繫社會和諧的基礎。本行承襲《奧德賽》餘風，點明「主客有道」這個希臘的傳統美德。參見**60n**。

364-66. 把宙斯比喻為神射手，這個隱喻引人聯想**509-11**的典故，即弓箭神阿波羅在《伊里亞德》卷首以「箭雨」表現他的憤怒。取自箭術的中鵠意象又見於**628**與**1194**。

368. **跡**：取自追蹤獵物或敵人的意象。此一意象將在《和善女神》前半場戲化成具體的戲劇動作。

370. **狙狂人**：見**386n**。

372. **踐踏**：原文重出於**957**（見行注），**1298**、**1356**、**2: 644**、**3: 110**都屬於踐踏母題。與踐踏母題關係密切的隱喻，另有用腳踢（**383、885; 3: 141**）和用腳踩（**3: 542**）。參見**3: 150n**。

376. **氣**：見**186n**。

378. 本行以下到**384**看似離題，其實是透過「富者不仁」這個通俗的道德判斷表達「為人處世貴在節制」的行為尺度（參見**750-56**），也就是阿波羅所標榜「凡事切忌過度」的明訓。過度自大就犯了傲慢罪（見**763n**），必遭天譴。奧德修斯復仇成功，奶媽看到死屍枕藉不禁歡呼，奧德修斯隨即制止，說「為屠殺而喝采有失厚道」（《奧德賽》22.412），正是此意。本劇第三場插戲的穿針對白（**931-43**），克萊婷千方百計要說服阿格門儂踏上壁毯，後者卻百般顧忌，道理同此。

聽了妳的證據，不由得我不信，
我這就去準備祭告天神謝恩。
這一番喜悅值回所有的憂愁。

〔克萊婷由王宮正門下。〕

〔唱曲一〕

歌隊　　〔吟〕頌天尊宙斯與黑夜娘娘　　　　〔行進曲〕355
　　　　　　慈暉賜榮耀：
　　　　　　臨空撒罟罩
　　　　　　網羅特洛伊眾城樓，
　　　　　　老少盡入拖網中，
　　　　　　遮天俘虜網　　　　　　　　　　　　　360
　　　　　　浩劫無餘生。
　　　　　　天譴降臨帕瑞斯：
　　　　　　驚看宙斯護持主客正道
　　　　　　緩緩展長弓，
　　　　　　不偏星際不墜地，　　　　　　　　　365
　　　　　　飛矢穿靶心。

　　　　　〔唱〕他們會說打擊從宙斯來：　　　〔正旋詩節一〕
　　　　　　天理有跡可尋，
　　　　　　　神意暢行無阻。
　　　　　　猖狂人偏信天壤兩隔，　　　　　　370
　　　　　　　硬指神明不懲罰
　　　　　　　　凡人踐踏美聖物。
　　　　　　看殷鑑昭揭：
　　　　　　　膽大妄為殃及子孫，　　　　　　375
　　　　　　　傲氣噴鼻，
　　　　　　　　為富不義通禍海。
　　　　　　莫使財路引淚水，

381-84. 人如果冒犯（神格化）正義的神壇，即使富甲天下也無法自保。**無顧忌**：不知足，「有時候簡直就是 "hubris" 的同義字」（Lloyd-Jones行注）。

383. **踢**：這個動作將在《和善女神》踢出大有可觀的母題，見**3: 150n**。

385. **災殃**：*ate*，顯然是擬人格，通常譯作「毀滅」，是希臘悲劇的基本概念，其基本隱喻為「被吹離航道」，在埃斯庫羅斯筆下既指災禍的起因，也指其後果。在本劇，擬人格的*Ate*又見於**770**和**1230**的殺手、**736**的司殺、**1433**的憤怒魂；非擬人格用法則包括**361**和**1283**的（浩）劫、**819**和**1268**的毀滅、**1192**的罪愆。**媚娘**：見**106n**。筆者見過的英文譯本，大部分不是作Temptation（誘惑）就是作Persuasion（說服），前者強調這一節唱詞的文義，即帕瑞斯因受到蠱惑而惹禍，含意源於莎芙所稱Peitho是愛神兼美神阿芙羅黛悌（即**419**的**情意**；羅馬神話稱Venus）的女兒（Campbell 115, 187）；後者著眼於整個三聯劇的主題，含意可能與雅典的政治生態與雄辯傳統有關（見**3: 885n**引Pausanias）。歌隊打動觀眾的心，海倫引誘帕瑞斯〔或者說帕瑞斯引誘海倫〕，克萊婷設計殺害阿格門儂，奧瑞斯在《奠酒人》計騙克萊婷和埃紀斯以報父仇，雅典娜在《和善女神》說服復仇女神而獲致妥協，凡此種種無一不是*Peitho*在發揮媚力，雖然*Peitho*也有失效的時候，如卡珊卓對於克萊婷要她進宮的話聽若無聞（**1035-68**）。不論是情慾使人易受誘惑（故有temptation），或是願望使人耳根軟（故有persuasion），共同的結果是災殃；*Peitho*生出*Ate*，故以母女相稱——猶如**265**以母女稱黑夜和黎明。引Hogan的注疏：人喪失了清明的理性即淪為*Ate*的受害者。

386. **迷**：迷惑，主詞是前一行的**媚娘**。**他**：381-84所描述的**猖狂人**（**370**），他們就像《鏡花緣》**99**回說的「見那錢孔之內……宛如天堂一般」。如果硬要說**猖狂人**意有所指，依文義判斷是指帕瑞斯，但也同樣適用於阿格門儂，乃至於克萊婷。

390-93. 心病已入膏肓的人（**386-8**）有如摻了鉛的青銅器（劣質青銅），禁不起考驗，一經**磨擦敲撞**即原形畢露，有如青銅**顯黑斑**。**考驗**（＝接受審判）和**397**行**不由正**都含有*dike*字根（見**250n**），也都是取自法律的隱喻（參見**41n**）。

393-94. **孩……鳥**：意為不自量力或徒勞無功的這句俗話，出現在此處雖嫌突兀，影射帕瑞斯拐誘海倫（**395-402**）並無不妥。海倫受拐誘，這是傳統父系社會的說法，西元前六、七世紀的希臘女詩人莎芙卻說是海倫為了追尋真愛而不惜拋夫棄子（該詩中譯見拙作《情慾幽林：西洋上古情慾文學選集》）。

401. **偷**：重出於**534**。海倫是被**偷**走的，因此不該怪罪海倫。但是，見**62n**。

402. **他**：帕瑞斯。

403. **她**：即**401**女主人海倫。

　　知足惜福，
　　　不求非分是明理人。　　　　　　　　　　380
　　　　　鑽營財路無顧忌，
　　　　　狠心把正義的祭台
　　　　　踢出視界外，
　　　　　縱有黃金砌牆難自保。

災殃有常勝天女叫媚娘　　　　　〔反旋詩節一〕385
　　迷他的魂，藥石
　　　罔效。他的病徵
燒出凶焰，耀眼難隱藏。
　　劣質青銅禁不起　　　　　　　　　　　　390
　　　磨擦敲撞，就像他
禁不起考驗，
　　日久顯黑斑，像孩童
　　　追逐飛鳥。
　　　　　禍延故鄉招恥辱，　　　　　　　395
他的禱告神耳聾；
　　行不由正，
　　　招惹橫禍是這種人。
　　　　　帕瑞斯就是這樣：
　　　　　在阿楚斯宮中作客　　　　　　　400
　　　　　偷走女主人，
　　　　　主客情誼因他而蒙羞。

　　　　她遺贈同胞殺伐聲：　　　〔正旋詩節二〕
　　　　　摩盾接矛響金戈，
　　　　船隊運甲兵。　　　　　　　　　　　405
　　　　　死亡作嫁妝她前往特洛伊：
　　　　　款步輕移過重門，

409. 先知：乍看好像是指特洛伊王宮的先知，其實是指梅內勞斯王宮的先知。埃斯庫羅斯文思奔放，不按文理下筆的情形所在多有，因為他是以情感節奏展現悲劇的意境，而不是像索福克里斯那樣著墨於劇情結構；有別於後者訴諸觀眾的邏輯推理，前者有賴於直覺感受。對於劇場觀眾而言，埃斯庫羅斯式的悲劇往往更能當下就觸動心弦。至於縝密的語意或語法分析，那並不是劇場經驗的主要媒介。

411. 他：海淪的丈夫梅內勞斯。

415. 幽靈眼看著就要統治梅內勞斯的家。

416-7. 雕像：海倫的雕像。**痛**：痛恨。

418. 誰的**眼神**？雕像，或是海倫，還是梅內勞斯？不可能有定論，癥結在於希臘抒情詩，一如中文，經常省略主詞。筆者淺見，**410-26**直接引句的重點在於情變，在於梅黛雅的奶媽說的「如今到處都是恨，愛情生病了」（Euripides, Medea 16）。至於眼神的主人，至少就埃斯庫羅斯劇場的特色（見**409n**）而論，不是重點。

419. 情意：Ἀφροδίτα（*Aphrodite*），即愛神阿芙羅狄特。**418-19**可改寫為：「她的美雕像憑添丈夫的痛恨；眼睛空空洞洞，愛神失去了作用。」愛神又是美神，因為情人眼裡出西施，也因此愛一旦生變，美隨之消逝。至於海倫之美，荷馬藉特洛伊長老之口有所「確認」：「實在怨不得特洛伊人和希臘甲兵，／如果他們是為了這樣的女人長期忍受苦難。／她那一張臉像極了永生的女神」（Iliad 3.156-58）。

421. 依舊之後省略「卻」。

426. 幻影（**423**）鼓動翅膀，輕飄飄飛越夢境，不留鴻爪：海倫不再入夢。

427. 火塘：人生與家庭的象徵。正廳以圓形的火塘為中心，這是古代家居建築的基本格局，不獨希臘為然。古雅典舉行婚禮，有個儀式可說明火塘的象徵意義。喜晏在婚禮的第二天舉行，雙方親友簇擁新娘與新郎前往夫家，新郎假裝劫持新娘，抱她跨越門檻，然後小兩口與其家人跪在火塘前方，這時候新郎才把新娘介紹給火塘女神，雖然她得要在生下第一胎之後才正式成為夫家的一份子（Casey Graham, "Ancient Athenian Women"）。希臘文的「火塘」擬人化即為火塘女神，是宙斯的大姊，雖然沒有神座，卻在家家戶戶每餐接受獻祭（見**2: 802n**）。除了私家火塘，另有城邦的火祠，每建新城必從母城取火種入祠，薪傳不絕。

429-55. 迴腸盪氣的戰火悲歌。埃斯庫羅斯本人是愛國戰士，這可以從他的墓誌銘獲得證實：「碑下安息雅典人埃斯庫羅斯，／Euphorion之子，死於Gela麥田。／馬拉松的榮耀可以述說他的英勇，／長髮波斯人永世難忘也可以證實。」他把參加馬拉松戰役看得比參加悲劇競賽獲獎更意義重大，以這樣的背景寫出的反戰詩，果然不同凡響。

435-36. 骨灰返鄉，為的是完成土葬儀式。《伊里亞德》以赫克特的葬禮結束：告別式結束後，接著堆木柴，置屍體於柴堆上，點火，以酒澆火，撿骨灰置於金匣內，然後埋入墳穴，最後堆石頭造墳塚。然而，《伊里亞德》7.334-35雖提到攜骨灰返鄉，卻疑竇叢生（Willcock 80-81），Lloyd-Jones行注指出，荷馬的世界習慣就地埋葬，如**454-55**所述，埃斯庫羅斯此處卻是依照他自己的家鄉在本劇演出之前五年新興的習俗寫出這兩行詩。

膽大超大膽。

宮中先知放聲哭訴：

「唉，這個家，家裡的王公大人，　　　　　410

　　可憐這張床曾是他的溫柔鄉。

　　　看他含冤獨坐生悶氣，

看他心悲痛

　　朝思暮想隔海望佳人，

　　　仿如幽靈籠家族。　　　　　　　　415

　　　　　　雕像倩影

　　　　　椎心痛，

　　　　眼神茫茫

　　　　　情意泯。

　　　　不堪回首往事入夢，　　〔反旋詩節二〕420

　　　景象依舊無顏色。

幻影空歡樂：

　　　空有幻影夜半闖入夢境來，

　　　伸手環抱美佳人，

　　溜逝不復返，　　　　　　　　　　　425

乘羽翼飄浮越睡鄉。」

　　恁般幽愁圍著火塘守著家，

　　　還有更沉痛的悲愁等待收拾。

　　　希臘四境無數征戰人，

家家聞哀號　　　　　　　　　　　　　430

　　聲聲悽切心酸人斷腸。

　　　睹物思情處處有。

　　　　　　目送親友

　　　　　征戰場，

　　　　接回壯士　　　　　　　　　　435

　　　　　骨灰甕。

437-38. 有如交易商付出黃金以交換貴重的物品，戰神付出骨灰以交換戰士的身體。在這個類比中，戰士的**屍體**＝貴重的物品，骨灰＝**黃金**（**441**金砂）。黃金貴重，骨灰則在貴重之外另又多出**沉重**（**444**）的意思。**天平**：以商人交易秤重所用的工具比喻命運，因襲荷馬以天平定勝負、決生死的喻象，重者下沉，則死亡或毀滅臨頭（見**206n**）。同一意象又見於**573**。

440. 把特洛伊戰場比喻為焚屍場。

441. **冶煉**：壯士經過特洛伊戰火的冶煉，只剩骨灰，「重」如金砂（見**437-38n**）。

442. **罐**：骨灰甕。

451. 阿格門儂和梅內勞斯討回了公道，卻由全民埋單。

452-55. 希臘勇士在特洛伊捐軀，就地埋葬的墳墓佔領了敵境，青春之美一去不返。

457. 詛咒的對象應該是阿楚斯的兒子。以**人民的詛咒**總結「青春早夭」這個主題。十年征戰，一將功成萬骨枯；**詛咒**一詞預告不祥的結局，因為加害者終將成為受害者（見**119n**）。

464. **黑魔女**：即復仇女神（見**59n**），其主要功能在於懲罰干犯傲慢罪（見**763n**）而危及自然界的綱紀或人間的倫常（＝**463**義）者，以確保眾生不逾矩。她們的義憤維持了宇宙的和諧。以黑為描述詞，因為她們是黑夜的女兒（**3:321**），穿黑袍（**2:1049**），而且她們屬於地祇，住在暗無天日的陰府。由於本首唱曲的前半段（**355-436**）是在譴責帕瑞斯拐誘繼之以特洛伊收留海倫的不義之舉，因此她們緊追不捨的對象挑明了指向帕瑞斯和特洛伊。但是，唱曲後半段（**437-87**）的筆鋒轉回阿果斯，因此也有可能黑魔女會轉向阿格門儂索果報，這無疑為阿格門儂之死設下了伏筆。不獨此也，反旋詩節三（**456-74**）承正旋詩節三（**438-55**），以同一格律從犧牲無辜引出血債血還的通則，克萊婷也無從倖免，劇情線索因而延伸到《奠酒人》克萊婷被殺。

戰神是交易商，把屍體　　　　　　〔正旋詩節三〕

　作黃金，看槍矛戰秤天平，　　　　　438

　　從特洛伊焚化場　　　　　　　　440

　　冶煉金砂送回故國親人，

　一小罐盈手可握，

裡頭填滿青春與生命，

灑過淚水沉重無比。

他們哭著讚美，　　　　　　　　　　445

　說這一個戰技高超，

　　說那一個雖死猶榮，

　　　也有人喃喃咬牙切齒

　　　說只是為了別人的妻子，

　幽憤含悲　　　　　　　　　　　　450

影射討回公道的阿楚斯兒子。

　　　背鄉遠征特洛伊，

　　　意氣風發當盛年，

　　　克敵掠土留枯骨，

　　　纍纍多墳在異域，　　　　　　455

百姓怨聲載道忿不平，　　　　　　〔反旋詩節三〕

　人民的詛咒終得要清償。

　　我心焦焦意切切　　　　　　　　458

　　等著看無邊黑夜顯端倪，　　　　460

　因為世事達天聽，

殺人如麻蒙蔽不了神。

有人行不義卻走運，

黑魔女緊跟隨，

　逆轉運道凌遲追魂　　　　　　　　465

　糾纏到陰曹不放鬆：

467. 陳明**463-66**的結果：逃不過復仇女神的追殺，死後一無所有。**廁身幻影**：進入陰間。奧德修斯在陰間見到亡母，趨前擁抱卻落空，以為是作夢，他的母親解釋道：屍體火化時，「魂魄飄離軀殼，像一場夢飛走了」（Iliad 11.222）。

468. 昂頭頂聲望：聲望蓋過頭頂成為負擔。**水載舟**：原文並沒有使用喻象語。

469-70. 參較**239-40**。不是宙斯的眼睛對不義之輩發出**雷光電火**，而是從眼光聯想到雷電。**雷光電火**：一如**367**的**打擊**所表達的，既是雷神宙斯的武器，也是天理的表徵。

471. 重申**375-84**財富即罪惡的觀念。**招嫉**：招天神嫉妒；參見**947**。

472. 如阿格門儂毀滅特洛伊。

473-4. 相對於**471-72**寫戰爭的贏家，這兩行寫戰爭的輸家任人支配的奴隸生涯。不論輸家或贏家，歌隊以個人的心願總結最後這一組對偶詩節中正旋詩節的反戰思想和反旋詩節的道德觀念。

475. 以祝賀阿格門儂凱旋破題的這一首頌詩，在結尾竟然和進場詩一樣，以苦惱憂慮收煞。歌隊驟然瞭解到此一事實，因此改變**352-53**的態度，轉而懷遣克萊婷的捷報消息。這種「既期待，又怕受傷害」的心理並不難理解。即使撇棄心理動機，認定作者只是為了強化劇情張力而刻意在傳令報訊（**503**）之前故設疑筆，我們也無法否認作者存心左右觀眾的期待心理。類似的筆法也可以在唱曲三（**975-1034**）以及卡珊卓預言的戲（**1090-177**）看到。原文把這個詩節分為四個段落，並不必然表示歌隊分為四組。歌隊分成兩半是有例可循，但是顯然沒有超過兩組的確鑿實例。有些英譯將每一小節配屬一名隊員。然而Arnott（**233**）提及演出希臘悲劇所應注意的事項時，特別強調歌隊應該異口同聲，除非原文已分別標示，如本劇**1348-71**行之例。

481. 火：火光，影射火炬信號（=**480**光焰飛書），象徵希望。

482. 壓胸口：因為感到心痛。

483. 直譯「這吻合女人的槍矛」。此處的「槍矛」和**334**的槍矛是同一個希臘字，亦可泛稱銳利器物，總之是指男人專用而語帶雙關的投擲器。但是，「有人認為『**槍矛**』意指『**性情、脾氣**』」（Hogan），因此**483**亦可譯作「這吻合女人的看家本領」或「正是婦道人家那副德性」，雖然也能傳達輕視女人的口吻，卻遺漏了「性」別歧視的意味——特別強調「性」，因為此處的文義顯然把性別二元對立的母題和性意象結為一體。

484. 直譯「事情還沒搞清楚就要湊熱鬧謝恩」或「中意的消息還沒證實就樂歪了」。

485-87. 直譯「隨便就相信：女人心像牧草地，很快就走到盡頭；婦道人家轉過口的話（或謠言）也是這樣，很快就消失」。先把女性比作一片範圍，然後說放羊吃草很快就穿越那一片範圍，但也可能是說很快就可以侵佔那一片領域。歌隊再度疑心希臘獲勝的消息是否正確，理由有二：一是懷疑天神騙人（**478**），二是因為傳佈消息的是女人（**483**）。第一個理由是因襲荷馬的筆法，遇到難以置信的事情，直覺的反應就是疑心天神耍詐。第二個理由是兩性二元對立母題的一個環節，一如**590-92**所透露的性別歧視。

488. 插戲一與插戲二之間的時間落差，在學術界有過論戰，在劇場界有過爭議。試圖將劇情「合理化」的舉動所在多有，那種種做法「有創意，卻沒必要」，因為台詞所激發的想像力足以超越劇場條件的限制（Baldry 72）。因歌隊在場而引發的時間連續性方面的疑問，Taplin（**291-92**）的說法可以一言而決：「劇作家處理的不是『時鐘的時間』，而是『戲劇的時間』」，「在演出現場有過入戲經驗的人，不論他本人是不是瞭解，都會在劇作家的操控下醞釀出自己的時間觀」。

　　　　　廁身幻影，萬有歸一空。
　　　　　昂頭頂聲望，恰似水載舟：
　　　宙斯一瞥，
　　　雷光電火齊發，神威毫不留情。　　　　　　　470
　　　　招嫉之財我不要，
　　　　毀人城寨我不要，
　　　　也不要做階下囚
　　　　他人掌中苟殘生。

　　　火炬帶來好消息，　　　　　　〔終結詩節〕475
　　　街頭巷尾飛快傳。
　　　是真？是假？
　　　莫非天神又欺誑？
　　有誰幼稚兼無知，
　　乍見光焰飛書，　　　　　　　　　　　　　480
　　任憑心火雀躍，
　　真相到手壓胸口？
　　　女人善耍如意棒，
　　　聽任傳言揚心帆。
　　女人心牧草地，　　　　　　　　　　　　485
　　牛羊過境只須臾，
　　朝生謠言夕不保。　　　　　〔克萊婷上。〕

〔插戲二〕

克萊婷　　我們很快就會明白這一串　　　　　　　488
　　　　　火炬飛鍊接力傳遞的信號　　　　　　　490
　　　　　到底是真的，還是像一場夢，
　　　　　渾身舒暢只教人空歡喜。
　　　　　看吧！從海那邊，有信差
　　　　　額頭覆蓋橄欖枝，還有口渴的塵土，

大多數現代的編校者，包括婁柏版，把**488-500**這十二行說白劃歸領隊。此一爭議之熱烈，比起**488n**所述的時間落差，只有過之而無不及。中譯本保留傳抄本的原貌，係依Hogan的注疏和Lloyd-Jones的行注所論：這一段台詞完全吻合克萊婷的風格；抄本**496**的「對你」意味著有第二者在場，可是前述的版本卻把它刪除；**501**轉變口吻，由同一個人說出口很不自然，為了解決口吻的轉變，許多英譯本把**501-02**歸給另一名隊員，此一做法顯然違背我們所瞭解的歌隊為一集體人格的認知。

491. 荷馬史詩描寫天神託夢，有真有假。**478**也應當作如是觀：天神會說真話，也會騙人。

494. 頭戴葉冠表示帶來喜訊，如《伊底帕斯王》**83-89**，克里昂問神喻有了結果，就是戴葉冠上場。不過克里昂戴的是月桂的枝葉，橄欖枝則是象徵和平。雅典娜送給雅典人橄欖樹，打敗勁敵波塞冬送的海水泉，因而成為雅典的守護神。**口渴**：乾燥，因此出現塵土飛揚的景象——指傳令後面的返鄉部隊。

495. 沼泥：可能影射302「攝魂眼沼澤」。

497. 冒煙：傳遞假信號，相對於冒火焰是傳遞可靠的消息。克萊婷不無挖苦歌隊之意。《安蒂岡妮》**1008-12**提到，舉行燒化祭時，燒牲無火有煙是不祥之兆。

500. 克萊婷的台詞結束後，一直要到587才又開口，乍看似乎很彆扭。可是，演員長時間沒有台詞的情況，在埃斯庫羅斯劇場並不是孤例，如本劇煞尾1560-1653，足有九十四行，克萊婷也是在場上卻沒有台詞。更何況，沒有台詞並不表示沒戲可演（參見548n）。

502. 收割：重出於1044和1655的**收成**。**壞……果**：「居心不良所造成的過失」，其中「過失」即《詩學》引人爭議的*hamartia*（常見的英譯是tragic flaw，「悲劇缺憾」或「判斷錯誤」），重出於1197，又以字根的形態出現在534-7（見行注）。這個字在希臘悲劇中極其尋常，不論是否用於譬喻。

503. 引出戰士返鄉的主題，又一個承襲自《奧德賽》的母題。傳令也是信使，是希臘悲劇的制式角色，最常見的功能是報告舞台之外發生的事件，如特洛伊戰場的情景（**551-82**）以及阿格門儂的歸鄉之旅（**634-80**），轉述暴力或死亡的場面倒是不見於本劇。Hogan指出，這名傳令雖然沒能發揮《安蒂岡妮》劇中的哨兵那樣寫實的作用，他口中細膩的戰場即景，以及述說海難之前的猶豫，繼之以避重就輕，終至於點出惡兆的開場白（**636-549**）確實令人感受到刻畫性格的用心。埃斯庫羅斯筆下的轉述很少僅止於提供新聞。傳令的台詞由兩段對白分割成三部份，顯然可見營造戲劇效果、探索戲劇潛能的用心。他的出場預告783阿格門儂的歸來，也提供了時機，使得觀眾不只是聽到歌隊的警告（**546-50**）和憂慮（**617-31**），而且意識到598-614克萊婷的虛情假意。

504-05. 呼應**20**。因為**希望實現**則光明在望，所以**這一天**「可望」就是長夜後的黎明。

507. 參較**452-55**。

509. 屠龍神：「皮托神主」，即阿波羅。皮托（*Pytho*，字義「腐爛」）是德爾菲的舊名，名稱源自據守該地的母龍皮同，阿波羅以箭將之射死，就地建立自己的神諭信仰。皮同中箭後，因太陽神赫邏斯的威力而腐爛。皮同的誕生和隱寓陰性的大地有關，而遭希拉詛咒「只許在陽光照不到的地方出生」的阿波羅後來卻成為光明之神（"Hymn to Pythian Apollo"）。《阿格門儂》兩性戰爭的母題從夫妻反目延伸到天神相爭，又蔓延到宇宙本體的陰陽相剋。這一場宇宙大戰在《和善女神》的法庭戲臻於高潮，而那一場旋乾轉坤的戰役只不過是延續《和善女神》開場戲所影射德爾菲神喻的主權爭奪戰（Sourvinou-Inwood **215-41**）。

510. 斯卡曼德河，一如696西摩易河，流經特洛伊平原。

和沼泥是雙胞胎，向我保證　　　　　　　　　　495
他對你不至於沒話說，也不只是
在山上堆柴點火冒煙傳信號。
等他開口，我們就會更高興，
要不然——我可不喜歡相反的消息。
但願好兆頭帶來大吉大利！　　　　　　　　　500

領隊　　任誰不是像這樣祝福我們的城邦，
　　　　活該他收割壞心地結出來的惡果。　　〔傳令飛奔上。〕

傳令　　嗷呵！祖先的故鄉，阿果斯的土地！
　　　　第十年的這一天，我回來啦！
　　　　多少希望泡湯，這個倒實現了。　　　　　505
　　　　這期間，我不敢夢想有幸死在阿果斯，
　　　　埋葬在這一片芬芳的土地。
　　　　為祖國歡呼！為故鄉的陽光歡呼！
　　　　至尊神宙斯萬歲！萬歲屠龍神——
　　　　您在斯卡曼德河畔對我們發過威，　　　　510
　　　　可別再下箭雨淋我們的頭；
　　　　阿波羅威德，請來解除苦厄，
　　　　來醫療創傷！還要恭請各路神明
　　　　共同受我一拜：我敬愛的守護神，
　　　　傳令一體崇拜的神使赫梅斯，　　　　　　515
　　　　還有護送大軍出征的英雄，
　　　　請慈悲再度保佑矛下餘生的勇士！
　　　　萬歲，巍巍壯麗的王宮，可愛的家，
　　　　莊嚴的寶座，陽光常照耀的神像！
　　　　你們曾經含笑祝我們一路順風，　　　　　520
　　　　請再度春暉眷顧，迎接國王久別之後
　　　　重返家門。他就來了，阿格門儂大王，
　　　　在黑暗中帶來光明照亮眼前的這一切。
　　　　好好歡迎他，這是應該的：

511. 特洛伊戰爭期間，阿波羅為特洛伊人助陣，並在希臘部隊引發瘟疫。箭雨即是取典於《伊里亞德》**1.43-53**描述的這一場天災。

512-13. 呼告醫療神阿波羅，預示阿波羅在《和善女神》替奧瑞斯辯護。

513. 各路神明：Lloyd-Jones（**501**）行注說是市場矗立的眾神像。

515. 呼告神使，因為赫梅斯是旅行者的保護神，更何況傳令是專業信差。

516. 英雄：生前受到推崇，死後受到的尊敬僅次於神（Harrison 1963:261）。英雄魂也是傳令呼告的對象，因為他們的影響力及於生者，其境地則被視為聖地。拙譯索福克里斯寫伊底帕斯之死的《伊底帕斯在科羅納斯》，以「神話英雄的誕生」為副標題，即是此意。劇中**1760-65**泰修斯對安蒂岡妮說的一段話可為佐證：「孩子，令尊臨終再三交代，不許任何人靠近那個地點，也不許提到當時的情形，因為那是聖地，是他安靈的處所。他說，只要我信守〔保護禁地與亡魂安寧的〕承諾，雅典就會國泰民安。」

519. 寶座：擺在王宮前的板凳，英雄時代的君主進行裁決的座位（Lloyd-Jones 501n）。**神像：**立於王宮門前宙斯、阿波羅與赫梅斯神像，朝東或東南，即面對阿格門儂進場的方向（Vellacott 185-86, n.）。

520-21. 曾經……請再度：先提起神明眷顧的前例，接著提出當前的請求，這是希臘祈禱詩常見的格式。

523. 黑暗……光明：二元對立的母題，整個三聯劇的悲劇節奏（**20n**）。

526. 劇平：農耕意象，開墾特洛伊使得阿格門儂家族有收成（Fagles行注）。農業意象也可以經營倒錯母題，參較**1655**。

527-28. 正如克萊婷在**338-40**以反諷語氣所表達心底的願望。**528**的植物意象，一如**1280**，也在經營倒錯母題。

529. 套上馬具：把特洛伊比喻為被馴服／征服的馬。

534-37. 繼**41**之後，再度使用法律措詞。**贓物：**根據《伊里亞德》，帕瑞斯帶走的不只是海倫，還有許多財物。**賠……兵：**直譯作「付出兩倍的代價贖過」，其中「過」即**502n**提到的-hamartia字根；不只是海倫歸原主，甚至賠掉了整個城邦。Fagles行注說，古代雅典法律對偷竊課以賠償兩倍損失的罰款。

540. 以下這一段穿針對白，領隊存心暗示守夜人在開場戲表達過的憂慮，可是傳令意會不來。

548. 參見**35-39**。歌隊在**542**開始旁敲側擊警告傳令，暗示阿格門儂的險境，可是面對傳令的詢問（**547**）卻只能打啞謎。此時克萊婷如果不在場（見**489-500n**），歌隊沒必要說話吞吞吐吐竟使得傳令會錯意；由於克萊婷在場監聽，歌舞隊欲言還止所流露的對未來的焦慮，正好和傳令的渾不知覺所勾引的對過去的回憶形成強烈的對比。克萊婷雖然沒有台詞，卻有助於營造懸疑和劇情張力，此與卡珊卓在**1045-71**情形無異。如果有意強調上述的劇場效果，甚至可以考慮讓克萊婷在**474**與**475**之間上場（見**590-92n**）。

549. 傳令抓到重點了，卻又誤解**550**，而以為國王回來則一切問提迎刃而解，因此引出一大段回憶戰場的目擊報導。

553-54. 只有天神無憂無慮，這是希臘詩人的老生常談。

他高舉宙斯的鶴嘴鋤替天行義，　　　　　　　　　525
除根翻土剷平了特洛伊，
把祭台砸了，把神殿毀了，
境內土裡的種子盡成灰。
這樣在特洛伊套上馬具，
他，我們的國王，阿楚斯的長子，　　　　　　　530
他就回來了，鴻運當頭榮耀蓋世。
帕瑞斯和他的共謀特洛伊
都無從誇口說這一場勾當划得來。
明拐暗偷走上被告席，贓物歸原主，
惹來一場浩劫連累祖居，　　　　　　　　　　　535
養生的土地也遭殃。
普瑞安的兒子賠了夫人又折兵。

領隊　　希臘大軍的傳令，歡迎你高高興興回國！
傳令　　高興得很，我現在死而無憾。
領隊　　思念故鄉使你這麼苦惱？　　　　　　　　　540
傳令　　沒錯，所以我熱淚盈眶。
領隊　　你害的病倒是值得慶幸。
傳令　　怎麼說？這話沒頭沒腦的。
領隊　　你思念的人也同樣在思念你。
傳令　　你是說故鄉在思念思鄉的部隊？　　　　　　545
領隊　　是啊，心頭一片烏雲，只能常吁短歎。
傳令　　怎麼會這樣悽慘？到底什麼事？
領隊　　沉默老早就是我辟災的良藥。
傳令　　國王出征，你們怕成這個樣子？
領隊　　就像你剛說的，死了倒也快活。　　　　　　550
傳令　　結局總算圓滿。時間那麼長，一言難盡，
我們的運氣可以說是起伏不定，
悲喜交集。除非是神，有誰能
無憂無慮一輩子沒有悲痛？

555. 傳令報導的重點不在於戰鬥的情景，而是在於營區惡劣的生存條件。

568. 睡眠隱喻死亡，同**1451**。**爬起來**：起床。死亡是永眠，是徹底的安息，然而870-73克萊婷在她的想像中卻不讓阿格門儂有這樣的福分。借用莎士比亞在《馬克白》的措詞，她謀殺了阿格門儂的睡眠，所以阿格門儂魂不得安（**1545**）。可知本劇的倒錯母題乃是克萊婷發揮「心力」（參見**11**）「旋乾轉坤」所致。

576.對著陽光：在這光明的日子。

577-79.「措詞類似實際在神廟所見到的戰利品獻詞」（Lloyd-Jones行注）。

果真要說我們吃過的苦頭，　　　　　　　　　555
船上露宿擠在走道，鋪位慘不忍睹——
哪個人哪一天沒有發不完的牢騷？
在陸上又是另一景象，更惡心。
睡覺的床挨在敵人的城牆下，
天空的雨水和草地的露水　　　　　　　　　560
浸透皮膚，衣服都給泡爛了，
還生出小蟲子滿頭爬。
再說到冬天，冷得實在不像話，
伊達山的積雪把鳥都凍死了；
夏天偏偏熱烘烘，沒風　　　　　　　　　　565
也沒浪，大海懶洋洋睡起午覺——
幹嘛念念不忘傷心事？苦頭吃過了，
死的死了，一覺睡到天長地久，
不必起床，世事不再煩心，
我們活下來的何苦去點名。　　　　　　　　570
命運消了氣，何必再訴苦？
這一切往事確保未來更快樂。
我們這些阿果斯部隊的生還者
贏得了喜悅，憂愁無法抵消。
所以現在，我們的聲威翻山越海，　　　　　575
大可理直氣壯對著陽光誇口說：
「阿果斯大軍終於攻佔特洛伊，
希臘各地的廟宇掛滿戰利品，
獻給神明，榮耀萬古長存。」
世人聽到這樣的話，必定讚美　　　　　　　580
這個城市和帶兵的將領，推崇宙斯
恩賜這些豐功偉蹟。想說的我都說了。
領隊　　聽你這麼說，我承認自己錯了。
　　　　活到老學到老總能夠常保年輕。

587. 呼應26。Taplin（294-99）主張488-500是領隊的台詞（見488n第二段），接著釐定克萊婷上場的時機。領隊說出兩行感想之後，585-86建議傳令入宮向王后報告。「傳令正要入內，劇場的注意力全都集中在宮門。就在這個節骨眼，克萊婷彷彿知道大家都想到她，突然在門口現身。於是傳令下場的動作被克萊婷的上場給阻止或延誤了。這一來順勢營造的場面與戲劇要素，對於後續劇情的推演效果可觀：克萊婷控制門戶通道。她是看門狗（見607），除非在她監視下，誰也別想跨越門檻」。依照這樣的理解，克萊婷在這一場戲，從此處驟然上場到614驟然下場，從頭到尾由她唱獨角戲，呈現她高高在上而效率與無情兩皆一流的形象，效果之強烈無庸置疑（Taplin 300-02）。

590-92. 克萊婷雖然用直接引句，卻不必然表示她忠實引述特定人物的話，很可能指涉272-80或475-87。如果強調後者，這意味著她在插戲二的上場時機提前到475（見548n）。無論如何，這三行台詞流露的性別歧視不言自明（參見485-87n）。

597. **安撫**：本義為「哄睡」，可能意指「澆熄奠酒」，即祭拜結束時的動作。**香火**：燒牲（塗有香料）的火焰，並無隱喻命脈的含意。

598. 其實克萊婷根本不在乎傳令的**故事**；她關心的只是阿格門儂能否安安穩穩倒在她刀下。因此，600的**準備周全**和602的**窩心**都有不足為外人道的弦外之音：為謀殺做好準備，以便殺得稱心如意。同理，601的**備受敬愛**，簡直是在挖苦傳令和歌隊有眼無珠。以下的台詞（600-14）連同她的歡迎詞（855-913），克萊婷把言詞反諷的藝術發揮到了極致，口蜜腹劍的雙關語俯拾皆是。

603. **攤開門扇**：正是利西翠妲的措詞（*Lysistrata* 250），性意味十分明顯；參見1446-47n。如果不作性聯想，依字面把**門扇**解釋為宮門，則雙關語變為反諷語：這個宮門正是卡珊卓所稱的**鬼門關**（1291），克萊婷歡迎丈夫回來受死。

605. **親親寶貝**：希臘原文有色情意味，在公眾場合用來稱呼征戰返鄉的統帥，不是冒犯就是嘲弄。**阿果斯的親親寶貝**：也許是旁白，不然就是只說給歌隊聽（Hogan）。語氣急轉彎是克萊婷說話的風格，604的破折號就是個例子。

606. 本行，一如以下的台詞，反諷語和誇張話（613**大話**）糾結在一起，巧設語言的迷障，句句話中有話。

607. **出……候**：祭殺伊斐貞那一天。因此前一行的**不二心**除了表面上說的夫妻情十年如一日，也可以是復仇的決心十年如一日。M. Merchant（18-19）指出，由於**狗**這個隱喻，606-10實為戲劇反諷的範例。乞丐裝扮的奧德修斯走進家門之前，在門口見到闊別十九年的家犬，牠和阿格門儂的故鄉同名，也叫阿果斯。阿果斯是當年奧德修斯打獵的良伴，主人出征之後就沒人理睬牠，如今主人歷劫歸來，牠看了主人一眼就瞑目了（Odyssey 17.291-327）。在這之前，奧德修斯在陰間邂逅阿格門儂的亡魂，聽他說到自己慘遭克萊婷謀殺的事（11.409-34），阿格門儂用來指稱克萊婷的字眼也是「狗」（11.424）。埃斯庫羅斯使用這個典故意象激發觀眾微妙的反應，並對克萊婷的反諷語發出會心的微笑。觀眾不見得瞭解前述的文學傳統，但是歌隊的反應起碼可以刺激他們的想像——想像克萊婷的弦外之「音」（參見1228n）。有必要補充的是，當時的希臘人不像我們現在這樣把主觀的情感好惡與價值判斷投射在狗身上（Hogan）。荷馬提到阿基里斯為摯友帕楚克洛斯舉行葬禮時，殺了兩隻狗和十二名特洛伊貴族一起火化，作為前往陰間的伴侶（Iliad 23.172-76）。帕楚克洛斯生前總共養了九隻狗，荷馬稱之為τραπεζῆες κύνες，意思是和主人一起就桌進食的狗，顯然已有初步的寵物情感，可是照樣逃不過陪葬的命。

	不過，這消息最有切身關係的	585
	是王后一家，雖然我也分享了耳福。	
克萊婷	我早就高聲歡呼過了，早在	
	光焰飛書衝破黑夜捎來信號	
	說特洛伊城破國亡永劫不復。	
	當時還有人笑我，說：「妳這樣	590
	信任火炬，相信特洛伊淪陷？	
	真是個婦道人家，心浮得半天高。」	
	他們這麼說，好像我迷了心竅，	
	可是我獻上牲品，他們卻學起女人	
	沿街歡呼，聲聲相應此起彼落，	595
	謝恩讚美在各個神廟迴響，	
	四處安撫燒牲的香火。 〔轉向傳令。〕	
	有必要由你來說故事大綱嗎？	
	國王會原原本本親口告訴我。	
	現在，我得要快點準備周全	600
	迎接我那備受敬愛的主人回家——在女人	
	還有什麼比看到這片光景更窩心的？	
	攤開門扇歡迎男人征戰返家，	
	一路上有神明保佑——傳話給他：	
	希望他儘快回來，阿果斯的親親寶貝，	605
	走進家門好明白妻子不二心	
	一如他出征的時候，是王宮的看門狗，	
	對他忠心耿耿，絕不放過他的死對頭，	
	這樣一個凡事有始有終的女人，	
	那麼長的時間不曾破壞封印。	610
	和其他男人尋歡作樂或鬧緋聞，	
	我一竅不通不下於動手淬青銅。	
	這樣的大話，一句也假不了，	
	憑我的身世沒什麼好慚愧的。 〔下。〕	

608. 他：不是文法邏輯指涉的阿格門儂，而是埃紀斯，此所以MacNiece的英譯以斜體字強調。埃紀斯的死對頭正是阿格門儂：克萊婷強調自己愛恨分明，一恨十年不稍減。

610. 封印：財庫在阿格門儂出征時上鎖，以火漆封印，得要等到他返家才開啟；另有「貞操帶」之意。因此破壞封印可以有盜財（打開財庫的封印）和偷漢子（紅杏出牆）兩個意思。

611. 其他男人：可以是阿格門儂以外的男人，也可以是埃紀斯以外的男人。

612. Fagles在其英譯本引論（p. 20），引「染液染不了青銅」這句表示不可能的俗話，說：克萊婷只差沒告訴傳令「但是你可以用血染紅青銅〔兇器〕」——這樣的解釋「產生效果最強烈的一個悲劇反諷」。這一行的**淬**和**960染**是同一個希臘字；淬青銅為的是把青銅器染色，克萊婷殺阿格門儂用的兇器是青銅製品——希臘神話的英雄時代即文明史上的青銅時代。這個語詞也有「煉青銅」之意，然而青銅不像鋼鐵那樣耐高溫，煉則熔化。如果釋義作「煉」，**611-12**克萊婷言下之意是「我一旦把為阿格門儂保留的匕首熔化，就會和埃紀斯一刀兩斷」，問題是她煉不來；如果取「**淬**」，她的話中話是「我很快就證實給你們看，我可以〔用鮮血〕染這件青銅，就如同我可以和我的男人尋歡作樂」（Hogan）。克萊婷很快就要證實，她兩樣都擅長。

615-16. 很漂亮：以反諷語含蓄示警。

617-19. 領隊的問題和後續的對話意味著，如果梅內勞斯和阿格門儂一起回來，克萊婷殺夫之舉勢必憑添困難，甚至無從實現。按荷馬史詩，這兩兄弟在攻陷特洛伊後吵了一架，並沒有一道賦歸，不過奧德修斯的兒子特列馬庫斯在探詢阿格門儂之死時，就是這麼問的：「阿格門儂是怎麼／死的？梅內勞斯人在哪兒？」（*Odyssey* 3. 130-58, 248-49）

620. 以下到635又一段穿針對白。

633. 太陽：Helios，提坦神族的太陽神（見3: 2n）。英文表示「太陽」的字首helio-，就是從這個名字來的。

636-37. 喜事要酬謝宙斯，災難要安撫憤怒女神，不宜混淆。同樣的道理，**1074-75**的意思是呼告阿波羅應當語帶歡欣與讚美。神各有所司，因此各有敬拜的時機。

642-43. 寫戰神耀武揚威：繼**427-55**，再度陳明戰爭沒有贏家。**鉤**：倒鉤。**雙**：雙鉤鞭揮一下造成雙重的傷痛，可能是強調傷痛之嚴重，也可能指**640-41**先後描述的公、私雙重傷害。**雙、一對、兩條**：極言戰神的傑作，景象慘不忍睹。

領隊	她對你這麼說，很漂亮，	615
	如果你聽得懂她的話。	
	不過，傳令，告訴我，梅內勞斯，	
	我們敬愛他，他是不是還活著？	
	也和你們一樣平安回來嗎？	
傳令	就算我編得出動聽的謊言，	620
	鄉親的喜悅也維持不了多久。	
領隊	但願你說得出動聽的實話；	
	動聽不合實情，話頭兜不攏。	
傳令	他從希臘大軍的視野消失了，	
	人和船都一樣，我說的不假。	625
領隊	是他打頭陣從特洛伊出海，	
	還是風暴打散船隊把他捲走？	
傳令	你一語中鵠像個神射手，	
	言簡意賅裁剪長篇的災難。	
領隊	部隊總會聽到他的下落吧？	630
	他還活著嗎，還是已經死了？	
傳令	沒有人知道確切的消息——	
	除了滋養世間生命的太陽。	
領隊	天神怎麼會生氣颺起暴風	
	打擊我們的船隊？結果呢？	635
傳令	這個大吉大喜的日子不適合犯沖	
	說壞消息——敬神得看時機。	
	一個海難生還的信差，心存餘悸，	
	向同胞報告返鄉部隊的浩劫，	
	這是在全城鄉親的身上劃下傷口，	640
	多少男人離家出征再也回不來，	
	戰神揮舞心愛的雙鉤鞭一路驅趕，	
	一對連環神駒拖出兩條血路，	
	這樣一個淚眼迷濛滿懷憂戚的信差	

645. 派安贊歌：見**2: 151n**。本行以語義上的矛盾體現倒錯母題。復仇女神一如所有的陰間地祇，享受不到氣氛歡樂的崇拜儀式。

649. 傳令的敘述證實了克萊婷透露潛意識心願的「預報」（**338-47**）。

650. 開始述說海難，顯然**犯沖**（**636**）。傳令言行不一反映他的悲痛，也可能意味著公共的角色與個人的隱痛混雜在一起（Fagles行注）。梅內勞斯的海上奇遇正是緊接在《和善女神》之後演出的羊人劇《海神普羅透斯》（Proteus，失傳）劇情所本。**水和火**：海洋和雷電。如果雷電指涉雅典娜（見**3: 827-28**），那麼，由於海洋就是海神波塞冬的代稱，**650-51**可能影射特洛伊戰爭最後導致雅典娜——她本來是站在希臘這一邊——與波塞冬聯手為難希臘返鄉部隊一事（見尤瑞匹底斯《特洛伊女人》開場戲）。氣、水、火、土四元素當中，氣已發過威（見**186, 218**），現在又有水火合攻，只能寄望土，期盼上岸保平安。可是，土元素也有陷阱（見**494-95**）。唯有等到《和善女神》結尾，幽居地下的復仇女神蛻變成和善女神，陰陽調和才可能一勞永逸。

654. 色雷斯：見**191n**。**風**：東北風。

657. 牧羊巫：「邪惡的牧羊人」，狂風猛浪的擬人格。風吹浪打使得**船頂船／忽撞忽散**（**654-55**），情形有如牧羊人驅趕羊群，使得牠們角頂角忽撞忽散。

658-61. 曙光（**19-20**）照亮死亡之夜（**355-61**）帶來新的希望，絕命的旅途（**311-12**）孕育奇蹟（**661**），素有「希臘神曲」之美譽的《奧瑞斯泰亞》三聯劇的悲劇節奏就濃縮在傳令的這四行台詞。

659. 按Hogan注疏引|W. B. Stanford比較「花朵盛開」（anthos）這個希臘隱喻修辭的用法，「**愛琴海盛開屍骸花**」的重點在於屍體像花朵一樣浮出海面，陰森有餘卻無譏誚之意。

662-63. 神……親自掌舵：參見**182**。

應該對復仇女神唱派安贊歌。　　　　　　　　645
可是，帶著擺脫苦海的好消息，
歡天喜地回到安和樂利的故鄉，
我怎麼能吉凶不分告訴你們
天神發怒遣暴風為難希臘人？
水和火是死對頭，原本不相容，　　　　　　650
竟然誓約結盟沆瀣一氣，
聯手對付不幸的阿果斯部隊。
在夜裡洶濤橫掃猛浪翻騰，
色雷斯狂風吹不停，船頂船
忽撞忽散，又有旋風挾彈雨　　　　　　　　655
密得像冰雹，整得船隊顛簸漂流，
漆黑中任憑牧羊巫東驅西趕。
等到太陽露頭點亮曙光，
我們看到愛琴海盛開屍骸花，
希臘人的屍體和船骸一朵朵。　　　　　　　660
我們卻活著，船也沒壞，真是奇蹟，
不知道是哪個神耍詐或顯靈
親自掌舵帶領我們全身而返。
保生吉星自願護送我們的船，
我們才能平安下錨，大浪不湧，　　　　　　665
沒擱淺、沒觸礁、也沒撞上斷崖。
逃離了海上地獄，天色大白，
我們不敢相信自己的運氣，心事
重重，伴著船難鮮活的記憶
回想艦隊遭受無情風暴的摧殘。　　　　　　670
他們當中要是有人還存口氣，
必定認為我們死了，不是嗎？
就像我們在擔心他們死了。但願
有個美滿的結局。說到梅內勞斯，

676-77. 只要……兩眼：如果他還活著。

678. 預告《和善女神》的結局。

681. 梅內勞斯在返鄉途中的不幸遭遇，勾引歌隊想起他的妻子海倫。古希臘人相信名字預兆命運，即**700**說的**名稱定命運**，不獨詩人如此，連哲學家也一樣。這一首唱曲又一次提醒我們「主客〔有〕正道」（**363**）的母題。

682. 要命：一語雙關，既指程度上無與倫比，又有「致命」之意。

683. 超脫形骸：肉眼看不到，沒有肉體。Lloyd-Jones行注說，為海倫取名字的那一位「隱形者」，並非神靈之屬，倒比較可能是指某個已去世的人。冥神的名字Hades，意思就是「看不見」，希臘人由此訛轉，稱死去的人為「看不見」。死者形體消散之後，只剩魂魄，也是一種「隱形」。

687. 海倫：Helene，這個名字含有表示「殺害、毀滅」的字根*hele-*。下一行出現的三個字，一無例外：*helenas*（船毀），其中-*na*表「船」，如**660**的*nautikois*（船）；*helandros*（人亡），其中*andro-*是「（男）人」的字根，如**11**的*androboulon*（男人的意志或心智）；*heleptolis*（城破），其中*ptolis-*是「城鎮、城池」的字根，如**782**的*ptoliporthos*（毀滅或掃蕩城市的人），荷馬稱奧德修斯為「劫城者」，就是用這個字作他的描述詞。類似的字謎又見於**702**與**1080-82**。但是**687-88**純粹是埃斯庫羅斯的「神來之筆」，他在此處舞文弄墨的字源喻象語，一如**1080-82**，其實沒有字源學上的根據。雖然如此，「這些雙關語義和文字遊戲卻有其道理，意在揭露人或事的內涵與本性，進而闡明文字與行為的關連」（Hogan）。

692. 西風往東吹，特洛伊在東方。速度快，故稱巨。

693. 捕獵意象。獵人：追捕海倫的希臘武裝戰士。獵人通常不使用盾牌，可是這一批獵船運載的獵人不一樣。參見**52**。

695. 希臘艦隊追蹤海倫與帕瑞斯所搭之船逐漸消失的痕跡。

697. 海倫與帕瑞斯平安上岸。

699-702. 改寫可作「『憤怒』促使特洛伊完成一場κήδος，達成了既定的目標，再度證明有其名必有其實。」這裡的κήδος兼有「聯姻」和「悲悼」兩個意思，Fagles英譯作 "Blood Wedding"（血婚），顯然是影射西班牙劇作家羅卡（Lorca, 1899-1936）的《血婚》。

700. 天怒：「憤怒」，在**155**譯作冤魂，此處顯然是擬人格。這個字「在整部三聯劇中，始終和死者的怒氣息息相關」（Hogan）。

702. 婚姻結陰魂：即κήδος，見**699-702n**。**筵席**：梅內勞斯款待帕瑞斯的筵席。**702-03**筵席蒙羞，參見**402**。

703-04. 賓主誼宙斯不縱容：參見**363-66**。

只要有人生還，但願他是第一個。　　　　　　　675
只要有一絲陽光追蹤得到他，
看他活著睜開兩眼，宙斯保佑——
天意不容許這家族絕種——
他仍然有希望回到家。
你們聽了這麼多，都是實話。　　　　　〔傳令下。〕680

〔唱曲二〕
領隊〔唱〕　是誰取的名字　　　　　　　　　〔正旋詩節一〕
　　　真實得要命？
　　　　難道有誰超脫形骸，
　　　　　神機妙算卜未來，
　　　　　舌尖點破命運，　　　　　　　　　685
　　　　為槍矛婦戰火娘
　　　取名海倫？禍海沉淪：
人溺禍海，船沉沒，城淪陷，　　　　　　　688
當她穿越錦簾華幔　　　　　　　　　　　　690
　　　從幽靜美閨閣出航，
　　　　西風巨神來相送。
　　　　　獵人執盾緊相追，　　　　　　　693
　　　　　追隨槳葉落痕漸漸消，　　　　　695
　　　　隱入西摩易河畔，
　　　綠蔭灘把孤帆泊。
跋涉來浴血。

特洛伊應靈驗，　　　　　　　　　　〔反旋詩節一〕
　　　名稱定命運。　　　　　　　　　　　　700
　　　　締姻緣，天怒強作媒：
　　　　　婚姻結陰魂，筵席
　　　　蒙了羞。賓主誼

709. 普瑞安古城：特洛伊。

716. 以下到**736**是個譬喻故事，寫寵愛幼獅「是猶迎虎於門也」（《三國演義》六十回）。**獅**另見於**827、1224、1258、1259**。一般的詮釋是，養幼獅作寵物這個譬喻故事把**681-715**寓言化，此所以D. J. Conacher（**26**）以「海倫頌詩」（the "Helen ode"）稱呼**681-781**這整首唱曲，雖然Lloyd-Jones行注提醒我們，「不該輕率類比獅子和海倫，因為海倫只是特洛伊浩劫的工具，不是代理人；克萊婷遠比海倫更適合類比故事中的獅子」。這兩種觀點雖然不一致，卻不必然互相排斥（參見**409n**）。

717. 參較**50**。

720. 納迎：「納采」和「親迎」是古代六禮中的首尾之禮，即結婚的第一和第六道程序。**納迎**是中譯從**初**衍生的，**初**（προτελείοις）則是取自婚禮的隱喻，影射海倫與帕瑞斯的姦情（Hogan），重出於**65，226**的**初祭**則含共同的字首protel-。歌隊這先後三次的喻象，依次是歌頌正義之師卻難掩心中的疑慮（**65**），敘述使得遠征軍能夠順利出發的人祭（**226**），以及此處藉幼獅在牠生命的**初**期比論特洛伊接納海倫之**初**，有如「養虎遺患」，整個城市全成了牲品，從而拈出天理報應的觀念。

722. 就寓意的觀點，本行可解釋為普瑞安縱容帕瑞斯納迎海倫。

725. 彷彿預告下一場戲克萊婷迎接阿格門儂的神情。

730. 本行特能看出**716n**引Lolyd-Jones所稱「工具」和「代理人」的差別：這隻寵獅是毀滅的代理人，即**736**說的「司殺使者」——海淪沒這個能耐。

731. 以口慾意象呈現倒錯的母題；參較**137-38、828**和**1188-89**這幾個口慾意象。**不速客**：沒有受到邀請，沒有人吩咐。

　　宙斯不縱容：他們　　　　　　　　　　　704

　　熱鬧狂歌頌婚喜慶，　　　　　　　　　　706
賀新嫁娘親友共聚一堂，
聚一堂齊來受果報。
　　普瑞安古城學新曲：
　　喜樂變調作哀樂，　　　　　　　　　　　710
　　　嘶聲哀號唱靈歌，
　　　哭訴帕瑞斯結奪命婚。
　　滿城悲戚伴山河，
　　遍地淚水洗荒墟，
無辜血漂屍。　　　　　　　　　　　　　　715

有人枉顧哺乳情　　　　　　　　〔正旋詩節二〕
　　豪奪幼獅，
家中來飼養。　　　　　　　　　　　　　　718
　　　納迎進門初溫馴，　　　　　　　　　　720
　　與孩童共嬉戲，
　　逗樂老人家，
　　　懷抱作搖籃，
仿如添了小寶寶。
　　　溜眼珠伸手耍嬌態，　　　　　　　　　725
給了吃的就認作娘。

幼獅成年，兇殘性　　　　　　　〔反旋詩節二〕
　　終於顯露：
回報養育恩，
　　把羊欄作殺戮場，　　　　　　　　　　　730
　　不速客享大餐；
　　血腥處處飄，
　　　污穢汩汩流，

734. 呼應**462殺人如麻**和**528種子盡成灰**。

736. **司殺死者**：「災殃神（見**385n**）的祭司」，措詞教人想起**223-26**的阿格門儂和**1384-87**的克萊婷。「作者刻意挑選『祭司』這字眼，因為祭司執行獻牲的動作；遭屠殺的羊群被想像成獻給災殃神的牲禮」（Lloyd-Jones行注）。

737. Lloyd Jones行注：「改用比較緩慢的短長格節奏，搭配文義天衣無縫。歌隊說有兩樣東西來到特洛伊：首先是安祥，其次是愛情；他們不是在描述海倫。」按他的詮釋，**738-39**寫「安祥」，**740-42**則是三個同位語寫愛情，**743**的主詞（＝**747來客**）是宙斯賓主神（見**60n**）差遣的復仇使者，即**749**的**怨靈**。不過，常見的詮釋是本詩節描寫海倫：**737**、**743**的主詞和**747**的**來客**都是指海倫；**737-39**照應**720**，寫她初抵特洛伊的情景；**740-42**一連三個意象形容海倫傾國傾城之貌。

740. 錦上添花。

741. **流波箭**：參較伊斐貞的「利箭」（**240**）。

742. 英國劇作家馬婁筆下的浮士德見到海倫時脫口而出的反應，可作為「**裂春心**」的註腳：「是這張臉啟動千艘戰艦，／夷平特洛伊高聳的城樓？」（Marlowe, *Doctor Faustus* 5.1.97-8）參見**419n**引特洛伊長老的觀感。

743. 按嚴謹的文義邏輯，此句稍嫌費解，除了**737n**提到的兩種解釋，也可能指海倫抵達特洛伊之後又生變卦，如《奧德賽》所呈現的海倫（見**782n**），也可能指海倫與米奈勞斯的婚姻中途變質，因此引發**745**所述的後果。相對於索福克里斯擅長縝密的推理，以及尤瑞匹底斯擅長細膩的寫實，埃斯庫羅斯的勝場在於落筆如湧泉的抒情意境，因此常有跳躍式的聯想；參見**409n**。此處的**大轉彎**暗扣**186**的氣息急轉彎，是在體現宙斯的意志：把**不速客**（**747**）送上門的正是宙斯本人。

747. 客人在特洛伊停留，造成慘不忍睹的景象。**來客**：見**737n**。

748. **殷勤**：稱宙斯為賓主誼護持神（見**60n**）所用的描述詞，重出於**402主客情誼**。

749. **怨靈**：復仇女神。埃斯庫羅斯又一次吊讀者／觀眾的胃口，把令人聞之驚心的名字擺在句尾（參見**59n**），如中譯所反映的。

750. **俗話**：**751-56**所述過度富足招神妒。阿格門儂在**923-24**就是想到這個古老的觀念。由於本詩節與前一詩節（**737-49**）格律相同，文義應該是一貫的。準此，歌隊引這句俗話，顯然是針對特洛伊。荷馬應用在特洛伊的描述詞，撇開陳腔濫調不談，比較有特色的如「城牆高聳」、「城門雄偉」、「城樓精美」、「街道寬廣」、「駿馬成群」，說明了該城的富庶（Bowra 21），竟至於**散發濃濃的財味寶氣**（**820**）。對偶詩節的結構不只是使得**750-62**表達的神學觀念緊緊扣住**737-49**陳述的意念，而且繼續鋪陳到這整首唱曲結束：只有不義會招天譴報應，不義源於自大，自大這個惡德會像遺傳一樣禍延子孫，正義則福澤後代。

753. **繁衍**：以生物的傳宗接代隱喻榮華富貴的累積（參見**758繁殖**、**759傳種**）。希臘古典詩常見把生殖隱喻應用在過量、傲慢、災殃之類的抽象觀念。**不絕種**：綿綿不絕如子孫傳種。

755-56. 家族的鴻運是禍源，反映凡事節制的明訓；比較**377-84**。

757. 前述的觀念，早在埃斯庫羅斯之前超過一個世紀的梭倫（Solon）就反對過了。因此，我們不該視之為歌隊的一己之見（Lloyd-Jones行注）。

758. 按歌隊的辯正，特洛伊的禍根不在於積財，而是在於做出不義的事。這提醒我們意識到阿格門儂在道德認知上的盲點：**211-16**透露他的自大，**946-49**流露他的虛榮。

即目一片大屠宰。

　他們家裡養寵物是　　　　　　　　　　　　735
天神遣來司殺使者。

　　想當初抵達特洛伊，　　　　　〔正旋詩節三〕
　神情安祥
風不起，
稀世榮耀綴錦衣，　　　　　　　　　　　　740
媚眼流波箭，
　　嬌花消魂裂春心；
　　　突然來個大轉彎，　　　　　　　　743
　　洞房花燭化作熊熊火　　　　　　　　745
狼狽普瑞安子孫，
來客停留惹禍殃。
殷勤宙斯送入門，
　　把淚水普贈新婦是怨靈。

　　自古有俗話廣流傳：　　　　〔反旋詩節三〕750
　榮華富貴
積飽滿，
繁衍子息不絕種；　　　　　　　　　　　　753
鴻運照血緣，　　　　　　　　　　　　　　755
　　點燃苦火澆不息。
　　　我的看法迥不同：
　　行不義才會繁殖不義，
樹立壞榜樣傳種，
滿門庭惡果纍纍；　　　　　　　　　　　　760
全家循規又蹈矩，
　　庇蔭眾子孫齊來享福澤。

763. **傲慢**：*Hubris*，擬人格。傲慢即自大，源於過度自信。在希臘觀念中，人、神之間有有一道不可能跨越的鴻溝，生為人卻無視於這一道鴻溝而強要跨越，那就忤逆了神（Harrison 1963: 468）。尤瑞匹底斯在《希波呂托斯》為「傲慢」下定義：「人想要和天神爭高下」（*Hippolytus* 475）。

765. **生出**：生殖的隱喻（見753n）。**新**：年輕的。

769. **包天膽**：Θράσος，也是擬人格，即下一行的「黑面殺手」。

770. **黑**：復仇女神的顏色（464n），性屬兇邪。**殺手**：385的災殃、736的司殺、1432的憤怒魂都是同一希臘字。

772. **正義**：Dike（見250n），擬人格，從赫西俄德以後常被說成宙斯的女兒，因此可稱為正義女神。

773. **薰煙**與**寒門**並稱，源遠流長。

775. 歌隊雖然在前一個詩節否認財富即罪惡的觀念，卻認為清寒即是德操。

776-77. 正義女神（**她**）不光顧（**調個頭**）鑽營財路不以其道（**手骯髒**）的華宅屋主。

778. **清白人**：對比776手骯髒。

779. 財富有力量，對財富的諂媚卻使那種力量變成財大氣粗（＝諂言鑠金，中譯套成語「眾口鑠金」），此即780的假鈔。

780. **假鈔**：劣幣或膺幣，不義之財，包括攙了鉛的青銅合金（390）。不義之財不只是得之不義，更是用之不當，如踩壁毯之類的揮霍（見922n）。

781. 正義女神把一切事引向個別注定的結局。**掌舵**：「引導」。這一首唱曲的結尾充滿不祥之兆，適時引出阿格門儂上場。

從**906下車**可知他搭乘馬拉戰車上場。阿格門儂與卡珊卓共乘一車進場的景象，反映瓶繪所見西元前五世紀雅典娶親的情形；就隱喻而論，此一場景象徵阿格門儂把特洛伊戰爭帶回家（Rehm 84），參見315-16n。克萊婷的光焰飛書台詞（282-314）已經在我們的想像視野把戰火引進阿楚斯家族，阿格門儂踏上壁毯（957）更進一步把前述的隱喻化作視覺意象，具體呈現在我們的眼前。

782. 歌隊吟誦行進曲歡迎阿格門儂，重點強調讚美有發乎赤誠和虛情假意之別──他們知道克萊婷說的話不能聽表面──為的是示警，就像領隊在前一場戲試著要警告傳令。誠如Taplin（302-03）指出的，這一場插戲位居全劇的核心，前面的劇情是為這一場戲鋪陳，後續的劇情是為這一場戲善後：開場戲表明阿格門儂在特洛伊打勝仗將帶來光明的願景，卻由於伊斐貞的人祭、戰爭醜陋的本質、梅內勞斯的下落不明、人民的怨恨以及克萊婷的氣焰這一連串的負面的訊息，願景雖然還不至於粉碎，總是蒙上了陰影，可謂山雨欲來風滿樓。就是在這樣的氣氛中，阿格門儂凱旋歸來，醞釀多時的滿樓風即將掀翻王室家族的屋頂。到了那個時候，**這個家開了天窗，事情自然說明白**（37-38）。

掃蕩：原文是名詞πτολίπορθ'，「掃蕩者」或「劫城者」（見687-88n），作國王的描述詞使用。就像克萊婷的火焰飛書把想像視野從阿果斯引向特洛伊，對於熟悉荷馬史詩的觀眾或讀者來說，這個描述詞把想像的視野從阿格門儂的世界引向奧德修斯的世界。《奧德賽》敷陳奧德修斯的歸鄉之旅，一再提及阿格門儂慘遭謀殺之事（1.28-47, 3.193-200, 230-35, 4.517-47, 11.387-464），對比襯托的用意不言自明。奧德修斯的妻子裴內洛珮苦守二十年，終於和丈夫團圓，是堅貞的典型，與克萊婷形成極端的對比。海倫則介於兩者之間：她一度背棄梅內勞斯，後來「回心轉意」，餘生鰜鰈情深。

傲慢上了年紀，　　　　　　　　　　　〔正旋詩節四〕
壞心地結惡果
　　又生出新傲慢，　　　　　　　　　　765
　　　或早或遲終究有
　　　　命星誕生，
　　　暴戾氣無孔不入，
　　　賦形喚做包天膽，
黑面殺手引進門，　　　　　　　　　　　770
　　　有其父必然有其子。

　　正義散發異彩　　　　　　　　　　〔反旋詩節四〕
光照薰煙寒門，　　　　　　　　　　　　773
　　推崇正派人生。　　　　　　　　　　775
　　　金屋華室手骯髒，
　　　　她調個頭
　　　　轉身眷顧清白人；
　　　詔言鑠金財氣粗，
假鈔她不屑一顧。　　　　　　　　　　　780
　　殊命別運她分掌舵。　　　〔阿格門儂與卡珊卓乘車上，
　　　　　　　　　　　　　　　歌隊一擁而上。〕

〔插戲三〕

歌隊〔吟〕　看！國王掃蕩特洛伊回來啦！　　〔行進曲〕
　　　　不愧是阿楚斯的兒子。　　　　　　783
　　　　我們表達敬意，該怎麼歡呼　　　　785
　　　　才算誇讚恰到好處，
　　　　不會飛過頭，也不會中途落地？
　　　　世人多的是不顧實情重外表，
　　　　錦上添花卻踰越常軌。
　　　　　要是有人不幸，大家都喜歡　　　790

785-89. 表面上說的是讚美過猶不及，其實流露與前面的抒情詩密切關連的焦慮。只就一事而言，**789** 踰越常軌引人聯想到 **763-81** 傲慢與正義的對比，而常軌就是 **772** 的正義（見 **789n**）——歌隊回想阿格門儂獻人祭一事之後，也是用同一個字下結論（**250**）。

787. 以射箭命中靶比喻讚美恰如其分，箭飛過頭是諂媚，過猶不及，讚美不及即是中途落地。領隊的措詞隱含「錯失目標」這個意象，此一意象則是亞理斯多德《詩學》拈出的 hamartia（見 **502n**）這個觀念的基本隱喻。

788-89. 如稍後克萊婷將擺出的紅毯迎賓禮。繼 **542-48** 向傳令暗示果未，現在進一步試圖警告阿格門儂，要他當心「口蜜」，然後又在 **795-98** 與 **807-09** 兩度重申，語氣越來越直接。然而，阿格門儂還是聽不出弦外之音。征戰多年的軍人初抵家門，有所不知雖是實情，但他識人顯有不足，倫常悲劇一變而為政治悲劇，有如我們在《哈姆雷特》所見——《安蒂岡妮》則是把政治主題敷衍成倫常悲劇。

789. 常軌即「正義」（見 **250n**）。義者，宜也：合宜即正義。

795. 牧羊人：以荷馬以降用於捍衛人民者的傳統比喻，如「阿格門儂，百姓的牧羊人」（*Odyssey* **4.532**），這早在公元前二千年的兩河流域史詩《吉爾格美旭》（*Gilgamesh*）已有先例。

797. 以醇酒比喻真情。

800. 根據尤瑞匹底斯於西元前 **412** 酒神祭推出的《海倫》，戰爭期間出現在特洛伊的是海倫的幽靈，她本人其實被天神帶到埃及，得要等到梅內勞斯在歸程找到她才能回到希臘。「在新興的倫理意識開始檢討早期的傳說與神性的時代」，如此更改傳說是很自然的（Harsh **226**）。為了幽靈而大動干戈，尤瑞匹底斯藉此凸顯戰爭的荒謬，這樣的心態不是「喝荷馬的奶水長大」又以參與馬拉松戰役為畢生榮耀的埃斯庫羅斯所能理解的。然而，埃斯庫羅斯和荷馬一樣，深切瞭解戰爭的暴力本質，這在 **436-55** 表達得相當深刻。

801. 歌隊對阿格門儂的愛戴無庸置疑，卻不至因為愛國忠王的熱情而盲目美化特洛伊戰爭的本質與起因。

802. 航海意象又見於 **1005-13**。把國家比作海上航行的船，如《安蒂岡妮》**163-64**，這是上古希臘文學常見的譬喻。舵手這個希臘譬喻猶如中文的「棟樑」。

803. 生氣：兼有「生命的氣息」和「戰志」兩個意思。

804. 指犧牲伊斐貞（**223-42**）。

807-09. 《奧德賽》**19.497-501** 寫奧德修斯初抵家門，接到奶媽類似的警告，要提供名單分列忠與奸，但是奧德修斯回答：「奶媽，妳何必費事？沒那個必要。我自己會一個個仔細觀察，一個個仔細判斷。」他飽經人情世故，歷練、冷靜與識人之明遠非阿格門儂所能相提並論（參見 **831n**）。領隊的警告提醒我們注意到本劇承襲自《奧德賽》的一個主題：戰士返鄉。

810. 阿格門儂開口的第一個字，和傳令一樣，是阿果斯。本行以下到 **974** 共 164 行，是《阿格門儂》劇情核心的焦點所在，其重要性無庸置疑，其意義，不論是在這齣戲本身或在整個三聯劇，卻眾說紛芸。分歧的岔點在語氣，各家所認定埃斯庫羅斯倚賴荷馬人物造型的程度之深淺也影響到各自的詮釋。荷馬的影響確實不容忽視，這不只是就埃斯庫羅斯的創作而言，後人解讀同樣無法擺脫荷馬的陰影，阿格門儂在《伊里亞德》與阿基里斯爆發爭執時的霸道作風（Iliad **1.1-348**）尤其是關鍵。然而，埃斯庫羅斯的初衷是獨立創作，觀眾或讀者對於荷馬史詩也未必熟悉，我們不妨秉就劇本論劇本的態度。從這個觀點來看，我們無法否認劇中刻畫阿格門儂的性格並不深入，甚至比不上傳令和卡珊卓，遑論克萊婷。此一事實卻無損於這一景所展現的戲劇張力。阿格門儂畢竟是一家之主兼一國之君，「此一地位負有聖禮以及

同聲哀嘆，可是悲傷的利齒
從來挨近不到心口；
別人有歡樂他們也要分享，
硬把一張臉擠出笑容。
可是好的牧羊人能識別羊群，　　　　　　　795
能看透眼神，知道有些人
情意攙了水變淡薄，
搖尾耍嬌要把虛假弄作真。

　　想當初，您發動大軍
是為了海倫，在我心版描繪的──　　　　　800
恕我直言──是一幅醜陋的畫像，
像把持不住心術的舵手，
為了喚回生氣
不惜鋪上屍體築血路。

　　現在，我們一本赤誠歡迎您　　　　　　805
嘸苦吐甘有個圓滿的結局。
到時候您打聽看看就明白，
留在後方守護家園的人
哪些是正直，哪些是虧心。

阿格門儂　先向阿果斯，還有社稷眾神，　　　　810
我正心行個禮，他們成全我平安
回到家，成全我向普瑞安的城邦
討回公道。天神不用聽訴狀或答辯，
一致主持正義，把票投入血甕，
贊成屠殺特洛伊，洗劫城池　　　　　　　815
毀滅百姓；相反的那一個容器，
空手在徘徊，有希望卻沒有票。
到現在還有餘煙在訴說劫城，
毀滅仍然揚風捲雲，
灰燼散發濃濃的財味寶氣。　　　　　　　820

政治和社會責任」，Hogan注疏說：

> 不論好歹，他維繫綱紀；殺他就是危害那個綱紀，而且冒犯天理正義。〔……〕兇焰確實到處猛竄，可是文本鮮有迫使我們視阿格門儂為天地不仁俎上肉的筆墨痕跡。縱使他的推理（930以下）乏善可陳，他還是能夠為人所理解，他犯的錯誤是人之常情。即使他這個人配不上他的階級，那也不足為奇。可以這麼說：就戲劇效果形塑性格而論，他這個人承擔不起他該承擔的重責大任，這樣的看法或許是現代對於這一場戲感到疑慮叢生的癥結。我們不再具有社會階級意識，對於〔阿格門儂之輩〕替天行道的宙斯代理人自會懷抱更大的期望。希臘人比較務實，深深瞭解踰越人性種種限制的危險，或許覺得他進退維谷的處境來得自然，甚至無從避免。

811. 阿格門儂的開場白呼應領隊最後一句話中與**虧心**對比的**正直**，811-14一口氣說出**正心**、**公道**與**正義**。這四個語詞都含有*dike*-這個字根，也就是773、911的**正義**和789的**常軌**──*dike*出現的頻率在本劇名列前茅（見**250n**）。

813. **不用聽訴狀或答辯**：彷彿希臘與特洛伊在人間法庭從事言詞戰爭，可是天神已事先洞察案情（Smyth行注）。以下到**820**，阿格門儂耽溺於回憶劫城，他的修辭也許會讓現代讀者覺得他驕矜自滿，在古時候卻是英雄本色，不獨希臘為然。

814. **票**：ψήφους，本義為小石子，動詞為或數石子或投石子表示同意與否，取自雅典司法判決的隱喻，重出於1353和3: 679, 709。法庭備有兩個容器，分別代表有罪與無罪，被告答辯結束之後，陪審依次將手中的票──不是貝殼，是白色小石子（Rehm 106；參見**3: 709n**）──投入他所認同的容器。兩個甕口都伸手進去可以獲致秘密投票的效果，所以有**816-17**的譬喻。這是繼41和534-37之後，第三度藉司法意象反映雅典的當代現實。

819. **毀滅**：*ate*，見**385n**。譯文一如原文，並無任何字眼可辨識地點或指涉的對象，因此也可以解釋作「災殃在說話者的頭上徘徊」（Hogan），這個「說話者」當然是阿格門儂。

822. **網**：πάγας，為捕捉獵物所設的陷阱，包括羅網。**1611**的ἕρκεσιν（圈套）則明確指「網」。參見**1116n**。

824. **阿果斯猛獸**：奧德修斯設計用於屠城的木馬（*Odyssey* **4.271-89, 8.492-520**）。馬腹中空，裡頭埋伏希臘的突擊部隊，即下一行所述。「阿格門儂再度落入自己的語言陷阱：譯作『獸』的希臘字，常態用法是指蛇（如**1232-33**與**2:530**），而克萊婷正是潛伏草叢伺機要毀掉他的蛇」（Hogan）。Fagles英譯本所附導論 "The Serpent and the Eagle"，正是分別以鷹和蛇象徵這一對國王和王后。

824-28. 「這麼說來，這場戰爭是重複猛鷹撲擊母兔（**118-20**）的情景──另一種王族動物獅取代鷹罷了」（Vidal-Naquet 80）。

826. **金牛七星**（Pleiades）出現於五月至十一月，下沉靠近地平線（＝**斜落**）是在秋末，這個時間背景吻合傳令述風暴一事（**653-56**），因為颶風季意味著航海季節已結束（Hogan）。可是按一般的說法，特洛伊陷落是在夏初，很可能埃斯庫羅斯只是以歲末比喻夜晚，而傳統的說法正是希臘軍在夜間破城而入。

828. **口慾意象**，參見**731n**。

831. 以下到**843**阿格門儂的夸夸之言，就歌隊的警告而論，根本是言不及義。戰後返鄉的軍人不瞭解家中近況，未能體會社會的變局，無從理解爾虞我詐的人心與社會，也因此無從會意話中有話的措詞。他畢竟不像奧德修斯有嘗試錯誤的機會。

841. **勉為其難出征**：奧德修斯曾接到神喻警告，說他如果前往特洛伊，得要經過二十年才進得

所以我們一定要好好酬謝眾神，
厚禮感恩，銘記我們張羅復仇網
罩住整座城；為了一個女人，
它被阿果斯猛獸踩平在地上，
一匹馬孵出甲兵勇士，個個披堅執銳　　　　　　825
頂著斜落的金牛七星耀武揚威。
猛獅翻越城牆
舔王親的血大快朵頤。

　　感謝眾神的話說了一大篇，開場白。
你們的感想，我聽到了、記住了，　　　　　　830
我完全同意，你們說得沒錯。
很少有人天生具備雅量欽佩
朋友功成名就而不嫉妒，
因為怨毒盤踞在心頭
使得苦惱雪上添霜：　　　　　　　　　　　　835
自己的不幸已經夠沉重，
看別人走運更要發牢騷。
世面我見多了，可以說看透
友誼這一面鏡子，鬼影子
就是那些外表對我忠誠的人。　　　　　　　　840
只有奧德修斯，他勉為其難出征，
套上馬具卻成為我任勞任怨的駢馬。
不論他是生是死，我還是這麼說。

　　其他的，關於城邦和祭祀的事，
我們得要召開全體大會　　　　　　　　　　　845
集思廣益。凡是妥當的，
要設法維持它的功效；
需要治療矯正的就對症下藥，
或燒灼或動手術，本著仁心仁術，
採取一切可以藥到病除的措施。　　　　　　　850

了家門，因此裝瘋賣傻，詭計卻被識破，只好參戰。埃斯庫羅斯讓阿格門儂提及奧德修斯，有襯托之效：阿格門儂誤蹈圈套不得翻身對比奧德修斯逢凶化吉苦盡甘來，他認定對他最死忠的戰友奧德修斯其實最善於耍詐，深諳謀略與克萊婷無異。這兩位英雄之妻的對比，見**782n**。

842. **套上馬具**：重出於**529**和**1640**。**駙馬**：三馬共拉一車謂之驂，居中的一匹名為服馬，兩側的馬即為駙馬。駕驂以高速轉彎時，扶危定傾的力量完全倚賴駙馬，因此一定挑最壯的，也因此駙又有良馬之意，不但享受最好的飼料（見**1641**），而且不必套頸箍。

843. **影射船難**（653-60）。

845. 顯然有意彰顯阿格門儂並非獨夫（Hogan），藉以對比埃紀斯（見**1355n**）。

849. 古代手術以火燒和刀割為主。**847-50**的醫學意象，對比阿格門儂不在國內時，歌隊只能以緘默作為**辟災的良藥**（548）。阿格門儂有心解決阿果斯的宿疾沉痾。可是，在願望實現之前，還另有苦難要下一代去承受。

851. **爐**：即**427**的火塘（見行注）。

852. **伸出右手**：打招呼。**右**：見**117n**。

855. 阿格門儂說完**854**，正要轉向宮門，同時也已透過最後四行台詞和當時的肢體動作，把觀眾的注意力引向王宮以及他在宮中的地位，就在這個節骨眼，克萊婷繼**587**（見行注）再度即時控制門戶的通行權。阿格門儂沒有選擇的餘地，下車和進宮都只能依照她設定的條件。從這樣的角度來看，**854**具有極其特殊的反諷意味：「阿格門儂以征服者的姿態上場，下場的時候卻被征服了」（Taplin 308）。後續男女主角僅有的一場對手戲，無非是以對白鋪陳這一瞬間埃斯庫羅斯在文本所展現場面調度的功力。克萊婷「霸佔」上舞台擋住夫君的去路，以「君臨」之勢掌控整個場面，旁若無夫君，對著歌隊侃侃而談，把凱旋榮歸的統帥困在舞台邊陲。像這樣，透過台位的相對關係所形成的戲劇張力，適足以凸顯阿格門儂孤獨無助的處境，這一對夫妻在舞台上的空間距離也足以暗示心理上的距離。此一距離一直到**905**才因為她打算改變說話的語氣而開始縮小，然而舞台場面的基本形勢並沒有改變。

857-58. **愛我的男人**：「我對男人的愛」或「我愛男人的方法」，重出於**411溫柔鄉**。**男人**：可以指丈夫阿格門儂，也可以指情夫埃紀斯。**年紀……長厚**：直譯作「羞恥〔之心〕隨歲月磨損，人都是這樣」，其中「羞恥」也有美德、謙虛、戒慎恐懼之意。不讓莎士比亞筆下安東尼發表的凱撒葬禮演講辭專美的這一篇迎夫演講辭，由於充分運用虛實相生的技巧而展露深刻的心理寫實，在瞞天大謊中摻雜取自現實經驗的鮮活意象，又穿插幾許工筆描繪的事實，克萊婷輕輕掠過這些真相，狠狠切入她編造的虛假，而這些虛假正是她願望的投影。

861. 她真的**傷心**，因為伊斐貞逃不過生父的毒手；她很可能真的感到**可怕**，害怕復仇（或奪權）的計劃功虧一簣。

862. 「一個女人孤伶伶坐在家裡，丈夫在遠方」，原文沒有**守活寡**的隱喻。觀眾雖然不知道埃斯庫羅斯會讓埃紀斯上場，卻知道他們苟合謀命的傳說，難免想到她是為紅杏出牆一事找台階。

863. 也有「不吉祥的怨毒話一再傳來」之意（Hogan）；如取此義，這是惡人先告狀的手法，如尤瑞匹底斯的《希波呂托斯》劇中費卓（Phaedra）所為。

868. **網意象**，見**357n**。克萊婷此刻想像的**網**是她即將撒下的**圍網**（1382），也是卡珊卓心象中的**奪命網**（1115），又是埃紀斯口中**正義的圈套**（1611）。克萊婷的修辭為殺夫之舉預設了伏筆。

869. **言下之意**：要是阿格門儂逃得出我克萊婷的掌心。

870. **格瑞昂**：神話中的巨人，一般說是三身三頭，所以能夠死三次。他統治極西之地，擁有大

我這就進宮去，回家圍爐，　　　　　　　　　　〔克萊婷上，

先向家裡奉祀的神伸出右手——　　　　　　後隨宮女攜地毯。

他們遣我出征又護送我回來。　　　　　　阿格門儂正要下車，

勝利如今歸我，但願永遠不分離。　　　　克萊婷突然開口。〕

克萊婷　阿果斯的公民，各位長老，　　　　　　　　　　855

我可以臉不紅氣不喘告訴你們，

我一片深情愛我的男人。年紀大了，

臉皮也長厚了；我要告訴你們的

是我親身的經驗，含悲唉苦

從這個男人遠征特洛伊熬到現在。　　　　　　　　860

首先，說來就傷心，而且可怕，

一個女人家孤伶伶守活寡，

不斷聽到惡毒的謠言，

信使接二連三傳消息，

一個壞過一個，嚷遍整個屋子。　　　　　　　　　865

假如這個男人受的傷

像湧進家門的謠傳說的那麼多，

他早就千創百孔像一張網。

要是他像報告說的死那麼多次，

那他得要有三個身體像格瑞昂再世，　　　　　　　870

裹著三層土衣從陰間回來，　　　　　　　　　　　872

三個身體分三次死。

就是因為謠言這麼惡毒，

他們才得要大費周章一再解開　　　　　　　　　　875

高高套在我脖子上的繩結。　　　　〔轉向還在車上的阿格門儂。〕

所以，看不到我們的兒子，

契結愛心的證人，應該在場的——

就是奧瑞斯。沒什麼好驚訝。

戰友司措斐斯在佛基斯　　　　　　　　　　　　　880

保護他。他警告我未雨綢繆

批羊群。海克力斯的第十件苦勞就是殺死格瑞昂以及他的牧羊人和牧羊狗，帶回羊群。格瑞昂有三條命尚且難逃一死，何況只有一條命又自投羅網的阿格門儂。事實上，克萊婷總共殺了阿格門儂三刀（**1386**），彷彿潛意識要確保再世的格瑞昂必死無疑。她只差沒說出：就像德爾菲神喻注定格瑞昂死在海克力斯手中，你阿格門儂注定要死在我手中。蘇格拉底在他的《答辯辭》也是用海克力斯的苦勞這個典故影射自己肩承的的使命。以下刪除文義曖昧且彆扭的**871**（「身上的泥土很多，下面就不用說了」）。]

875-76. 她即使真的一再自殺未遂，也肯定不是因為阿格門儂不在身邊或身受重傷而興起自殺的念頭。

877-79. 克萊婷勉為其難說出不得不面對的真相，不連貫的語氣表達她的猶豫心理。又一次看到掉尾結構（見**59n**）：把**奧瑞斯**這個名字留到句子結尾才點出，Hogan注疏說她知道阿格門儂可能會有疑慮，所以強調奧瑞斯的缺席，Vellacott（p.187 n.）則認為她「不只想到奧瑞斯，也想到伊斐貞」；前者是根據文法分析，後者是根據語氣判斷。在旁觀者聽來，另有一個可能：說出**877-78**時，似乎是在影射伊斐貞，欲言還止的猶豫語氣反映的是她的不堪回首，及至聽到「奧瑞斯」才恍然大悟，原來她又在堆砌語言的迷障，以真真假假的措詞誤導聽她說話的人。如此推敲，根據的是克萊婷在舞台上所留下的印象，比如她在**341-42**影射以女人為戰利品，在**345-47**影射伊斐貞被犧牲，在**601-12**以浮誇的修辭掩飾內心的感受，正如她在**1371-78**親口證實的。至於文法結構所產生的懸疑效果，精明如克萊婷當然心知肚明。固然不無可能這二行半台詞是克萊婷「無心插柳的反諷」（Harsh 70），竟然說出將會殺她報父仇的人的名字。但是更有可能她非不可，因為阿格門儂已注意到奧瑞斯不在歡迎的行列（見**879n**）。

878. 前半行猶言「愛情的結晶」。

879. 沒什麼好驚訝：顯然看到阿格門儂驚訝的神情。

880. 戰友：見**2: 562n**。**司措斐斯**：奧瑞斯的姨丈。**佛基斯**：位於希臘中部，境內最知名的城鎮即是德爾菲。按奧瑞斯自己的說法，他被克萊婷**趕出家門去受苦**（**2: 913**；參見**2: 132**）。他自認是被迫離家，可是我們很難據此斷定克萊婷的動機是善意還是惡意，因為他緊接著在情急之下反駁他母親說自己被賣了（**2: 915**）；我們肯定後一句話不能當真，不免連帶懷疑前一句話的可信度。普遍的說法是，他在阿格門儂被殺後逃家出走（Harsh 449, n. 62）。

881. 警告：無從判斷真假，但**883**暗示叛變可收聲東擊西之效，間接警告歌隊：我胸有成竹，你們休想輕舉妄動。

883. 就像本劇結尾一觸即發的情況。

884. 議會：諮議會或政務委員之類的組織，參較**845**。本劇結尾證明，是克萊婷自己推翻議會。

885. 踢上一腳：猶言落井下石；見**372n**。

888. 十年前伊斐貞被犧牲時流乾的？和埃紀斯茍合之後就不再流？或是她向來不流淚？

890. 語意曖昧。**火炬有二義**：具體指涉她所安排的飛光驛站，或隱喻凱旋。如取前者，意思是：我苦苦盼望接到火焰訊號，那是告訴我復仇的時機已來臨。如取後者，意思是：我苦苦盼望復仇成功的時刻到來，屆時我就要點然火炬慶祝勝利。

892. 參見**568n**。

893-4. 日有所思則夜有所夢，她的夢正是她計劃要做的事。**跟我分享睡眠的時間**：以希臘人特有的擬人化時間觀表達「在我睡覺的那一段時間」，見**2: 965n**。

895. 無憂無怨：因為可以放手遂行復仇之計了。

兩件事：你在特洛伊的安危，
還有國內的民眾可能掀起暴亂，
推翻議會──對倒下去的人
踢上一腳畢竟是人的天性。　　　　　　　　　885
這可不是說來騙人的藉口。
　　說到我自己，眼淚的噴泉
枯竭了，一滴也不剩。
我守候到三更半夜兩眼痠痛，
哭著巴望老早為你安排好的火炬，　　　　　890
硬是沒機會點亮。在夢中，
蚊子輕輕拍動薄翅就攝走了睡眠，
我夢見你身上的傷口遠超過
跟我分享睡眠的時間所可能受的傷。　　〔轉向歌隊。〕
　　現在，忍過了這一切，我無憂無怨　　895
歡迎我的這個男人，王室的牧羊狗，
船上保障安全的前桅支索，矗立在地基
高高支撐屋宇的樑柱，父親的獨生子，
水手浩劫餘生看到的陸地，
狂風暴雨之後破曉的曙光，　　　　　　　900
口乾唇焦的旅人看到的清泉。
最窩心的莫過於擺脫命運的枷鎖！
這一段歡迎詞，他受之無愧。
但願不至於招嫉，畢竟我們忍受了
太多太多的不幸。　　　　　　　　〔走近階梯。〕
　　　　　　現在，親愛的，　　　　　905
請下車吧──可是，大王，您的腳，
踩平了特洛伊，可不能沾到泥土呀！
奴才，幹嘛拖拖拉拉？我交代過了，
在他面前鋪上壁毯開通道，
紫紅的路延伸到屋子裡，　　　　　　　　910

896. 這個男人：丈夫；克萊婷還有另一個男人，即躲在王宮裡的情夫。牧羊的隱喻，見**795n**。
牧羊狗：可能影射**870**（見行注）。以下到**901**是一連串誇張的類比同位語，沒有連接詞，堆砌具體的事例組出一座海市蜃樓。這六行誇張的修辭顯然伴有誇張的肢體動作，直到**902**的結論才又回復她一貫的反諷語調。

898. 父親的獨生子：引人聯想奧瑞斯，這才真是克萊婷「無心插柳的反諷」（見**877-79**引Harsh）。

904. 招嫉：招來天神的嫉妒。她的意思，字面是「希望天神不會因為阿格門儂和我如此幸福而嫉妒」，骨子裡卻是「希望天神不會因為埃紀斯和我希望除掉阿格門儂以便一勞永逸而嫉妒」（Vellacott, p.187, n.）。不論意思如何，她漫無節制的恭維就是在招嫉（Smyth行注）。

906. 既然戰車聯結特洛伊和阿果斯（**781n**），克萊婷這一邀請不只是引君入甕，根本就是軟性的宣戰。戰火將從前線蔓延到大後方的王宮內。

908. 奴才：對宮女說話。

909. 可能是紅毯迎賓禮最早的文獻記錄。就象徵意義來說，戰車已把戰爭從特洛伊帶回阿果斯，如今克萊婷進一步鋪設象徵血路的**紫紅毯**（**910**）把阿格門儂引進家門。「壁毯以暗紅色的走道分割歌隊表演區，此一醒目的視覺景象把劇中形形色色的流血意象兜攏在一起」（Rehm 85），特別值得一提的是阿格門儂在十年前的女兒祭把血流引向特洛伊，如今克萊婷打算將之引回王宮內。雖然「紫紅色是神的色彩」（MacNiece, p.65 n.），但就阿格門儂即將踐踏（見**372n**）的壁毯而言，要強調的不是色彩的神性，而是色彩的尊貴與血緣。換句話說，會因踩壁毯而被蹧蹋的不是天神，而是家財（見**922n**）。**壁毯**：見**921n**。

910. 壁毯從阿格門儂跟前一直鋪到**屋子裡**，而不是只到屋門前。換句話說，壁毯在阿格門儂這個人和克萊婷當家作主的那個家之間架設一座橋樑，以血路的形態銜接為了出征不惜犧牲親生女的阿格門儂以及發願為親生女復仇的克萊婷之家。由於家庭或家族以火塘為象徵，壁毯因此成為阿格門儂通往火塘必經的血路。克萊婷安排這樣的場面，因為在她的心目中，阿格門儂不配圍爐（見**1587n**）；他不進「家」門則已，要進去則非得踏上「血路」的陷阱進而自投「爐火」的羅網。壁毯其實是復仇者克萊婷捕殺獵物的圈套（見**126n**與**357n**）。阿格門儂不會因踩上壁毯就該死，如**934**與**937**所暗示的，但克萊婷的確存心把壁毯變成他的死亡之路。

911. 歸宿：明指王宮，暗指冥府。**正義**即歌隊和阿格門儂口口聲聲說的dike。阿格門儂就是在**正義**的引導下凱旋榮歸，但是克萊婷說的**正義**卻是為伊斐貞之死復仇。夫妻倆都自認是替天行道，可是前者的「天」是奧林帕斯神，後者的「天」是復仇女神。所謂**踏進意想不到的歸宿**，在不知情者如阿格門儂聽來，意指「有幸回到自己的家，令人喜出望外」，知情者的理解卻是「沒想到這樣去赴死」。

914. 麗妲：田達瑞斯（**84**）的丈夫，海倫和克萊婷的母親。海倫的父親是宙斯，克萊婷的父親則是田達瑞斯。前半行的稱呼引人把克萊婷和海倫聯想在一起（見**782n**第二段）。**守護**：看守保護。後半行用於稱呼監守自盜的克萊婷是莫大的反諷。

915. 阿格門儂的語氣確實無情，卻無法據以推論阿格門儂有所風聞克萊婷的緋聞（Lloyd-Jones行注）。他挖苦久別重逢的妻子是長舌婦，其戲劇效應「不在於刺激克萊婷復仇之心，而在於確認阿格門儂造是個難伺候的人，甚至對克萊婷也不假辭色」（Vellacott, p.187, n.）。他們的婚姻似乎談不上和諧，這可能是荷馬的影響。他出征之前就指示宮裡的詩人嚴密監視克萊婷（*Odyssey* 3.267-69）。為了爭奪女俘虜柯瑞襄而和阿基里斯吵架之初，阿格門儂說：「我是存心要帶她回家；我喜歡她超過我的老婆克萊婷，因為她樣樣不輸，不論身材、人品、腦

正義引導他踏進意想不到的歸宿。

其他的事，我不眠不休的心思　　　　　　〔彷彿自言自語。〕

自有眾神成全，順應命運的安排撥亂反正。

阿格門儂　麗妲的千金，為我看家的守護人，

　　　　妳的舌頭和我的出征倒是絕配，　　　　　915

　　　　開口扯太長啦。恰當的讚美

　　　　應該是留給外人的嘴巴說的。

　　　　還有，不用搬出女人那一套作風

　　　　害我瞻前又顧後，沒必要像亞洲蕃

　　　　在我面前五體投地咧嘴歡呼，　　　　　　920

　　　　也犯不著在我要走的路鋪上布

　　　　害我招嫉。那種殊榮只有神擔當得起。

　　　　我是人，踏上這一件織錦華服

　　　　沒有理由心裡不發毛。

　　　　告訴妳，當我是人來禮遇，不是神。　　　925

　　　　傳播名聲可不能仰賴

　　　　分不清鞋墊和織錦。明理

　　　　是天神賜給人最可貴的禮物。

　　　　惜福直到人生的盡頭才是福氣，

　　　　這樣自然一輩子過得心安理得。　　　　　930

克萊婷　　老老實實告訴我你內心的想法。

阿格門儂　我已經說了，說出口絕對算數。

克萊婷　　你會不會因為擔心而對神許願這麼做？

阿格門儂　當然會，如果有祭司明確的指示。

克萊婷　　要是換了普瑞安呢，你說說看？　　　　935

阿格門儂　我想他一定會踩上織錦。

克萊婷　　那你就犯不著怕人譴責。

阿格門儂　眾口足以鑠金，人言可畏。

克萊婷　　可是沒人嫉妒就不會有人羨慕。

阿格門儂　好鬥不是女人的天性。　　　　　　　　940

筋或手藝」（Iliad 1.112-15）。他在陰間講述克萊婷謀殺案時，說自己和身邊的人被屠殺之後，「最慘的是我聽到普瑞安的女兒卡珊卓的叫聲，居心叵測的克萊婷殺了她，就在我身邊」（Odyssey 11.421-23）。即使這是意氣用事的話，也透露不尋常的訊息：卡珊卓絕非僅僅是阿格門儂床上的小菜（1446）。即使他的亡魂說的是咬牙切齒的話，奧德修斯和皮奈洛琵夫妻相認的情景（Odyssey 23.205-46）也足以提醒讀者或觀眾，阿格門儂在他僅有的這一場戲確實沒有表現為人夫者久別團圓的招呼髮妻之道。

919. 害我瞻前又顧後：也可以譯作「把我捧上天」，原文重出於1205（見行注）。像亞洲蕃：可以指他自己，也可以指克萊婷。按「蕃」（βαρβάρου，重出於1051的**野蠻**）原本是稱呼語言無法溝通的外籍人士，但埃斯庫羅斯在920-21的描寫顯然是根據他所聽聞當代（而不是英雄時代）波斯宮廷的排場。

920. 五體投地：可能是克萊婷的歡迎姿態。**咧嘴歡呼：**如896-902，也包括伴有誇張的肢體動作的歡呼聲。這種極盡卑屈之能事的禮節，「在希臘人眼中是令人作嘔的奴性」，亞歷山大大帝的部隊還曾為此失和（Harsh 69-70）。此處描述西元前五世紀雅典人對於東方君民禮節的反感，為本劇反映的當代現實添增一例。

921. 布：重出於960、964，原文是「成衣」。**909的壁毯，**原文則是泛指壁毯之類的覆蓋物。埃斯庫羅斯另有其他稱呼：**織錦**（923, 927, 936），**織品**（949）。「在古希臘，一如現在的印度和波斯某些地區，壁毯和長袍往往沒有明確的區別」（Lloyd-Jones行注）。此一紫紅布料的本質難徵其明，這使它得以引人聯想稍後克萊婷用於陷害阿格門儂的**索命錦繡袍**（1383）（Taplin 314）。

922. 踩壁毯之不當，與宗教無關，而是因為蹧蹋財富，顯露踩踏者的傲慢。阿格門儂不是沒有戒慎之心，可是他祭殺伊斐貞在前，繼之以屠城慘無人道，最後冒犯女祭司卡珊卓，在在顯示他自制力之不足。踩壁毯「這個動作對於劇情的重要性在於象徵的意義，克萊婷存心藉它來總結從特洛伊戰爭之前，歷經戰爭，又持續到戰爭之後，阿格門儂的墮落」（MacNiece, p. 65, n.）。如果見樹不見林，忽視糟塌家族財富這個露骨的自大，只一味強調踩壁毯這個瑣細的違規，必定誤以為壁毯是保留給神踩的，這一來「荒謬一詞殆乎近之」（Jones 9）。948-49和958-65都可以印證前引的觀點。

923. 錦衣華服：見921n。

924. 壁毯不可踩，因為會招天妒（922, 947）人怨（937）；阿格門儂知道自己承擔不起**傲慢**（見763n）的罪名。問題是，就像尤瑞匹底斯筆下的費卓說的：「明辨是非我們都很清楚，只是做不到」（Hippolytus 380-81）。所以，我們很快就會看到他走上他認定普瑞安會走的路子。阿格門儂的道德認知和他的行事風格顯有差距。

925. 以神對比人也就是永生和無常的對比，「此一生理侷限也意味著其他的限制，最顯著者在於人的權力和野心的界線，這種種限制可能是象徵的或心理的」，如阿格門儂在922-25所表現的（Hogan注釋Persians 819）。《阿格門儂》的劇情大綱其實就是逾越倫常、規範與分際的一再重複，如弒親逾越倫常、亂倫逾越社會規範、阿波羅強暴卡珊卓逾越人神分際、人祭逾越人與動物的分際（Simon 28-68）。

927. 明理：明白生為凡人的侷限，是「傲慢」的反義詞。克萊婷能否引誘阿格門儂踩壁毯取決於後者是否像他自己說的那樣**明理**。

929. 希臘悲劇常見的格言。

931. 克萊婷認為阿格門儂只是說好聽的，內心其實巴不得一腳就踩下去。以下到**943**這一場穿針

克萊婷	勝利者退一步海闊天空。	
阿格門儂	妳那麼在乎這樣子逞強爭勝？	
克萊婷	讓步吧。自願讓步顯示你大權在握。	
阿格門儂	好吧，既然妳喜歡。來人哪，快點兒，	
	幫我脫鞋，脫掉侍奉我這雙腳的奴才。	945

〔宮女上前脫鞋，阿格門儂自言自語。〕

踏上這麼尊貴的紫紅色，

希望不會有天神眼紅降橫禍。　　　　　　〔他下車後，清楚

真是暴殄天物，很慚愧　　　　　　　　　可見卡珊卓披法袍，

糟蹋家裡這麼貴重的織品。　　　　　　　手執阿波羅權杖。〕

　這件事別再提了。這個外地的姑娘，　　　　　　　950

帶進去，客氣一點。征戰以心服人，

天神高高在上也會另眼看待。

沒有人情願套上奴隸的軛。

是部隊送的禮，我獲得的許多財寶中

精挑的一朵鮮花，來伺候我的。　　　　　　　　　955

既然順妳的心，聽了妳的話，

我這就踏上紫紅道進屋去。　　　　〔阿格門儂踏上地毯。〕

克萊婷	大海在那邊，誰吸得乾？海裡	

珍貴如銀的紫紅色汩汩流，

染布的原料生生不息。　　　　　　　　　　　　　960

蒙眾神宏恩，宮裡積珍聚寶，大王啊，

我們樣樣富足，家裡啥也不缺。

我想方設法要贖這條命回家，

甚至願意狠下心踩更多的布，

如果神喻指示我在腳下揮霍。　　　　　　　　　965

只要根還活著，樹葉就會再長出來，

蔓延成蔭回家遮蔽天狼星的酷熱。

你現在走近家門走向火塘，

好比在嚴冬帶來溫暖。

對白是劇情的轉捩點，以快節奏表達克萊婷反應之敏捷和阿格門儂心意改變之急速；克萊婷憑口頭舌鋒的勁道擺平阿格門儂，語言的威力盡在其中。兩性戰爭的母題搬上了檯面，旨趣在於意志的交鋒，「女人上場耍弄男人的弱點」（Winnington-Ingram 88），結果是，在前面兩段插戲憑其陽剛主宰戲劇場面的克萊婷，展現媚娘（386）的陰柔，成功「軟化」阿格門儂。無數的歷史事例顯示，男人只憑陽剛可以功成名就，女人要在男性叢林闖出一片天則有賴剛柔並濟，克萊婷深諳此道。「就心理學觀點來說，悲劇的穿針對白尊重決定之無從理解而不強作解鈴，承認男男女女經常宣稱理智的抉擇而其實是摸黑在劈砍」（Rehm 86）。阿格門儂抵擋不住克萊婷的語言攻勢，性別特質固然有影響，因為女性從小「在任何動用到語言流利、口齒伶俐的工作上佔優勢」（Moir & Jessel 96），同樣重要的一個因素是虛榮心作祟。

933. **擔心**：譬如185-197的場合或時機；克萊婷「隱約影射祭殺伊斐貞之事」（Conacher 37）。**這麼做**：表面上指踩壁毯，卻隱含「做出違背良知的事」，如殺自己的女兒。「這個問句暗含玄機；做同樣的一件事，為了實踐誓言〔＝對神許願〕和為了滿足虛榮是不能相提並論。阿格門儂的回答意味著他明白其間的分際」（Lloyd-Jones行注）。然而，明白歸明白，他的答覆卻也透露他頂多只有招架之功，根本無力反駁。

934. 順著克萊婷的語意，阿格門儂口中的「指示」是指踩壁毯進宮。然而，我們難免聯想198-216所述他決定祭殺伊斐貞之事。

935. 「又是個暗含玄機的問句；普瑞安既是東方的君主，又違背宙斯的律法，怎麼說都不是好的例子。阿格門儂的回答顯示他沒有上當」（Lloyd-Jones行注）。

936. 阿格門儂的推理過程如下：東方君主接受跪拜禮是虛榮的表徵，普瑞安並不例外，可見普瑞安愛慕虛榮，而踩壁毯是虛榮的行為，因此他一定會踩壁毯。參照918-22可知，踩壁毯也隱含價值觀念的衝突，即文明的禮節對比野蠻的奴性。

937. 因為阿格門儂已征服普瑞安，更可理直氣壯享受**殊榮**（922）。

938. 答覆出現破綻。「他應該說『天怒可畏，我怕的並不是人』」（Lloyd-Jones行注）。

939. 「克萊婷乘便利用看樣子是希臘人習以為常的一個觀念，即招引嫉妒的正是偉人；這樣的人，她說，必定有人羨慕」（Lloyd-Jones行注）。因此，我們可以推論克萊婷說這句話時心裡的想法：既然普瑞安招嫉，必定引人羨慕，阿格門儂你一定心裡羨慕得癢癢的。一如前面的對話，同意克萊婷就陷入她的語言圈套，阿格門儂不至於上當。可是他只說女人不宜堅持己見，沒有指出圈套所在，遑論解開圈套。

940. 偏偏克萊婷不是阿格門儂所瞭解的女人：她在守夜人看來是雌雄同體（見11），在阿果斯長老看來是雌雄莫辨（351）。**鬥**：μάχης，兼有鬥嘴和戰鬥之意。阿格門儂落入語言的陷阱，以為克萊婷只是在口舌爭雄，沒料到面對的是兩性衝突的肉博戰，是宇宙乾坤大會戰的先發戰役。

943. 乍看是從爭論轉為懇求，其實是爭論的高潮（Hogan）。**權**：κράτος，也有「勝利」之意，掌權即是勝利者，克萊婷在這節骨眼使用這個字充滿了反諷，也透露權力在她心中的地位。**讓**（πιθοῦ）就是「接受說服」，也就是接受媚娘（Peitho），也就是接受災殃（ate），見385n。阿格門儂讓步，結果讓出了王權，外加老命一條心甘情願；他心甘情願讓步，也就是出於自由意志。這一段穿針對白，戲劇效果之強烈無庸置疑，其重要性卻只在於象徵的意義；假如過度強調道德或神學意涵，彷彿踩上壁毯就犯下滔天大罪，那就大錯特錯了。

945. 脫鞋為的是減輕自己的罪惡感，其實赤腳改變不了踐踏家財的事實──再度印證阿格門儂從事道德判斷的盲點。接下來，阿格門儂開始「演出」**踐踏**（372）之舉。

宙斯使青澀的葡萄熟透發酵，　　　　　　　　　970

家裡立刻就一片涼爽，

因為主人緣熟跨進了家門。　　　　〔阿格門儂跨入宮門，下；

熟緣天尊宙斯，讓我的禱告成熟！。　　　　宮女隨後

瓜熟蒂落原本就是您的心意！　　　　　　一路收拾壁毯。

　　　　　　　　　　　　　　　　克萊婷下。宮門閉。〕

〔唱曲三〕

歌隊〔唱〕　　　　為什麼惶惶不安　　　　〔正旋詩節一〕975

　　　　恐懼拍翅不停息

俯臨我未卜先知的心？

為什麼歌聲不請自來源源唱預感？　　　　　978

美好的希望也不敢　　　　　　　　　　　980

　　　坐鎮心靈的寶殿，

　　　斥退恐懼如鄙棄

沒頭沒腦的夢；時光

早已在沙堆中埋葬

錨索，自從那一天　　　　　　　　　　985

　　　船隊載大軍

　　　　出海衝向特洛伊。

　　　如今我親眼看到　　　　〔反旋詩節一〕

　　　他凱旋返鄉，可是

我的心兀自唱起歌來，　　　　　　　　　990

唱復仇女神沒有抱琴伴奏的哀歌，

希望已消逝無影蹤，

　　　留不住風發意氣。　　　　　　　993

　　　心深處不打誑語，　　　　　　　995

思緒漂積，渦旋扭纏

呼應將實現的直覺。

947. **眼紅**：原文重出於833**嫉妒**和904、921**招嫉**，又以字根的形態出現在939的**嫉妒**不只用在人身上，也可以指神，但被嫉妒的對象一定是人。參見11n引Winnington-Ingram拈出的嫉妒母題。

949. 這壁毯「質地細緻，織工精美，看樣子踩過之後就不再有用了」（Taplin 313），參見923。

953. 他自己卻心甘情願在克萊婷面前套上軛。

954. 在英雄時代，劫城搜刮的戰利品（**財寶**）包括女人，分配女俘虜也講究「門當戶對」，此所以希臘部隊在屠城之後，把特洛伊公主卡珊卓獻給阿格門儂，赫克托的寡妻則歸阿基里斯的兒子。由於阿格門儂已有妻室，卡珊卓只能當妾。阿格門儂介紹卡珊卓，意在言外指出了她的另一個身份：「特洛伊女人」的代表，引文影射尤瑞匹底斯寫特洛伊亡國景象的同名劇本。

957. **踐踏**（見372n）即蹧踏：因偏離常軌而有踐踏之行，因違背中庸而有蹧踏之實，此一引導母題在372藉天譴降臨帕瑞斯及其同謀特洛伊提綱契領之後，於阿格門儂踩壁毯時結成熟果。阿格門儂在923不敢**踏**，這表示他心裡有顧忌；屈服於**媚娘**（見385n）之後，他在957竟然像他說的普瑞安一樣（**936**）**踏**了下去。「腳踩織錦不是什麼大罪，其重要性在於表明或象徵阿格門儂的種種罪行。……把這個舞台動作跟過去——以及隨後跟未來——連繫起來的，正是目中無神在腳下踐踏的主題與意象」（Taplin 311）。隨「踐踏」從抽象的道德意涵轉為具體的舞台動作，阿格門儂的命運也就和特洛伊糾纏在一起而難分難解，捕獵者本身成了獵物。這一踩踏即克萊婷意有所指說的**揮霍**（**965**），這是夫妻對手戲的高潮，歌隊的驚訝和克萊婷的冷靜形成強烈對比，阿格門儂意識到全場屏息注視著他，動作似乎緩了下來，可是克萊婷很快搶腔，「不只避免了可能促使阿格門儂重新考慮其抉擇之不吉祥的沉默，甚至有激勵他勇往直前的作用」（Fagle譯注）。**958-72**克萊婷的台詞彷彿成了迎賓曲，一路伴奏他走上象徵血流的紫紅道。

Court Theatre為了演出《奧瑞斯泰亞》，於一九八四年委託David Grene與Wendy Doginer合譯該劇本。當時擔任劇團藝術總監的Nicholas Rudall談到該戲的製作，說：「踏上紫紅道一來意味阿格門儂過分自大，二來象徵一個更過份的『自大』：他的女兒流的血。」為了呈現這樣的意念，他們設計的舞台意象如下。「歌隊提到伊斐貞時，觀眾看到〔階梯狀〕舞台頂層有一連串短場景：伊斐貞著結婚禮袍，阿格門儂走到祭台，劍抵住喉嚨，然後，歌隊唱出『後來的事沒看到我不說』〔**248**〕時，阿格門儂割他女兒的喉嚨。從祭台的那一部份流出一條五呎寬的紫紅色絲絹，延伸三十呎直到下面的地板。〔……〕後來克萊婷極力慫恿阿格門儂踏上『紫紅道』，她的侍女只不過是把這條絲絹延展到他的車前，因此他一下車也踩上了女兒的血跡，一走上階梯去赴死也重蹈了女兒的血路（走向她女兒被殺的地點）」（Grene and O'Flaherty 20-1）。

959. **珍貴如銀**：也可以是「用銀子買得到」。紫色原料由海兔（sea hare）供應。海兔是棲息在珊瑚礁的大型甲殼類軟體動物，雌雄同體，繁殖力驚人（**960生生不息**），貝殼退化成薄而透明的角質層，身軀裸露在外，內有紫色腺體，遇敵害則分泌有惡臭的紫色液體以自保。按紫色原本就具有紅色調，中譯稱**紫紅**，是為了強調其中隱含的「血色」。

960. **染布**：字面意思是紫紅色原料染壁毯，骨子裡想的卻是鮮血染紅伊斐貞的長袍（**239**）和阿格門儂的衣袍（**1382-89**）。因此958的海也可以是「家中的深仇血海」（Vellacott 26）。

961. **宮**：原文οἶκος重出於37**家**，克萊婷在這一段台詞說了六次的「家」（**962, 963, 967, 968, 971, 972**）則是δόμος。這兩個希臘字雖然是同義，但δόμος偏重於「住家，房屋」，οἶκος則可以強調「家庭，家族」。克萊婷的區別用法似乎暗示：這房子雖然是阿格門儂你的，這王宮可是我和埃紀斯（＝**962我們**）的家。

可是我還要禱告，
　　願預期落空，
　　　像謊言不會成真。　　　　　　　　　　1000

強調健康　　　　　　　　　　　〔正旋詩節二〕
　卻不知節制，病害
　　比鄰，轉眼破牆來。　　　　　　　　　1003
　　　人的運道即使正直　　　　　　　　　1005
　　
　　也可能撞暗礁，
　突然間船毀人亡。
但是，只要存戒心，
仔細估算載重，拋棄
超載的貴重品，　　　　　　　　　　　　　1010
　當不至於整個家族，負荷
　　過多的悽慘，毀於一旦，
　　　船體也不會沉沒深海；
　　宙斯的賞賜無比豐裕
　耕地年年有收成　　　　　　　　　　　　1015
饑荒不虞為患。

喪命流血　　　　　　　　　　〔反旋詩節二〕1017
　灑落地染一片黑，　　　　　　　　　　　1020
　　誰能唸咒喚回魂？
　　　曾有人醫術可回生，
　　宙斯斷然阻止
　不就是警告世人？
要不是眾神主宰　　　　　　　　　　　　　1025
命運牽制命運，防範
有人逾越常軌，
　我的心會搶先舌頭一步

962. 甚至不缺女主人身邊的男人。以下到**972**，克萊婷重拾誇示修辭。

963. 命：可以是阿格門儂的，也可以是伊斐貞的。如為前者，**963-65**的意思是克萊婷不計任何代價，只求丈夫回來（贖回＝解救）；如為後者，意思是她不計任何代價要討回女兒的血債（贖回＝償還）。阿格門儂依據前一義理解，只是他料想不到克萊婷的本意是後一義。

966-67. 把阿格門儂比喻為樹根，他的返家則有如新長出來的枝葉。由於天狼星出現是一年當中最熱的季節開始，這兩行表面上聽來是恭維他回到家裡提供庇蔭，其實不然。在克萊婷看來，他是家族之中繁衍血債的罪惡之根，惡根不死則樹葉會帶來陰影——死亡的陰影。因此，他踏進家門就是死路一條，從此家族不用再忍受血債的煎熬（＝酷熱），則涼爽（**971**）可期。倒錯的植物意象又見於**1391-92**。

969. 就字面意義而論，本行呼應**602**窩心的光景，可是那個光景充斥弦外之音。就反諷譬喻而論，嚴冬是指十年來因復仇常在克萊婷之心而含悲啖苦（**859**），溫暖則指**1390-92**發芽的季節。

970. 夏季的熱度使葡萄成熟，喻象承自上一行的溫暖，繼而引出**972**緣熟，最後導入**973-74**的禱告。青葡萄：原文也用於指稱年輕的處女，因此影射伊斐貞。發酵：變成祭奠所需的酒，見**1386-87n**。克萊婷認為伊斐貞之死引出宙斯對阿格門儂的怒火，如今時機已成熟（Vellacott 26）。

971. 涼爽：見**966-67n**。

972. 緣熟：時機成熟，一語雙關，也有「圓滿犧牲」之意，如克萊婷在**1504**說阿格門儂之死圓滿……的血祭，也是*teleios*，本義為「祭禮儀式完成之後獻上無瑕疵的牲品」（Vellacott 26）。由於緣熟的宗教意義，本行屬於以反諷語表達的倒錯的祭牲意象。以下到**974**一口氣重複四個熟，反映原文一連四個 *tel*-字根（見**65n**）。按傳統的舞台說明，本行台詞結束時，阿格門儂也正好進入王宮，這是後來常見的一個悲劇手法的先驅：復仇者引誘受害人入彀之後，自己留在場上幸災樂禍禱告（Taplin 310）。

973. 熟緣天尊：*Zeus teleie*，婚禮場合用來呼告宙斯為婚姻護持神的聖名，參見**3: 214n**。禱告成熟：美夢成真。克萊婷的祈願顯示，她「不認為自己是兇手，而是劊子手」（Hamilton 1942: 155），替天行道的劊子手。

975. 這首唱曲的第一組對偶詩節（**957-1000**）以長短格為主，**979-92**有長短短格，**983-87**和**997-99**則有克里特律和短短格。第二組對偶詩節（**1000-33**）以克里特律開始，接著先後使用短短長格和長短短格，**1011**以下到唱曲結束則恢復開頭使用的長短格，卻穿插長短短格（**1014-14**、**1031-32**）（Lloyd-Jones行注）。

977. 「古希臘人相信人的智力位於心臟；頭腦的重要性得要到五世紀的醫學作家Alcmaeon of Croton才為人所知」（Lloyd-Jones）。

978. 未請：未受邀請，原文ἀκέλευστος重出於**731**的不速客。自來：自動來的，主人並沒有付費雇用（見**2: 733n**）——這「主人」是心（**977, 990**）的主人，也就是**977**的我。眾長老看到闊別十年的夫妻竟然沒有相見歡的喜悅，不祥之感油然而生，不知不覺（未請自來）唱歌抒懷。他們想起王宮裡的吟詩人（如《奧德賽》的Demodocus）奉主人之命獻唱，唱畢受賞，可如今自己唱歌卻完全不是那麼一回事。吟詩人唱阿格門儂之輩的英雄事蹟，長老卻是唱心中的焦慮（**976**恐懼）。無風不起浪（**977**未卜先知），偏偏我不知道所以然（**983**沒頭沒腦的夢），只知道信心全消（**980-81**）。可是，見**984n**。

983. 沒頭沒腦：「難以解讀」。

984. 泊船所用的錨索已經埋在沙堆中，可見船隊出航久矣。**983-87**這一段唱詞（迄今仍無令人

源源傾洩這一切預感。

　如今我只能在黑暗中　　　　　　　　　　1030

呢喃低語，痛心，沒希望

化除心頭的烈火

即時解開死結。　　　　　　　　　〔克萊婷上。〕

〔插戲四〕

克萊婷　　妳也進去——我說的是妳，卡珊卓！　　1035
既然託了宙斯的鴻福，在我們家
妳要分享淨水，去找個位置，
和那群奴隸站到家神祭台的旁邊。
下車，眼睛別長到頭頂上去了。
聽說古時候連阿克美妮的兒子　　　　　1040
也給賣了，吃的是奴隸吃的麵包。
如果必然要遭遇那樣的命運，
流落到有祖業的家族還是值得慶幸。
收成喜出望外的那些人
對待奴隸往往殘忍超乎常情。　　　　　1045
在我們家，一切按規矩。

領隊　　　她是對妳說的，說得清清楚楚。
妳陷入命運的羅網，只好認了，
該聽的就聽——也許妳聽不進去。

克萊婷　　除非她像麻雀那樣吱吱喳喳　　　　　1050
只說人家聽不懂的野蠻話，
我說出口的，她非聽不可。

領隊　　　跟她進去吧。到了這地步，她吩咐的
準沒錯。聽她的話，下車吧。

克萊婷　　我沒閒功夫在外頭窮耗；　　　　　　1055
羊牲已經站在中庭祭台
準備獻祭，酬謝火塘女神。

完全滿意的校勘）大意是：自從阿格門儂率領的艦隊被困在奧利斯，到現在經過了那麼長的時間，卡爾卡斯不吉祥的預言如果沒錯，早就該應驗了（Smyth譯注）。眾長老寧可希望**預感**（978）不會應驗。恐懼與希望糾纏不清，這個主題早在開場戲就出現了。

990. **兀自**：無師自通。吟詩人無師自通是因為獲得繆斯女神賜予靈感；如今歌聲出自眾長老焦慮的心，無師自通則是由於焦慮得不到舒解，所唱唯有復仇女神的悲歌（**991**）。

991. 參見**1186-92**（**復仇女神＝1190怨靈**）。**沒有**：也可以是「不適合」。**抱琴**：λύρας，抱在胸前彈奏的弦樂器，音樂神阿波羅使用的樂器，抒情詩的傳統伴奏樂器——抒情詩（lyric）的本義即是「以λύρα（＝lyre）伴奏的詩」。按希臘傳統上的認知，弦樂器清心滌慮的音色適合天神，管樂器激情盪心的音色則適合地神（如酒神和牧羊神的專屬樂器都是笛子）。

993. **風發意氣**：「珍貴的信心」。

995. 內心的預感往往真實無比。希臘文一如中文，**心**本義指「情」或「智」所在之處的身體器官，後來引申為指涉「心靈」、「心智」、「心情」乃至於**996思緒**之類的意思。在此處的用法，身、心之別極其模糊。**不打誑語**：一如**1000**不會成真，帶有*tel*-字根（**65n**），前者意味著這種種預感不會無中生有，後者卻懷有焦慮也許是捕風捉影的心願（Hogan）。

996. **漂積**：參見**180點點滴滴**。

999. **預期**：與恐懼有關的種種預感。

1001. 本詩節闡發過猶不及的中庸原則，健康如此（**1001-03**），財富也不例外（**1011-13**），因為旦夕禍福難測（**1005-07**），箇中道理有如船隻為了航行安全而捨棄超載的貨物（**1008-10**）。這樣的**拋棄**（**1010**）將會在未來得到補償，理由如**1014**所述。

1002. **病害**：同時指涉身、心兩方面，原文νοσος重出於**542**；**1016**患也是同一字，但引申為人與自然的關係。**387病癥**（σίνος）則是指稱傷害或障礙的醫學術語。疾病意象又見於**154**與**221**。

1003. **比鄰**：健康與疾病隔層紙而已。

1008. 相對於國人「破財消災」之說，希臘人確認為「散財防災」，因為散財可以防範神的嫉妒。

1009. 《舊約‧約拿書》1:4「為了減輕船的載重」意思就是「為了減少危險」。

1010. **貴重品**：幸運，福氣。

1011. **家族**：顯然把船比作家。在希臘古典文學，駛船是治國的傳統譬喻，阿楚斯家族的命運就等於阿果斯城邦的命運；本劇一如《哈姆雷特》，家運與國運分不開。

1017-21. 財物的損失（**1010**）猶可彌補（**1014-16**），性命的損失卻不然，這個觀念在《奧瑞斯泰亞》多次傳出迴響。

1022. 指Asclepius，傳說中的英雄，被尊奉為醫藥神，起死回生的醫術僭越死神（Thanatos）的權責，遭宙斯雷殛。干犯生死就是破壞自然的秩序（＝**1027逾越常軌**），此一秩序即是**命運**（**1026**）。

1026. **命運**：見**129n**。

1037. **淨水**：見**2: 129n**。

1038. **家神**：即宙斯倉廩神，見**2: 802n**。參與家祭也意味著被納入阿格門儂的家庭生活。

1040. **阿柯美妮的兒子**：大力士英雄海克力斯，因殺人而罹頑疾，依神喻指示賣身為奴三年。他的主人是呂底亞（小亞細亞地名）王后翁法烈。翁法烈在丈夫去世後掌握政權，是女人當政的原型範例。克萊婷提到這個典故，卻隱諱翁法烈的名字，有雙重作用：強調奴隸只有認命的份，並避免引起「女人干政」的聯想。其實，這一對主奴的關係本身就足以引人聯想克萊婷和埃紀斯，都是顛覆傳統的性別角色。

	想不到竟有今天這樣的喜悅。	
	妳，如果聽得進我的話，快點兒；	
	要是聽不懂我說的意思，	1060
	用你們的手語比劃比劃也好。	
領隊	這個外地人看樣子需要口譯。	
	她的神情像剛捕獲的野獸。	
克萊婷	她瘋了，只聽從她自己的野性。	
	離開剛被擄獲的城市，她來到這裡	1065
	要習慣戴馬銜索還得等到	
	火氣和精力在血中化作泡沫。	
	我不想白費口舌自討沒趣。	〔克萊婷怒下。〕
領隊	沒必要生氣，我倒覺得她怪可憐的。	
	下來吧，不幸的姑娘，走下車來，	1070
	低頭認命，安分套上沒戴過的軛。	

〔卡珊卓下車，面對阿波羅像突然抱頭尖叫。〕

卡珊卓〔唱〕	唉喔！唉喔！	〔正旋詩節一〕
	阿波羅呀，阿波羅！	
領隊	呼叫巧曲神那麼悽厲？	
	他不理會唱輓歌的人。	1075
卡珊卓〔唱〕	唉喔！唉喔！	〔反旋詩節一〕
	阿波羅呀，阿波羅！	
領隊	又一次觸霉頭呼叫這位神，	
	他不在哭哭啼啼的場合顯靈。	
卡珊卓〔唱〕	阿波羅呀，阿波羅！	〔正旋詩節二〕1080
	引路神，引我走絕路；	
	再引一回呦，無活路！	
領隊	她要預言自己的不幸。	
	即使是奴隸的心也有神靈光顧。	
卡珊卓〔唱〕	阿波羅呀，阿波羅！	〔反旋詩節二〕1085
	引路神，引我走絕路；	

1044-45. 收成喜出望外：參見**1058意想不到的喜悅**。克萊婷「如此得意忘形，竟至於讓人覺得她說的是她計劃的事」（Hogan）。順著這樣的理解，**1046按規矩**可解釋作「殺人償命」這個部落社會的正義理念，也就是她籌劃多年而即將實現的正義觀。就我們的當代經驗而論，這兩行說的正是暴發戶心態。

1048. 命運的羅網即**360的遮天俘虜網**，卡珊卓被比喻為陷入那一張網裡的獵物。

1050. 希臘人稱外國人，特別是亞洲人，所用的字眼βάρβαροι（英文barbarians），原本用於描述他們說話不連貫，即出現在下一行的βάρβαρον（野蠻話），但有時候將之形容為麻雀的叫聲。

1056. 羊牲：影射阿格門儂，和**1046按規矩**同為雙關語，兼指祭拜與復仇。**祭台**：即**3:40的臍石**（見該行注），是同一個希臘字。「克萊婷的中庭祭台可比擬於阿波羅的德爾菲臍石」（Fagles 譯注；參見Harrison 1963:298）。「德爾菲臍石」即希臘人所稱的「地臍」。根據文學傳統，該臍石是捍衛地母王朝的巨龍皮同（見**509n**）的墳塚，因此也是代表陽剛的阿波羅取代女神統治（見**3: 1-9**）的紀念碑。克萊婷要在王宮臍眼所在的祭台酬神，阿格門儂和卡珊卓則是她的牲品（參見**1385-87**）。她沒想到，她為仇人預先安排的葬身之地竟然影射男神取代女神的紀念地——埃斯庫羅斯似乎是以反諷之筆預告這部三聯劇煞尾的法庭辯論。

皮同既是龍，也是蛇，因為龍蛇自古不分，不獨中國如此（吳191-4；袁28-31），西方亦然，包括希伯來－基督教和希臘－羅馬兩支文化體系（Benton 41-7）。就生物造形而論，龍的一大特徵是雌雄同體（Huxley 6）。克萊婷在守夜人看來是集男、女兩性於一身（**11**），在卡珊卓眼中是一條蛇（**1233**），在《奠酒人》夢見自己的是蛇的母親（**2: 527**），在《和善女神》則是「以蛇身現形的怨靈」（Harrison 1962: 233）具現為復仇女神。龍／蛇是阿波羅的手下敗將，克萊婷卻在那個戰敗紀念地酬神，而且酬謝的是冥神（**1387**），不祥之兆不言而喻。

1057. 後半行依Lloyd-Jones所校訂的英譯，他的行注說明了校訂的依據：欲期燒化祭功德圓滿有賴於火燒光祭牲，因此有在獻祭之前先向火行酬謝禮的習俗。**火塘女神**：音譯「赫絲緹雅」，見**2: 802n**。

1058. 明指阿格門儂凱旋歸來，卻也可以解釋為復仇的時刻終於來臨，呼應**911**。本行很可能是偽作，因此將之刪除者所在多有。

1063-67. 「這幾行暗示卡珊卓狂野的神情；她的心神已經被她自己〔即將說出口〕的心象（visions）給纏住了」（Hogan）。**捕獲和擄獲**是同一個希臘字，取自捕獵意象（見**128n**），用於類比她的神情。因此，她雖然還在車上，而且要到**1072**才開口，這並不表示她到那時候才有戲。

1068. 〔舞台說明〕**怒下**：依**1069**。克萊婷的氣勢縱橫阿果斯無敵手，卻在卡珊卓這個戰俘面前發揮不了威力。然而，這無損於她身為王后的身份與鶴立雞群的尊嚴；她必須下場，因為她有明確的目標亟待完成。

1071. 低頭認命：直譯作「向必然屈服吧」。此一**必然與217、1042的必然**是同一個希臘字。〔**下車**〕：卡珊卓聽從長老的勸告，正欲入宮，卻在看到宮門前的阿波羅神像時突然神靈附身。她從**782-1071的「表現」**是道地的「埃斯庫羅斯式沉默」，在**1072**一鳴驚人，瞬間凝聚舞台焦點，促使我們重新評價她的立場並推敲其戲劇功能。

1072. 卡珊卓在**781**和阿格門儂一起上場，直到現在才打破沉默，觀眾這才明白她並不是默角（沒有台詞的角色）。她這一開口，意味著第三場插戲在阿格門儂和克萊婷之外，得要有第三名演員——希臘悲劇的「演員」單指有台詞的角色——這是索福克里斯的新猷。飾卡珊卓的演員兼飾守夜人與傳令。阿格門儂和埃紀斯則由同一名演員飾演。

	引向何處啊，什麼家？	
領隊	阿楚斯公子的家。妳不曉得， 我來告訴妳；錯不了的。	
卡珊卓〔唱〕	是怨神人家： 　門庭嫌隙，殘殺血親， 　人肉屠宰場，鮮血灑地板。	〔正旋詩節三〕1090
領隊	這個外地人嗅覺靈敏像獵狗， 一路追蹤血跡搜索命案。	
卡珊卓〔唱〕	證據在眼前： 　幼童哀號，命喪刀俎， 　烤肉上桌，下了親爹的肚。	〔反旋詩節三〕1095
領隊	我們久仰妳看透未來的本事， 可是我們不為天神尋求口譯。	
卡珊卓〔唱〕	恐怖啊，設什麼陰謀？ 什麼新禍患？ 　大暴行在屋子裡醞釀， 親者痛，醫療罔效， 救援在天邊。	〔正旋詩節四〕1100
領隊	這個預言我就聽不懂了。其他的 我明白，大街小巷都在流傳。	1105
卡珊卓〔唱〕	好狠啊，就這樣下手？ 　澡盆裡淨身， 枕邊人——怎麼說出結局？〕 轉眼會完成，兩手 輪流在摸索。	〔反旋詩節四〕 1110
領隊	還是不懂。聽她打啞謎， 我墜入了神喻的迷霧。	
卡珊卓〔唱〕	噢！噢！現出什麼鬼東西？ 奪命網？ 　枕邊有陷阱，有殺人共犯！	〔正旋詩節五〕 1115

從卡珊卓開口到她在1330下場，學界通稱為「卡珊卓場景」。這一場戲的作用主要有二，一是對比卡珊卓的先知和歌隊的後覺，使得阿格門儂之死成為「邏輯上的必然」，二是把舞台情境從阿果斯的現實和十年前的記憶推回到上一代的經歷，交代阿楚斯家族的「原罪」，提供一個得以清晰觀照亞格曼儂之死的歷史架構；前者是劇情結構的精煉，後者是劇場空間的深化。由於空間的深化，歌隊所唱宙斯讚美詩（160-82）的道德意旨終能落實於戲劇動作；參見1602n。至於這一場戲和整個三聯劇的主題意念與神學觀念的關連，李奭學〈長夜後的黎明〉一文有所申論。

格律的改變呼應情緒和節奏的變化，這在卡珊卓場景尤其明顯。一般說來，歌隊比演員容易情緒激動，此所以歌隊唱抒情詩而演員以說白體（短長三步格）互相應答的情形並非罕見。然而，在這一場說唱應答──「可能反映悲劇發展之初的某些儀式特徵」（Hogan, p. 8）──唱歌的卻是卡珊卓，反而是歌隊使用比較沉穩的說白體。可是，歌隊由於意識到（雖然還沒聽懂）卡珊卓心象之可怖，情緒越來越激動，從1121開始唱出抒情曲調，以唱腔加入應答，格律為卡珊卓偶而用到的傾斜律（dochmiac）。傾斜律幾乎只見於悲劇，「主要用來表達激烈的情感、騷動或悲哀」（Preminger 197）。聽了卡珊卓「伴有狂放舞蹈」（Taplin 319）的唱詞，歌隊感同身受，「仿如致命的槍矛戳進他們的胸膛」，他們的傾斜律唱詞緊跟在領隊的短長三步格說白體之後，如1119-24之例，這意味著「冷靜的理智推敲與激動的情感迸發交替出現」（Stanford 109）。1177以後，舞台情境回復常態，卡珊卓放棄唱腔而改以說白，明確標示她由激動轉為平靜，舞台節奏隨之趨緩。本劇另一段抒情應答見於1407-576。

1074. 巧曲神：*Loxias*，阿波羅的聖名之一，指他預知宙斯的意願（Tripp 348），中譯取其「巧言曲意」，因為他的神喻一向拐彎抹角而意義費解。呼告阿波羅應當語帶歡欣兼讚美，其讚美詩（見2: 151n釋**派安贊歌**）即是以「歡呼醫療神」為複唱詞（"Hymn to Pythian Apollo" 271, 499-501）。

1081. 引路神：阿波羅像廣立於家門前，此「像」通常只是圓錐狀的石塊。這句唱詞具有舞台說明的作用，卡珊卓注意到舞台上立在王宮前的引路神像。**引我走絕路**：「毀滅我者」，「毀滅」有雙關義，因為阿波羅的名字Apollon是apollumi（毀滅）的衍生字，681-88所述所述**命名定命運**（nomen omen）又添一例。**1082**的第一個字ἀπώλεσας（無活路）也是「毀滅」之意。

1082. 再引一回：阿波羅第一次引卡珊卓**走絕路**之事，見1202-12。這一引把卡珊卓和阿楚斯家族各自的命運結合在一起。**呦**：擬聲感嘆詞。

1084. 反諷語，眾長老不曉得阿波羅早就**光顧**過卡珊卓了。

1087. 啊：見2: 1048n。

1088. 領對說白的現實觀點強烈對比先知歌唱的超現實觀點。

1090. 這戶人家（即阿楚斯家族）目中無神（1091-92），因此招惹天怒。卡珊卓靈眼所見的心象有三個主題，分屬過去事、現在事與未來事。她**追蹤血跡**（1094）的過程有如攝影機追捕鏡頭，不斷調整焦距，時、空距離逐步縮小，直到影像豁然清晰而後已，最後留下定格大特寫。她現在「看到」的只是模糊的遠景，也就是埃紀斯在1583以下所說家族詛咒的肇因。

1095. 在眼前：卡珊卓伸手指向宮門，即1090的**怨神人家**。證據：見1593-97。

1099. 歌隊知道但不願回想卡珊卓指出的陳年往事，語氣流露他們的不信任：這種事無需勞駕先知的預言。**口譯**：口譯人員。

1100. 原文沒有主詞，但肯定是克萊婷；卡珊卓「看到」克萊婷正要進行的殺夫之舉。從本行到1129，卡珊卓以先知預言的口吻唱出阿格門儂被殺的過程與細節。諸如此類的暴力事件，依

　　　　　　　讓索魂饕餮進門去，
　　　　　　　奮起為石頭刑犯歡呼。
領隊　　　妳在叫什麼復仇魂為這個家族
　　　　　　歡呼？妳的話使人高興不起來。　　　　　　　　　　1120
歌隊〔唱〕　橘黃染液回流我心臟，
　　　　　　　恰似倒在矛尖下
　　　　　　　生命的光輝伴斜陽，
　　　　　　　毀滅轉眼到。
卡珊卓〔唱〕啊！啊！制止公牛近母牛！　　　〔反旋詩節五〕1125
　　　　　　　裹衣袍，
　　　　　　　　設計纏住他，黑角往前牴，
　　　　　　　他蹽蹞倒在澡盆裡，
　　　　　　　眼看奸詐謀命得了逞。
領隊　　　預言，我不敢吹牛說聽得懂，　　　　　　　　　　　1130
　　　　　　可是聽來就知道不吉祥。
歌隊〔唱〕　先知何曾說過中聽的話？
　　　　　　　開口拐彎又抹角，
　　　　　　　扯出的壞事團團纏，
　　　　　　　聽來心膽驚。　　　　　　　　　　　　　　　　1135
卡珊卓〔唱〕唉！一生歹命我悽慘，　　　　　〔正旋詩節六〕
　　　　　　　我苦痛悲歌又添杯。
　　　　　　　　為什麼帶我來到傷心地？
　　　　　　　就只為結伴踏上黃泉路？
歌隊〔唱〕　妳神靈附身，妳瘋瘋癲癲　　　　　　　　　　　1140
　　　　　　為自己唱起輓歌。
　　　　　　　悲歌狂唱不成調，
　　　　　　　　像夜鶯啼不停，
　　　　　　　一遍遍呼喚伊提斯，
　　　　　　　長生淚流不盡滿懷憂戚。　　　　　　　　　　　1145
卡珊卓〔唱〕唉！婉囀夜鶯運不同！　　　　　〔反旋詩節六〕

慣例是由傳吏在事後以說白敘事體呈現，埃斯庫羅斯卻由先知以唱腔在事前交代，這是一項「大膽的創新」（Zimmermann 44）。

1104. 可能指梅內勞斯（見617-19、674-79）或奧瑞斯（見877-81、1667），兩人一樣遠水救不了近火，因此有1343-45之事。

1105. **其他的：** 不是指其他的預言，而是指卡珊卓剛才提到的王族往事。

1108. 克萊婷伺候阿格門儂洗澡（＝淨身，見1125-29n）。按西元前五世紀的雅典殯葬禮儀，妻子必須為丈夫的屍體淨身。克萊婷卻在伺候丈夫洗澡（此係荷馬史詩中的習俗）時謀命（1110-11）。此一反諷未必是作者有意，但視其為時代誤置倒也大可不必（Seaford 247-54）。

1109. **結局：** 一如1107的下手，含有表達大功告成的*tel*-字根（見972n）。

1112. 歌隊真的聽不懂？還是裝糊塗？R. D. Dawe一針見血指出，埃斯庫羅斯著重的是如何營造戲劇效果，歌隊的心理反應是否逼真倒在其次（引Hogan 1100n）。

1114. **噢：** 痛苦的叫聲。

1115. **奪命網：** 即1116的陷阱、1126的衣袍、1383的索命錦繡袍，是克萊婷想像中的魚網洞洞裝（868, 1382）。本行直譯作「哈得斯的網」。哈得斯：冥神，常用於代稱死亡。1022n提到的「死神」則是「死亡」的擬人格。

1116. **陷阱：** 有活動套索的獸籠，捕獵時將野獸驅趕入內，隱喻1381-83所描述的殺夫「幫凶」；原文重出於1376天羅地網，參見822n。**共犯：** 阿格門儂的長袍（見1115n）。克萊婷幫丈夫沐浴淨身之後，從背後為他披上衣袍，趁機將他套牢。本行影射劇中婚禮與葬禮糾纏不清的母題：海倫與帕瑞斯結婚，奉獻戰士的屍體作為**初祭**（65），祝婚曲變調成了哀悼歌（710）；阿格門儂出征，伊斐貞以待嫁娘的身份被當作**初祭奉獻**的牲品（226）；卡珊卓以新婚的姿態來到阿果斯，卻是**結伴踏上黃泉路**（1139）。

1117. **饗宴：** 譯文以典故表達原文的口慾意象。本劇的口慾意象包括暴飲（828, 1188-89, 1479）與暴食（731, 1477-78）。**索魂饗宴：** 即領隊點明的**復仇魂**（1119）；以人命解饑止渴，所以屬於倒錯母題。

1118. **石頭刑：** 罪大惡極而激起社會公憤的傳統公懲方式，參見拙文〈伊底帕斯面面觀〉注6；領隊在1615-16以此刑威脅克萊婷。

1119. 眾長老開始會意到卡珊卓唱曲之不祥。自此以下到1176，卡珊卓仍然耽溺於自己的心象，因此繼續使用格律不工整的抒情唱腔，歌隊卻放棄沉穩的短長三步格，改用先說白後唱腔的格律交互回應——希臘悲劇的說白與唱曲可比擬於京劇的京白與韻白。他們從1121行開始出現和卡珊卓一樣的不規則抒情詩格律，說明了他們「開始以肢體傳達對她恐怖的唱詞的反應」，而說白與唱曲交錯出現乃是間雜冷靜的理智與激昂的情感（Stanford 109）。這一段抒情對話原文並沒有分別標示領隊的說白與歌隊的唱詞，譯文則一貫將說白由領隊代表。既然歌隊含領隊合為一集體人格，他們同時以說話搭配唱詞的方式和卡珊卓進行應和（見1072n第三段）可視為一個人理性與感性的分裂。

1121. 希臘人認為人處於極度驚恐時，血液流向心臟，身體的其餘部位變黃，猶如我們說「蒼白」，此所以荷馬有「黃色的恐懼」這樣的措詞。稱血為**橘黃染液**，不是因為血是黃色的，而是因為血使臉變黃（Lloyd-Jones行注）。

1123-24. 以夕陽西下比喻人生盡頭，參見莎士比亞十四行詩73:5-7：「在我身上你可能看到白天薄暮／就像日落在西方沉寂，／轉眼間黑夜把一切移除。」

　　　　　　　　天神賜她一身羽翼，

　　　　　　　　　賜給她好命，好音不沾淚。

　　　　　　　　我呢？雙刃尖矛等著伺候。

歌隊〔唱〕　哪來天神驅遣這一陣陣　　　　　　　　　　1150

　　　　　　涙水激昂空悲慟？

　　　　　　　為什麼驚恐震心扉，

　　　　　　　回響悲歌啼不住？

　　　　　　　為什麼踏上預言道，

　　　　　　　　惡兆敲邊鼓？　　　　　　　　　　　　1155

卡珊卓〔唱〕　唉，派瑞斯結婚，親人結死亡緣！　〔正旋詩節七〕

　　　　　　唉，斯卡曼德，祖宗的活水源！

　　　　　　　曾經我也在河邊

　　　　　　　　飲用、茁長，

　　　　　　　如今濱臨哭泣河、傷心河　　　　　　　1160

　　　　　　兩條冥川，就要預言到我自己。

歌隊〔唱〕　什麼話呀說得這麼白，

　　　　　　　即使小孩也聽懂。

　　　　　　聽妳悲歌哀訴命運苦，

　　　　　　　毒牙咬深痕，　　　　　　　　　　　　1165

　　　　　　苦痛碎我心。

卡珊卓〔唱〕　唉，國破又城亡，椎心痛椎心痛！　〔反旋詩節七〕

　　　　　　唉，家父在城牆下奉獻牲禮

　　　　　　　宰殺多少牛和羊，

　　　　　　　　藥方失效，　　　　　　　　　　　　1170

　　　　　　　祖國的苦厄已回天乏術。

　　　　　　心魂著火，我也即將倒地不起。

歌隊〔唱〕　妳唱歌首尾一貫。

　　　　　　　莫非有神明蓄意不仁

　　　　　　強把重擔往妳身上壓，　　　　　　　　　1175

　　　　　　　要妳慷慨悲唱死亡歌！

1125. 啊：見2: 1048n。克萊婷動手殺夫的情景終於清晰映入卡珊卓的眼簾，即克萊婷在**1381-86**所述。既然以牛喻人，按常理應該說「制止母牛近公牛」，B. Simon（**63**）認為是延續早在**11**就挑明的「性別混淆」。阿格門儂既已回到家，祭祀事宜理當由他來主持，**1126**的**衣袍**即是他要穿上的主祭禮袍（參較**1126n**），角的喻象則是取自他要殺來祭牲的牛（Hogan）。這整個詩節反映的是常態經驗與習俗的倒錯。正如**1386-87**所見，主祭人自己成了祭牲，禮服成了壽衣，正吻合本劇的倒錯母題。不過，劉毓秀（**108**）主張**公牛**指涉克萊婷，王后「變成了男性」。按她的女性主義觀點，牝雞司晨的克萊婷擁有無與倫比的才幹，卻「只因為性別這一項差異，一切美德變成了罪惡之源。……〔埃斯庫羅斯創造〕這樣一個無比特出的角色，只為了一個目的——將她徹底否定」。

1126. 衣袍：πέπλοισι，重出於**1581**「袍」，Garvie（**328**）說是阿格門儂參加洗塵慶功宴要穿的禮袍（參較**1125n**引[Hogan]），Vellacott（**32**）則認為「似乎是有帶耳的大浴袍，腰帶一拉，瞬間就纏緊了；這件『緊身衣』是克萊婷事先設計並縫製好，留到這一天派上用場。」他接著說明：「戰士返家必須淨身，除去他在戰場上沾的血。為了這個儀式，他得要裸體，妻子在一旁伺候，趁他從澡盆走向祭台時拿袍子罩在他頭上——祭台旁邊有動物等著作犧牲，殺牲用的劍就在附近。這個『錦囊妙計』使得阿格門儂的手腳動彈不得，他的妻子舉起劍的時候，他無從抵抗也無從逃生。」至於**1383**的**錦繡袍**，原文是πλοῦτον εἵματος，前一個希臘字有財富與權力雙重意思。

1136. 歌隊的感慨使卡珊卓想到自己的命運。既已唱罷預言，她在傷悲之中帶點自哀自憐，語調由激昂轉為沉鬱，急切的節奏則趨緩。

1137. 又添杯：又加上一杯苦酒，指阿格門儂之死。**杯**與**悲**同音的雙關效果，其實是原文沒有的。

1138. 譯文一如原文，沒有明確點出主詞——阿波羅和阿格門儂都有可能。

1143-44. 按希臘神話的典故，夜鶯原本是普洛克妮。費蘿美拉遭姐夫泰魯斯強暴，又被割斷舌頭防她告狀。為了復仇，她把遭遇織成圖案告知姊姊普洛克妮，姊妹聯手殺死泰魯斯的兒子伊提斯，烹其肉給泰魯斯吃。天神為幫助兩姊妹逃命，把普洛克妮變為夜鶯，費蘿美拉變為麻雀（可是從羅馬詩人以後，費蘿美拉變形為夜鶯之說成了主流）。普洛克妮不停呼喚「**伊提斯**」表達哀思。**伊提斯**：原文᾽Ιτυν是擬聲詞，*Itus*（=Itys）的受格。

1146. 「這個典故重申提也斯的人肉餐，卻也有意區別費蘿美拉和卡珊卓，卡珊卓也〔在**1146-49**〕堅持其間有差別。費蘿美拉得神助而逃過一劫，歌聲化作不朽〔……〕。卡珊卓卻被困在阿楚斯家，遭神遺棄，一路唱歌走上黃泉路」（Fagles譯注）。兩個女人同樣遭遇性暴力，都以抒情語調唱人家聽了滿頭霧水的歌，埃斯庫羅斯蓄意藉此一類比激發觀眾的同情心，其中神話故事、儀式行為與戲劇動作的關連不該等閒視之。「以現代手法演出《奧瑞斯泰亞》可以藉卡珊卓的服裝造形暗示扭曲的結婚儀式，演員可以藉新娘意象捕捉人物的內在視野。身段與伴奏音樂可以暗示婚禮讚美詩和葬禮輓歌兩者交替進行，或許就是在迴響唱曲二海倫初抵特洛伊的情景。鳥的意象，從進場詩的鷹到與卡珊卓有關的麻雀和夜鶯，可以透過舞蹈與肢體動作來聯結，以呈示純真和自然界的終極勢力。這些劇場意念都隱身在埃斯庫羅斯的語言中，因此要想完整展現或理解這三聯劇活潑奔放的想像，千萬不能打馬虎眼」（Rehm**88**）。

1148. 不沾淚：沒有淚水，不識痛苦為何物，因為「夜鶯的哀號是無意識的」（Smyth譯注）。又依Edith Hamilton譯注：「卡珊卓與歌隊對夜鶯的看法有出入，雖然學者費心彌合，讀者當切記《阿格門儂》的傳抄稿並不完整。」

只是結果不可知。

卡珊卓　好吧，我的預言不再像新婚少女

從面紗後邊偷偷掃瞄；就讓它

嘹亮如清風陣陣吹向旭日升，　　　　　　　　　1180

掀起海潮像巨浪湧晨曦

迎面撞擊朝陽引出更大的痛苦。

明白告訴你們，我不再打啞謎；

你們作證，隨我步步追蹤

長久以前野蠻暴行的氣味。　　　　　　　　　1185

這個家有一組歌隊盤據，

異口同聲唱刺耳的歌。

痛飲人血來壯膽，

一支狂歡隊在這裡逗留，

這個家生出來的怨靈，趕不走的。　　　　　　1190

她們留連室內，歌唱忿恨，

唱陳年罪愆，輪番唱歌

詛咒踐踏兄長床鋪的人。

我射偏了嗎？還是像個箭無虛發的射手？

我是挨家挨戶聒噪不休的假先知嗎？　　　　　1195

你們發誓為我作證，我確實知道

這個家族老早以前發生的過錯！

領隊　一句誓言，即使是人神共鑑，

怎麼能夠療傷止痛？我倒是驚訝

妳一個外地人，千里迢迢渡海過來，　　　　　1200

怎麼說得中真相，彷彿是在地人？

卡珊卓　預言神阿波羅給了我這個職權。

領隊　他是神，難道動了情不成？

卡珊卓　在以往，說起這件事我就不好意思。

領隊　沒錯，人走了運總是會瞻前顧後。　　　　　1205

卡珊卓　他是個摔角手，恩情往我身上噴。

1148-49. 隨節奏趨緩（見**1072n**），這兩行，一如**1160-61**與**1171-72**，使用對白的常態格律短長三步格。卡珊卓愈來愈冷靜，**1178**以下則徹底改用說白體，平穩的語氣和她方才描述心象時表達激動的情緒所用的傾斜律恰成對比。歌隊卻背道而馳，愈來愈激動。

1151. 眾長老的疑惑（為什麼天神要卡珊卓承受這些似無意義可言的打擊）將在**1202**解答。

1156. 由悲嘆自己的命運聯想到家族與祖國的命運，「連帶引發觀眾回想普瑞安之子的命運和阿楚斯之子的命運如出一轍，正如前面四首唱曲一再重複的」（Lloyd-Jones **1962:70**）。

1160. **哭泣河**（Cocytus）和**傷心河**（Acheron）都在陰間，引來對比孕育特洛伊的**活水源斯卡曼德河**（**1157**）。

1161. 卡珊卓即將說出她的心象的第三個主題，包括本劇和整部三聯劇的結局。

1178. 卡珊卓以唱詞鉤勒由過去經現在到未來的時間之網的線索之後，改用說白的第一句台詞就是新婚意象，把眼前活生生的一個人（她自己）和十年前在奧利斯不堪回首的往事（祭殺伊斐貞）緊緊連繫在一起，一個是戰前初祭，一個是戰後初祭，都是人祭，都要犧牲清純姑娘無辜的血。新娘揭開面紗當然是在洞房；她現在要揭開的不是美嬌容，而是撞面劈頂的打擊，是無遮無掩的苦難的真相，因此面紗一揭，喻象跟著翻山越海，扣住了海倫在特洛伊「**洞房花燭化作熊熊火**」（**745**）。

1180-81. 把預言比喻為清晨的風，風起浪湧，預言隨湧起的浪在朝曦中乍現。

1184. 要求眾長老**作證**，因此改用說白，取其易懂。希臘先知，一如我們所知道的命相術士，總先說出過去與現在，取信於人之後才說出未來事。**追蹤**：喻象同**1093-94**。

1186. **歌隊**：即**1189狂歡隊**、**1190怨靈**，最常見的稱呼是復仇女神，《和善女神》的歌隊即是由她們組成。「復仇女神盤據在罪孽深重的家族。舊觀點認為她們懲罰種種不同的罪，《和善女神》採取的新觀點認為她們只管殺害血親。埃斯庫羅斯新舊混雜不以為意」（Vellacott p.**188**, n.）。

1187. **刺耳**：不吉祥。

1189. 飲宴（*symposion*，英文symposium，即柏拉圖對話錄《會飲篇》所描述的那種場合）結束後，客人通常會參加狂歡（*komos*），手持火把，帶著幾分醉意挨戶唱歌，就像希臘瓶繪可以看到的情形。如今這一支**狂歡隊**，不是醉酒，而是「醉血」（＝**1188痛飲人血**），而且據守一個定點，即阿楚斯家族。

1193. 雖然埃紀斯與堂嫂克萊婷也有姦情，但本行顯然只指提也斯（埃紀斯之父）與嫂嫂（阿楚斯之妻Aerope）的姦情，即阿楚斯家族的「原罪」。**踐踏**即蹧蹋，提也斯逆倫之蹧蹋床鋪引人聯想到阿格門儂踩壁毯之蹧踏家財。

1194. **射偏**：即「錯失目標」（見**787n**）。**射手**：弓箭手，承續**1184**的捕獵意象。以卡珊卓的譬喻引出**1202-13**的穿針對白可謂順理成章，因為阿波羅正是預言神兼弓箭神。阿波羅箭無虛發必然帶來災難（**511n**），卡珊卓的預言之箭亦然。

1195. 柏拉圖《理想國》（**364b**）提到卡珊卓說的**假先知**：「沿街乞討的術士、先知敲有錢人家的門，大言不慚自稱法力、法術得自天神，說什麼如果有人或他的祖先犯了過錯，只要擺出筵席，獻牲念咒一番就能贖過。要不然，如果有仇人，不管正直與否，只要花點小錢就有辦法加害仇人，只因為這些叫化子宣稱他們的符咒和法術能夠約束天神執行他們的意願。」

1197. **過錯**：見**502n**。

1202. 卡珊卓故事的背後可能隱含一個古老的觀念：女先知以預言神阿波羅的新娘的身份受到神靈感召而具備預言的能力。在德爾菲，只有處女才可能出任阿波羅的女祭司皮緹雅（Lloyd-Jones行注）。**職權**：說中真相，預知未來。

領隊	妳有沒有，像別人那樣，生小孩？	
卡珊卓	我答應了巧曲神，後來背信。	
領隊	那時候妳就有了神通？	
卡珊卓	沒錯，警告過同胞大難臨頭。	1210
領隊	預言神的怒氣居然沒傷害到妳？	
卡珊卓	背叛他以後，再也沒人相信我。	
領隊	可是，我們聽來卻蠻可信的。	
卡珊卓	唉！噢！苦呀！	

真相又在腦海裡翻騰，　　　　　　　　　　　　1215
風暴的前奏逼人發狂。
看到沒？那邊！坐在門口，
年紀輕輕，像夢中出現的形狀，
看來是小孩被殺，死在親人手中，
手上捧著自己的肉，當做食物，　　　　　　　　1220
我看到他們捧出內臟，
真慘，被自己的父親吃了。
我告訴你們：有人在設計要復仇，
孱弱的獅子，在主人的床上打滾，
看家婆，天哪，為了防範老爺回家，　　　　　　1225
我的主人，因為我必須忍受奴隸的軛。
艦隊的統帥，他摧毀了特洛伊，
看不清討厭的母狗舞弄舌頭
短話長說盈盈笑臉歡迎他，
像埋伏的殺手劈刀要了斷惡果。　　　　　　　　1230
膽大妄為，女性謀殺男性。
她——可恨的妖怪，怎麼稱呼
才妥當？——兩頭蛇，還是狗妖女魔
守在礁岩危害船隻和水手？
陰府母夜叉怒騰騰噴吐怨毒　　　　　　　　　　1235
奮戰至親的人？看她歡呼叫囂，

1204. 現在不會了，因為她已經看到自己的生命盡頭，如今只求死得有尊嚴，讓世人知道她不曾瘋言瘋語，而是的確未卜先知。

1205. 以免招嫉，如阿格門儂在918-24表達的。**瞻前顧後**：重出於**919**，隱含顧影自憐之意，希臘人通常用於形容東方君主。由於該字在整個三聯劇中只出現在這兩個地方，歌隊可能，至少是下意識，在和卡珊卓對話時，腦海仍縈迴阿格門儂的命運。此處的例子可引來說明，何以埃斯庫羅斯筆下重出或照應字眼促使我們推敲或探究細膩的人物心理（Hogan）。

1206. **擇角手**：隱喻同**172**，比喻纏著對手不放，但無從定奪卡珊卓到底是在陳述事實，或只取其譬喻用法。**噴**：重出於**218**，又以字根出現在**186**（**氣息**）和**1235**（**噴吐**）。先後四次，意象一貫而旨趣有別；**186**影射天人交感；**218**寫父親的蠻橫，結果犧牲親生女；**1206**寫男神的蠻橫，結果犧牲女祭司；**1235**預言幽冥勢力的反撲，事實證明克萊婷成功殺夫。

1213. Fagles在譯注提出一個頗富創意想像的推測：當時阿波羅可能附加一個條件，如有人相信卡珊卓的預言，卡珊卓就會死於暴力，這可說明何以歌隊一接受她的預言，她當下悲從中來。

1222. **父親**：埃紀斯的父親提也斯。

1224. **孱弱的獅子**：埃紀斯，修辭手法見**1272n**。

1225. **看家婆**：οἰκουρόν，用於指稱男人係輕蔑之詞。相對於男兒志在沙場，家是女人的世界。埃紀斯成了卡珊卓口中的「看家狗」（**607**），不過嚴防的不是外人，而是主人。

1226. 卡珊卓是劇中唯一承認有軛在身的人。只有認清並敢於面對真相的人才可能擁有自由的靈魂。阿格門儂、克萊婷和埃紀斯全都欠缺深刻的洞察力，一個個不由自主套上軛卻不知情，只好任憑命運擺佈。

1228. **狗**：κυνὸς，重出於**607**和**1093**。卡珊卓在此處指稱克萊婷，進一步導入陷阱－捕獵－犧牲的引導母題，並且扣住了史詩傳統。《伊里亞德》6.344，海倫在赫克特面前怨嘆自己禍國殃民，正是用κυνὸς這個字自責，在修辭上的意義與**607**相同。《奧德賽》11.424，阿格門儂亡魂提到克萊婷，用的形容詞是κυνῶπις，說她「狗神色」，隱然有笑面虎或人面獸心之意；這樣的狗，本質上和**720-28**影射海倫的寵獅無異。參見**1291n**。

1229. 指**855-913**克萊婷的歡迎辭。本行與下一行依次分別呼應**716-26**與**727-36**，不落言詮重申克萊婷和海倫的關連——此處強調的不在血緣，而是在劇旨的呈現。

1230. **殺手**：擬人格的*Ate*（見**385n**），對象是殺伊斐貞而種下惡因的阿格門儂。**劈刀……了斷**：*dike*，即**正義**（見**250n**），在英雄時代往往就是「復仇」的同義詞。

1231. 不說「女人謀殺男人」，偏說**女性謀殺男性**，恐非無因。男人／女人和丈夫／妻子可以是同義詞，如**601-03**的「女人……男人」亦可作「妻子……丈夫」。卡珊卓已經看出來，克萊婷殺阿格門儂不只是夫妻之間的衝突，而是擴及於兩性之間。請注意「**女性謀殺男性**」這句話帶出**1232-35**的魔界：**兩頭蛇、狗妖女魔**和**陰府母夜叉**依次是陸上、海底與陰間的妖魔，克萊婷集這三者於一身，可見她不只是**女性**，她根本就是魔界勢力的化身，就是**魔神**（**1468n**），是復仇女神的代理人——卡珊卓甚至預見到天界陽神與地界陰神所爆發的神界大戰（**3: 296n**）餘波猶存，將透過克萊婷殺夫案一決雌雄。

1233. **兩頭蛇**：字義為「（前後）兩頭移動」，做大寫則指傳說中的蛇怪。此處的兩頭不是一個蛇身歧出兩個頭，而是蛇身的兩端各有一個頭。這樣的兩頭蛇造形，早在商代銅器的裝飾圖案就可以看到，而且確實存在於自然界，如一九七二年中華日報記者吳中興報導在宜蘭發現的實例（圖版見袁德興41）。紐約大都會博物館所藏一件十二世紀下半葉的拱狀門楣浮雕，也可以見到這種兩頭蛇（圖版見Benton 22-3）。兩頭蛇以動作靈巧著稱，進退自如，只要

大膽沒有節制，彷彿已轉敗為勝，
還假裝為海難生還的人歡呼！
我說的，即使你們不信，有什麼差別？
未來終究會到來。你們在這裡很快　　　　　　　1240
就會憐憫我說的句句是實話。

領隊　　提也斯在筵席上吃他孩子的肉，
這我知道，妳用白話說出事實，
而不是用比喻，我聽了恐懼附身。
其他的，我找不到路，衝離了跑道。　　　　　　1245

卡珊卓　我說你會看到阿格門儂的結局。

領隊　　不幸的女人，好好哄舌頭以免說話不吉祥。

卡珊卓　沒用的；我說的事什麼神也醫不了。

領隊　　真是這樣的話，老天爺改個運吧。

卡珊卓　你只會禱告，他們忙著要殺人。　　　　　　　1250

領隊　　什麼樣的男人做得出這樣齷齪的事？

卡珊卓　男人？你追蹤我的預言迷路了。

領隊　　也許吧；我實在想不通怎麼下手。

卡珊卓　我說的是道道地地的希臘話。

領隊　　皮托神諭也說希臘話，照樣難懂。　　　　　　1255

卡珊卓　噢，火焰又往我身上簒！
噢！光明神阿波羅，噢！
兩隻腳的母獅，與狼同床，
趁尊貴的雄獅出遠門；
她要殺我，像調配毒藥，　　　　　　　　　　1260
也要在杯子裡賞我一帖。
她為自己的男人磨利刀鋒，
還誇口要殺人回報他帶我進門。
我幹嘛穿戴這些笑料，　　　　　　〔脫法袍。〕
手握法杖，套羊毛籮？　　　〔折法杖，扯頭籮。〕1265
臨死前把你們給毀掉！　　　　　　〔摔在地上。〕

「把一個頭擺進另一個頭的口中，像鐵環一樣滾動」即可（Benton **22**）。

狗妖女魔：*Scylla*，奧德修斯返鄉途中遇到的海怪之一，十二隻腳飛舞不停，六個脖子高高撐起六個頭顱，各有三排緊密結實的牙齒，下半身隱藏在礁洞裡，頭伸出洞外搜捕獵物，凡有船隻路過必有水手遭殃，一張嘴吞食一名水手絕無閃失（Odyssey **12.85-100, 245-59**）。Hogan注疏引Apollodorus（Epitome **7.20**）說她身上長的是六個狗頭；埃斯庫羅斯把《奧德賽》世界中違反常情的危險搬到阿格門儂的火塘周遭，又將之化身為克萊婷。

1235. **陰府母夜叉**：住在或來自陰間的死亡老母──「老」純粹是語助詞。1235-36全句直譯可作「〔心頭〕鬱積怒氣的陰府母夜叉噴吐無情的戰火對付至親的人」。其中「鬱積怒氣」又有悶燒之意，即**70n**「燒牲有煙無火」的現象；參見**1377**「積年累月的仇恨」。**噴吐**：見**1206n**。「無情」也可以譯作「沒有奠酒」。奠酒是祭拜儀式的一部份，唯獨祭拜復仇女神──1233-36就是把克萊婷視為復仇女神的化身──是以水代酒（**3:107**）。戰火：即戰神（見**79n**），但Hogan說也有可能是怨恨或詛咒之意。這整句不只是以喻象語傳達克萊婷在**1431-33**所述的復仇之心，而且點破了幽冥勢力蓄勢以待東山的決心。

1236. **歡呼叫囂**：凱旋的**呼聲**，即1118的歡呼，遙遙呼應587。但是1237指出了克萊婷的勝利是短暫的。

1237. **大膽沒有節制**：呼應1231膽大妄為。「這種不管死活埋頭猛幹的陽剛作為是一條險路，特別是克萊婷的作風」（Hogan）。

1247. 舉行宗教儀式之前禁說不吉祥的話，特以跟阿波羅醫療神有關的儀式為然（Lloyd-Jones行注）。**哄**：哄睡。睡眠的意象是《奧瑞斯泰亞》的另一個引導母題。埃斯庫羅斯先在本劇費心鋪陳這個母題（另見於**13-17, 179-80, 555-61, 565-70, 1357**），接著在《奠酒人》讓我們聽到歌隊、奧瑞斯和伊烈翠異口同聲喚醒阿格門儂的亡魂（**2: 396-478**），又在《和善女神》讓我們聽到克萊婷的亡魂氣呼呼喚醒復仇女神（**3: 94-116**），最後呈示復仇女神離開陰府長住陽間這個「復甦－重生」的蛻變過程，為的是要揭露「睡眠－甦醒／死亡－重生」的劇旨（Rehm **107**）。

1248. 阿格門儂必死無疑，連醫療神阿波羅也挽救不了。

1251. **安排**：荷馬用於指性交的委婉字眼，如「女人為男人安排床鋪」（Hogan）。

1252. **迷路**：參見**1245**。承**1184-85**追捕獵物的意象：卡珊卓帶領歌舞對追蹤命案，可是後者跟丟了，因此會意不來預言的目標。她心裡在想：「我說的兇手明明是女的，是王后，你們居然還問什麼樣的男人！」

1255. **皮托**：見**509n**。

1256. 卡珊卓又看到異象了。

1257. **光明神阿波羅**：Λύκει ῎Απολλον。Λύκει這個聖名，有人說是狼神（λύκος＝狼），也有人說是光明神（λύκη＝黎明），兩種說法都有字源上的根據，也都適合此處的文義。為阿格門儂復仇是屠狼之舉，如1258的隱喻，但是卡珊卓的靈感與折磨的根源卻和光明有關，如1256的火焰所述（Hogan）。可是也有人指出，那個希臘字是指小亞細亞一古國Lycia（＝Lykia），阿波羅原本是該地的地方神（Tripp **65**）。

1258. **兩隻腳的母獅**：克萊婷，卻引人聯想人面獅身獸（Sphinx）。理由有二。複合造形的希臘妖怪當中，人面獅身獸（Euripides, *Phoenician Women* **1024-6**）最貼近卡珊卓的譬喻：結合女人與獅，又具備蛇和狗的部份造形，而且會吃人（**1234**, cf. *Theogony* **320-24**）。另一個理由是，卡珊卓簡直就是在出字謎，謎面、謎底都和人面獅身獸的謎語相似：「什麼生物，只有

送死去吧！把你們摔落地當作回報！　　　　〔踩在腳下。〕
去教別人腰纏毀滅，別來找我！
看吧，阿波羅親手卸除了
先知的法服。他一直冷眼旁觀　　　　　　　　　　1270
看我一身盛裝華服惹笑話——
親密的仇人，他們的確笑錯了。
我呢，像個遊方化緣的乞丐，
被人叫可憐蟲、餓鬼，我都認了。
如今預言神打發他的女先知，　　　　　　　　　　1275
引我走上這樣的一條黃泉路。
等著我的不是家父的祭台，而是砧板，
當我倒在祭牲前，溫熱的血會把它染紅！
我必死無疑，天神可不會袖手旁觀。
會輪到別人為我們復仇，　　　　　　　　　　　　1280
兒子殺害親生母，洗雪父親流的血。
他在外地流亡，離鄉背景，
終究會回來為門庭劫安裝飛檐。
天神已經鄭重立誓，保證
使他父親倒下去的那一擊將帶他回家。　　　　　　1285
所以，幹嘛自哀自憐哭哭啼啼？
既然親眼看到特洛伊
遭受浩劫，既然劫掠城池的人
也在天理的裁決下走上不歸路。
我這就進去面對我的命運。　　　　　　　　　　　1290
這道門檻，我叫你做鬼門關。
我只祈求一擊喪命，
沒有掙扎，任憑鮮血噴湧，
好讓我闔上眼睛安息。

領隊　　可憐的姑娘，妳的見識相當深刻，　　　　　　1295
　　　　妳說得夠多了。可是，如果真的

一個聲音，有的時候有兩隻腳，有時三隻，有時四隻，最衰弱的時候最多。」伊底帕斯的解答如下：「人，因為他在年幼的時候用四肢爬，年輕的時候兩隻腳撐得挺，年老的時候倚賴拐杖。」（Graves 2: 105.1）**母獅**有**兩隻腳**，一則暗示「女人」，再則暗示「撐得挺」，合乎這兩個條件的非克萊婷莫數。動手殺阿格門儂的是她（**1380**），既狠且準，一如獅子撲殺獵物。狼（＝埃紀斯）早在荷馬就被視為兇殘成性，到了後荷馬時代又進一步和狡猾畫上等號（Buxton 61, 64）。埃紀斯在幕後策劃（**1604, 1609**），正合狼性。伊烈翠也用狼的隱喻表明她和奧瑞斯有志一同要殺克萊婷報父仇的心願（**2: 421-2**）。

1259. 邁錫尼文明以獅子為圖騰，阿格門儂是那個文明的代表人物。

1264. 卡珊卓是《和善女神》開頭所列舉歷代預言神的女祭司傳人，如今以具體的動作表明她與阿波羅的決裂。「她對阿波羅大發雷霆，不是由於她身為少女遭遺棄的悲痛，而是由於她身為不再受人信任的舊體制的女祭司的憤怒」（Harrison 1962: 394）。她現在脫掉的法服裝束其實是她穿戴多年的一張命運網。Hogan 注疏說C.V. Daremberg和E. Saglio合編的*Dictionnaire des antiquités grecques et romaines d'apres les textes et les monuments*（5 vols., Paris: Hachette, 1877-1919）1: 165可見到顯然適合本劇意象的這種服飾。

1265. **羊毛籤**：以羊毛編織的帶子，束於額頭，表明預言神女祭司的身份。

1268. **腰纏毀滅**：套成語「腰纏萬貫」，猶言災難接踵。

1269. **親手**：卡珊卓是阿波羅在人間的代理，她也覺得自己是預言神的工具兼牲品，因此1264-70的動作可解釋為阿波羅在操控。

1272. **親密的仇人**：懷敵意的親友（＝**他們**），典型的埃斯庫羅斯式矛盾修辭。**1275**亦然：原文μάντις μάντιν把**預言神**和**女先知**並置，藉文法、句型與位置扣緊人、神的身份和敵意（Hogan）。**笑錯了**：因為她對於特洛伊的預言應驗了。

1277. 卡珊卓是普瑞安家族的主祭官，如今即將成為阿楚斯家族的陪祭牲。

1278. **溫熱**：從活體流出，因為是人祭，因此「**倒**」是卡珊卓描述自己將在祭台上羊牲前被殺的結果。**溫熱的血**：προσφάγματι，為英雄舉行葬禮之前獻給死者的血，或陪葬的人祭犧牲（Fagles譯注）；倒錯的祭禮意象，上承伊斐貞之死（**223-38**），也就是她的婚前初祭，下啟阿格門儂之死（**1384-87**），也就是他**回奔圍爐**（**851**）的送終初祭。參見**1298n**。卡珊卓「意會到克萊婷要她去參加祭禮〔**1035-38**〕就是要她自己去送死」（Lebeck 75）。

1280. 卡珊卓預見《奠酒人》所述奧瑞斯（＝**1281**兒子＝**1282**他）復仇之事。

1283. **門庭浩劫**：家族浩劫。**安裝飛檐**：建築隱喻，直譯作「安裝檐口」，把家族的自相殘殺比喻為建築工程，說流亡在外的奧瑞斯返家復仇（**1280-82**）是θριγκώσων，即「**檐口**」。「檐口」是「牆頂上帶裝飾的凸出體〔……〕專指古典建築柱式中檐部的最上部分」（《大不列顛百科全書中文版》16:435）。由於此一譬喻，卡珊卓在預言奧瑞斯將會回來復仇之餘，也暗示他復仇成功之後可望才斷家族的血腥史，為《和善女神》設下了伏筆。復由於檐口的建築風格主要表現於神殿，因此將要落成的不只是重建後的王族之家，更是在廢墟中興建新天新地新信仰的神族之家，即奧林帕斯神殿。但丁的《神曲》是在謳歌既有的神學秩序，埃斯庫羅斯的「神曲」謳歌的卻是神學秩序的重整。

1291. **鬼門關**：直譯「死亡門」，即克萊婷敞開歡迎阿格門儂的**大門**（**603**）。克萊婷把自己比作看家狗（**607**），卡珊卓說她是妖狗（**1233**），又把宮門比喻作陰府入口。這麼說來，這隻狗簡直就是傳說中守護地獄門的魔狗柯柏若斯，不且會吃人，而且善要笑裡藏刀的詭計（*Theogony* 311-2,769-74），其造形與卡珊卓口中的克萊婷（**1229**）無異。

知道自己的命運，妳怎麼能夠

像牛一樣冷靜，順天意踏上祭台？

卡珊卓　　沒有逃生的路，老伯，推拖不了的。

領隊　　　最後的時光畢竟最值得珍惜。　　　　　　　　　1300

卡珊卓　　時辰到了，逃避也沒什麼好處。

領隊　　　妳勇氣可嘉，承受得了大苦難。

卡珊卓　　幸福的人聽不到這樣的讚美。

領隊　　　死得光明磊落是凡人的一大榮耀。

卡珊卓　　可憐啊父親，還有您高貴的孩子！　　　　　　　1305

　　　　　〔卡珊卓走近宮門，突然驚嚇倒退。〕

領隊　　　怎麼啦？什麼事把妳嚇著了？

卡珊卓　　呸！呸！

領隊　　　呸什麼？必定有什麼事惹妳嫌惡。

卡珊卓　　王宮殺氣騰騰血在滴。

領隊　　　還用說嗎？祭拜當然要在祭台殺牲。　　　　　　1310

卡珊卓　　好像從挖開的墳塚透出嗆鼻的氣味。

領隊　　　妳說的不是為王宮添光彩的敘利亞乳香。

卡珊卓　　我還是要進去，哀悼

　　　　　我和阿格門儂的命運。活夠了！

　　　　　唉，各位老伯，　　　　　　　　　　　　　　　1315

　　　　　我不像野鳥看到樹叢就驚慌呼叫，

　　　　　倒是要請你們為我的死亡作見證：

　　　　　會有女人因為我這個女人而被殺，

　　　　　也會有男人為了歹姻緣的男人被殺。

　　　　　我臨死就只有這麼個不情之請。　　　　　　　　1320

領隊　　　可憐看得透未來的人。

卡珊卓　　我還有句話要說，算是為自己

　　　　　唱輓歌。當著最後這一片亮光，

　　　　　我祈求太陽等著看復仇者

　　　　　擊斃兇手在血泊中報復他們　　　　　　　　　　1325

1298. 祭牲意象把卡珊卓和伊斐貞繫結在一起。伊斐貞的處女血是阿格門儂遠征的初祭（**215,** **226**），卡珊卓的處女血是克萊婷迎接阿格門儂凱旋的初祭。雖有女兒／騙婚（阿格門儂以婚配阿基里斯的名義把伊斐貞騙到奧利斯港）和女俘／新婚之別，待嫁娘無辜流血並無不同：青春早夭的主題。領隊的明喻可能影射在雅典舉行的屠牛祭（*Bouphonia*）：典禮開始之前，先備好大麥混合小麥的牲品或麥餅，擺在青銅祭台上，然後驅趕牛群圍在祭台四周，走上祭台吃牲品的那隻牛因為犯忌〔見**372n**「踐踏」〕而被認為是自願作犧牲，當場就以沾過水的刀和斧宰殺（**Harrison 1962:111**）。卡珊卓不只是出於自願，而且是有意識的，這是她和阿格門儂不同的地方，此一差異使得卡珊卓之死更能體現悲劇高超的意境。《奧德賽》**11.411**述及阿格門儂正可以引來對照其間的差異：阿格門儂的亡魂告訴奧德修斯，說兇手殺他「就像有人在牛槽把牛給宰了」。這種死法倒像是梅黛雅詛咒下的伊阿宋：「死得窩囊，／阿果號倒下一根柱子壓死你」（**Medea 1386-87**）。

1301. 蘇格拉底被判死刑，法律規定必須在行刑日天黑以前喝下毒藥。死刑犯通常能拖則拖，蘇格拉底卻是把想說的話說完了就要喝。他說：「那些人這麼做是對的，因為他們認為拖延會有收獲。我不學他們的樣也是對的，因為我不認為晚一點喝毒藥會有什麼收獲」（見拙譯《蘇格拉底之死》頁**80**）。

1305. 〔舞台說明〕驚嚇倒退：依**1306**後半行，直譯為「什麼事嚇得妳調轉頭？」

1316. 在灌木叢設陷阱捕鳥的習俗散見於地中海盆地的上古文獻，甚至見於莎士比亞《亨利六世》**5.6.13**：「曾經在樹叢被鳥膠黏過的鳥／每看到樹叢都會翅膀發抖」。驚慌呼叫：法庭審理暴力事件，被人聽到的慘叫聲可以呈庭作為證據（**Fagles 1337n**引**Fraenkel**）。所以**1317**要呼請**見證**。

1318-19. 這兩行依次說的是奧瑞斯（＝**1324**復仇者）先後殺克萊婷與埃紀斯（＝**1325**他們）。她的預言將在《奠酒人》應驗，雖然奧瑞斯殺克萊婷並不是為卡珊卓復仇。

1330. 卡珊卓既已擺脫命運的枷鎖（**1264-67**）又看透命運網下的眾生相（**1327-29**），終於懷著自由自在的心魂進宮去承受自己的命運，「證實了俘虜超越征服者，野蠻人超越希臘人，女人超越男人」（**Winnington-Ingram 89**）。

1331. 希臘悲劇通長以唱曲（即歌隊唱抒情詩）分隔插戲，此處舞台氣氛極其緊張，因此以短篇幅的吟誦體取代唱腔。「規則的短短長格反映歌隊出奇冷靜的心境」（**Stanford 112**）。歌隊在和卡珊卓演出一場對手戲之後發表這一段感想，其身份由劇中人一變而為評論人，可是「歌隊發表這段感想乃是基於他們不再懷疑阿格門儂已經死亡臨頭了」（**Conacher 48**），這意味著他們並沒有完全擺脫演員的身分。**2: 855-68**也是以簡短的行進曲分隔謀殺的場景。

1342. 魔神：見**1468n**。「《奧瑞斯泰亞》之外，埃斯庫羅斯筆下再也聽不到後台傳出的聲音，因此不妨假定景屋（*skene*，即英文的scene）新出現不久，而此處很可能是最早運用這個手法的例子之一」（**Taplin 323**）。只要理解酒神劇場和自然主義劇場各有其成規，不難體會論者所稱阿格門儂這一聲死亡的叫喊是傳世的希臘悲劇中最淒厲盪氣的一聲（**Standord 112**）。

1343. 「雅典悲劇，除了極少數的例外，一貫堅守不在舞台上呈現暴力場景的文明成規」（**Herington 112**）。一刀：直譯作「一擊」（**πληγήν**），意同**1384**的**παίω**（捅，「打擊」）。**1386**的刀也是原文沒有的。**1351**的兇器原文是「劍」，**1529**和**1651**也是明確用**劍**。中譯捨劍就刀，乃是基於聲韻效果的考量。有瓶繪顯示克萊婷殺阿格門儂和卡珊卓都是用斧頭，奧瑞斯殺埃紀斯則是用劍（**Baldry 84-85; Henle 155-56**）；《奠酒人》劇中，克萊婷得知埃紀斯被殺時，急忙吩咐手下「**給我一把殺人的斧頭**（**πέλεκυν**）」（**2: 889**）。

殺害一個輕易被收拾的奴隸。

唉，可憐人生的命運，飛黃騰達

好比是幻影，一旦背了運

濕海綿輕輕一擦就把圖畫抹掉了。

還有什麼比這更不幸的呢？　　　　　　　　　　1330

〔卡珊卓進宮門，下。〕

〔行進曲〕

歌隊〔吟〕　運道騰達思不足

是人心。福氣來敲門，

不會有人揮手攆它走

說「夠了，別再來。」

看我們的國王受天恩，　　　　　　　　　　1335

普瑞安的城池入囊中，

神賜他榮耀回到家。

要是他得為往事把血還，

得為死去的人把命賠，

還得堆砌死亡償血債，　　　　　　　　　　1340

哪個凡人聽了敢誇口說

他一生不受魔神害？　　〔宮內傳出阿格門儂慘叫聲。〕

〔插戲五〕

阿格門儂　噢！挨了一刀，要我的命！

領隊　　　噓！誰在喊挨了要命的一刀？

阿格門儂　噢！又一次，又一個傷口！　　　　　1345

領隊　　　聽到沒？國王的叫聲。真的動手了！

來，大家商量個萬全的對策。〔隊員交頭接耳。〕

隊員甲　　我告訴你們一個好主意：

快召集市民到王宮來救命。

隊員乙　　那不是辦法；最好立刻闖進去　　　　1350

本行和**1345**同樣使用三步格；領隊在**1344**和**1346-47**用的卻是長短四步格，特別適合「高度懸疑或緊張的場景」（Zimmermann 18），此與**1649-73**相同。詩的音步可比擬為音樂的節拍。Lloyd-Jones行注指出，亞里斯多德說長短四步格原本是悲劇對白的常態格律，可是在傳世的悲劇中年代最早的《波斯人》（472 B.C.）之前，此一格律就已經被短長三步格取而代之。從那以後，長短四步格只用於特別急促且富動感的場景，此處舉出的三個例子都是如此。

1348. 以下到**1471**由歌隊隊員（共十二人）以三步格輪流發言。類似的場面在《奠酒人》只有五行（**870-74**），後來的悲劇也沒見過這麼長的歌隊對白，顯然埃斯庫羅斯刻意延長這段對白，除了呈現群眾面臨危急時莫衷一是的處境，同時也透過他們對於專制暴政（見**1355n**）的疑慮凝結團隊的向心力，進而為《奠酒人》**972**的一個主題意念——奧瑞斯稱克萊婷和埃紀斯為一對「暴政搭擋」——設下伏筆（Hogan）。這一段台詞如果讓全體歌隊員七嘴八舌形成一片噪音（MacNiece, p.66, n.）固然有其戲劇效果，卻也必然會模糊與台詞（特別是**1355**、**1357**和**1365**）與劇旨的關連。

1353. 票：見**814n**。

1355. 獨裁：*tyrannus*（＝**1365**暴政），也就是《伊底帕斯王》劇名的那個「王」。希臘在西元前七世紀引進這個外來語，原是「君主」的同義語，在某些文獻中仍保留這個意思，但在日常用法早就用來指稱非世襲或非經憲政程序的篡位君主，即「僭主」。早期的僭主因推翻貴族政府而受擁護，他們跟暴政並沒有必然的關連。但是在雅典民主發展的過程中，確有僭主留下惡名昭彰的歷史記憶，僭主之名因此逐漸和暴君同化了，貼身侍衛即是他們的註冊商標。此處的時代誤置顯然有助於強調埃紀斯集姦夫、殺人犯與篡位者於一身的負面形象（Lattimore, pp. 10-11, n. 6; Andrewes 57）。「事實上，徹頭徹尾的時代誤置在希臘悲劇劇自有其作用，得以密切結合當時觀眾的生活經驗。演員呈現給觀眾的是一判即明的當代世界的景象，而不是隱而不顯的神話與英雄世界的故事」（Rehm 51）。酒神劇場自始就不標榜寫實——這並不表示希臘悲劇沒有寫實的筆觸——因此**814n**稱「反映當代現實」。

1359. 歌隊確實束手無策。「歌隊又能怎麼樣？他們不能離開歌隊表演區；此外，他們要是衝進屋內，戲也給搞砸了。除非埃斯庫羅斯是以諷刺的手法評論群眾面臨緊急事故時常見的反應——可是這個可能性太低了——我們可以結論說，這一段台詞〔**1346-71**〕是一位大詩人下筆失據罕見的例子」（MacNiece p.66, n.）。

1371. 〔屍體〕躺在澡盆裡（見**1108, 1539-40**），以台車（*ekkuklema*，裝有輪子的平台）推出。「台車出現在舞台上，『室內』與『室外』的分界給模糊了」（Baldry 53）。不過，台車晚至西元前五世紀末才出現在酒神劇場（Walton 51）。前引台車模糊室內與室外分界之說，其劇場效果有如莫斯科藝術劇院的《海鷗》以縱貫舞台前後滑移的亭子拓展寫實風格的軫域，參見拙文〈台灣劇場改編現象的近況〉頁**44**。

1372. 參較**856-58**。接下來克萊婷不憚其煩強調殺夫壯舉，連珠炮一口氣說盡捕獸（**1376**）、捕魚（**1382**）、獻祭（**1386-87**）、農業（**1390-92**）、口慾（**1397-98**）等主題意象，亢奮之情溢於言表。述說行兇過程用的是現在時態，顯然有意凸顯她栩栩如生宛在眼前的情感記憶。

1376. 天羅地網：「圍網」，在兩棵樹中間張開**撐起**，兩端綁緊，以便將獵物驅趕入網。

	抓現行犯，趁兇器還在滴血。	
隊員丙	這個提議合我的意思， 我投同意票；沒時間拖拉。	
隊員丁	事實很明顯，他們先發制人， 耍陰謀要篡奪王位搞獨裁。	1355
隊員戊	是啊，我們在耗時間，他們卻踐踏 謹慎女神的美名，雙手不眠不休。	
隊員己	我茫無頭緒，不知道怎麼辦； 採取行動的人該曉得如何斟酌。	
隊員庚	我有同感；光說個不停 沒辦法叫死人活過來。	1360
隊員辛	難道我們為了多活幾年就得 屈服於使王室蒙羞的逆賊？	
隊員壬	是可忍孰不可忍！不如一死。 死亡總勝過暴政的淫威。	1365
隊員癸	只不過聽到幾聲慘叫 就能斷定國王死了？	
隊員子	先明瞭實情再討論不遲。 猜測和真相是不一樣的。	
隊員丑	我的票全部投給這個意見， 先搞清楚阿格門儂的情況。	1370

〔宮門開，現出阿格門儂與卡珊卓的屍體；克萊婷上。〕

| 克萊婷 | 先前我說了許多應景的話，
現在全部反過來說也不會害臊。
要不是這樣，怎麼可能懷恨報恨
對付面善心惡的人？怎麼高高撐起
沒有生路可逃的天羅地網？這場鬥爭
在我是積年累月的仇恨一股發作，
是長久的策劃，如今時機成熟；
我站在我擊倒他的地方，大事已了。 | 1375 |

1383. 錦繡：指涉家財，見1126n。**袍**：禮袍，指明阿格門儂身為家族主祭的身分。本是為祭祀敬神而設計的禮服成了索命網。劇中這一類命運與毀滅的意象，所有用於束縛人的行動、阻礙人的自由的物象，隱含許多印歐民族共有的一個觀念：人的命運就是布料，由個別的線索編織而成，在出世的時後就攤派定案，死亡則是眾神纏在他身上的絆索（Lebeck 79）。

1386-87. 刺三刀比喻奠三杯酒（247），以倒錯的祭禮意象呼應870-72「死三次」。克萊婷把第三刀獻給**救亡尊神**（*nekron soter*，「死者的守護神」），分明是諧擬第三杯奠酒獻給宙斯救世天尊（*Zeus soter*）的禮制（Lebeck 74），硬把莊嚴神聖的祭禮儀式變成滑稽與挖苦兼具的殺人儀式。**陰府宙斯**：冥神哈得斯，《伊里亞德》9.457稱其為「地下的宙斯」。克萊婷假救世天尊之名行祭拜復仇女神之實，而「復仇女神，從文學觀點來看，代表與幽冥界有關連的種種黑暗性質，與天神並無正當的連繫，為人所害怕，且受人排斥」（Grene and O'Flaherty 12）。

1389. 以下到1392呈現整部三聯劇倒錯意象的高潮：血雨淋身「顯然是存心曲解天父與地母在春雨中交合的元始神話……。克萊婷把上古世界兩性間至高無上的愛情象徵轉化成她個人無與倫比的仇恨的象徵。在殺夫的那一瞬間，她直覺到比謀殺更恐怖的事：宇宙被兩性間公然進行的戰爭劈分為二。那個直覺在《奠酒人》和《和善女神》敷演過程中將愈來愈貼近現實——舞台上的現實」（Herington 123-24）。

1391. 以甘霖比喻血雨：荷馬用過類似的譬喻描寫梅內勞斯怒氣已消，「精神爽快，像麥子成熟時閃著露珠／在麥田中鼓浪」（Iliad **23.598-99**），兩相比較更容易領會克萊婷口中倒錯的農業意象。她的譬喻和**1386-87**同樣目無天神，修辭效果足以輝映拜倫《唐璜》（Byron, *Don Juan*）**7.41.1-2**對於《舊約‧創世記》的諧擬：「上帝說：『要有光！』於是有了光。／人類說：『要有血！』於是有了海。」

1395. 恰當的飲料：如祭拜天神以酒，祭拜地祇則以水。**禮節**：宗教禮節。酹酒在屍體上確實合乎當時的宗教習俗（Hogan）。

1396. 重出的**義理**，一如1406的**正義**，都是*dike*字根（見250n）。

1397-98. 莎士比亞《馬克白》**1.7.8-12**以「喝下自己調配的毒酒」比喻殺人償命的果報。

1400. 《奧德賽》**22.411-12**寫奧德修斯回到家，殺死無法無天的求婚人之後，奶媽Eurycleia忍不住高聲歡呼，奧德修斯即時制止，說：「心裡高興就好，奶媽，用不著大聲／叫喊。殺人還為屍體喝采有失厚道。」這句引文有助於瞭解克萊婷得意忘形的程度，足使歌隊興起夫復何言之感，口語無從發抒他們的感慨，只好用唱的，也因此帶出一段抒情應答（**1407-576**）。

1405. 右手：說出這兩個字，必定伴有手勢，因此不該只作字面解釋，見117n。

我這麼做──這一點我不會否認──　　　　　　　　1380
是為了使他無從逃生也無從防備。　　　〔攤開原本覆蓋阿格門儂屍
像漁夫撒下圍網，我張開　　　　　　　體的衣袍，向歌隊展示。〕
索命錦繡袍，緊緊把他束縛。
我捅了兩刀，他慘叫兩聲，
膝蓋一彎，人也倒了；等他倒地，　　　　　　　　1385
我補上第三刀，當作還願的獻禮，
畢恭畢敬酬謝救亡尊神陰府宙斯。
他這樣倒下去，很快就不再掙扎，
最後一口氣噴灑一片血雨，
陣陣滴落像黑露珠打在我身上，　　　　　　　　　1390
我渾身舒暢不下於作物迎接甘霖
在發芽的季節蒙受天恩的滋潤。
事實就是這樣。各位阿果斯長老，
你們願意高興就高興；我嘛，我自豪。
如果以恰當的飲料向屍體致奠合乎禮節，　　　　　1395
這個人承受的就是義理，大義至理。
他在家裡下詛咒，在我們的調酒器
注滿邪惡，現在回來親自喝個精光。

領隊　　妳的話教人吃驚，竟然大言不慚，
　　　　對著自己的亡夫這樣自吹自擂！　　　　　1400

克萊婷　你們當我是沒見識的女人質問我，
　　　　我說起話來可是膽不跳心不驚，
　　　　你們心底明白。要貶要褒請便，
　　　　對我都一樣──這裡躺的是阿格門儂，
　　　　我的丈夫，屍體一具，我這右手的傑作，　1405
　　　　是正義使的力。事情就是這樣。

歌隊〔唱〕　女人呀，是什麼毒藥草，陸地長的
　　　　　　或是海水撈來的，教妳嚼了
　　　　　　喪天良，膽敢犯民眾的詛咒？

1407. 歌隊聽到王后放言無忌，驚訝（**1399-400**）轉為激動，因此改用抒情唱腔，而且延續到 **1566**。這一段抒情應答中，**1407-61**格律的搭配與**1072-177**所見者相反：歌隊以傾斜律為主調；克萊婷則使用短長三步格說白體，「有如在法庭上冷靜答辯」（Stanford 113）。**毒藥草**：神智失常（**1409喪天良**）在當時人看來無非是中毒所致。

1411. 流刑是懲罰殺人犯的傳統方式（**1419-20**），如《伊底帕斯王》**228-9**所述。

1414. 阿格門儂的處境，歌隊早在進場詩**114-204**就交代了。他是否有罪？Lloyd-Jones（1962:70）的蓋棺論定之見：阿格門儂「注定要死於非命，既有罪又無辜，他是道地的悲劇人物」。克萊婷寧可信其有罪，這是人之常情，而殺夫之舉乃是為伸張（舊制度的）義理，這也是實情。她詰問歌隊的雙重標準的同時，也把兩性戰爭的議題攤開在陽光下。不論從神學信仰或正義觀念或社會體制的演化來看，克萊婷其實是道未明而理不易察的新、舊時代交替之際的悲劇角色，一個母系制度的「末代女強人」。

1425. 經歷苦難而獲得智慧（見**178**）的變調，此處以威脅的語氣表達。克萊婷的威脅預告埃紀斯帶著武裝貼身侍衛上場（見**1576n**）。

1428. 長老們認為眼睛充血是發瘋（**1409, 1427**）的徵兆。以「殺紅了眼」表達目露凶光，這樣的寫實筆法不見於希臘悲劇；然而，血的顏色（**紅**）足以引人聯想克萊婷的飛光驛站（**281-312**）和迎夫壁毯（**909-11**）的隱喻。

1431. 倫常：原文*themis*的擬人格Themis就是地母（*Prometheus Bound* 211-12），發皇於部落社會，雖然不是宗教，卻是宗教的本根源頭，是族群的本能，是集體良知，是社會的規範。後來部落社會因戰爭與移民而崩潰，Themis的地位才被*polis*（城邦）取代，以宙斯為主的奧林帕斯神族從此成為神學正統，法律則取代倫常成為正義的準則。《安蒂岡妮》劇中，安蒂岡妮和克里昂的衝突就是反映themis與polis的衝突（Harrison 1963:484-5）。

1432. 正義魂：*Dike*，見**250n**。正義的本質原是歷史進程中特定時空條件的產物；*Dike*出現在*themis*之後，這意味著克萊婷心目中的正義是部落社會的正義，也就是地祇（相對於天神）的正義，即有仇報仇、血債血還的舊正義。社會體制的變遷導致價值觀念的變異，部落組織與城邦制度的正義觀也因而有所不同，此一差異是《奧瑞斯泰亞》劇情的癥結，此一癥結在《奠酒人》的母子衝突纏成一團死結。欲期解套，唯有訴請智慧大破大立，徹底重整乾坤綱紀，如《和善女神》所見。

1433. 憤怒魂：擬人格的*Ate*，見**385n**。**復仇魂**：*Erinys*，見**464n**。克萊婷對正義、憤怒和復仇三位神靈發誓要殺夫報女仇。她與阿格門儂在本劇的衝突為《和善女神》劇中古老的復仇女神（地祇、魔神）與新興的奧林帕斯神族（天神、神明）的衝突設下了伏筆，也為她與奧瑞斯在《奠酒人》的衝突提供了化解衝突的契機，而她所標舉的正義觀，把**正義、憤怒**與**復仇**劃上等號，無法見容於新神學所揭櫫的價值體系，此一扞格就反映在本三聯劇結尾審判奧瑞斯的那一場法庭戲。**犧牲**：殺牲供獻祭之用。

1434. 重拾「恐懼－希望」的母題（見**20n**），而且首度出自克萊婷口中。本行的**希望**有擬人格的意味，全行的意思是「在我的屋子裡走動的『**希望**』再也不會流露恐懼的跡象」，但有個前題，即**1435**所指出的——這是本劇首度提及埃紀斯。克萊婷提示的前題洩露了她的一個心理秘密：「她的信心所憑藉的不只是正義，不只是伊斐貞，更是在於埃紀斯」（Winnington-Ingram 89）。由埃紀斯引出她對阿格門儂拈花惹草的指控，誠是此地無銀三百兩。不過，荷馬的說法顯有不同：是埃紀斯引誘克萊婷，而且費了好大的勁才成功，「因為她本性老實」（*Odyssey* 3.266）。

　　　　　　　妳絕情絕義，從此無家可歸，　　　　　　　　　　　1410
　　　　　　　百姓的怨恨押妳走他鄉。

克萊婷　　　現在你們要把我驅逐出境，
　　　　　　　用民眾的怨恨詛咒我，
　　　　　　　當年為什麼縱容這個人？
　　　　　　　他的牧場漫山遍野是羊群，　　　　　　　　　　　　1415
　　　　　　　就算死了一頭也不在乎，
　　　　　　　竟然犧牲自己的孩子──我懷胎忍痛
　　　　　　　生下來的──去安撫色雷斯暴風。
　　　　　　　難道你們不該驅逐他出境，
　　　　　　　懲罰他作孽染血腥？可是一聽到　　　　　　　　　　1420
　　　　　　　我做的事，你們卻搬出嚴刑峻法。告訴你們：
　　　　　　　隨你們怎麼威脅，要知道我已作好打算，
　　　　　　　要是你們有辦法漂漂亮亮擊敗我，
　　　　　　　我甘拜下風；但是，如果天意別有選擇，
　　　　　　　你們就會學到安分守己，雖然太遲了。　　　　　　　1425

歌隊〔唱〕　妳呀心思猖狂，說話放肆，
　　　　　　　血腥惡行攪亂了妳的神智，
　　　　　　　映照妳兩眼透紅斑。
　　　　　　　指日可待對妳一擊還一擊，
　　　　　　　看妳受報應舉目無親友。　　　　　　　　　　　　　1430

克萊婷　　　聽好來，我當初發願復仇本乎倫常：
　　　　　　　為了安撫我女兒的正義魂，也為了祭拜
　　　　　　　她的憤怒魂和復仇魂，我犧牲這個人；
　　　　　　　我的希望昂首闊步穿越恐懼廳，
　　　　　　　只要有埃紀斯點燃我的火塘──　　　　　　　　　　1435
　　　　　　　他對我向來肝膽相照，今後
　　　　　　　是我的防護盾，給了我無窮的信心。
　　　　　　　倒在地上的這個人，帶著野花進門，
　　　　　　　多少掌上珠在特洛伊玩過他！

1435. 火塘：又有家、住家、家庭、祭台等意思hestia（見**427n**）。爐火之為家庭的象徵兼具倫理與宗教雙重含意，因為那是舉行家祭之處。點然爐火的人是一家的主祭，也就是名正言順的一家之主。「點燃我的爐火」直譯作「在我的爐床點火」。Stanford指出，點火畢竟不等於舉行祭禮。Artemidoros（西元二世紀人，著有《解夢大全》〔*Oneirocritica*〕五卷傳世）提到，夢見有人在爐床點火表示生小孩，「因為女人在那個時候渾身發熱」。由於卡珊卓在**1224**已經點破姦情，本行影射說話者心想意到的性意涵不言自明。至於出現在**427**、**968**與**1057**的*hestia*，由於文義格局與情慾無關，不可能有性方面的意涵（Stanford 113-4）。

1438. 野花：一如**1442**的**狐狸精**，隱喻修辭為原文所無。這兩個稱呼，和**1446小菜**同樣指卡珊卓。

1439. 掌上珠：Χρυσηίδων（複數），一字雙關，既指《伊里亞德》裡頭導致阿格門儂與阿基里斯吵架的阿波羅祭司之女柯萊襲（Chryseis），又以「金黃、珍貴、可愛」之意代稱女人。荷馬寫卡珊卓美貌可與阿芙羅黛悌（羅馬神話稱維納斯）相提並論時，就用了χρυσέη 'Αφροδιτη 這個片語（*Iliad* **24.699**）。

1444. 柏拉圖《斐多篇》（*Phaedo* 84E-85B）提到**天鵝**是阿波羅的神鳥，臨終前因為預見死亡而高唱歡樂歌。引柏拉圖的話來說，克萊婷「誤解天鵝的臨終曲為表達悲哀」（58A）。Lloyd-Jones行注說此處所見是「天鵝之歌」這個典故最早的文獻記錄。

1446-47. 措詞雖然放肆，但是「肯定與克萊婷的姦情無關，遑論她的情慾；此處重點在於她對阿格門儂強烈的恨意可以藉性關係來表達。成為性慾的玩物的是國王，不是王后」（Hogan）。但是也有人從克萊婷台詞中飽滿的性意象看出她自發自主的殺夫動機——有別於阿格門儂弒女和奧瑞斯弒母都有神在幕後主使（Grene and O'Flaherty 10）。後一個觀點提醒我們，克萊婷和阿格門儂（見**211n**）半斤八兩，為女復仇的理由因情慾動機而失色。

1448. 呸：歌隊起唱用感嘆詞，表達他們對於克萊婷說詞的厭惡，原文φεύ就是卡珊卓在**1307**重複使用的字。他們以對偶詩節的體裁抒懷，總共三組，每一組的正旋詩節都附加一個稱作「複唱曲」的抒情詩節——名為「複唱」，因為相對應的反旋詩節結尾會重複該段旋律。每一節複唱曲都是以相同的感嘆詞起頭。在格律方面，前面兩組對偶詩節是短長格混雜女抒情詩人莎芙所用的埃俄里斯韻律（aeolic），第三組使用短長格；三段複唱曲都以行進曲調的短短長格為主，到了結尾才改以短長格或埃俄里斯韻律。克萊婷則改以短短長格回應歌隊。這一場歌隊與克萊婷的悲歌對唱，「在指責與自我辯解聲中攙和一個共同的體認，即命運與恐怖從一開始就緊纏阿楚斯家族」（Roche 87）。在傳統形態的悲歌對唱中，參與對唱者憐憫或同情的對象是一致的，如《伊底帕斯在科羅納斯》**1447-99**、**1670-750**和《安蒂岡妮》**806-81**都是，此處所見卻不一樣，「對答雙方彼此辯駁，涉及整個三聯劇最深刻的哲理議題」（Winnington-Ingram **91**）。

1453-54. 女人……女人：依次指海倫和克萊婷，又一次並陳這對姊妹花。

1455. 面對克萊婷的質疑（**1414, 1419-20**）和辯解（**1431-33**）感到理屈詞窮，只好怪罪海倫，參較**799-804**與**401n**。

1457-58. 海倫惡貫滿盈，一人留名萬骨枯，她的罪行如今終於開花（指阿格門儂之死）。參較**659屍骸花**和**1663惡毒花**。

1460. 赤血：伊斐貞的、阿格門儂的、陣亡將士的都有可能（Hogan），特指提也斯諸子所流的血（Lloyd-Jones行注）。

1462. 克萊婷改用吟誦體，語氣和措詞跟著改變，「這可能意味著她對歌隊的絕望與悲傷開始產生憐憫」（Stanford 116）。相對於鋪陳劇情所用的短長三步格說白體，行進曲調的格律適合

躺在他身邊的這個女人，他的槍矛俘虜，　　　　　　　1440
看得到異象，睡他的床，幫他算命的
狐狸精，還曉得消磨划槳手的
座椅。他們得到恰如其分的回報。
男的躺在這兒，女的像天鵝
高聲唱過了臨終的哀歌，　　　　　　　　　　　　　1445
睡在心上人的身邊；一盤小菜
他帶回來大開我雲雨餐的胃口。

歌隊〔唱〕　　呸！只盼死亡快來沒痛苦，　　〔正旋詩節一〕
　　　　　　沒有一身病痛下不了床，
　　　　　　　現在就到來，好讓我　　　　　　　　1450
　　　　　　　　長睡不醒，既然死了國王，
　　　　　　　最仁慈的守衛，
　　　　　　因女人受苦，
　　　　　　又被女人斬性命。

　　　　　　哎！怨海倫瘋心病　　　〔複唱曲一〕1455
　　　　　　　特洛伊城下
　　　　　　折損人命不勝數
　　　　　　　一頂花冠留口碑　　　　　　　　　　1458
　　　　　　　赤血洗不清　　　　　　　　　　　　1460
　　　　　　信有邪魔惹禍害國王

克萊婷〔吟〕　何苦把哀傷攬上身　　　　〔獨立詩節一〕
　　　　　　哭天叫地尋死路；
　　　　　　何必怨海倫，
　　　　　　說她是女殺手　　　　　　　　　　　　1465
　　　　　　獨自害死許多希臘人
　　　　　　帶來悲痛難復原。

歌隊〔唱〕　　呸！魔神踩踏王族家，禍延　〔反旋詩節一〕
　　　　　　譚塔洛斯孼生孫：你揮動

揭露新情境。埃斯庫羅斯在此處用它引出煞尾以說白交代對峙雙方暫時獲致妥協，卻透過唱詞的文義暗示不穩定的潛在因素（參見**1649n**）。獨立詩節：見筆者譯注《伊底帕斯在科羅諾斯》**138-48n**。

1468. **魔神**：*daimon*，見**1470n**。**魔神**是「集體情感的產物、投射、呈現」，其與*theos*（天神）的一大分野在於，前者是具有潛在影響力的潛勢靈（potency），後者是擬人化了的人格神（Harrison 1963:261; 1962:624）。**魔神**的影響力兼具善、惡兩種作用，可以保佑、也可以降禍，如**1338-42**的條件句法所傳達的：如果連功成名就的阿格門儂都得流血來償還血債，那麼誰敢誇稱他的**魔神**（＝**1663**命星＝**1667**神明）只司保佑而不會降禍呢？**魔神**不但有胃口（**1477-80**）、有脾氣（**1482**）、會踐踏王族家（**1468, 1660**），還能化作無孔不入的暴戾之氣（**768**暴戾氣＝*daimon*），雖然可以邀寵，卻無法根除（**1568-73**）。

1469. 譚塔洛斯：梅內勞斯與阿格門儂的曾祖父。**你**：**1468**的**魔神**；**1461**的邪魔則是ἔρις（衝突、爭執）。

1470. **姊妹**：海倫和克萊婷。同時提到這一對姊妹花和她們的**昆仲王**（**43**）丈夫（＝**1469**學生孫），說他們分別是**魔神**的代理人和受害人，似乎有意把本劇的兩性戰爭導向《奠酒人》天神與地祇的代理人戰爭，進而為《和善女神》男女神權的決戰預作鋪陳，這和*daimon*（**魔神**）的本質有關。在古希臘神學，*daimon*泛稱奧林帕斯神族以外的非人勢力，奧林帕斯神如宙斯或阿波羅則是*theos*。兩者都可為福、亦可為禍，但是*daimon*在此處只帶來惡果，源自阿楚斯家的「原罪」，與提也斯的詛咒脫離不了關係；*theoi*（複數）則是上至阿格門儂、下至歌隊一體尊奉的正統信仰。從比較宗教學的大架構來看，神與魔的對立可能具現為光明與黑暗、水與火或鳥與蛇的對立（Lurker vii），從《奧瑞斯泰亞》三聯劇的文義格局來看，神界與魔界的衝突就表現在新秩序與舊秩序、宙斯與地母、阿波羅與復仇女神、父系制度與母系制度等一系列的衝突（Harrison 1963:386）。阿格門儂與克萊婷的衝突只是以上種種的一段序曲而已。參見**11n**引Herington。

1472. 棲（主詞是**1469**你＝**1468**魔神）在屍體：以腐屍為食。

1474. 原文兼有「違背音樂的調性」和「違背正義的常軌」兩義（Vellacott p.189, n.）。本行之後，傳抄稿顯然遺漏覆唱詞；**1566**之後亦然。

1477. 譚塔洛斯、阿楚斯和阿格門儂先後中了魔神的邪而發生殘殺下一代的慘案。「三」這個數目又出現在**79**、**172**、**247**、**870-73**、**1386**、**1432-33**（三位一體的**魔神**）。Fagles譯注說，「三」也是本劇的一個母題，「最慘不忍睹的是出現克萊婷殺國王，在**1386-87**三刀斃命繼之以祭拜三位一體之神」。

1480. 因為魔神還在吸血。**1479-80**混合口慾和病害意象。

1485. Hogan引J.-P. Guepin（*The Tragic Paradox: Myth and Ritual in Greek Tragedy* 102）：「不是以和解收煞的悲劇沒有一部不是在結尾歸咎於神，這是悲劇詩人在宗教心態方面一個合邏輯的結論。」他接著說：「這不是對神不敬，而是以務實的態度承認神的力量。因此**1488**的『**顯天意**』並不表示神認可這件事，而是表示從中可以見證神的力量。」Lloyd-Jones行注則引《伊里亞德》1.5「宙斯的主意因此成真」，說：「這毫無暗示決定論（determinism）之意；早期的詩人相信宙斯決定一切，同時也相信人擁有作決定的自由，兩者並不矛盾」。參見**217n**。

1489-96. 哭悼死者，這是悲歌對唱的本義。

姊妹的手，把姊妹心　　　　　　　　　　1470

　來操縱，撕裂了我的肝腸，

　樓在屍體，活像

烏鴉討人嫌，

無禮胡亂唱凱歌。　　　　　　　　　　　1474

　哎！怨海倫瘋心病　　　　　〔複唱曲一〕1455

　　特洛伊城下

　折損人命不勝數

　一頂花冠留口碑　　　　　　　　　　　1458

　赤血洗不清　　　　　　　　　　　　　1460

信有邪魔惹禍害國王

克萊婷〔吟〕　你總算改口　　　　　〔獨立詩節二〕1475

說人話，呼叫王族

貪吃三頓大餐的魔神！

他一作怪，

舔血的胃口是無底洞，

舊傷未癒又流膿。　　　　　　　　　　　1480

歌隊〔唱〕　　妳呼叫的大魔神　　　〔正旋詩節二〕

　沉甸甸怒氣騰騰壓王族，

噢！噢！災厄連連，

　作孽為害不知足。

　啊！宙斯促成，　　　　　　　　　　　1485

一切因緣由他定。

宙斯的意志貫徹滿人間，

　世事無非是顯天意。

　哎！國王啊國王　　　　　　〔複唱曲二〕

　　我該怎麼哭你　　　　　　　　　　　1490

訴說心底的敬愛？

1496. 雙：見**642-43n**。

1500. 老：古老。凶煞：「無情的復仇者」。煞（＝**魔神**）重出於**1508**。

1501. 未亡人：克萊婷。

1503. 人肉餐：見**1096-97**、**1219-22**、**1591-96**。

1504. 圓滿：*tele*-字根（見**65n**）。克萊婷並沒有推卸責任的意思，因此與**1380**並不矛盾；她不是沒有擔當，而是自認有更充分的理由宣稱自己不是兇手，是上一代的詛咒的化身，是替天行道的劊子手。不過，她心目中的「天」不是新天新地的天，而是舊天舊地的天；不是theos，而是daimon（見**1470n**）。

1507-08. 也許阿格門儂的父親阿楚斯當年安排那一頓人肉餐就種下了禍根，引來**兇煞魔神**幫助妳。歌隊在**1505-08**雖然不否認克萊婷所辯稱**兇煞魔神**的嗾使，卻也重申她撇不掉兇手的罪名。他們似乎是以「自助者天助之」的觀念表達復仇這件事所顯現的人神關係：復仇心切並且準備妥當的人，自有天助促成其事。既然承認有非人勢力牽涉在內，歌隊顯然同意王后復仇之舉起碼在某種程度上，或者說在不同的價值體系，合乎正義。她又贏了歌隊一回合，後者只能邊悲悼國王邊唱出自己的困惑（Hogan）。歌舞隊的反應說明了他們處身於新、舊正義觀過渡時期的尷尬處境。

1509-11. 近親殘殺，流血如水流，**黑戰神**在這條血路（引人聯想克萊婷的迎夫紫紅毯）通行無阻，有如行走於正義大行其道的無障礙空間。黑：見**770n**。戰神：*Ares*（阿瑞斯），代表暴力，在**48**和**1236**分別譯作動詞「**討伐**」與「**奮戰**」。**推擠穿越**：描述暴力橫行之勢；原文使用現在時態，因此不是描述已經發生的特定事件，這意味著戰神涉足**門庭劫**（**1283**）不受時間條件的限制——換句話說，**1511**指明的正義之戰不因埃紀斯幫助克萊婷殺夫而了斷。**跨大步**：不可一世之狀。**平冤**：即*dike*（正義，見**250n**）。

　　　　　　　躺進蛛蛛網，你
　　　　　　不明不白嚥下最後一口氣
　　　　　　　在寒酸的床板上
　　　　　　　　要命的陰謀　　　　　　　　　　　　1495
　　　　　　　妻子劈下雙刃刀

克萊婷〔吟〕　你說是我下的手，　　　　　　〔獨立詩節三〕
　　　　　　可別胡扯什麼
　　　　　　我是阿格門儂的妻子！
　　　　　　王族裡有老凶煞　　　　　　　　　　　　1500
　　　　　　幻化成未亡人的模樣，
　　　　　　殺成年人來還願，
　　　　　　回報阿楚斯的人肉餐，
　　　　　　圓滿結束幼兒的血祭。

歌隊〔唱〕　　什麼人能夠證明　　　　　〔反旋詩節二〕1505
　　　　　　這樁殺人案妳清白無辜？
　　　　　　也許他的父親
　　　　　　　引出凶煞成全妳。
　　　　　　黑戰神推擠
　　　　　　穿越血親流血路，　　　　　　　　　　　1510
　　　　　　跨大步躍登無障平冤地，
　　　　　　為盤中稚子肉復仇。

　　　　　　哎！國王啊國王　　　　　　　〔複唱曲二〕
　　　　　　　我該怎麼哭你
　　　　　　　訴說心底的敬愛？　　　　　　　　　　1515
　　　　　　　躺進蛛蛛網，你
　　　　　　不明不白嚥下最後一口氣
　　　　　　　在寒酸的床板上
　　　　　　　　要命的陰謀
　　　　　　　妻子劈下雙刃刀　　　　　　　　　　　1520

1533. **血雨**的意象已見於**1390**，如今眾長老擔心將會有**血雨**傾盆而下。

1534. 細雨是大雨來臨的前兆，現在小雨剛停，傾盆大雨恐怕接踵而至。

1535-36. 把**正義**比喻為兇刀，**命運**即將用來求償血債。**命運**：*moira*（見**129n**），有擬人格意味。為了伸張正義，冤冤相報還會持續下去。**磨……磨**：反映原文θηγάνει...θηγάναισι。**1545**「安……不安」（ἄχαριν χάριν）亦同。

1538-40. 這應該就是歌隊所見到阿格門儂陳屍的景象，參見**2: 998-99**和**3: 633-35**。

1541. 希臘人也講究入土為安，葬禮儀式是在哭悼之後舉行火葬，然後撿白骨裝罈土葬，最後堆石造墳。《伊里亞德》就是以赫克特的葬禮收煞（**24.782-804**），荷馬描寫他的哭悼式（**24.712-76**）甚至比葬禮本身更詳細。哭死者不是女人的專利，勇士照樣放聲痛哭（*Iliad* **23.1-15, 24.793-94**）。未埋葬的亡魂會請求在世的人補行葬禮（*Odyssey* **11.66-78**）。如果無法舉行葬禮，哭的儀式也不能省（*Odyssey* **9.64-66**）。《安蒂岡妮》劇中衝突的導火線就是因為安蒂岡妮堅持為自己的哥哥舉行葬禮而不惜違抗王命。

1551. 家人的喪事，一如自己的婚禮，是古代婦女的天職。

克萊婷〔吟〕	他死得可是	〔獨立詩節四〕	
	一點不寒酸。		
	機心巧詐危害王室		
	始作俑的不就是他？		
	我的心上肉，他的親生女，		1525
	伊斐貞使我成了淚人兒，		
	他自己做的自己受，		
	去到陰府可別說大話，		
	既然一把劍讓他償了命。		
歌隊〔唱〕	茅塞我心，想也想不通；	〔正旋詩節三〕	1530
	家族崩頹，		
	頭緒怎麼理得清？		
	我怕血雨敲打家不保，		
	如今細雨才初歇。		
	命運另有磨刀石，		1535
	又為兇案霍霍磨正義。		

哎！大地啊大地，為什麼不及早收留我　　〔複唱曲三〕
　　　　　　免得看他臉貼地　　　　　　　　　1538
　　　　　　命喪銀澡盆？　　　　　　　　　　1540
　　　　誰會把他安葬？誰會哭他？
　　　　妳敢嗎？殺了自己的丈夫
　　　　　　然後哀悼他　　　　　　　　　　　1543
　　　　　假惺惺安他不安的魂　　　　　　　　1545
　　　以壞心眼回謝他的豐功偉業！
　　　　　　誰會在他的英雄墳
　　　　　　揮灑真情淚　　　　　　　　　　　1548
　　　　　　誠心歌頌他？　　　　　　　　　　1550

克萊婷〔吟〕	料理後事不必勞駕。我親手	〔獨立詩節五〕
	讓他倒下地，要他喪命，	

1554. 哭墳為的是安魂（**1545**），這是葬禮儀式的一部份。由於克萊婷拒絕哭墳，阿格門儂並沒有享受到完整的葬禮，因此奧瑞斯返家復仇的第一件事就是在父親的墳前哭悼，《奠酒人》的前半齣戲即是敷陳此事。搋拾此一主題的希臘悲劇包括索福克里斯的《安蒂岡妮》和《埃阿斯》（*Aias*），以及尤瑞匹底斯的《懇求者》和《腓尼基女人》。

1557. **哀悼河**：指陰間與陽世的界河Styx。

1558. 亡魂在陰間團圓，這是希臘文學常見的母題。克萊婷刻意不提伊斐貞死於阿格門儂之手，益加凸顯**1555-59**的反諷意味：感認死者在陰間會受到已過世的親人熱誠的歡迎。**渡船**：亡魂得搭卡戎（Charon）的渡船才能渡過冥河進入陰間。

1564. 總結報應律（*lex talionis*），參見**2: 314**，這是希西奧以降就盛行不衰的道德箴言，如亞里斯多德所稱「有人自作自受，正義就獲得伸張」（*Nicomachean Ethics* **5.5.3**）。

1567. **道破**：說中真相。後續的一段台詞顯示，克萊婷明白報應律是雙刃刀，也可能應驗在她身上；然而，如果以為她這一切說詞透露懊悔之心，那就大錯特錯了。

1568. **未來事**：指涉**1565**。

1569. **阿楚斯家族**：原文指Pleisthenes諸子，顯然和*Atreidae*（阿楚斯諸子）同義。Pleisthenes的身世言人人殊，折衷的說法如下：他是阿楚斯的兒子，也是阿格門儂和梅內勞斯的生父，因為死得早，兩個兒子由祖父撫養長大，他本人又無功名傳世，兒子遂以阿楚斯之子知名。但是Fagles在其譯註（**1634n**）提出這樣的看法：Pleisthenes這個名字的字義為「擁有最大的力量」，因此它可能是阿楚斯的一個稱號，或是佩羅普斯子孫的朝代名。

　　　　　　　　我親自埋葬。

　　　　　　　　家族沒必要為他哭悼。

　　　　　　　　唯獨親生女伊斐貞　　　　　　　　　　　　1555

　　　　　　　　有她應盡的本分，

　　　　　　　　在傷心河畔激流前

　　　　　　　　迎接他一起搭渡船，

　　　　　　　　展臂擁抱又親吻。

歌隊〔唱〕　　冤冤相怨，一報還一報　　〔反旋詩節三〕1560

　　　　　　　　怎麼裁決？

　　　　　　　搶人被搶，殺被殺。

　　　　　　宙斯據寶座護持真理，

　　　　　　　作惡受惡顯天理。

　　　　　　　　誰來拔除詛咒種？　　　　　　　　　　　1565

　　　　　　王族與浩劫緊緊相黏。

　　　哎！大地啊大地，為什麼不及早收留我　　〔複唱曲三〕

　　　　　　　　免得看他臉貼地　　　　　　　　　　　　1538

　　　　　　　　　命喪銀澡盆？　　　　　　　　　　　　1540

　　　　　　　誰會把他安葬？誰會哭他？

　　　　　　　妳敢嗎？殺了自己的丈夫

　　　　　　　　　然後哀悼他　　　　　　　　　　　　　1543

　　　　　　　　假惺惺安他不安的魂　　　　　　　　　　1545

　　　　　　以壞心眼回謝他的豐功偉業！

　　　　　　　　誰會在他的英雄墳

　　　　　　　　　揮灑真情淚　　　　　　　　　　　　　1548

　　　　　　　　　誠心歌頌他？　　　　　　　　　　　　1550

克萊婷〔吟〕　你終於道破　　　　　　　　　　　　　　1567

　　　　　　　未來事。我有意願

　　　　　　　和阿楚斯家族的魔神

　　　　　　　締結盟約：眼前的一切　　　　　　　　　　1570

1572. 他：**1569**的**魔神**（見**1470n**）。厲鬼可以轉移作惡的目標，但不會憑空消失，這是許多古文明共同的信念。克萊婷當然不可能締結她說的**盟約**（**1570**）。她在本劇自始自終不屈不撓，「但是在她和歌隊的這一場義理之爭，歌隊提出了克萊婷無從反駁的一個論點」（Lloyd-Jones行注）。

1573. **血緣債**：親屬間的血債。

1576. 戲已近尾聲，埃紀斯突然出場，效果可比擬於卡珊卓開口（見**1072n**），帶給觀眾的意外甚至有過之而無不及。舞台說明的**貼身侍衛**係依**1650**，**武裝**則請見**1355n**。貼身侍衛預告埃紀斯在《奠酒人》的暴君形象，這在隨後他厲言恐嚇歌隊的台詞已有伏筆。以下到劇終為收場戲，素以「埃紀斯場景」著稱。

1577. 光明燦爛：參較**1435-37**。報應：*dike*-字根，見**250n**。

1578. **監看**：天神俯察的對象當然包括埃紀斯本人的罪行；就這一點來看，他和克萊婷一樣有道德視野上的盲點。

1580. 賞心悅目：參較**1390-2**。

1586. 實情如下：提也斯誘姦阿楚斯的妻子之後，偷走了金毛羊皮，而阿楚斯就是因為擁有金羊皮而據有王權。埃紀斯要為自己辯解，說出口的都是實話，卻刻意有所隱瞞。他因為有隱情而心虛，他的隱情就是他和克萊婷的姦情。

1587. **懇求圍爐**：「在火塘前懇求」。按漢人民俗，**圍爐**本指闔家團圓吃年夜飯時，以新的紅泥火爐生火炭置於圓桌下，象徵家庭幸福興旺；晚近則以火鍋取代爐火。這裡說的「爐火」，相當於希臘古典時期的爐灶，在前古典社會則稱作「火塘」（見**1: 427n**與**2: 802n**），等同於**1056**的**中庭祭台**，「所以那是懇求者蒙神保佑的理想地」（Hogan）。

1588. 卻是他（＝提也斯）的兒子被殺了。

1596. 古代宴客係一人一桌，中外皆然。**1594-96**原文有缺漏。

苦難挨，我逆來順受，

但願他今後到別家

索命清償血緣債。

即使財富有限，

我也樂意破財消災，　　　　　　　　　　　　1574a

只盼望驅邪押煞，　　　　　　　　　　　　　1575

宮牆內不再有冤厲作祟。

〔埃紀斯上，後隨武裝貼身侍衛。〕

〔收場戲〕

埃紀斯　　啊哈！光明燦爛報應日！

我終於可以宣稱：天神監看

地上的慘痛，報仇來雪冤。

我賞心悅目，看這傢伙在我眼前　　　　　　1580

躺進復仇女神編織的緊身袍，

為他父親的狠心毒手贖罪。

阿楚斯，這傢伙的父親，統治本地，

把家父提也斯——我來把前因說清楚——

就是他的親弟弟，趕出家門國境，　　　　　1585

因為他的權力受到挑戰。

可憐的提也斯回來懇求圍爐，

得到保證他本人不會被殺，

保證他本人不至於流血玷污故土。

可是這個死人的父親阿楚斯目中無神，　　　1590

熱心過火卻沒有愛心，安排大餐

好像節慶日興高采烈獻牲品，

端出我哥哥的肉給我父親吃。

手、腳、趾頭剁下來墊盤底，

肉切成一片片覆在上面，　　　　　　　　　1595

擺在家父的桌上讓他獨自享用。

1598. 人亡：阿格門儂的死亡。埃紀斯的說詞顯然避重就輕，刻意忽略卡珊卓所指出真正的「原罪」（見**1193**）。

1602. **阿楚斯家族**：見**1569n**。卡珊卓場景已經把劇情背景回溯到上一代，埃紀斯的回憶進一步讓我們瞭解到阿格門儂的命運，和伊底帕斯一樣，是生來就注定的（Lloyd-Jones 1962:71）。Hogan注疏：「死者或弒親案的受害人的詛咒具有魔力，被詛咒的人很難逃得了。經由一種交感術（sympathetic magic），家族的傾頹和餐桌的翻倒繫結在一起，亦即提也斯以動作約束他的詛咒，宣告阿楚斯及其後代遭受類似的命運。毫無疑問，大多數雅典人和歌隊一樣（**1565**），相信詛咒和血是分不開的。」該隱殺死亞伯之後受到詛咒，就是因為，引上主責問該隱的話來說，「你殺死他的時候，大地張口吞了他的血」（《舊約‧創世記》4:10）。

1609. 埃紀斯誇稱自己編織致命的計謀，卻也從**1581復仇女神編織的緊身袍**滑進了**1610正義的圈套**（Fagles譯注）。

1618. 這個譬喻和「國家船」（**802n**）一樣常見；**182的舵手聲**就在**甲板**上。英文的"govern"（管理）源自拉丁文的gobernare（掌舵），古意仍存。

1621-22. 這是埃紀斯版的**苦難場作經師**（**178**）。

1623. 古典文學司空見慣的諺語，和〈馬可福音〉8:18如出一轍。

1624. 俗諺，表達徒勞無益的反抗（Hogan），如〈使徒行傳〉26:14云「你像公牛用腳踢主人的刺棒，反而傷了自己。」埃紀斯一再使用老生常談，詩人似乎有意賦予他庸俗可鄙的性格特色（Lloyd-Jones行注）。

1625. 男人婆：相對於克萊婷是**女人身男人心**（**11**），埃紀斯在歌隊眼中是徒有男人之身，只配**躲在屋子裡**（＝**1225看家婆**）。

1628. 招來嚴懲而痛哭。

　　　　　他不明就裡，也看不出異樣，一餐
　　　　　下肚，造就眼前家破人亡的景象。
　　　　　等到他明白自己做了傷天害理的事，
　　　　　他慘叫一聲開始嘔吐，踉踉蹌蹌　　　　　　　　1600
　　　　　踢翻了桌子，詛咒佩羅普斯的子孫：
　　　　　「阿楚斯家族像這樣滾落地！」
　　　　　所以，各位看到了這個死人倒在這裡。
　　　　　策劃這一樁命案的人正是我。
　　　　　我，排行十三，跟隨不幸的父親　　　　　　　　1605
　　　　　離鄉背井，還包著尿布就被迫流亡。
　　　　　可是我長大了，正義帶我回來，
　　　　　人在老遠就掐住他的脖子，
　　　　　把這整個索命計劃細織密縫。
　　　　　這傢伙躺在正義的圈套裡，　　　　　　　　　　1610
　　　　　我看到了，我死而無憾。

領隊　　　埃紀斯，我看不慣你幸災樂禍。
　　　　　你說你處心積慮殺害他，
　　　　　又說你一手策劃這件慘案。
　　　　　我告訴你：你插翅難飛，你的頭顱　　　　　　　1615
　　　　　準備承受人民用石頭刑代替詛咒聲。

埃紀斯　　你們，窩在下座的划槳手，
　　　　　竟敢頂撞坐在甲板上的大爺？
　　　　　你年紀一大把，不守本分
　　　　　還要人家來教訓，滋味不好受。　　　　　　　　1620
　　　　　枷鎖、鞭笞和饑餓三合一的痛苦，
　　　　　是治療腦筋的先知醫師，
　　　　　你有眼睛，難道看不出來？
　　　　　別踢刺棒，免得傷了自己的腳。

領隊　　　所以你，一個男人婆，躲在屋子裡　　　　　　　1625
　　　　　等著戰爭結束，一邊污搞丈夫的床，

1629. 奧斐斯：傳說中的音樂家，歌聲吸引萬物，甚至感動冥后而特准其亡妻回魂返陽。

1636. 歌隊說埃紀斯只會耍詐卻不敢動手，埃紀斯竟然說耍詐**是女人的事**，意在言外承認自己是**女人家**（**1625**）。

1640. 一如**套上軛**，套上馬具即受人宰制。阿格門儂**套上必然的軛**（**217**）之後，在特洛伊套上馬具（**529**），卡珊卓只好**安分套上……奴隸的軛**（**1071, 1226**），雖然**沒有人情願套上……軛**（**953**）。馴獸意象已把阿格門儂和卡珊卓的命運結成一體，如今連眾長老也受到威脅。

1641. **駢馬**：與842的隱喻相同。**饑餓和黑暗**是被捕下獄的共同經驗。

1643-45. Hogan認為領隊的論調奇怪，因為謀殺就犯了詛咒，弒親更不在話下，而埃紀斯是阿格門儂的堂弟，彼此有血緣，克萊婷則沒有這一層關係，起碼復仇女神在法庭（**3:605**）就是舉這一點論證為她脫罪。其實領隊是站在奧林帕斯神族宗教信仰以男性為中心的立場，也就是阿波羅為奧瑞斯辯護時所持的立論基礎，以倫常為天綱地衡，復仇女神則是以血緣為義理的準繩。

1646. **看得到陽光**：仍在陽間，意同676。就譬喻而論，陽光象徵欣喜（**602光景＝1577光明**）、大難不死（**900**）和凱旋（**1577**）。

1648. 原文明確指出「二」這個數目。

1649. 本行以下到結尾改用多達十四個音節的長詩行，格律改用長短四步截尾格。稱截尾，因為最後一個音節用休止代替，其聲情特色可能為輕浮，在此處特別予人不平穩的感覺。長短四步格的韻律特色，見**1343n**。

1650. 依傳抄稿，本行是埃紀斯的台詞。雖然「**同志**」是軍事用語，領隊用來招呼伙伴卻也順理成章（Lloyd-Jones行注）。可以一言而決的是1651的**劍**，因為希臘老人並沒有隨身佩劍的習慣，悲劇世界與現實世界都一樣，倒是可以確定他們持手杖（見**79**），因此1651必定是埃紀斯在招呼他的貼身侍衛。

1654. 克萊婷重拾她的陰柔性徵（見**931n**）。

1655. **收成**：隱喻殺人流血，和502一樣使用倒錯的農業意象。克萊婷曾說王宮囤積許多財富（**961**），打算用來破財消災（**1574-76**），歌隊卻把財富比喻為災難（**1009-12**）。

	一邊算計殺害統帥的陰謀？	
埃紀斯	這些話是眼淚一族的溫床，	
	你的嗓門和奧斐斯的恰恰相反。	
	他有迷魂的歌喉招引萬物，	1630
	你學狗叫只是煽怒火，	
	被押到主人面前才懂得溫馴。	
領隊	你憑什麼在阿果斯稱王？	
	暗地裡設計謀殺國王，	
	你沒有膽量親自動手。	1635
埃紀斯	引他進圈套顯然是女人的事；	
	我和他長期誓不兩立，他會起疑。	
	憑他的財富，我就能設法	
	統治老百姓。犯上作亂的，	
	就會給套上沉重的馬具，不再是	1640
	吃大麥的驃馬。饑餓和黑暗這一對	
	討人厭的室友會看著他乖乖就範。	
領隊	為什麼不拿出你懦夫的氣魄	
	把他殺了，卻留給他的妻子下手，	
	害她污染國土，眾神也蒙羞？	1645
	奧瑞斯是不是還看得到陽光，	
	有機會時來運轉回家鄉	
	殺這一對兇手，贏得最後的勝利？	
埃紀斯	你想動手還說出口，很快會學到教訓！	
領隊	過來吧，同志們，動手的時刻到了！	1650
埃紀斯	來吧！大家手按劍柄準備好。 〔侍衛逼向歌隊。〕	
領隊	好！我們手按杖頭，不惜一死。	
埃紀斯	你說死，祝你一語成讖；我們候教。	
克萊婷	別這樣，最最親愛的，別再惹禍。	
	這一番收成，囤積了許多災難，	1655
	夠了，我們不要再流血。	

1658. 克萊婷以報應律（**1564n**）勸歌隊認命，殊不知報應律也會應驗在自己身上。

1661. 當然是反諷的口吻，參較**348**。

1667. 引出《奠酒人》的劇情。**神明**：即**魔神**（見**1468n**與**1470n**）。

1668. 又是一句俗諺（**1624n**）。尤瑞匹底斯《腓尼基女人》**396**：「俗話說，亡命之徒靠希望維生」。

1671. 請見喬叟《坎特伯里故事集》裡頭名聞古今的公雞Chanticleer在母雞身邊的情景（Chaucer, "The Nun's Priest's Tale" 359-64）：

> 像一頭猛獅雄糾糾氣昂昂，
> 他提起腳後跟四處閒逛，
> 為了尊嚴唯恐腳掌著地，
> 每看到一粒穀子就咯咯啼，
> 成群的妻妾馬上來簇擁。
> 不可一世像國王睥睨大廳〔……〕。

1672-73. 克萊婷雖然使用「**你和我……我們**」這樣的措詞，可是埃紀斯的娘娘腔——正如領隊一再挖苦且歷來導演一再凸顯的——使我們可以合理推敲，掌權的人將會是克萊婷。可是女人掌握不到兵權，因此她需要埃紀斯當她的傀儡。下一齣戲寫奧瑞斯復仇，他返家就是為了重建父權社會的統治基礎。按《奧德賽》3.304-05，阿格門儂死後，埃紀斯施行高壓統治，為期七年。

1673. 從**1649**到本劇結束都使用長短四步格，其聲情特色（見**1343n**）意味著舞台上的衝突尚未徹底解決。歌隊通常動作一致，集體退場，此處卻三三兩兩離開，這「意味著阿果斯的政治形勢不穩定」（Rehm **56**）。

各位可敬的長老，回去吧；認命，
犯不著自討苦吃。我們是情非得已。
如果這就是苦難的盡頭，我們認了，
雖然魔神的腳跟踹得我們遍體鱗傷。　　　　　　　　1660
我婦道人家說這些話，還請多多包涵。

埃紀斯　　可是，這個老傢伙一根爛舌頭
　　　　　開出惡毒花，要考驗自己的命星，
　　　　　神志失去準頭，竟然罵起主子老爺。

領隊　　　對歹徒搖尾乞憐不是阿果斯人的作風。　　　　1665

埃紀斯　　走著瞧吧，總有一天結算這筆賬。

領隊　　　得了吧，只要神明引導奧瑞斯回來——

埃紀斯　　亡命之徒靠希望充饑，我知道。

領隊　　　趁大權在握儘管多行不義好自肥。

埃紀斯　　別以為這樣頂撞可以平安無事！　　　　　　　1670

領隊　　　吹牛顯神氣，像公雞在母雞身邊。

克萊婷　　別理會猖猖叫囂，你和我
　　　　　當家做主，我們好好整頓門風。

〔埃紀斯偕克萊婷進宮，衛兵隨後；宮門關閉，歌舞隊散去。〕

奠酒人

Χοηφόροι

（**Choephoroe**）

《奠酒人》譯注

劇中人：

伊烈翠：字面意思是「未婚」（見140-41n）。

埃紀斯為阿果斯王，參見1: 1672-73n。

歌隊由宮中女奴組成（75-77），她們可能是特洛伊戰爭結束後，阿格門儂帶回來的俘虜（見423-24）。

時間：第八年之說，依《奧德賽》3.304-08。

景：此處所述，係就酒神劇場而言。如果在室內，或表演區較小的戶外劇場，墳墓應該在下舞台（即靠近觀眾席的舞台區）前緣。

墳墓：以宮苑為墓園的習俗可以上溯到兩河流域文明發軔之初（Heidel 164）。《舊約‧列王記下》21:18也有這樣的記載：「瑪拿西與他的列祖列宗同睡，葬在王宮花園裡，就是烏撒的庭院內。」

赫梅斯像：住家門外立真人尺寸的赫梅斯像是雅典習俗，擺置的地點係依A. F. Garvie編校本引論p. xlvi。神像擺置的地點，加上奧瑞斯與克萊婷分別在1和124的台詞指涉，應能有效觀照這位溝通陰陽兩界之神使的戲劇功能。

劇中人

奧　瑞　斯：克萊婷與阿格門儂的獨生子

皮　拉　代　斯：奧瑞斯的朋友

伊　烈　翠：克萊婷與阿格門儂的女兒，奧瑞斯的姊姊

克　萊　婷：阿果斯王后

基　莉　莎：奧瑞斯的奶媽

埃　紀　斯：阿果斯王

歌　　　隊：由十二名阿果斯長老組成，另有領隊

門房一人，埃紀斯的**貼身侍衛**與**宮女**各若干人。

吹笛手一名。

時　　　間：阿格門儂死後第八年。

地　　　點：阿果斯王宮前。

　景　　：舞台建築仍然代表王宮正面；歌隊表演區中心的祭台為奠祭亡魂的地方，也就是阿格門儂的墳墓所在。在宮門與墳墓之間矗立一尊真人尺寸的赫梅斯像。本劇前半齣發生在祭台四周，後半齣（652行以下）在王宮正門前。

1. **冥神**：原文χθόνιε字義作「屬於下界」解，兼指地下與陰間。猶如可以用陰陽二元辯證為漢民族的文化性格定調，為古典希臘的文化性格定調可以用*chthonios / ouranios*（＝陰／陽，即**1: 89**的**地府／天界**）二元辯證。**赫梅斯**：宙斯的使者，也負責護送陰陽兩界的往返（《奧德賽》**11.626 & 24.1 ff.**），因此既是人、神的媒介，又能溝通陰陽（見**124**），後來甚至經常與地祇為伴，故稱**冥神**。正如Garvie注疏所說：「他同時屬於上界與下界，特別適合劇情從宙斯主導的《阿格門儂》世界過渡到幽冥勢力難以忽視的《奠酒人》世界這樣一個節骨眼。」此外，破題就呼告**赫梅斯**，也因為他是外出人的守護神（**1: 515n**），又能夠以詐術之神的身分保佑奧瑞斯遂行詐術。**家父**：也可能是「令尊」（赫梅斯的父親是宙斯），中譯依Garvie的注疏。由於《阿格門儂》數度提到奧瑞斯，因此**家父**一詞有報家門的意味。他的返鄉使得卡珊卓的預言（**1: 1280-85**）和阿果斯長老的希望（**1: 1667**）不至於淪為埃紀斯說的空想（**1: 1668**）。他的上場和《阿格門儂》開場戲的火炬信號同樣帶來希望，把該劇結尾的陰鬱一掃而空。此處所述的強烈對比，也出現在《和善女神》的開場戲。**王國**：阿格門儂的王位已遭埃紀斯篡奪，奧瑞斯回來伸張正義的動機涉及王位繼承——他的合法繼承權。**王國**一詞說出口，挑明了本劇不只關乎王子復仇，更是一部王子中興記。

3. **流亡**：和卡珊卓的說法一致（**1: 1282; 參見1: 1647**），克萊婷卻另有說法（**1: 877-83**）。《奧德賽》**3.306-07**說奧瑞斯流亡於雅典，埃斯庫羅斯因襲後荷馬史詩的說法，改為佛基斯（Lloyd-Jones 1993: 200），主要是為了鋪陳《和善女神》的劇情。**流亡歸來**：原文κατέρχομαι是放逐期滿返回故鄉的專用術語，字面意思卻是「降臨」，呼應本劇破題的呼告語**冥神**。早自蘇美文學就用於表達入冥／落陰的「向下」這個動作，在此處的文義格局可謂意深旨遠，因為《奧瑞斯泰亞》從光明在望經希望幻滅到光暉普照的過程，將在本劇弒母的場景陷入深淵，這個「陷入」的動作始於奧瑞斯返鄉，埃斯庫羅斯在《阿格門儂》**1647**透過κατελθών（回）已設下伏筆。

4. **墳上**：是上，不是「前」，猶如「撫棺痛哭」是在棺「上」，而不是棺「前」。

5. 剪第一束頭髮反映以剪髮行成年禮的習俗，可見奧瑞斯已屆有資格主張王位繼承權的年齡（Hogan注疏）。《伊里亞德》**23.140-48**阿基里斯提到返鄉時剪髮獻給故鄉河神的習俗，即是為了**回報養育之恩**（**6-7**）。第二束**剪髮**（**7**）表示哀悼，如同《伊里亞德》**23.151**阿基里斯剪髮獻向亡友致哀。《舊約・耶利米書》**16:16**可以看到更古老的表達方式：「沒有人會砍傷自己或剃光頭髮為他們誌哀」（參見＜利未記＞**10:6, 19:27**；＜申命記＞**14:1**）。《伊里亞德》**23.135-37**則是全體參加葬禮的人把自己剪下的頭髮丟在死者身上，M. M. Willcock（**251**引E. Rhode）說這是人祭遺跡，以頭髮象徵整個身體。從**167-72**可以推斷，至遲在本劇演出的時代，只有近親才以髮獻祭。

6. **殷納科斯**：流經阿果斯平原的主要河流，亦為該河之河神。

8-9. 參見**1: 1554**。

9. 希臘瓶繪可以見到這樣的手勢：哭悼者舉起右手臂，掌心朝外。〔舞台說明〕伊烈翠跟在隊伍後頭，見**84n**引Garvie。

11. **黑**：也是劇末復仇女神的服色（**1049**）。歌隊的服色奠定了本劇的調性。

14. 祭拜死者的奠酒有一定的規矩：供獻三杯，第一杯蜂蜜加奶，第二杯酒，第三杯水。按照禮俗，舉葬入土之後應該繼之以定期祭墳，可是阿格門儂卻付諸闕如。

20. **讓路**：Fagles的舞台說明作「退到墳後」。劇中人躲在舞台一角觀察場面動作，這是戲劇史上源遠流長的一個成規，此處所見是年代最早的例子（Taplin 334-36），雖然繼起的例子以喜劇為常見。

〔奧瑞斯與皮拉代斯一身旅客的扮裝，
由舞台建築和歌隊表演區之間的進場通道上。〕

〔開場戲〕

奧瑞斯　　冥神赫梅斯，您捍衛家父的王國，
　　　　　現在請您保佑我，為我作主。
　　　　　我踏上這片土地，流亡歸來，
　　　　　在這墳上，我祈求父親聆聽
　　　　　我的哭訴。剪下自己的頭髮，　　　　　　　　　5
　　　　　我把這一束獻給殷納庫斯，回報
　　　　　養育之恩。另外這一束表示我的悲傷，
　　　　　父親，您過世我沒能就近哭悼，
　　　　　也沒有機會舉手臂為您送終。

〔歌隊由進場通道的另一側上，伊烈翠尾隨其後。〕

　　　　　那邊來的是什麼人？女人的行列，　　　　　　10
　　　　　穿著醒目的黑袍，幹嘛來的？
　　　　　一時還真猜不透。難道說家裡
　　　　　又有什麼變故？好像帶了奠酒，
　　　　　要祭拜我父親，安撫陰司？
　　　　　錯不了的，我的確看到　　　　　　　　　　　15
　　　　　伊烈翠，我的姊姊，神情
　　　　　憂傷，一眼就可以認出來。
　　　　　宙斯啊，您功德無量，請成全我
　　　　　報殺父之仇，保佑我馬到成功！
　　　　　皮拉代斯，我們讓路，先看看　　　　　　　　20
　　　　　這些女人成群結隊幹什麼來的。

〔笛手引導黑袍歌隊攜奠酒上。〕

〔進場詩〕

歌隊〔唱〕　　　奉命出宮攜奠酒，　　　　　〔正旋詩節一〕
　　　　　　　　雙手猛搥紅腫痛，

22. 點明本劇標題的寄意。歌隊進場通常以行進曲起唱，本劇進場詩（**22-83**）卻略去行進曲，直接唱抒情詩，所用體裁為對偶詩節。

23-31. 扯頭髮、抓臉、搥胸、撕衣服這一系列的哭喪動作，是亞洲通行的致哀方式，看似誇張，其實是寫實的筆觸，埃及墓室壁畫和《舊約》都有記載，如摩西用於區分「異己」的措施之一，就是從家人擴及族人，要求他們「表示哀悼時不可蓬頭散髮，也不可撕裂衣服」（〈利未記〉**10:6**）。此一表達哀傷的方式，梭倫（Solon）曾立法禁止行之於雅典人（Roche, p. 106, n.），可見雅典人也風行過看這種「蠻夷」之風。

25. **鮮**這個描述詞，原文是指新抓的**指甲溝**。稱溝是因為抓痕深，其為新則是因為一抓再抓。

26. 直譯為「這一生，我的心以哀悼為食」，不無借他人酒杯澆自己胸中塊壘的意味，雖然她們同情阿格門儂的誠心無庸置疑。

27-28. **依**：與下一行**衣**諧音，訴悲苦的聲音和扯衣衫的動作相**依**為**痛**。

32-41. 克萊婷作惡夢，先知的解釋是她殺夫不舉哀的行為觸怒地下眾靈。本詩節說明歌隊係奉克萊婷之命前來安撫亡靈，排列方式與22-31相同（見1: 140n），可是這兩個詩節的格律卻不對稱，應該是傳抄稿訛誤所致。

32. **天機**：擬人格的「光明」，原指阿波羅光明神（參見1: 1257n），此處則指預言的本事，亦即克萊婷的惡夢顯示徵兆（即33**顯靈**）。

33. 地母信仰的神諭是以夢顯示徵兆。

34. 尖叫聲是克萊婷發出的（**535**）。

37. **解夢人**：即1: 409說的宮中先知。

38. **鐵口直斷**：有天神背書。

40. **陰靈**：地下諸靈，可能指阿格門儂本人，也可能指地祇，更可能兩者都包括。遺恨：「從地底下（νέρθεν）發出來的怒氣」，所謂「地底下」，相當於 χθόνιε（1**護靈**），即英文的chthonic。

41. **兇手**：殺害阿格門儂的兇手。

42. 克萊婷的獻祭不是本乎善意，而是出於恐懼。類似的措詞見於1: 1545。

43. 呼告地母，因為祭奠得要醮酒於地，也因為夢源自地下（參見40n與《奧德賽》24.12-13）。下一行缺行碼，原文如此。以下逢有同樣的缺漏者，不另注明。

45. **無情**：心中無神，猶言「不信邪」，指王后克萊婷。

46. **有話**：王后交代歌隊的祈禱詞（參見93-95）。

48. 參見1: 1017-21。**血**：即1: 1389-91所流的血，是阿格門儂的。可是類似的措詞出現在3: 261-63，卻是指克萊婷的血。**灑落地**：影射1: 167-75的逆倫暴力，典故出自克羅諾斯（宙斯的父親）閹割烏拉諾斯（宙斯的祖父）之後，「血滴〔被〕地母全部吸收」，生出復仇女神（Hesiod, *Theogony* 182-85，見拙作《情慾幽林》中譯）。血既已被「吸收」，當然洗不清，因此有後半行的設問句（參見1: 1602n引《舊約・創世記》）。**贖**：猶言「洗刷罪名」。莎士比亞寫馬克白謀殺國王鄧肯之後，心神恍惚自言自語：「大海龍王的水洗得乾淨／我手上的血？」（《馬克白》2.2.59-60）馬克白口中的「洗」，白描（清洗血跡）和隱喻（洗清罪孽）雙管齊下。在這之前，馬克白夫人責備他「去，拿些水來，／洗掉你手上骯髒的證據」，之後安慰她「一點水就洗清我們的行為」（**45-46, 66**），兩次都是使用純粹的隱喻修辭，毫無白描的成色，因為她說的話根本違背現實經驗，只能仰賴文字遊戲。回頭看埃斯庫羅斯在本行使用的措詞λύτρον，兼有描寫事實的「贖身」和運用譬喻的「贖罪」雙重意義，為這一齣三聯劇結尾的贖清罪孽巧設伏筆。

　　　臉頰犁痕一道道，
　　　鮮血流過指甲溝——　　　　　　　　　　25
　　　　懷憂養我心。
聲聲哀慟有依伴，
　　　我傷悲把衣衫扯，
　　　　胸前垂掛襤褸布，
　　　　儀容不整訴悲苦，　　　　　　　　　　30
　　　　歡笑不可聞。

　天機使人豎寒毛，　　　　　　　〔反旋詩節一〕
　　　夜夢顯靈道分明，
　　　　睡鄉迴盪尖叫聲，
　　　　恐怖氣息透重門，　　　　　　　　　　35
　　　　高壓逼深閨。
王宮裡有解夢人，
　　　鐵口直斷解天意，
　　　　聲聲刺耳說幽冥：
　　　　陰靈遺恨積滿盈，　　　　　　　　　　40
　　　　矛頭指兇手。

　存心思邪猶辟邪——　　　　　　〔正旋詩節二〕
地母娘娘啊！　　　　　　　　　　　　　　43
　是無情女　　　　　　　　　　　　　　　45
　　差我來，有話
　我不敢說出口。
血灑落地，怎麼贖得清？
　火塘啊吞悲！
宗室啊傾頹！　　　　　　　　　　　　　　50
　陽光不再，人怯步，
　　長夜裏廳堂，

49. 火塘：見**1: 427n**。

51-52. 王室籠罩在長夜濃霧之下，有如柩衣覆棺或壽衣罩身。此一意象，參見《馬克白》劇中馬克白夫人決意殺害國王時的呼告語：「來，濃濁的夜，／裹上地獄最昏暗的煙霧，／讓我的快刀看不見傷口」（**1.5.50-52**）。**人怯步**：外人避之唯恐不及；參見《伊底帕斯在科羅諾斯》**676-7n**。

55-65. 述阿格門儂被殺而埃紀斯篡位以後的民心。Hogan疏義：一旦不再有敬畏，世人將活在恐懼中，於是好運——這原本是天神的賜福——取代虔誠之心與敬天之情；然而，正義的天平自會有所定奪。

59. 當今對統治者的恐懼取代了以往對統治者的敬畏。

60. 有人把運氣（擬人格）看得比眾神還偉大。歌隊非議世人普遍信奉的成王敗寇之說，

61. 正義神主持正義（**秤天平**；以天平比喻正義，見**1: 206n**），劍及（**瞬間**）履及（**揮秤桿**）。

63-65. 不是不報，時候未到。遭受正義打擊的三類人，分別以白天、黃昏和夜晚比喻生前、臨終和死後。

66. 原因如**48**釋**灑落地**所述。

68. 凌遲：因為延遲懲罰。

70. 殺人犯罪如身染無可就藥之惡疾。

71. 失去的貞操永遠無法復原，同樣的道理，如**72-74**所述，殺人犯永遠洗刷不掉罪名。

72-74. 參見馬克白夫人夢遊時說的話：「阿拉伯全部的香料也沒辦法薰香這隻小手」（《馬克白》**5.1.47-48**）。

75-77. 緊箍環：即**1: 217**的**必然**（參見**1: 1071n**）。套在歌隊隊員身上的緊箍環被擬人化，成為對她們的故鄉展開圍城戰的敵軍，她們被俘，因此淪為奴隸。

自從主人枉送命。

敬畏堅銳不可摧，　　　　　　　　　〔反旋詩節二〕55
貫耳又盪心
　曾經無敵，
　　如今靠邊站。
　恐懼流行，人間
供奉運氣拱成太上神。　　　　　　　　60
　正義秤天平，
瞬間揮秤桿：
　有人挨擊陽光下，
　　或在薄暮中，
　　或者幽夜已覆身。　　　　　　　　65

養生的土地喝血撐飽，　　　　　　　　〔正旋詩節三〕
　瘀仇凝固化不開。
　　災殃凌遲犯罪人，　　　　　　　　68
　　　惡疾入膏肓。　　　　　　　　　70

冒犯婚床永遠沒救藥；　　　　　　　　〔反旋詩節3〕
　縱使千江匯一流
　　要把污手來洗清，
　　　徒然湧血潮。

天神拋出緊箍環　　　　　　　　　　　〔終結詩節〕75
　套我故城，從父家廳堂
引我踏上奴隸運，
　忍氣又吞聲，
聽口令不管對或錯，
　強壓心頭恨。　　　　　　　　　　　80

81. 《奧德賽》**8.83-86**（重出於**4.113-16**寫他的兒子）寫奧德修斯流浪期間，聽到歌手唱特洛伊戰爭的故事，忍不住掉淚（荷馬世界的英雄並不以哭泣為羞），急忙拉衣袖，這個動作兼有隱藏身世和遮掩真情雙重作用。此處歌隊基於不同的理由，卻同樣有所顧忌：如今**恐懼**當道（**59**），她們不敢公然表露對阿格門儂的哀思。

82. 主人：阿格門儂。

84. 以下到**305**為第一場插戲。在這一場戲，「伊烈翠顯示和歌隊同樣的立場，並非心甘情願代表柯萊婷出來獻祭」（Garvie注疏）。

95. 希臘人寧可相信以怨報怨是人之常情（見**123**），因此這個問句有反諷的意味。伊烈翠這整段台詞的主題是，她擔心這一趟獻祭使得克萊婷安撫亡魂的心願得遂。

96. 祭拜而無祈禱詞是不敬。

97. 「奠酒顯而易見的目的是安撫因流血而氣憤的幽冥勢力，可是要達到這樣的目的卻非得以血代酒不可」（Garvie引A. Lebeck）。克萊婷在**1: 1386-87**就是表達這樣的信念。如今，大地既已喝下阿格門儂的血，理當獻上兇手的血。

98. 垃圾：驅邪儀式過後殘留的祭品，通常棄於路口，留給陰靈。

99. 眼睛閃避：猶言「掉頭」。不潔之物即是禁忌，避開視線是免於污染（見**1048a-50n**釋義）唯一的方法。《舊約·創世記》**19:26**寫上帝毀滅罪惡滿盈的所多瑪，唯獨羅得一家人獲救，可是「羅得的妻子回頭觀看，就變成一根鹽柱」。希臘神話中奧斐斯入冥救妻，功敗垂成的關鍵也是回頭顧視。

103-04. 《伊里亞德》**6.487-89**，赫克托對安助瑪姬也表達過這樣的定命論：沒有人要得了我的命，除非命中注定；可是說到命運，我想誰也逃不掉，勇士和懦夫沒兩樣。

108. 在這一段穿針對白，領隊一步步引導伊烈翠背離克萊婷的本意，參較《伊底帕斯在科羅納斯》**465-85**，領隊透過穿針對白指示伊底帕斯祭拜事宜。

衣袖掩真情，
　　怨嘆主人運乖舛，
含悲冷淚眼。

〔插戲一〕

伊烈翠　　　為我們理家的各位姊妹，
　　　　　　妳們陪我來到這裡祭拜，　　　　　　　　　85
　　　　　　就請妳們指點指點我吧。
　　　　　　我奠祭亡魂該說些什麼？
　　　　　　能說什麼好話祭告我父親？
　　　　　　說有愛心的妻子要我帶祭品
　　　　　　獻給受到敬愛的丈夫？這，　　　　　　　　90
　　　　　　我說不出口，雖然她是我的娘，
　　　　　　我也不曉得上墳奠酒該說些什麼。
　　　　　　難不成要我學世人的榜樣，說
　　　　　　「禮尚往來，有人送來這些祭品，請您
　　　　　　好好回報」──那不成了以德報怨？　　　　95
　　　　　　　或者不吭聲，反正父親死也死了，
　　　　　　我隨手灑奠酒讓土地暢飲，然後
　　　　　　打道回府，像清掃垃圾的人那樣，
　　　　　　酒壺往身後一扔，眼睛閃避就走開？
　　　　　　　各位好姊妹，請妳們幫我出個主意，　　100
　　　　　　我們在這個家頂著相同的怨氣。
　　　　　　有話就直說，沒什麼好怕的！
　　　　　　命中注定的事，誰也躲不掉，
　　　　　　自由人和外邦奴隸沒兩樣。
　　　　　　妳們要是有好主意，請說吧。　　　　　　　105
領隊　　　　令尊的墳墓就像祭壇使我肅然起敬。
　　　　　　既然小姐問起，我就說出心底話。
伊烈翠　　　請說，既然恭敬，不如從命。

109. **誠心的人**：誠心思念阿格門儂的人。

110. **美名**：即109**誠心**。

111. 特別明指埃紀斯，顯然刻意避提克萊婷（參見121n）。

115. 終於說出**奧瑞斯**。

119. **靈**：見125n。

120. 預告《和善女神》的法庭審判。伊烈翠顯然明白領隊話中有話，卻不願意率先說出口。她兩度（118, 120）打斷對方的語句，激動、猶豫兼而有之的心情溢於言表。

121. 以仇報仇的復仇律正是克萊婷和埃紀斯在《阿格門儂》所標榜的正義觀。那一套道德律在上古社會被奉為圭臬，原本不足為奇。本三聯劇獨特之處在於陳明那一套觀念的困境，特以本劇為甚。此所以埃斯庫羅斯在提及阿格門儂的兇手時，總是閃爍其詞。

124a. 本行在傳抄稿為165，論者咸信應置於此處。

125. 除了1n提到的功德，赫梅斯又是信使的守護神（1: 514-15）。**靈**：即1: 1468的**魔神**（見行注）。**陰司眾靈**：即筆者在注釋中泛稱的「地祇」。

127-28. **豐產**：原文重出於3: 830，本義「膨脹」，使用鮮活的懷孕意象，卻隱含死亡（被大地**收納**）的意味，參見3n釋**流亡歸來**。生命來自地母，死亡也歸於地母，我們又一次看到陰間勢力兼控生與死雙重功能。

129. 祭祀之前得先在參拜者的雙手以及祭牲和祭台灑淨水，此一動作似乎被視為以水代酒的祭奠儀式，並且用於代稱祭禮，如《阿格門儂》1037（Garvie注疏）。淨水取自活水源；因為復仇女神不喝酒，其祭禮必以水代酒（《伊底帕斯在科羅納斯》101, 481）。

131. 奧瑞斯是阿格門儂家族希望之所繫。伊烈翠寄望他帶來光明，就像《阿格門儂》開場戲的守夜人寄望火炬帶來光明。「火光」是整部三聯劇最醒目也最重要的主題意象。

135-36. 傳統的社會倫理追求的是「男有分而女有歸」，這一對姊弟卻是男無分而女不能歸。「孩子有過去，卻沒有未來。而那一段過去，揆諸實情，必須在相當長的一段悲歌對唱中回憶進而再創造」（Zeitlin 1978: 54），參見306n。**遠離家業**：沒有繼承權；除了父仇待報，本劇也涉及家產的繼承（見301n）。十二世紀時法蘭西的瑪麗在敘事短詩〈朗瓦〉（中譯錄於筆者譯注的《情慾花園》）用「遠離祖產」描述沒有繼承權的騎士。

領隊	邊奠酒邊為誠心的人說好話。	
伊烈翠	親友當中，有誰配稱那樣的美名？	110
領隊	妳是第一個，恨埃紀斯的人也都是。	
伊烈翠	妳是說我自己，再加上妳們全部？	
領隊	小姐是聰明人，一點就開竅。	
伊烈翠	另外還要加上什麼人呢？	
領隊	別忘了奧瑞斯，雖然他離鄉背井。	115
伊烈翠	提醒得好！這話最中聽。	
領隊	至於凶手，千萬要當心——	
伊烈翠	該怎麼說？教我吧，我沒有經驗。	
領隊	人或靈都沒關係，呼請他們出面——	
伊烈翠	妳是說出面審判還是復仇？	120
領隊	要說明白，「索命為的是命債命還！」	
伊烈翠	天神怎麼容許我這麼做？	
領隊	對仇人以惡報惡，為什麼不容許？	
伊烈翠	上下兩界至尊神使，	
	冥神赫梅斯，請幫助我，	124a
	把我的禱告傳達給陰司眾靈，	125
	他們護衛我父親的家宅。	
	請傳告地母，她生養萬物，	
	最後收納一切豐產的果實。	
	我為死者灑下這些淨水，	
	呼請自己的父親：可憐可憐我，	130
	在我鍾愛的奧瑞斯點燃家族的光！	
	我們像無家可歸的人，	
	被母親賣了，換回一個男人，	
	就是埃紀斯，他們聯手殺害您。	
	我過的是奴隸的日子，奧瑞斯遠離	135
	家業，在外地流亡，他們卻趾高氣昂	
	盡情享受你賣命掙來的一切。	

140-41. 賢淑端莊：伊烈翠主要的顧慮是自己的貞節，對比克萊婷紅杏出牆。伊烈翠原本名叫 Laodike，後來的作家因為她終身「未婚」（*alektros*，重出於索福克里斯《伊列翠》493和 962），把她改名為Elektra（＝Electra）。**光明磊落**：她想到的是阿格門儂被殺之事（Garvie 79 & xvii）。

148. 正義：一如《阿格門儂》劇中一再見到的情況，真相不明。在本劇的結尾，奧瑞斯雖然獲勝，他所伸張的正義卻受到**污染**（1017），不只是有瑕疵，而且很快就反勝為敗（1022-25）。

150. 伊烈翠在**奠酒**（149）之後，轉向歌隊說出150-51兩行台詞。

151. 讓死者獲得最後的勝利。派安：荷馬在《伊里亞德》用於指稱醫療神，後來廣泛用於代稱阿波羅，因為阿波羅之為醫療神兼有驅疫、辟邪以及勝利等功德。**派安贊歌**：曲調莊嚴的合唱抒情詩，通常用於發抒信心或歡樂，如進行勝利在望的戰鬥之前（下文160-63即是）、獲得勝利之後（1: 645）或宴會結束祭神奠酒時（1: 246-47）。**派安贊歌**原本為禮敬阿波羅的讚美詩，源自德爾菲的居民慶賀屠龍的壯舉（Grimal 49）——屠龍一事，見1: 509n——因此也用為凱旋曲的同義詞。伊烈翠**以哀歌……為死者高聲**唱凱旋曲，矛盾修辭參見1: 1074-75。

152. 歌隊遵從伊烈翠的指示，唱這首短長格混雜傾斜律的抒情詩，其中152-58呼應150的**哀歌**，159-63則呼應151的**派安讚歌**。

152-53. 為阿格門儂哭墳灑淚。

154. 壁壘：墳塚。此一轉喻，可能取其為具有庇護的作用。

154-57. 文本與意義都有爭議，言人人殊迄無共識。中譯依Garvie的注疏，譯文改寫如下：既然奠酒已經灑在地上，阿格門儂在地（＝**壁壘**下）之靈（＝**善靈**，見157n釋靈）足以轉移令人可憎的惡勢力（＝**辟邪**）及其帶來的**污染**（見1048a-50n）。換句話說，阿格門儂將會保衛伊烈翠，卻會拒絕克萊婷的獻祭。這裡頭可能影射英雄崇拜的一個基本信念：受崇拜的英雄是正義的化身，那些英雄以兩種方式維護正義，一種是消極的懲罰不義，另一種是積極的獎賞正義。《奠酒人》呈現的是消極的方式。

157. 充分傳達希臘人所設想的英雄死後的生命景象，威儀（＝**英**）仍在卻不再有行動的能力——因此得要費勁招魂。埃斯庫羅斯的措詞刻意營造**魂有靈**卻**在幽冥**的強烈對比，參見1: 1272n。**魂有靈**：死去的英雄仍然具備意識，經由招魂儀式可望將之喚醒。**在幽冥**：字面意思「在地下，在黑暗中」，隱喻用法卻有「虛弱」之意。

158. 喔：哀歌典型的哭叫聲。

161. 斯庫替亞：即按英語發音所稱的「西徐亞」（Scythia），在今烏克蘭境內，以騎術和箭術知名。在古希臘，這個名稱也用於泛稱「北蠻」。

162. 戰神：喻救星（160）驍勇善戰。

請保佑奧瑞斯回家帶來好運。

這麼一點心願，父親，請您成全。

至於我自己，請保佑我賢淑端莊 140

勝過母親一籌，行事光明磊落。

　　這些禱告是為我們自己。至於仇人，

父親，我祈禱有人回來報仇。

動手殺人的束手被殺，這是報應。

就這樣在祈求吉利的禱告中 145

我穿插對他們的詛咒。請為我們

把福氣帶到上界來，但願

眾神、地娘和無敵的正義神旗開得勝。

　　這就是我的禱告，奠酒表示誠心！　　〔轉向歌隊。〕

再來就看妳們以哀歌作花冠， 150

為死者高聲唱派安贊歌。

歌隊〔唱〕　　　淚水滾滾流，滾落消失

　　　　　為君主殞落消逝，

　　　　　　壁壘下善靈辟邪，

　　　　　奠酒酹地，污染可憎 155

　　　　　　得化解。聽啊請聽，大王您

　　　　　　英魂有靈委身在幽冥！

　　　　　　　我心悲慟，喔，喔，喔——

　　　　　　會是什麼人矯健持矛，

　　　　　生為家族一救星， 160

　　　　　　　手持斯庫替亞弓，

　　　　　　戰神揚威，

　　　　　短兵交接劍飛舞！

伊烈翠　　父親接受了大地喝下的奠酒。　　　　〔伊烈翠在墳前

　　　　可是，不對勁。各位姊妹，妳們看。　發現一束頭髮。〕165

領隊　　　有話妳就說吧。我的心驚駭狂舞。

伊烈翠　　有人剪下一束頭髮供在墳上。

169. 深腰：腰身明顯。Garvie說是「細腰」，Hogan說是指外邦婦女的裝束。

173. 指克萊婷。

175. 領隊急切之情，恰似伊烈翠在**118**和**120**。

176. 見**205n**。

180-81. 領隊和伊烈翠同樣認為，即使奠髮是奧瑞斯的，也不能證明奧瑞斯親自回來祭奠。

183. 把**1: 650-70**海上風暴的情景濃縮成意象。

186. 饑渴：渴望見到奧瑞斯，或哭泣和憂傷使淚水枯竭（Garvie）。但是Lloyd-Jones釋義作「雙眼被想成渴盼濕潤，因此淚眼欲滴」。

190. 英國廣播公司**2004**年**11**月**25**日報導，以推行英語學習為宗旨的英國文化協會（British Council），根據其廣設於全球的分支機構所進行的一項調查，英語中最漂亮的一個字是 "mother"（母親）。

191. 影射她「不認命」（unnatural，「不自然」）的天性；參見**1: 11**守夜人對她所持的觀點。

193. 榮耀：「裝飾」，指墳前的頭髮。**來自**：仍然不敢相信奧瑞斯已返鄉（見**180-81n**）。

194. 渴盼希望成真，卻又心存懷疑，這是希臘文學的一大母題。《奧瑞斯泰亞》充斥未實現或最好不要實現的希望。本行的**希望**是擬人格。

195. 它：頭髮。信差帶來的未必是好消息，也不見得合情合理，但總要能為人所理解。

領隊	會是誰——男人的，還是深腰姑娘的？	
伊烈翠	不難推想——任誰也猜得出來。	170
領隊	說看看，讓妳的青春開導我們的年紀。	
伊烈翠	沒有人會這樣剪頭髮，除了我自己。	
領隊	該那樣哀悼的人，如今成了仇敵。	
伊烈翠	看這髮質，仔細看倒很像——	
領隊	像誰的頭髮？我急著想知道。	175
伊烈翠	跟我的很像，簡直是一模一樣。	
領隊	難倒是奧瑞斯暗地裡送來祭品？	
伊烈翠	他的頭髮就是自然捲，像極了。	
領隊	他敢冒這個險？怎麼可能？	
伊烈翠	他只是送來頭髮，向父親致意。	180
領隊	妳話中有話，聽來更教人傷心，	
	想到他絕不可能踏上這片土地。	
伊烈翠	苦海洶濤湧上我的心，	
	我的感受好像利劍穿胸。	
	看到這一束頭髮，	185
	我饑渴的眼睛像冬雨	
	爆發山洪。換作是別人，	
	怎麼可能會有這樣的頭髮？	
	她不可能剪的，凶手一個，	
	我的母親，她不配那個稱呼，	190
	對待自己的孩子根本不像個母親。	
	可是我怎麼能篤定地說	
	這份榮耀來自人世間我最鍾愛的	
	奧瑞斯？莫非希望在巴結我？唉！	
	但願它像信差帶來有理可循的消息，	195
	免得我心懸半空猛擺盪，	
	要嘛明白告訴我把它丟掉，	
	因為剪髮的人是我討厭的對象，	

199. 親人：可以指血緣關係，也可以指心理聯繫；克萊婷也是伊烈翠的**親人**，不過她心裡想的是奧瑞斯。

202. 航海人：影射「國家船」的譬喻（見**1: 802n**）。

202-04. 又見識到埃斯庫羅斯筆下細膩的意象微調宛如電影導演使用蒙太奇的「運鏡」功夫。依Hogan的分析，從本行的**航海人**經**203**的性命到**204**的**大樹**，關鍵字眼是**命**，得到**保佑**（**2**）與**呵護**（**236**）就能活命，船能「活命」，**航海人**自然能**生還**，家族就能欣欣向榮（參較**1: 966-67**）如**種子**發芽**長成大樹**。**260-62**還可看到意象類似而且修辭同樣精煉的例子，雖然隱含的時間方向相反。

203. 漂搖打轉：脫序混亂的意象，對比筆直前行的水路航線。**命該生還**：原文兼有海難生還（**1: 664, 899**）與生命承傳不輟（**3: 661, 909**）二義。

205. 憑頭髮和腳印認人一事，後來被尤瑞匹底斯在《伊烈翠》（Electra）**520-37**挖苦了一陣，但是Herington（**126-27**）從中看到埃斯庫羅斯與繼起的悲劇詩人之間的代溝，認為「不能強用寫實的標準衡量他筆下的人物」，因為那些人物「存在於我們所熟悉和神魔當道這兩個世界的接壤地帶」，在那樣的一個世界，「就像在童話或惡夢的世界，不協調或不可能或許比瑣碎的寫實筆觸更有意義」。Lloyd-Jones 行注引《奧德賽》**4.149**，梅內勞斯說特列馬庫斯的手和腳都跟他父親奧德修斯相似。Hogan則引述愛爾蘭的村姑圍火堆而坐，比較家人的腳彼此相似。

208. 他：伊烈翠心中所認為在墳前剪髮獻祭的人。

209. 台詞描述動作，有舞台說明的意味。伊烈翠開始踩著奧瑞斯的腳印前行，步步逼近奧瑞斯藏身之地，直到**211**。

219. 親：兼有血緣「親近」和情感「親愛」二義（參見**199n**）。

220-21. 結合編織和捕獵兩種意象，參見**1: 1609**和**3: 26**。

226. 奧瑞斯很可能拿起伊烈翠在**185**拿起來之後又歸回原位的頭髮。

不然就說是親人來分擔我的哀傷，

在我父親的墳前獻禮致敬。　　　　　　　　　200

　　我們呼告天神，天神明察事理，

知道我們像航海人陷入暴風圈

漂搖打轉。但是，如果我們命該生還，

小小的一粒種子將長成大樹。　　　　〔看到腳印。〕

　　嗐，多了個證據。這裡有腳印，　　　　205

是同一個人的，看來跟我的一模一樣。

不對，是有兩組腳印，

他自己的和一路作陪的。

我把腳踩在這些腳印上，

腳跟和腳趾的弧度竟然都吻合。　　　　　210

六神無主，我心苦惱！

　　　　　　　　〔奧瑞斯和皮拉代斯從藏身處現身。〕

奧瑞斯　　為未來禱告吧，順便告訴天神，說他們

　　　　實現了妳的心願，請他們保佑成功。

伊烈翠　　憑什麼？什麼時候天神成全過我？

奧瑞斯　　妳長久禱告的人近在眼前。　　　　　215

伊烈翠　　你怎麼知道我為誰禱告？

奧瑞斯　　我知道妳念念不忘奧瑞斯。

伊烈翠　　念念不忘又有什麼用處？

奧瑞斯　　我在這兒，妳找不到更親的人了。

伊烈翠　　先生，你怎麼為我織起陷阱？　　　　220

奧瑞斯　　我緊織密縫難道要自投羅網？

伊烈翠　　你幸災樂禍看我痛苦。

奧瑞斯　　切身的事，我怎麼幸災樂禍？

伊烈翠　　你真的是奧瑞斯？是嗎？

奧瑞斯　　看到我本人，妳不敢相認，　　　　　225

　　　　可是看到這一束剪下來致哀的頭髮，

　　　　妳卻那麼激動，好像看到我本人，

230 見176.

231. 伊烈翠才剛剛指控奧瑞斯**織陷阱**（220），奧瑞斯卻提示伊烈翠所織之物（可能是託人送到他流亡之地）證明自己的身份，我們不免想起克萊婷以織物**撒下圍網**（1: 1382）遂行殺夫。

233. 伊烈翠從224問句之後，激動之情有增無已，此時幾已確信奧瑞斯的身分，喜極欲歡呼，奧瑞斯即時制止，唯恐事跡敗洩。

234. 親愛：見219n，但是現在加上最高級形容詞**最**，猶言「一家人」。本行所表達似非而是的矛盾觀念，在希臘悲劇屢見不鮮（參較151n）。

236. 意象參見204與260。克萊婷在1: 966也使用類似的意象，意涵卻有天嚷之別。

238-43. 匯聚所有的親情於一個人身上，就像《伊里亞德》6.429-30安助瑪姬對赫克托表達過的情懷。

242. 本劇提及伊斐貞僅此一次，措詞顯示阿格門儂之死並非全然無辜（參見256n）。

244-45. 「三」這個數目具有神秘的意義，參見1073和1: 1477n。在3: 759-60，宙斯第三即宙斯「救難尊神」。

246-63. 這段禱告具現兩個傳統母題：宙斯俯察一切；宙斯是大家長（Hogan 114）。

247. 鷹：精確的譯名是「鵰」。鵰是鷹的一種，宙斯的神鳥，象徵王權（1: 49-50, 113-7）。

248. 纏：兩性交合的意象（參見1: 309n 釋「黑寡婦」的性意涵）。原文雖無「羅網」這樣的字眼，本行確實緊密關連整個三聯劇的這個主題意象：「本行中間的斷句強調了對於克萊婷之為蛇的描述，糾纏的景象則與罩住阿格門儂的網袍意象息息相關」（Garvie）。

249. 蝮蛇：毒蛇的一種，響尾蛇即屬之。希羅多德述及阿拉伯，提到當地的蝮蛇交配時，雌蛇會緊纏雄蛇將對方咬死，日後卻死於下一代的復仇行動（Herodotus 3.109）。鷹與蛇的敵意是傳統的母題。鷹具有屬天性格（uranian），蛇的神話性格卻是屬地（chthonian），因此鷹蛇之間的敵意是整個三聯劇陰陽兩性乾坤大戰的一環。

251. 強調奧瑞斯和伊烈翠繼承共同的父仇。**父親的獵物**：可能指父親本人獵捕的對象，也可能指為（唸去聲）父親獵捕的對象。**家**：本義「帳篷」，即酒神劇場演出戲劇節目時，在歌隊表演區後方所搭建的「景屋」。準此，本行可以有「我們沒能把父親所欲追殺的對象〔即兇手〕帶到舞台上加以制裁」（Hogan）。此一願望的實現構成了本劇的劇情。

254. 流亡：在奧瑞斯是實情，在伊烈翠是譬喻。

255-57. 獻牲設宴，再度引人聯想這個家族的罪業，見1: 223-26, 1591-93。阿格門儂祭殺女兒固然是替天行道，反遭克萊婷殺害卻非無辜。**雛鷹**：呼應 1: 50。

接著衡量我的足跡也一樣。
把這頭髮擺回原來的地方看看，
就是妳弟弟的，跟妳頭上長的一模一樣。　　　　230
再看這塊布，妳親手織的，
看這條紋，還有野獸的圖樣！
不要太激動，當心樂極生悲，
我知道我們最親愛的人怨恨也最深。

伊烈翠　　噢，父親家裡最最寶貝的人！　　　　　　235
淚水呵護的希望的種子，
你的勇武將重振父族的榮光。
你這一現身，我一舉四得：
你叫你一聲父親並不過分；
在你身上我可以投注我對母親　　　　　　　240
該有的愛，我理直氣壯恨她；還有
我對姊姊的愛，她是祭牲的受害人；
你不愧是我弟弟，不忘姊弟情。
只盼望力量、正義再加上
宙斯第三至尊神齊心協力幫助你！　　　　　245

奧瑞斯　　宙斯啊宙斯，請您來見證！
看窩巢裡的孤兒，鷹父
纏在羅網中倒地不起，因為
蝮蛇致命！遺孤飢寒交迫，
還沒有長大成人，沒有力量　　　　　　　　250
把父親的獵物帶回家。
所以我和姊姊伊烈翠出現
在您的墳前，姊弟失怙，
雙雙流亡，同樣有家歸不得。
如果您不顧祭拜人的死活，　　　　　　　　255
枉費雛鷹向您獻牲品致敬，
誰還會供奉這樣的盛宴？

258-61. 前兩行敷陳**256**的譬喻，後兩行敷陳**257**的語意。運用這種交錯排比的語句結構，吉朋在《羅馬帝國衰亡史》第九章寫出一個非常漂亮可惜中譯無法傳達的分詞構句：The use of gold and silver is in a great measure fictitious; but it would be impossible to enumerate the important and various services which agriculture, and all the arts, have received from iron, when <u>tempered and fashioned by the operation of fire and the dexterous hand of man</u>（金和銀的用途在相當大的程度上是虛擬的，鐵可就不一樣了，<u>火的鍛煉加上人的巧手</u>，兩相作用其妙無窮，應用在農業和種種技藝上不勝枚舉）。劃底線的部份，英文語意是 A by B and X by Y（鍛鍊憑火的作用和打造憑人的巧手），文法結構卻是 A and X by B and Y（鍛鍊和打造憑火的作用和人的巧手）。

260. 主幹：樹的主幹，承**204**家族之樹的意象。

264. 火塘：代稱「家族」（見**1: 427n, 2: 802n**）。

265-67. 舞台空間的侷限很可能使觀眾誤以為墳墓就在王宮前，其實領隊擔心的不是克萊婷本人聽到，這意味著墳墓和王宮有一段距離。邁錫尼遺址顯示，王室墓園位於宮苑的角落。傳統的宅院，男眷和女眷各有獨立的活動空間，女眷區在「後」院。在荷馬的世界，奧德修斯之妻的房間在樓上（《奧德賽》**1.362**）。

268. 影射淋樹脂而後活活燒死的行刑方式，即羅馬人所稱的「火焰衫」（tunica molesta）。尼祿就是用這種方式懲處基督徒。

269. 巧曲神：見**1: 1074n**。

271. 災難：包括生理方面的災禍和心靈方面的折磨。

274. 同樣的方法：欺騙；見**1: 1372-76, 1637**。

275. 替天行道的公義理想攙雜有個人的動機。**公牛發怒**：參較**1: 1125**。

278. 因為亡魂有冤未伸。參見**1: 59n**引赫西俄德。

279-82. 疾病意象在阿波羅的威脅之下，有可能演變為生理病變。

280. 痲瘋分結節狀與瘤狀兩型，前者為患者身上產生結節，後者為皮膚出現瘤狀硬塊。

283. 怨靈：復仇女神，見**1: 1186n**。她們誕生於烏拉諾斯遭幼子閹割所流下的血滴（見拙譯《情慾幽林》頁**122**摘譯），職司懲罰弒親罪犯可謂順理成章。這裡有一大反諷：她們責成奧瑞斯報殺父之仇，可是後來她們卻因為奧瑞斯殺克萊婷而對他興師問罪。部落氏族的正義觀在《和善女神》將面臨進退維谷的處境。

284. 父親：並非特指阿格門儂，而是泛稱，重點在於強調父系血緣。

286. 本行疑義重重，論者莫衷一是，中譯係依Garvie的疏義。Smyth將本行移到**288**之後，注釋稱「他因為被害的親人冤魂不散而無法安睡」。

287. 誓言：原文使用富含詛咒意味的懇求字眼。

假如整個鷹巢都毀了，只怕您
顯示異象不再能取信於人；
王室的主幹一旦腐朽， 260
怎麼撐起殺牛獻牲的祭台？
請您眷顧那個家，扶持它重振
雄風，雖然現在看來一蹶不振。

領隊　　孩子，你們有心守護令尊的火塘，
說話可得輕聲，當心隔牆有耳。 265
說不定有人聽到了，咬起耳朵
傳話給大權在握的人——我恨不得
看他們硬朗的骨頭燒成焦！

奧瑞斯　巧曲神威德無邊的神諭絕對不會
遺棄我，它命令我踏上這一條險路， 270
聲聲震耳唸出一長串的災難，
聽得我滿腔熱血打哆嗦，
威赫我報復那些殺人犯，
用同樣的方法殺他們償命，
像公牛發怒為了我失去的家業。 275
要不然，他說，我必須用自己
寶貴的性命還債，接受懲罰。
他昭告人類有怨氣從地下冒出來
為害世間，明白指出傳染病，
說會有痲瘋引發皮膚結節長瘤， 280
生出的毒牙逐漸啃蝕原來的組織，
感染的部位長出白色的鱗皮。
他還說到怨靈如何肆虐，
起因只在於父親流了血。
因為幽冥勢力受到刺激， 285
目光炯炯在黑暗中鎖定目標，
家族遇害的親人誓言要報仇，

288. 恐懼從黑夜而生。奧瑞斯所受的威脅正是克萊婷已經驗到的冤魂威怒（**42-41, 523-24**）。

289. 亡魂責成奧瑞斯復仇。奧瑞斯在本劇復仇成功，卻在冤魂威怒之下被逐出國境（**1062**）。索福克里斯和尤瑞匹底斯都有題為《伊烈翠》的劇作，也是取材於奧瑞斯返鄉報父仇，這是三位詩人傳世作品寫同一題材僅有之例。

290. 答：譬喻用法，原文指盤狀青銅製品，可能與驅逐或流放有關，也許具有宗教意涵。**形體殘缺：**由於身染**279-82**所述的疾病。

291-96. 此處所述社會公敵遭受排擠並且不許參與一切世俗與宗教活動，見**3: 655-56**。

292-93. 他……外：殺身之仇未報的父親（見**284n**），其怒氣無所不見（＝**286**目光炯炯），卻不為人所見。為人子而不報殺父之仇，其父親的怒氣不會讓他走近祭台，形同被逐出家門。

294. 招呼：交際應酬。**接待：**提供住宿。

298. 奧瑞斯首度堅定表明自己的意向。

299-304. 陳述個人非報仇不可的動機：假如神的命令這個理由不夠充分，另外加上幾個理由就夠充分了。克萊婷在《阿格門儂》就用過類似的推理強化殺夫的正當性，不過這裡強調的是奧瑞斯的動機具有天意和主觀的意願雙重性質。奧瑞斯並不是阿波羅的傀儡。

301. 斷章取義看這一行，不免覺得奧瑞斯太物質掛帥。雖然阿格門儂富甲天下，克萊婷也提及錢財的問題（**1: 958-64**），這整部三聯劇的家族悲劇其實無關乎錢財。但是，揆諸時代背景，「奧瑞斯的地位跟他的繼承權息息相關」（Garvie）。奧瑞斯損失的「遺產」包括原本該他世襲的王位被竄奪了。繼承權雖然和**對父親的思念**（**300**）合為報父仇的動機，但繼承權這個理由在原文卻是以獨立子句的形態佔一整行，進而引出**302-5**的補充說明。

302-4. 奧瑞斯要以少主中興的姿態推翻篡君的高壓統治（見**1: 1576n**）。拯救百姓於倒懸固然重要，卻不是阿波羅令奧瑞斯報父仇的主要目的。

304. 一對女人家：克萊婷和埃紀斯；後者被稱為女人，見**1: 1625**。對女人的歧視是《阿格門儂》的一個引導母題，克萊婷貴為王后也無法幸免於性別歧視，這在希臘上古文學的長廊處處聽得到迴響。

305. 他是女人心：遙遙呼應 **1: 11**性別倒錯的母題。**女人心：**參見**1: 1636n**。本行收煞這一大段台詞，不著痕跡把報仇的對象聚焦在埃紀斯這個**男人婆**（**1: 1625**）身上。

306 願：希臘原文是「以願望或禱告的形式表達的應答詞……，只是標記從已知的現在〔此處指奧瑞斯決定報父仇〕過渡到未知的、意欲的未來」（Garvie引Denniston）；這字眼重出於本劇領隊的行進曲唱詞（**341可望，476但願**）都是這個意思。**司命娘娘：Moirai**，見**3: 334n**，並參較**1: 129n**，是宙斯的女兒，職司保障道德與法律這兩個領域的因果關連，諸如欠債該還錢與犯罪該贖罪。就此一功德而言，她們是復仇女神的近親，又是正義神（見**1: 250n**）良伴。

以下到**478**為悲歌對唱，通稱「大悲唱」（the "great kommos"）。**悲歌**的希臘文κόμμος（＝kommos）出現在**423**，本義「搥打」，指悼亡時搥頭搥胸的動作。按亞里斯多德《詩學》**1452b**的定義，「悲歌對唱是演員與歌隊在舞台上共訴哀情的歌曲」，即對話者都不是使用口白體的短長三步格。就戲劇功能而論，這一首悲悼歌對於「化傷逝的哀慟為復仇的動力」起了決定性的作用（Conacher 108-09），其顯而可見的用意，除了呼請阿格門儂協助復仇之舉，把前此（**246-305**）對於宙斯、地祇和阿格門儂的禱告帶入高潮，同時也有類似黛玉葬花那樣的寄情作用，把長久積壓的奠酒與哭悼一股腦兒宣洩，那是「從當前的政權令人窒息的精神與社會雙重淤塞得到解放的第一個象徵性步驟」（Zeitlin 1978: 54）。Lloyd-Jones提醒我

瘋狂以及黑夜無端生有的恐懼
糾纏又折騰會把我趕出城門，
笞刑加身致使形體殘缺。　　　　　　　　　　290
那樣的敗類，節慶酒宴沒他的份，
也不許參加祭拜奠酒；他看不到
父親的怒氣，卻被阻隔在祭台外；
沒有人招呼，也沒有人接待，
到最後連個朋友也沒有，名譽　　　　　　　295
掃地，在痛苦中乾癟而死。
神諭這麼說，我能不信嗎？
就算不信，該做的還是非做不可。
許許多多的顧慮在敦促我，
除了神的命令和我對父親的思念，　　　　300
更還有損失遺產的苦惱，畢竟
我不能遺棄威名遠播的公民，
他們曾經豪情萬丈消滅特洛伊，
不應該這樣臣服於一對女人家——
他是女人心，很快他就會明白。　　　　　305

〔大悲唱〕

領隊〔吟〕　　　願司命娘娘顯靈，　　　　　　〔行進曲〕
　　　　　　　　把宙斯的意志來貫徹，
　　　　　　　　正義迴轉行大道，
　　　　　　　　索果報兮，
　　　　　　　　疾聲高呼正義魂：　　　　　　310
　　　　　　　　「毒舌報舌毒，
　　　　　　　　殺人被人殺。」
　　　　　　　　真言一句垂三紀：
　　　　　　　　自作恆自受。

們，要瞭解這一場悲歌對唱，讀者當切記下述的事實：作者相信死者能夠影響人間之事，舞台上近乎忘我的激情演出即是為了召喚阿格門儂的亡魂，雖然具體的招魂儀式是在**479-509**。這一場悲歌對唱不但是現存希臘悲劇最長的一首抒情唱曲，結構也最複雜。在前半首（**306-422**），以四節行進曲調分隔四段唱曲，每一段唱曲包含一個三聯詩節，每一個三聯詩節都是以歌隊的唱詞分隔意志消沉而滿懷疑慮的奧瑞斯所唱的正旋詩節和伊烈翠所唱的反旋詩節，其結構為A aba A cbc A ded A fef〔A代表進行曲，相同的小寫字母代表互相呼應的格律〕。接下來（**423-55**），伊烈翠應和歌隊，兩者齊心激勵奧瑞斯，結構轉為a（歌隊）b（伊烈翠）c（奧瑞斯）c（歌隊）a（伊烈翠）b（歌隊）。在最後的一部分（**456-78**），奧瑞斯重申他先前所下的決定，參與悲歌對唱的三方終於取得協力復仇的共識（Garvie 124-25）。雖然是「重申」決心，奧瑞斯卻獲得前所未有的洞識，瞭解到人在重重的限制中（真理神阿波羅指示復仇之道這個希臘人所稱的「必然性」）仍然擁有自由的空間，並且體會到「強烈的情感伴隨深刻的洞識，即悲情（πάθος）臻於見識（μάθος）」（Lebeck 34）。就這一點而論，這一場戲可以說是以抒情的方式表達**苦難場作經師**（1：178）的微旨大義。至於其亂中有序的結構，在簡單的形式中蘊含複雜的變化，Hogan（8）說，「彷彿在雄偉的阿波羅對稱結構中隱藏著些許戴奧尼索斯的反覆無常」。

306-14. 領隊以短短長格吟誦，此一格律是行進的節奏，在希臘戲劇主要用於歌隊進場詩，此處是作為從說白過渡到唱腔的橋段。

308. 領隊盼望時來運轉，好讓**正義**重現光輝，參見1: 772-81。

310. **正義**：擬人格。

311-12. 報應律則不只適用於言詞，也適用於行為。領隊的這兩行唱詞指出放諸四海皆準的通則，雖然沒有具體挑明克萊婷必需承受果報，卻引人聯想奧瑞斯將承受的果報。中譯刻意模擬原文使用交錯配列的修辭語法（參見1: 1560, 1562）：311原文是309，逐字直譯為「報應不爽，有敵意的舌頭受敵意」；312原文行碼相同，逐字直譯為「報應相同，打擊流血的流血」。

313. 三：中譯一如希臘原文，強調不確定的多數，而非指具體的數目。三紀：「三倍的古老」。

313-14. 參見1: 1564。

315. **父親**：重複，有唸咒的效果。

316-17. 生死兩界之溝通（＝**通聲息**）有其困難，此為招魂詞的傳統要素，也是奧瑞斯這一段唱詞最主要的關懷。招魂儀式也是法事，因此言詞與動作都必須正確無誤。墳前哭悼可以有效招魂，招魂成功才能跨越319指涉的鴻溝。奧瑞斯的目的不是安撫亡魂，而是獲取死者提供復仇的助力。

318. **飄**：借助於風力的位移，猶如中文說的「揚帆」，不盡然是譬喻詞，因為亡魂得要渡過陽間與陰間的界河或環繞陸地的洋川之後才抵達幽冥世界。但是，參見319n。

319. **阻隔**：不是地理上的意義，而是強調生命與死亡兩個世界的對立。

320. **招懽喜**：猶言生哀死榮。奧瑞斯引俗話表明跨越陰陽之隔的期盼，因為悲悼是向死者致敬，而他的哭悼是自主的行為，更加令人感佩，可望感動死者。

322. 阿格門儂的墳墓所在之處，即舞台的中央。宮苑即墓園乃是古代通例，在東方如《舊約·列王記下》21: 18說到「瑪拿西〔697-642 B.C.〕與他的列祖列宗同睡，葬在王宮花園裡，就是屋撒的庭院內」，在西方如公元前五世紀希臘合唱抒情詩的代表詩人品達寫道「他生前享

奧瑞斯〔唱〕	父親哪，哀哉父親：	〔正旋詩節一〕315
	孩兒有心通聲息，	
	該怎麼說怎麼做，	
	才能飄抵您的安息地？	
	縱使陰陽兩界相阻隔，	
	世人卻說悲悼招歡喜，	320
	阿楚斯子孫霑福澤，	
	就在宮門前。	

歌隊〔唱〕	孩子，恁般貪婪	〔正旋詩節二〕
	熊熊火吞不了	
	死者的心志；	325
	他的怒氣終究要現形。	
	悲悼起唱，	
	復仇者現形；	
	引吭高歌情哀戚，	
	出陰入陽相會歡，	330
	齊來獵捕犯罪人。	

伊烈翠〔唱〕	父親哪，請聽我說：	〔反旋詩節一〕
	輪流灑淚泣傷悲，	
	姊弟二人共致哀，	
	在您墳前孩兒唱輓歌！	335
	縱使無家可歸懇求者	
	在您墳前獲得棲身地，	
	可有啥好處？可避災？	
	毀滅能制伏？	

| 領隊〔吟〕 | 可是天神若有意， | 〔行進曲〕340 |
| | 唱曲可望轉為歡樂調！ | |

受尊榮，身後受到英雄的禮遇，在王宮前陪伴魂歸陰府的歷代聖王」（Pythian 5.94-96）。此外，Garvie注疏引Fraenkel提到一個原始的信仰，也可能跟本詩行有關：死者（尤其是死於暴力者）的魂魄出沒於門檻、門柱或門庭附近。

324. **火**：火葬之火。

326. **他**：暴力的受害人。怒氣還沒發作並非表示就不發作，只是時機尚未成熟罷了。死者在墳裡可以為害在世的人，此處特指希望他為害殺人犯，具體反映在克萊婷的惡夢（**523-33**）。唱過輓歌（**327**）即是時機成熟時。326-28都是指阿格門儂而言：327解釋326，328則重申326的意旨。

328. **復仇者**：「施以懲罰的人」，擬人化的「詛咒」，即亡魂。

329-30. 輓歌激勵死者從陰間返回陽世，331指出這一番招魂的終極目標。

332-39. 歌隊既以篤定的語氣化解奧瑞斯對於招魂能否成功的焦慮，伊烈翠進一步提出訴求。除了格律上的呼應，同樣的起唱詞（**父親哪**）和轉折語（**319, 336縱使**）把這一對姊弟先後唱的詩節扣得更緊密。

336. **無家可歸**：流亡異鄉，見254n。這一對流亡姊弟如今在阿格門儂墳前共同致哀招魂。按Lloyd-Jones譯注，希臘的流亡包含喪失權利，因此伊烈翠即使沒有離開阿果斯，也是形同被放逐。

337. 他們得到阿格門儂的歡迎。懇求者通常是在祭台前獲得庇護（如奧瑞斯在《和善女神》的開場戲），而阿格門儂的墳墓無異於祭台（見**106**）。

338-39. 原文在337結束一個完整的句子，緊接著這兩行，伊烈翠有感於眼前局勢險峻，不容樂觀。

339. 「制伏得了毀滅的勢力嗎？」**毀滅**：沒有代名詞，可以指阿楚斯家族目前的遭遇，也可以指克萊婷的勢力。**制伏**：即《阿格門儂》171用過的角力譬喻，此一意象得要到《和善女神》776才顯吉兆。

340-41. 一如歌隊在323-31，領隊鼓舞伊烈翠。然而，此處以音樂措詞表達對於時來運轉的期盼，卻引人聯想《阿格門儂》劇中一再落空的希望。音樂意象出現在這整套三聯劇，不是倒錯就是反諷。

343. **派安讚歌**：見151n，呼應《阿格門儂》247伊斐貞在宴會上唱的歌，同時為歌隊在935-71實際唱的歌設下伏筆。

344. **新**：新近，最近。**交杯酒**：以一個杯子混酒共飲，表示朋友結義。關於前述的釋義，Garvie質疑道：奧瑞斯不是新結義的朋友，因此本行宜視為願望之表達。但是，Smyth譯注：奧瑞斯長久離相背井，因此待之以朋友新結義之禮。按中國古代新婚夫婦在洞房喝交杯酒，夫妻各執一杯，各喝一口之後，兩杯相混然後分成兩杯再飲，也是寄意「你中有我，我中有你，互結同心」。然而，Lloyd-Jones的譯注別有見解：**新**指新釀的酒，本行可能影射葬禮或宴會場合，在杯中混入新酒。

345-53. 奧瑞斯沒有回應歌隊的鼓舞，而是耽溺在過去可能發生的事。他和伊烈翠一樣，還沒想到下一步，因此呼請求助一事又耽擱了。這段台詞險然模仿《奧德賽》23.30-33，在陰間，阿基里斯對阿格門儂說：「我倒希望你命喪特洛伊，這一來希臘人會起造墳塚覆蓋你，你也將為自己的子孫贏得大榮耀。」墳塚越高，榮耀也越大。在故鄉享有大墓是第一等善，退而求其次是在外地有大墓。反觀王宮前的阿格門儂墓，彷彿昭告世人墓主死得不明不白這一椿奇恥大辱。

346. **呂基亞人**：特洛伊人最驍勇的的盟邦。

不再是墳上唱哀歌，
卻有派安贊歌響殿堂，
交杯新酒迎入門。

奧瑞斯〔唱〕　　倒不如在特洛伊，　　　　　〔正旋詩節三〕345
　　　　　　　呂基亞人一支矛，啊父親，
　　　　　　　　就讓您倒地不起！
　　　　　　　　　好歹家族留榮名，
　　　　　　　　子孫也沾光，
　　　　　　　　　身處異鄉人稱羨；　　　　　　　350
　　　　　　　　您也將擁有大墳
　　　　　　　高塚觸立在海外，
　　　　　　　家族不必忍辱又負重。

歌隊〔唱〕　　　　　設想在特洛伊，　　　　　〔反旋詩節二〕
　　　　　　　　沙場上爭英雄，　　　　　　　　355
　　　　　　　　　結伴下陰間，
　　　　　　　前呼後擁作鬼也稱王，
　　　　　　　　　幽冥世界
　　　　　　　序列排第三。
　　　　　　　　　定人生死是人王，　　　　　　　360
　　　　　　　　　因為權杖手中握，
　　　　　　　　　　唯有他是王中王。

伊烈翠〔唱〕　　您根本就不應該　　　　　　　〔反旋詩節三〕
　　　　　　　死在特洛伊城下，啊父親，
　　　　　　　　不該陪葬槍矛堆，　　　　　　　365
　　　　　　　　　斯卡河畔埋屍骨！
　　　　　　　　倒希望兇手
　　　　　　　　　那樣橫屍特洛伊，

354-62. 假如阿格門儂在特洛伊（**354-55**）陣亡發葬，他將與共同出生入死的袍澤齊聚陰間（**356-57**），仍然享有生前崇隆的地位。歌隊以假設的情況襯托**353**的奇恥大辱。本詩節一如相對應的正旋二，是在鼓舞這一對姊弟。

358-59. 「在幽冥世界只向兩位至尊稱臣」，「至尊」指冥神普魯投與冥后婆塞佛妮。

360-62. 「因為阿格門儂生前是國王，他所擁有的權勢凌駕掌握生殺大權的列王。」權杖：代表統治者所掌握的權利具有神聖的基礎——以阿格門儂所擁有的合法王權對比竄位者（Garvie）。

363-71. 一如相對應的正旋三，伊烈翠不受歌隊的影響，卻一味耽溺於過去不切實際的願望。然而，她有所修正：最好是阿格門儂還活著，倒是兇手該先死。這一對姊弟的願望都是哀悼詞的傳統要素。**363-66**是在回應**354-59**的假設。

365. 陪葬槍矛堆：跟那些死於矛尖之下的人一起埋葬。

366. 斯卡河：斯卡曼德河（見**1: 510n**）的截尾譯法。

368. 那樣：如**365-66**所述。克萊婷是女人，不可能上戰場，因此伊烈翠腦海裡想到的可能埃紀斯（參見**111n**）。然而「在怎麼說都是不切實際的願望中尋求寫實，這樣的心態是不對的」（Garvie 141）。

369. 後方：相對於特洛伊前線。無事人：沒有參加特洛伊戰爭的人。

370-71. 刺、慘押頭韻，隔、感也是，原文在這兩行有三個字押了π的頭韻。希臘詩通常是不押韻的。

371. 「我們（＝伊烈翠和奧瑞斯）才是應該知道阿格門儂命運慘（**370**）的人，因為我們雖然遠在阿果斯，對於**363-66**所設想的情況（＝命運慘）感同身受。」

373. 極北民：傳說中極北之地的居民，長壽千歲，無憂無病，歌舞昇平，故稱大吉運。

374. 說：說出心願。

375-6. 雙鞭：兩姊弟為了激勵亡魂出面復仇所提出的訴求，但也可能指涉悼亡者兩手搥打墳墓的動作。雙：極言強度之大；參見**1: 642-43n**。中要害：已喚醒幽冥勢力。

379. 孝子女：奧瑞斯和伊烈翠。

385. Garvie疏義：奧瑞斯在**382-84**以祈禱的口吻指陳普遍的正義觀之後，想到自己要替天行道的具體行動竟然是弒母，激動之餘，語氣不變，轉為陳述句。要：「將要」。本行表達「罪罰相稱」的觀念，可解釋為「將施以匹配其肇因的懲罰」（＝原先的罪行將連本帶利償還）。奧瑞斯為沒說出口的禱告（「宙斯，請您懲罰我母親」）設想正當的理由。

387. 歡呼：參見**1: 587**。

389. 攪：省略的主詞是**387-89**所述想像中埃紀斯（＝**387男的**）與克萊婷（＝**388女的**）的死亡景象。中聽的消息彷彿長了翅膀，在心坎深處拍翅不停息（**1: 977**）。試比較拙譯《情慾幽林》頁150選錄的一首抒情詩，將有助於理解此一修辭手法。

391-3. 回答**390**的修辭問句（句首省略「因為」），意象的轉變有如電影剪輯使用的蒙太奇手法：**389-90**的鼓翼激動（騷）轉成斜面吹襲船隻的暴風。

394. 應和奧瑞斯在**382**呼告宙斯。哀哀：表達悲傷的感嘆詞。歌隊的鼓勵仍無法使伊烈翠感到樂觀。

以免後方無事人
刺探他的命運慘——　　　　　　　　　370
我們隔重洋感同身受。

領隊〔吟〕　　孩子啊，你們的心願比黃金可貴，　　　〔行進曲〕
貴重甚至超過極北民的大吉運，
因為你們可以這麼說。
可如今，這雙鞭揮擊　　　　　　　　375
中要害，助力匯聚
在陰間；大權在握的人
一雙手不乾不淨。
孝子女出手看今天！

奧瑞斯〔唱〕　　這話貫耳穿心　　　　　　〔正旋詩節四〕380
　　　像利箭！
宙斯啊宙斯，您從下界
差遣遲來的毀滅
　　　對付硬心腸的大膽手——
可是償還欠債要算利息。　　　　　　385

歌隊〔唱〕　　但願我有幸尖聲　　　　　　〔正旋詩節五〕
　　　歡呼看男的
　　　挨刀刺殺，看女的
倒地不起！搔得我
心神爽，何必壓抑？　　　　　　　390
　　　心舟前頭
　　　怒風凜冽久吹襲，
積怨懷恨難平息。

伊烈翠〔唱〕　　哀哀宙斯大德　　　　　　〔反旋詩節四〕

396. 掌心雷：宙斯是雷神，雷電是他的武器。**他們**：即387-8提到的一男（埃紀斯）一女（克萊婷）。

397. 這土地：阿果斯。394-96的問句轉為語氣強烈的祈願。

399. 蓋雅：「大地」的擬人格，即「地母」。**陰府尊靈**：復仇女神。

403. 指阿格門儂，可是必然引人聯想到埃紀斯的哥哥（**1: 1605**）。埃紀斯殺阿格門儂就是為了報兄仇。

405. 呼應伊烈翠在399呼告幽冥勢力（參見**394n**）。

406. 原文使用傾斜律，反映奧瑞斯激動的情懷。奧瑞斯呼告擬人格的詛咒是因為402提到**復仇魂**，即復仇女神；參見**328n**。

407. 奧瑞斯的心境，參較1: 1530-33。

408. 正如345-53奧瑞斯的感嘆所透露的，阿格門儂也是**被趕出家門，名譽掃地**。

409. 試圖提出現代詮釋的製作，總傾向於把這個修辭問句理解為奧瑞斯對於弒母一事心存猶豫。這樣的觀點其實有違原文旨趣。奧瑞斯不曾懷疑弒母的正當性，他甚至同時呼告天神與地祇提供助力（Lloyd-Jones譯注）。他當然知道「何去何從」，因為他是執行阿波羅的命令。使他感到困擾的是：殺了母親，問題就解決了嗎？能一勞永逸解決嗎？服從阿波羅的命令卻無助於解決他個人的困惑。在另一方面，Horgan指出，眼前要強調的是家族中被剝奪繼承權的兒子，而不是奧瑞斯個人的困擾，因此許多英譯本作「我們〔＝奧瑞斯與伊烈翠〕何去何從」並不恰當。中譯省略主詞有其顯而易見的優點。

410. 輪到：歌隊在這首悲歌對唱就這麼一次暫時喪失信心（Garvie），因此不是多數英譯本詮釋的「又一次」。

414. 黑濛濛：Garvie認為可能是取自海上暴風雨來襲的景象；雖然各家釋義不一，黑色象徵焦慮殆無疑義；參見**183**。**心**：心思，即1: 997的**心**，雖然原文用字不一樣。

418-9. 奏效：成功，達到目的。「奏什麼效呢？看來這段唱詞和正旋詩節一（**316-22**）是分不開的，都是選擇正確的字眼以確保祈禱奏效的儀式套語。前一次的難題在於接觸阿格門儂，這一次則在於確保他提供助力」（Garvie）。雖然後續的唱詞無助於我們判斷此一觀點是否正確，卻也似乎沒有更恰當的說法。

420 伊烈翠相信阿格門儂的亡魂會拒絕克萊婷（＝**419她**）現在為了尋求和解而派人獻祭的供品。**搖尾乞憐**：狗的意象。克萊婷曾自比為看家狗（**1: 607**），卡珊卓在預言時說克萊婷是咬人之前先搖尾乞憐的狗（**1: 1229**），後來克萊婷以殺夫之舉證實預言。

　　　　　　待何時　　　　　　　　　　　　　395
　　　　　　掌心雷劈分他們的頭？
　　　　　　給這土地掛保證！
　　　　　　　只求匡濟不義顯正義！
　　　　　　蓋雅及陰府尊靈請垂聽！

領隊〔吟〕　總有律法確保　　　　　　　〔行進曲〕400
　　　　　　落地的血滴求償
　　　　　　鮮血。兇殺疾呼復仇靈
　　　　　　從先前的被害人
　　　　　　引出災殃災連環。

奧瑞斯〔唱〕　幽冥世界至尊靈啊，請聽！　〔正旋詩節六〕405
　　　　　　　死者強而有力的詛咒啊，請看！
　　　　　　　　看阿楚斯末代孫茫無頭緒，
　　　　　　被趕出家門，名譽掃地。
　　　　　　何去何從哪，宙斯啊？

歌隊〔唱〕　輪到我心頭震盪，　　　　　〔反旋詩節五〕410
　　　　　　　聽你訴悲嘆。
　　　　　　　希望渺茫如今我
　　　　　　聽你說出這番話，
　　　　　　黑濛濛籠罩心頭；
　　　　　　　可是，信心　　　　　　　415
　　　　　　　　一旦為我添希望，
　　　　　　愁苦消退光明來。

伊烈翠〔唱〕　得說什麼才奏效？難道要　〔反旋詩節六〕
　　　　　　　細數生我們的人帶來的痛苦？
　　　　　　　　就算她搖尾乞憐也難安撫。　420

421. 早在公元前三千年的蘇美文學，**狼**就以狡猾兇殘知名。

422. 母親的孩子：猶言「有其母必有其子女」。悲悼招魂至此結束，以下**423-55**歌隊和伊烈翠回想阿格門儂死後種種以及奧瑞斯表明弒母的決心。

423. 按希羅多德的說法，雅利安人原本叫做米底人（Medes），「但是自從科基斯人梅黛雅（Medea）從雅典而來，他們就改名」（Herodotus **7.62**）。米底人屬印歐人種，與波斯人算是近親，公元前七世紀在伊朗西北部建立王國。他們的國家稱作「伊朗」（Iran），即取其為「雅利安人的國度」。**423-28**顯然有舞台說明的作用，歌隊劇烈的動作反映格律與主題的改變，「以抒情短長格預告悲歌對唱的結尾直接呼請先王」（Conacher **112**）。

424. 基西亞：波斯帝國一省，希羅多德說是帝國首都Susa（蘇薩）所在地（Herodotus **5.49**），因此稱Susiana，古名埃蘭（Elam）。提到這兩個波斯地名，因為激昂誇張的哭喪儀式是東方所特有，參見**23-29**。明確的地名不必然表示這些女奴的籍貫。

429-30. 狠心：懷有敵意。克萊婷雖然為阿格門儂舉行了葬禮，卻心懷敵意，見1: 1551-54。使用類疊修辭（**狠心**重複兩次）具有強調的作用。

431-32. 沒有：重複兩次，以首語重複法強調克萊婷對阿格門儂的雙重不敬，第一次指他的國王身分，第二次指他的丈夫身分。**433**以為人后又為人妻的克萊婷摘述前面兩個**沒有**。

434. 中譯嘗試反映原文以副詞指涉伊烈翠說話的內容（而不是說話的方式）的精煉句法。

435. 奧瑞斯雖然不曾懷疑殺母報父仇的正當性，卻是第一次表明弒母的決心，顯然伊烈翠的敘述發揮了臨門一腳的作用（奧瑞斯因出門在外而不知道父親葬禮的實情）。

436-38. 助我者：再度使用首語重複法，這一次是強調「天神有意，我有能力」。末行中譯一如希臘原文引用老生常談，似乎給人反高潮之感。然而，我們當切記：奧瑞斯深刻瞭解弒母的嚴重後果，觀眾／讀者也一樣。因此，**438**強烈對比**439**克萊婷的毀屍意圖。

439. 毀屍：兇手切下被害人的四肢，以繩子串綁之後，纏繞屍體的脖子和胳肢窩、以防亡魂報仇（Lloyd-Jones）。

446-47. 伊烈翠是公主，受到惡狗般的待遇，因此克萊婷毀屍時她不在場。

因為性情兇殘像豺狼，
母親的孩子恚難平。

歌隊〔唱〕　　　　依照雅利安悼亡式，我搥胸　　　　〔正旋詩節七〕
　　　　　　　　　　像基西亞女人在哭喪，
　　　　　　　　　　　握緊拳頭濺血滴，　　　　　　　　　　425
　　　　　　　　　看我一次又一次把手臂伸，
　　　　　　　　　　高高舉起重重落下敲啊敲，
　　　　　　　　　　　可憐的頭顱響回聲。

伊烈翠〔唱〕　　　唉！唉！狠心哪，　　　　　　　　〔正旋詩節八〕
　　　　　　　　　　母親妳無法無天，狠心辦葬禮，　　　　430
　　　　　　　　沒有百姓為國王送終，
　　　　　　　　　　沒有告別式，
　　　　　　　　　埋丈夫存心不讓人哭悼。

奧瑞斯〔唱〕　　　　　聽妳說來太豈有此理，　　　　〔正旋詩節九〕
　　　　　　　　　　父親的恥辱由她來清償！　　　　　　435
　　　　　　　　助我者有天神，
　　　　　　　　　　助我者有雙手，
　　　　　　　　　　取了她的命，我死而無憾！

歌隊〔唱〕　　　　　他被毀屍，我非說不可，　　　　〔反旋詩節九〕
　　　　　　　　　　動手的就是葬禮主持人，　　　　　　440
　　　　　　　　好讓他這一死
　　　　　　　　　使你痛不欲生。
　　　　　　　　　　他死不瞑目，你已經知道。

伊烈翠〔唱〕　　　妳說到父親被殘殺，可憐我　　　　〔反旋詩節七〕445
　　　　　　　　　遭隔離──不該這樣的命！

448. 強烈的對比效果，同時也暗示有人在笑。

450. 「我把自己的遭遇說給您知道，父親，請您牢記在心。」**您**：訴唱的對象轉向死者。**刻心版**：「寫在心上」，是老套的措詞。

454-55. 過去的事，說也說了，剩下的（即未來的事）只待以行動落實即可揭曉。

456-65. 迭經延宕，終於開口懇求。由奧瑞斯帶頭，接著伊烈翠和歌隊先後加入，三方共同唱出相對應的一組正旋與反旋詩節，每一個詩節本身就是具體而微的三聯詩節。

457. **他**：伊烈翠是唱給阿格門儂聽的，因此以第三人稱代名詞稱奧瑞斯。

458. **我們**：歌隊自稱。埃斯庫羅斯的歌隊常以複數自稱，此與索福克里斯不同。

460. 以「所恨的人」呼應「所愛的人」（456），完美收煞本詩節提出的訴求。

461. **暴力**：「戰神」。這個結構對稱的句子，原文（Ἄρης Ἄρει ξυβαλει, Δίκαι Δίκα ＝ 戰神戰神力抗，正義正義）使用交錯配列的修辭手法，反映即將爆發的衝突所隱含的雙重性質，戰神（暴力與血災的擬人格）和正義（也是擬人格）雙雙自相衝突，充滿不祥之兆——奧瑞斯首度以正義為訴求，可是克萊婷早就一再以正義為訴求（**1: 911-13, 1396, 1406, 1432; cf. 1577-79, 1607, 1610**）。如果不能超越報私仇的觀念，正義只是冤冤相報的代稱。

465. 這一場招魂可謂無所不用其極，「激勵、許諾、賄賂輪番上陣，說之以理又動之以情，甚至不惜以羞辱死者為激將手段」，「在心理的層面上，這是促使他成為負責的父親，以具體的作為支持自己的兒子」（Simon 53）。

466-75. 這一組對偶詩節不屬於招魂的戲，因為招魂已在**465**結束。歌隊在招魂之後唱來發抒感想的這兩個詩節，本身構成獨立的一段唱曲（Lloyd-Jones），以相當專業的醫學意象為主軸，把家族比喻為人身（**471蕭牆＝474自體**），整個家族遭受擬人格的**毀滅**（**467**）的襲擊，腫脹化膿太嚴重了，治療的方法唯有死馬當活馬醫，將麻布置於傷口（**472**），一來吸出膿汁，二來撐開傷口讓身體組織自行復原。採取這樣的絕命治療有如以毒攻毒。事實也將證明，得要到整部三聯劇結束，這個家族的創傷才可能徹底根治。

467. 承襲340-44的音樂意象，參見**1: 1186-90**。

幽禁內室像惡狗，
我泣淚如流水，笑聲不復聞，
　身處牢籠裡，我哭喪也盡情。
　　聽我說，請您刻心版。　　　　　　　　　450

歌隊〔唱〕　就讓這些話穿透　　　　　　〔反旋詩節八〕
　您的耳朵，靈府起共鳴。
往者已矣，您熱血澎湃
　應該問未來！
　　勠力養剛強，交手爭上風！　　　　　455

奧瑞斯〔唱〕　孩兒呼請父親支持所愛的人！　〔正旋詩節十〕
伊烈翠〔唱〕　　淚水浴身我為他幫腔。
歌隊〔唱〕　　我們作伴齊聲來助陣，
　請聽！請回陽世來！
　　協力對付所恨的人！　　　　　　　460

奧瑞斯〔唱〕　暴力對抗暴力，正義對抗正義！〔反旋詩節十〕
伊烈翠〔唱〕　　天神請顯靈主持正義！
歌隊〔唱〕　　聽這禱告我心打冷顫，
　命運延遲有止境，
　　有人祈禱就有回應！　　　　　　　465

　愁苦孳生在家族，　　　　　　〔正旋詩節十一〕
毀滅聲刺耳，
打擊帶血滴滴落！
　怎堪悲愁啊難忍受！
　　怎堪痛苦啊難平息！　　　　　　470

　蕭牆之內有療方，　　　　　　〔反旋詩節十一〕

475. 讚美詩（＝**讚歌**）通常是唱獻給天神，這句唱詞流露的陰森氣息可比擬於《阿格門儂》**645** **對復仇女神唱派安贊歌**。

476-78. 領隊吟誦行進曲收煞悲歌對唱，悲歌對唱至此結束。和開頭（**306-14**）一樣以**但願**破題，類似禱告慣用語「阿們」。值得注意的是，如此樂觀的呼請緊接在兆頭不吉的第十一段對偶詩節之後，這在整部三聯劇並非特例。

479-80. 情緒既已緩和，改用說白取代抒情唱曲。**父王**：原文其實與前面一再出現的稱謂「父親」相同，然而劇中明白指出報父仇是為了中興王朝，把道德秩序與政治正統緊相扣結。

479-509. 招魂戲在抒情唱曲結束後，緊接著以對白重溫一次，情形有如《阿格門儂》中的卡珊卓場景（**1072-1294**）。

483-88. 在**255-61**，以天神的私利為訴求，現在則以亡魂的私利為訴求。

484. **人家**：其餘的亡魂。

485. **燒**：燒化祭。**祭品**：燒化給死者的肉、餅和酒。

486-88. 雅典人有婚前祭祖祈求子息綿延的習俗，所用的奠酒（**487女兒紅**）取自新娘從父家（用國人習慣的措詞是「娘家」）繼承所得（**486嫁妝**）。和奧瑞斯一樣，伊烈翠心裡想的是掙回自己原本該有的身分與地位；提到跟社會階級息息相關的**嫁妝**和**女兒紅**，伊烈翠意在提醒，只有在她掙回自己的權益之後才有奠酒可言。

489. **上**：返陽，相對於由陽入陰是向下的動作，這也是早自蘇美文學就有的措詞。

489-92. 伊烈翠以**冥后呀**和**別忘了**呼應奧瑞斯的**地母呀**和**別忘了**，充分表明這一對姊弟的發言呈現微妙的對稱形式，此一對稱美允為這一場插戲的一大特色。

490. **風光體面**：相對於阿格門儂死狀悽慘（**1: 1516-18**），伊烈翠希望他返陽襄助子女復仇時，仍然像生前那樣儀表堂皇（Garvie）。凱撒被暗殺時，「看到自己陷入匕首陣，就拉衣袍蒙頭，同時用左手把衣擺拉到腳邊，蓋住下半身，為的是倒下去也要維持體面」（Suetonius, "The Deified Julius" **82.2**）。

492-93. **發明**：指詭計之新奇。**圍網**：漁網。卡珊卓預見阿格門農在澡盆遇害（**1: 1108**），克萊婷說自己**像漁夫撒下圍網**（**1: 1382**），網魚意象在**493**改用捕獸的譬喻。

494. **丟臉**：形容的對象不是加害人，而是被害人（Garvie）。

495. **激將**：前面提到的**這些事**，對有仇未報的國王來說，是莫大的恥辱。**驚醒**：阿格門儂的亡魂已沉睡數年。

498-99. **牢牢抱住**：遙遙呼應**1: 172**摔角的意象：第一局阿格門儂敗北出局，如今輪由奧瑞斯和伊烈翠上陣，不過大勢底定得要到第三齣戲的結尾，那是第三局。

　　　　　　　　麻布作栓塞，

　　　　　　不假外求治化膿，

　　　　　流血廝殺自體內。

　　　　　　　讚歌一首獻地祇。　　　　　　　　　　　475

領隊〔吟〕　但願幽冥尊靈共垂聽，　　　　　　　〔行進曲〕

　　　　　聽我們祈求，隨時襄助

　　　　　他的子女，讓他們獲勝。

〔插戲二〕

奧瑞斯　　父王，您往生空有國王的頭銜，

　　　　　請成全我在您的家族重掌王權！　　　　　480

伊烈翠　　我也是，父親，需要您的成全——

　　　　　埃紀斯完蛋，我就無牽無掛。

奧瑞斯　　這一來祭禮設宴不會遺漏您；

　　　　　不然，您只好看人家享受大餐，

　　　　　燒給大地的豐盛祭品沒您的份。　　　　　485

伊烈翠　　我也會在結婚那一天從豐富的嫁妝

　　　　　拿出父家珍藏的女兒紅向您祭拜；

　　　　　在您的墳前致意是我最大的榮耀。

奧瑞斯　　地母呀，送我父親上來看這場戰鬥！

伊烈翠　　冥后呀，保佑他風光體面成全我們！　　490

奧瑞斯　　別忘了您倒地不起的那個澡盆，父親。

伊烈翠　　別忘了他們發明詭計撒圍網陷害您。

奧瑞斯　　父親，您成了困獸，腳鐐不是鐵匠打造的。

伊烈翠　　陰謀纏得您動彈不得真丟臉！

奧瑞斯　　這些激將的話驚醒不了您嗎，父親？　　495

伊烈翠　　您不高高抬起尊貴的額頭嗎？

奧瑞斯　　差遣正義神協助您所愛的人，

　　　　　不然輪由我們牢牢抱住他們，

　　　　　如果您出局之後要反敗為勝！

501. 雛鷹：參見247和256。

503. 塗銷：意象取自把臘版上的字跡塗掉。**佩羅普斯**：阿格門儂的祖先（參見1: 311n）。

503-4. 不朽的前提是香火承傳不絕——只就一事而論，阿格門儂只能仰賴子孫獻牲祭拜。莎士比亞《冬天的故事》所稱「懷念王族無與倫比的宗姓」（**5.1.25-26**）即是此意。

505-07. 這三行很可能是引自索福克里斯的作品，傳抄稿寫在頁緣，後人誤判而插補。如果扣除這三行，那麼這一對姊弟從479以後，輪留發言的行數依次為**2, 3, 1, 1, 1, 1, 3, 2,** 對白結構之對稱（Hogan **125**; Garvie **182**）可以和306-478的悲歌對唱相提並論。如果依照Smyth的編校本，**500-09**全都是編派給伊烈翠的台詞。

510. 領隊嘉許招魂儀式正確無誤。

511. 補償：法律術語，指損失或罰款的數額，如同阿格門儂因為沒有人前來致哀所遭受的「損失」。

513. 命星：「運氣」，重出於1: 1663。

514. 跟丟線索：比喻偏離著手復仇這個正題，意象可能取自獵狗追蹤獵物的「嗅跡」（參見1: 1184-85, 1245）。

515. 奧瑞斯從歌隊的進場詩已經知道克萊婷送奠酒的原因，可是他還不知道夢（**33**）的具體內容。**送**：這個動詞，原文沒有主詞，可能暗示奧瑞斯不願提到克萊婷其人其名。

520-21. 參較1: 1574-74a。

525. 目中無神：原文重出於歌隊稱克萊婷的**無情**（**45**）。

526. 妳們：在穿針對白，使用單數名詞是常態，此處卻用複數。**522知道**的前面省略的第二人稱代名詞是單數。

526-33. 筆法有史詩遺風：以問答法揭露訊息，為的是交代內情，而不是透露發問者的無知（Jones **22**）。道理如同《伊里亞德》卷二十二寫特洛伊的擎天之柱赫克托在阿基里斯面前奔逃，呈現的不是赫克托膽怯，而是阿基里斯神勇。

529. 把小蛇當作孩子：呼應1: 716-36養幼獅為寵物的寓言。**裹在襁褓中**：重出於1: 1606埃紀斯自述流亡時的年紀。埃紀斯和奧瑞斯同樣從「裹在襁褓中」長大成為復仇者。**襁褓**：見筆者譯注《伊底帕斯王》**1035n**。

伊烈翠	請聽女兒最後的呼籲，父親！	500
	看看雛鷹在您墳前懇求，	
	請您一視同仁悲憐女兒和兒子！	
奧瑞斯	千萬別塗銷佩羅普斯的子孫，	
	那麼您雖然死了還是永遠活著。	
伊烈翠	人身後的名聲靠子孫保留，	505
	子孫就像魚網上面的浮標	
	拉住麻線不讓漁網沉到水底。	
奧瑞斯	我們在這裡為您舉哀致悼，	
	您聽入耳等於救自己。	〔姊弟退離墳前。〕
領隊	這麼長的哀悼，真的無懈可擊，	510
	你們補償了沒人哭祭的這座墳。	
	既然下定了決心，現在剩下的	
	就是動手驗證自己的命星。	
奧瑞斯	會的；只是，說來不至於跟丟線索，	
	我倒想問，幹嘛送這些奠酒，	515
	想安撫不可救藥的傷痛太遲了。	
	死不瞑目的人怎麼會在乎？	
	跟她下的重手比起來，這些禮物	
	太輕了，我猜不透她打的主意。	
	殺人流血的事，傾家蕩產去彌補	520
	也是徒勞，俗話不就這麼說的。	
	知道就告訴我吧，我是想知道。	
領隊	我知道，孩子，我在現場。她做夢，	
	恐懼在黑暗中飄浮，把她驚醒，所以	
	她送來這些奠酒，那個目中無神的女人。	525
奧瑞斯	妳們真的聽到了？能不能明白告訴我？	
領隊	她夢見自己生下一條蛇──她自己說的。	
奧瑞斯	結果呢？總還有下文吧？	
領隊	她把小蛇當作孩子，裹在襁褓中讓牠休息。	

530. 妖魔：危險、會咬人的野生動物，重出於**1: 824**指特洛伊屠城的木馬，但通常指蛇，如重出於**1: 1232**指克萊婷。說她哺育小蛇倒也恰當。參較**1: 717-736**。

531. 克萊婷餵奶之舉，一如送奠酒祭拜，意在安撫。

533. 奧瑞斯在**577-78**提到，復仇女神吸血維生。當今馬其頓民間還有這樣的說法：乳牛的奶頭如果被蛇或妖魔吸過，牛奶會含有血跡（Garvie引|Devereux）。

536-37. 莎士比亞寫馬克白夫人冀望以物理世界的火光照亮心靈世界的黑暗（《馬克白》**5.1.20-21**「她身邊的火一直是點著的；她交代的。」），同樣徒勞。**被黑暗給遮蔽**：就寢時被熄掉。Garvie說，這樣的描寫並非只為了修飾，而是屬於整部三聯劇中一再出現的光明／黑暗意象：燈火是為女主人點亮的，可是黑暗即將把她籠罩，重現光明得等到奧瑞斯出手。

539. 效：療效。**割除**：喻象取自外科手術，見**1: 849n**。

541. 向大地禱告，不只是因為他得要求助於幽冥勢力，更是因為夢來自陰間。

550. 蛇屬地（chthonic），與幽冥世界關係密切——古人因崇拜土地而信仰土地的護靈勢力（見**40n**），這兩者都與對死人的崇拜密不可分，「死人的護靈勢力就是以蛇的形態來表現」（Harrison 1963: 451）。克萊婷在本劇開場之前就做惡夢，這意味著早在奧瑞斯招魂之前，復仇的力量就已蓄勢待發。如今奧瑞斯招魂繼之以解夢，復仇心切的他渾身洋溢阿格門儂的意志，因此阿格門儂的亡魂沒必要親自返陽。這是阿格門儂的復仇方式有別於克萊婷之處——後者得要（在下一齣戲）親自敦促復仇女神。換個角度，從兩性戰爭的觀點來看，正如《和善女神》開場戲將陳明的，陽性如今已佔上風，男神亟需雷厲風行以便為全面掌權鋪路，因此不必勞駕阿格門儂的亡魂。反觀節節敗退的女神，被困在不見天日的陰間，意氣消沉，只有克萊婷身為陽間殘存的陰性勢力，在進行最後的反撲。

553. 就像舉行儀式或作法，該做的事固然不能遺漏，不該做的事（如種種禁忌）也必須遵守。

556. 他們：包括埃紀斯。

557-58. 「**用同樣的方法殺他們償命**」（**274**）。參見**1: 1523-24**，克萊婷自認為殺夫之舉只不過是「以其人之道，還治其人之身」。

558. 網：也可以指「圈套」，不過聯想到「獵網」毋寧比較順理成章。

奧瑞斯	那新生的妖魔，牠要吃什麼？	530
領隊	她抱在懷裡，親自餵牠吃奶。	
奧瑞斯	她的奶頭沒有被咬傷，可能嗎？	
領隊	不可能；小蛇吸出來的奶汁帶有血漿。	
奧瑞斯	不是空穴來風，那是一個男人的心願。	
領隊	她嚇壞了，在睡夢中驚聲尖叫；	535
	王宮裡被黑暗遮蔽的許多燈火	
	又給點亮了，就是為了女主人。	
	所以她要我們拿奠酒祭拜亡魂，	
	希望能有效割除她的苦惱。	
奧瑞斯	我就向大地和父親的墳墓禱告，	540
	為我把那個夢化成真實；	
	看我來解夢，把線索全都兜攏。	
	如果那條蛇跟我有相同的來源，	
	裹在身上的襁褓也是我用過的，	
	嘴裡含的又是餵過我的乳頭，	545
	甜蜜的乳汁攪雜了血漿，	
	她因此受到驚嚇，尖聲叫喊，	
	那麼，她怎麼養那個小妖物，	
	也必定那樣死得很難看，是我	
	化身成蛇殺死她，夢就是這麼說。	550
領隊	我相信你對這個異兆的解說。	
	希望這樣！大家有志一同，由你分配	
	什麼人該做什麼，什麼事不該做。	
奧瑞斯	說來簡單。我姊姊進宮去；	
	說好的事一定要守密，這一來，	555
	他們設計殺害民眾愛戴的英雄，	
	也會自食欺詐果，喪命在	
	同一張網，就像巧曲神說的——	
	阿波羅威德，預言不曾有閃失。	

560. 行頭：出門遠行的扮裝。

561. 外門：庭院通往外面的大門。「皮拉代斯」（Πυλάδη）和「外門」（πύλας）是雙關語，因此本行也可以譯作「我要和外門先生來到王宮外門」。「由於奧瑞斯首先要克服的難關是進入宮門（**565, 569, 571**），因此這個文字遊戲是刻意營造的」（Garvie 196）。

562. 彷彿是向歌隊正式介紹皮拉代斯其人。**戰友**：重出於1: 880，直譯「矛友」，即盟友；奧瑞斯要假稱自己是來自佛基斯的司措斐斯家族。就武器而論，矛在古代的希臘可比擬於劍在近代的西方。使用「矛友」這樣的措詞，可能是因為他即將使用武器對付敵人。

563-64. 帕拿索斯：山名，位於希臘中部名為佛基斯的地理區，海拔2457公尺。德爾菲即位於帕拿索斯山坡，海拔約六百公尺。並無文本證據顯示奧瑞斯使用佛基斯的方言或口音：希臘悲劇不講究寫實，因此口頭宣示即可滿足劇場成規。

566. 受到詛咒，如1: 1186-90所說的。**的（確）……當道逗（留）**：模擬原文（δέξαιτ᾽... δαιμονᾷι δόμος）押頭韻δ（= d = ㄉ），以敲打的擬聲效果表達王宮內的恐怖氣氛。

568-70. 眾人指指點點，屋主為了杜絕悠悠眾口，自然會邀他們入門。接待陌生的求宿者是盡宗教本分，違背待客之道會招來宙斯賓主神的懲罰（見1: 60n）。

576. 快步：奧瑞斯形容自己手中的劍像是長了快腳，猶言「一個箭步」。**網……頭**：劍劈在頭頂上有如「**漁夫撒下圍網**」（1: 1382; 參見2: 492）。

577. 復仇女神喝血維生，見1: 1188-90。

578. 三：影射「**三局較勁**」（1: 172）。**第三巡**：影射奠酒三杯（如1: 247）——中譯稱「巡」，因為復仇女神是複數，當然是輪流喝。整行呼應1: 1386-87。關於前此兩巡所指為何，各家說法不一，但無礙於我們理解這句台詞。奧瑞斯流露下意識的願望，希望（甚至有可能懷抱像克萊婷那樣的信心）這一殺能一勞永逸解決家族的連環仇殺。

579. 妳：伊烈翠。

581. 妳們：歌隊。

582. 見553n。運用計謀，要求歌隊守密，這個舞台技巧後來成為希臘悲劇的成規。

583. 他：「這一個」，有四種可能的解釋，指涉的對象取決於演員的手勢。一、指皮拉代斯，否則皮拉代斯在這前半齣戲毫無戲劇功能可言。二、指阿格門儂的亡魂，因為**583-84**的戰鬥意象呼應**489**。三、指阿波羅，因為阿波羅是奧瑞斯的護持尊神（**269-70, 558-59**），其神像就矗立在宮門前，即1: 1081所稱**引路神**。四、赫梅斯，因為緊接著歌隊的唱曲把整齣戲分為兩半，依次以墳墓和王宮為焦點，而前半齣是以赫梅斯揭開引子，詩人的美學觀使我們有理由相信也會以赫梅斯收尾（Garvie 201）。

585. 以下到651為第一首唱曲。歌隊先後描述自然界與神話界的恐怖現象，最後歸結於恐怖有其獨一無二之處，就在於人性，具體表露在克萊婷的熱情導致阿格門儂遇害這一件滔天大罪。前面四節（**585-622**）以長短格為主，埃斯庫羅斯常運用此一格律表達激動之情和不祥之兆，此處或許不例外（Garvie 203引Thomson）。

585-93. 依次唱出涉及土、水、火、氣四元素的恐怖現象。這一部三聯劇結束時，這四元素將成為福氣的源泉（Garvie 203-4）。破題的**驚奇連連**後來被索福克勒斯用在《安蒂岡妮》第一首唱曲的破題，但是Sophlcles引出一連串令人「驚奇」的事蹟，埃斯庫羅斯卻引出一連串令人「驚悸」的現象。奧妙與恐怖同樣大驚人心，不一樣的是，奧妙如人類，行不義者必自斃，而宇宙間不計其數的恐怖，恐怖之極莫過於女人的熱情。J. P. Gould說（Garvie 201-02引）這首頌詩表達出男性對於女人捉摸不定的「性」情懷有深沉的恐懼。在另一方面，這八行詩

做外地人的扮裝，行頭樣樣不缺，　　　　　　　　560
我要和皮拉代斯來到王宮外門，
就是這個外地人，這家族的戰友。
我們兩個都要說帕拿索斯的方言，
模仿佛基斯人說話的口音。
假如看門的沒有人出來歡迎——　　　　　　　　565
這個家的確有魔神當道逗留——
我們就待在原地，等到有人路過，
看到我們會覺得奇怪，說：
「埃紀斯怎麼把客人關在大門外，
如果他在家，也知道有人求宿？」　　　　　　　570
我一旦跨過門檻，進入大門，
看到那個人坐在我父親的王座，
或是他回來，當面跟我說話，
他一定會要我到他面前，錯不了的，
在他開口問「府上哪裡？」之前，　　　　　　　575
我的劍快步劈砍先網住他的頭。
復仇女神不擔心沒血喝，
現在第三巡喝的是不攙水。
所以，妳負責監控室內的舉動，
好讓這一番安排到頭來天衣無縫。　　　　　　　580
妳們嘛，最重要的是謹守口風。
該閉嘴就閉嘴，開口一定要恰當。
接下來的，我請他就近垂顧，
指引我比劍不會有閃失。　　〔奧瑞斯、伊烈翠與皮拉代斯同下。〕

〔唱曲一〕

歌隊〔唱〕　　　　驚奇連連自大地生，　　　〔正旋詩節一〕585
　　　　　　　　　魂悚心惶悸；
　　　　　　　　　大海環抱何其多

也引人聯想〈荷馬詩贊第五首：愛神讚美詩〉（中譯見筆者譯注的《情慾幽林》）破題的六行，都在描寫熱情引發的「大驚奇」。然而〈愛神讚美詩〉歌頌熱情孳生萬物，此處卻是強調熱情孳生恐怖。

585-86. 就像克萊婷生養**小妖物**（548；參見928），她本人則是「母妖」，陸地上的一切恐怖現象只是宇宙大脫序的一部分。586直譯作「許多恐怖駭人的慘事」。

587-88. 海洋是生命之母（愛神阿芙羅黛悌誕生於海洋），展臂擁抱（故云環抱）的竟然是**妖物害人精**，慈愛與妖魔並置，福禍相倚，有如火和網這兩個主題意象在整部三聯劇所各自展現的戲劇效應。

589. 妖火：即妖星；原文可以含括慧星、流星、雷電和火光，所用的字眼重出於1: 8守夜人說的**信號火炬**和1: 312克萊婷描述的飛焰傳書。按中國古代的占星術，客星（統稱天空新出現的星辰）分為主吉兆的瑞星和主凶兆的妖星，妖星又分慧星（拖長尾巴）和孛星（光芒四射）。

594-601. 可是：呼應585連連（＝不勝枚舉），希臘原文用於總結前面九行（585-93）所縷述一系列大自然的險象，進而引出與591-93成對比的後續九行。在天地間胡亂奔竄的氣流猶可訴說（即能夠清楚描述），人性中的氣流一旦奔竄起來卻說也說不清。人性的暴戾之氣包括男人的高傲和女人的熱情，兩者半斤八兩，可是由於女人的熱情（相對於男人的高傲只有一行）整整用了七行，可見詩人有意表明其為害更烈。594-98為一個完整的修辭問句。

595. 使用類似電影所用的蒙太奇手法，把人性之「氣」（如志氣、脾氣、傲氣）類比自然之「氣」（如和風、氣息、暴風），在1: 186, 199, 218, 376 已有多處先例。

598.「女人的熱情和人間的禍害是分不開的」。**同命鳥：**直譯「分享同一片牧草地」，影射「配偶」休戚與共，可以是婚姻關係（阿格門農與克萊婷），也可以是婚外情（埃紀斯與克萊婷）。

599-602. 妻子有婚外情（＝熱情過火），則婚姻難以為繼。

599. 過火：不自然，不合常情。

600. 結髮難共軛：婚姻難結合，譯文合併使用中國與希臘兩種譬喻修辭。**共軛：**修辭手法猶如國人說言「並轡」，其表意功能卻形如「同命鳥」。

601. 把野生動物和人類的熱情相提並論，見〈荷馬詩贊第五首：愛神讚美詩〉2-5與70-74。由於這一部三聯劇的主題是社會制度的進化，因此以野獸比喻女人，無異於暗示女人當家／主政（＝600a牝雞司晨）是有待革除的毒瘤。

602. 這番道理：前一詩節所述。以下兩組對偶詩節依此次四個例子，都是藉由愛生恨的倒錯母題闡明女人掌權則遺禍無窮的道理。第一個例子（604-11）是母親害死兒子，引人聯想阿格門農害死伊斐貞（1: 183-247），也反映在克萊婷對奧瑞斯的態度。第二個例子（612-22）是女兒害死父親，而本劇即將見到伊烈翠幫助奧瑞斯殺害母親克萊婷。第三個例子（623-30）是妻子殺丈夫的單一事例。第四個例子（631-38）是妻子集體殺丈夫。從女性主義觀點來看，如此「循序漸進」舖陳恨女情結，把克萊婷殺夫之舉擺進「女人主政以消滅男人」這個較大的背景無非是替奧瑞斯殺克萊婷鋪路（Zeitlin 1978: 52-53）。與此相對的是，男性殺人兇手，包括泰也斯、阿楚斯和阿格門農，一個個先後逐漸淡出，後來連提也不提了。

604-11. 泰斯提俄斯的女兒：阿珥泰雅。阿珥泰雅有個兒子，名叫梅列阿格。阿珥泰雅生產後七天，司命娘娘顯靈，指著在火塘上燒得通紅的一塊烙鐵，告訴她說這兒子的壽命不比那塊烙鐵耐燒。為防不測，阿珥泰雅收起烙鐵，細心保管。後來，梅列阿格為了分配狩獵所得，與兩位舅舅發生爭執，將他們殺死。阿珥泰雅盛怒之下，取出烙鐵，「置於火中，梅列阿格不

妖物害人精；
妖火乍現天地間，
　　照耀日空；　　　　　　　　　　　　　590
飛鳥與走獸
　　也能訴說
　　　亂流旋風引暴戾。

可是誰能說得清　　　　　　　　〔反旋詩節一〕
　　男人心高傲，　　　　　　　　　　　595
女人熱情恁無情
　　大膽沒顧忌
遺禍人間同命鳥？
　　熱情過火，
結髮難共軛，　　　　　　　　　　　　　600
　　牝雞司晨，　　　　　　　　　　　600a
　　獸類人類皆倒錯。

　　任誰信得過這番道理，　　　　〔正旋詩節二〕
　　請聽我說：
泰斯提俄斯的女兒
　　狠心害死親生子，　　　　　　　　　605
　　設計謀引火燃凶焰，
　　　赤紅烙鐵本同齡，
那是當年出娘胎
　　打從呱呱墮地起
　　保命終身一把火，　　　　　　　　　610
　　直到運終命方休。

　　另有傳說中一熱情女，　　　　〔反旋詩節二〕
　　也惹人嫌：

堪痛苦，氣絕身亡，彷彿火焰在燒烤他的五臟」（Frazer, sec. 502）。引文出自傅瑞哲《金枝》，書中援引這個故事說明「靈魂寄存於體外」（external soul）的概念，很可能反映遠古人對於法術感應（magic sympathy）的信仰。附帶一提：梅列阿格和媽媽的兄弟（舅舅）分享獵物，顯然是母系家庭的實況。

606. 歌隊強調阿珥泰雅蓄意為之，而非出於意外。**火象徵毀滅**，見**2: 49**；參見**1: 21n**。

613-22. 梅格拉國王尼索斯長一頭紫紅色的頭髮（一說金髮），那是他生命的源泉（一說是王國安全的保障）。克里特王米諾斯派遣一支艦隊攻擊梅格拉，並以一條金項鍊收買尼索斯的女兒絲庫拉。絲庫拉趁尼索斯熟睡，剪下他的生命髮。結果，梅格拉落入克里特的掌握，絲庫拉則變成海妖（見**1: 1233n**）。此處所述是根據這個故事最早的文獻。按後來的說法（如奧維德《變形記》**8: 44**以下），絲庫拉是因為愛上米諾斯才剪斷父親的頭髮。然而，這兩種動機並不互相排斥。

621. 狼心狗肺：直譯「狗心」。參見**420n**。

622. 赫梅斯：見**1n**。他：指尼索斯，而不是指絲庫拉，雖然絲庫拉也死了，是米諾斯為了回報她叛逆而將她淹死（Garvie）。尼索斯盼望永生而不可得，因此說是被護送亡魂到陰間的赫梅斯追趕而上（Lloyd-Jones）。

623. 總結前面講述神話故事的兩個詩節。

624. 我：歌隊以第一人稱單數指稱自己擔任敘述者的角色，順勢把敘事從神話世界轉移到比較切身的現實經驗。婚姻：克萊婷與埃紀斯的結合——在上古文學，結婚常用於性關係的同義詞，包括現代所稱的同居。

625. 水火不容：不見容於家族，因此**624**稱結怨。

626. 女人：可能指克萊婷或埃紀斯，也可能和**304**說的一對女人家同義。

628. 如敵人：「手法如敵人（般兇殘）」，或「適合用來對付敵人」，但似乎不可能如R. Lattimore和H. W. Smyth英譯的（用於修飾「君主」）「連敵人也感到敬佩」（見Garvie **216**）。

629. 珍惜火塘則理當薪傳不已，使火塘常保溫熱，歌隊卻珍惜火塘沒火熱，此一典型的矛盾修辭一分面針砭克萊婷「女人……熱情過火」（**596-99**），同時也影射埃紀斯主持家祭（見**1: 1435**）無效，因為他根本不配為一家之主（參見**1: 1625-27**）。歌隊推崇的家庭倫常是男女有別而且「相敬如賓」的傳統，克萊婷和埃紀斯卻心性倒錯又「打得火熱」。

630. 承**629**的矛頓修辭格。矛：「矛尖」，引申為「志氣，戰志」或「憑武器遂行統治」，在家庭中即是「當家作主」，其性意涵不言自明。**1: 11**所述即是大膽耍矛之一例。

631. 本詩節述女人大膽耍矛的第四個例子（參見**602n**）。引來比擬克萊婷之行徑的這些故事，其共通性在於女人為害親人，人性足以顛覆家庭倫理則為其共同的主題。經歌隊這麼一鋪陳，奧瑞斯與克萊婷的對手戲已呼之欲出。

631-34. 連諾斯……連諾斯：引述的方式顯示這個典故廣為當時的觀眾所知悉。按希羅多德所述，連諾斯的婦女不諒解丈夫娶妾，憤而集體殺害丈夫。另外，連諾斯有一批被雅典驅逐的佩拉人，強擄雅典女人為妾，這些女人以雅典方式教育孩子，引起男人的恐慌，因此將母子集體殺害。由於這兩件罪行，希臘人遂以「連諾斯行為」指稱令人髮指的罪行（Herodotus **6: 137-38**）。前一樁罪行，根據另一種說法，是因為連諾斯婦女對阿芙羅黛悌不敬，愛神使她們發出體臭，她們的配偶因此娶妾（Hogan引Apollodorus 1.9.17）。

637. 解釋何以連諾斯人會有**636**所述的情形。

為了敵人殺害血親，　　　　　　　　　　　　615
　克里特一條項鍊，
　　米諾斯用黃金打造，
　　　將她收買。尼索斯
酣睡中不疑有詐，
　長生髮被她剪下。　　　　　　　　　　　　620
　　狼心狗肺就是她。
　　　赫梅斯趕上了他。

想起以往的傷痛難根治，　　　　　　〔正旋詩節三〕
容我補充婚姻結怨又一例，
　水火不容門庭內，　　　　　　　　　　　　625
　　膽大妄為女人心，
　　對付勇士丈夫，
　　　對付夫君的行徑如敵人。
我珍惜家族火塘沒火熱，
女子無膽耍矛便是德。　　　　　　　　　　　630

細數大罪行，首推連諾斯，　　　　　〔反旋詩節三〕
世人聽聞同聲哀嘆感憎惡，
　從此再有悲慘事
　　總是比擬連諾斯，
　　招惹天怒神怨　　　　　　　　　　　　635
　全族香火絕，遺臭在人間，
因為不尊重天神所嫌惡。
蒐羅故事難道沒義理？

　　劍鋒挨近肺臟，　　　　　　　　〔正旋詩節四〕
　深深猛刺入膏肓，　　　　　　　　　　　　640
原是正義使力。

638.「總而言之，在埃斯庫羅斯的這一部三聯劇，女性有其潛在的惡性與危險，而且實際表現出來」（Somon 46）。然而，不論就典故而論（如1: 1142-45夜鶯），或是就劇情背景而論（如1: 205-42伊斐貞的人祭），甚至就舞台上敷演的劇情來看（如1: 1202-12阿波羅與卡珊卓），男性的惡性與危險不遑多讓。**婚姻結陰魂**（1: 702）無關乎性別。

640-45. 文本爭議迄無定論，大意卻不難理解：犯罪必然受罰（Garvie）。

646. 前一詩節述說有人違背正義女神，本詩節述說正義女神遂行報復。

646. 鐵砧：猶言「根基」，喻象見**647n**。1: 1535有個類似的比喻。

647. 鑄：承**639劍**的意象，把命運比喻為鑄劍師。**兵器**：劍，不只是鬪喻詞，也預告奧瑞斯揮劍弒母。

648. 孩子：不是指奧瑞斯，而是指即將發生的奧瑞斯弒母這樁新罪行，參見**805-06**的譬喻。本行可改寫為「陳年命案的孩子被帶進這個家」（Lloyd-Jones）。

648-51. Garvie（222）釋義作「復仇魂為陳年罪行在這個家引進一樁新罪行，那些陳年罪行則是即將發生的這樁新罪行的起因（parents，「祖先」）」。這整個句子，希臘原文就是以**孩子**破題，以**復仇魂**收煞，以句法結構呼應語氣的經營，有如1: 877-79把重心（**奧瑞斯**這個名字）置於句尾。**1: 59和1: 749**也都是以'Ερινύς（**復仇女神＝怨靈＝復仇魂**）收尾。參見**1:1500-01**。

650-51. 原文以**聲名廣揚**和**謀遠慮**作為復仇魂的共同描述詞，像這樣接連堆砌兩個形容詞也是埃斯庫羅斯深具特色的修辭手法。我們很難不聯想到克萊婷：下一場戲即將看到她為家族的**污穢**（即「污染」，見**1048a-50n**）付出代價，親自引領手揮復仇劍的奧瑞斯進宮去，為**陳年罪行**（649）賠上性命。此一聯想有字源的根據：**聲名廣揚**的原文κλυτà影射Κλυταιμνήστρα（克萊婷）。此處暗示奧瑞斯的使命，其實是埃紀斯經歷過的（1: 1605-08）。

652. 舞台焦點隨奧瑞斯和皮拉代斯的動作從墳幕轉移到王宮。

652-53. 換行有停頓，奧瑞斯等候應門聲。「三」這個數目，見1: 1477n。

657. 門房的身分是奴隸。他的聲音從裡面傳出來，人並沒有現身。打開宮門這個戲劇性的動作得留待克萊婷（**668**）。

664. 有如歇後語，沒有明說的是「出來接我的口信」。在另一方面，前半行引人聯想克萊婷的**男人心**（1: 11），影射她當家作主，因此後半行可能有「男人好像更適合當家作主」的弦外之音。

664-67. 由於**658和663**一樣，都可以單獨指涉克萊婷與埃紀斯，或同時指涉他們兩個人，因此這四行可以有下述的潛文本：奧瑞斯在**664**開頭預期克萊婷出來開門，**665**開始猶豫；他內心在斟酌，或許在對付克萊婷之前，先除掉埃紀斯才穩當；到了最後兩行，他終於決定先處理埃紀斯。

665. 男人跟女人說話，難免有顧忌，因此難以達意。

667.〔舞台說明〕克萊婷出場有「貼身丫環隨侍」，見**712-13**。

　　　　有人行不義，

　　　　　不義橫行踐踏宙斯的尊嚴，

　　　　　反被踩在腳底下。　　　　　　　　　　645

　　　　　正義鐵砧牢固，　　　　　〔反旋詩節四〕

　　　　命運事先鑄兵器。

　　　　孩子終於進門

　　　　為陳年罪行

　　　　　清除淤積的污穢，深謀遠慮　　　　　650

　　　　　聲名廣揚復仇魂。

　　　　　　　　〔奧瑞斯和皮拉代斯走到宮門前。〕

〔**插戲三**〕

奧瑞斯　　裡面的人哪，聽到敲門聲沒？

　　　　我再問一次，有沒有人在家？　　　　653

　　　　我可要叫第三次囉，如果　　　　　　655

　　　　這真是埃紀斯的待客之道。

門房　　　來囉，聽到啦。什麼人？府上哪裡？

奧瑞斯　　代我去通報這個家的主人，

　　　　我專程來的，帶了口信。

　　　　動作快點兒，夜晚的座車正快馬　　　660

　　　　加鞭，出遠門的人也該拋錨

　　　　找個落腳的地方接受招待。

　　　　這個家總有說話算數的人吧，

　　　　當家的女人，男人好像更恰當——

　　　　這一來，說話不必有顧忌；　　　　　665

　　　　男人對男人可以放心

　　　　開門見山把話說清楚。　〔克萊婷開門上，貼身丫環隨侍。〕

克萊婷　　小老弟，有什麼需要儘管說，

　　　　這個家不會讓你失望的，

670. 主人供應熱水澡是傳統的待客之道，可是**澡盆**必然引人聯想阿格門儂之死（**491**）。這當然不是克萊婷的本意，卻可信是詩人刻意的。

671. **殷勤**：R. Fagles 譯為擬人格的 "Justice"（正義，正直），顯然是為了營造反諷的效果。舉止得體和正義二者關係密切（《禮記‧中庸》云「義者宜也」，韓愈《原道》也說「行而宜之謂之義」），只就一事而論，宙斯乃是**賓主誼護持尊神，護持主客正道**（**1: 60, 363**）。**神色**：可以指眼神，也可以指臉色，也可以兩者都包括。

672. **另有**：款待客人以外的事。大事：也可以作「（需要起而行的）動作」。在這個節骨眼，這個家還會有什麼需要化為行動的大事？

672-73. 男女之別在《奧德賽》有個令人印象深刻的例子。奧德修斯的兒子特列馬庫斯聽到自己的母親在客廳說話，竟然當眾制止她，要她回內廳監督僕人做家事，說：「商量事情是男人的事，尤其是我的事，因為當家的人是我」（**2: 358-59**）。

673. **溝通**：克萊婷使用的這個動詞（重出於**716**）可以有交媾和通姦的意思，性意涵指涉她和埃紀斯的關係。

674. **道利斯**位於底比斯通往德爾菲的路上，就是伊底帕斯遇到生父將之殺死的同一條路上。

676. **卸除腳軔**：抵達旅程的終點。**腳軔**這個隱喻表明是徒步旅行。

679. **司措斐斯**：皮拉代斯的父親，遲遲說出這個名字是基於戲劇效果的考量。**678-79**反映奧瑞斯輕鬆的語氣。D. J. Conacher（**118**）注意到「緊張卻低調」的氣氛是這場戲的一大特色，其中充斥「必需穩靜演出的戲劇反諷」。

686. 火化屍體之後土葬骨灰，這是希臘葬禮古制。

687. 哭喪與埋葬是喪葬不可或缺的兩個部分。奧瑞斯這行台詞，意在言外影射阿格門儂身後受到的待遇（見**1: 1554**）和本劇的哭墳。

690. **知道**：受詞不言自明，是「我說話的對象是否恰當或正確的人選」。**祖親**：原文τεκόντα為陽性單數，相當於英文的 "parent"（單親），可是這個英文單字無法傳達希臘原文的性別意涵（見**3: 658-59n**），倒是中文的「祖」隱含強烈的男性意識。Garvie引A. Lebeck，指出本行另有更深一層的含義。如果克萊婷真的是奧瑞斯的母親，她應該認得出自己的兒子，此一「事實」為阿波羅在**3: 658-61**所辯稱「母親不是孩子真正的祖親」設下了伏筆。

691. **連根洗劫**：洗劫佔領地的隱喻。本行以下到**699**，語意很清楚，語氣（是否真誠）卻有激烈的爭議。Vellacott（**31**）說：「克萊婷貓哭耗子，冗贅的隱喻無法取信於人，和馬克白說到自己發現鄧肯身亡的情況沒兩樣。」引文指的段落是《馬克白》**2.3.106-16**，馬克白掩飾自己的心虛而使用浮誇的修辭。

692. **詛咒**：擬人格（＝**693**和**699**的**妳**）。**1: 1565**歌隊感嘆**詛咒**耀武揚威，接著奧瑞斯在**2: 406**呼告**詛咒**，在《和善女神》**詛咒**將會現身。**力拼**：承**339**和**498**摔角的比喻。

693-94. 簡直是在描述弓箭神阿波羅——奧瑞斯就是在阿波羅的主使下回來復仇的。

696-97. 參見**1: 880-81**。當年克萊婷是為了自身的安全才把奧瑞斯送到佛基斯；後來奧瑞斯長大了，我們可以合理推斷他是為了自身的安全而留在異鄉。

698. 醫學隱喻，參見**471-74**。**醫生**：奧瑞斯。克萊婷寄望家族中冤冤相報的宿仇將因奧瑞斯對她網開一面而消弭於無形。**698-99**的意思很簡單：奧瑞斯是我們家族的希望，竟然死了。

699. 雅典的罪犯被判處死刑之後，有司會在當事人名下注明「在籍」或「不在籍」作為行刑的依據，因為只有對在籍的罪犯才談得上行刑（Lloyd-Jones **170-71**）。**691-99**這整段台詞並無內緣證據可以推論克婷是貓哭耗子；然而，《阿格門儂》有太多證據顯示她是惺惺作態的演

	熱水澡盆、消除疲勞的床舖、	670
	殷勤的神色，樣樣不缺。	
	如果另有大事要商量，	
	那是男人的事，我再去溝通。	
奧瑞斯	我是外地人，老家在佛基斯的道利斯。	
	我帶著自己的行李前往	675
	阿果斯——現在終於卸除了腳軛——	
	路上遇到素昧平生的一個人，	
	問起彼此的旅程，是佛基斯人	
	司措斐斯，他這麼告訴我的，	
	他說：「老哥，既然你一定會去阿果斯，	680
	千萬記得轉告奧瑞斯的父母，	
	他過世了，拜託你絕對不能忘記。	
	他最親近的人是不是要帶他回故鄉，	
	或者要埋葬在他居留的地方，永遠	
	當個異鄉客，麻煩他們通知一聲，	685
	畢竟骨灰裝在青銅匣子裡的那個人	
	我們按禮節哭悼過了。」我聽到的	
	就這些，全都說了。至於聽我說的人	
	是不是做得了主，有沒有切身的關係，	
	我不曉得；事實如何，他的祖親知道。	690
克萊婷	噢！你這些話把我們連根洗劫哦！	
	這家族的詛咒啊，我們力拼卻白費功夫，	
	妳眼力可好！即使在視界外，	
	也是百步穿揚，箭箭命中	
	我親人的要害，現在連奧瑞斯	695
	也不能倖免！當初千方百計	
	就是要他別蹚這死亡的渾水。	
	可如今，這家族賴以終止邪靈宴的醫生，	
	妳把他注明在籍，等候處死。	

戲高手，這確是實情。假使她言不由衷，那麼這段台詞的反諷在於，**698-99**所述她認為已應驗的希望，其實是落空了，不是由於奧瑞斯的死亡，而是由於奧瑞斯的返鄉（Garvie 236）。

700. 體面：反諷意味不言而喻，因為克萊婷即將在奧瑞斯的劍下死不瞑目。

705. 朋友：也可以譯作「親人」（如**683**所見），應該是指克萊婷，因為絕無可能指**素昧平生的**司措斐斯（**677-79**）。

708. 朋友：承**705**的「朋友」，強調這一層關係無疑是為了戲劇反諷，因為奧瑞斯這個「最親近的親人」很快就要變成不共戴天的仇敵。

711. 〔舞台說明〕宮女：Fagles作「伊烈翠」，因此**667**隨克萊婷上場的也是伊烈翠。

713. 提到奧瑞斯除了皮拉代斯之外另有其他隨行的人，整個劇本就這麼一次，可能是後世演出為了場面的壯觀而更改所致（Taplin 341-42）。揆諸實情，為了復仇而潛返家鄉的人，根本沒有理由大張旗鼓；參見**675**。

716-18. 老爺：埃紀斯，他如今是王宮中獨一無二的**親人**。**我們**：克萊婷與埃紀斯。此處的說詞與**672-73**矛盾，可能是因為克萊婷現在認定奧瑞斯已死，說話不再有顧忌。

719-29. 一首行進曲分隔兩場插戲，與**1: 1331-42**相同。這十一行可能由歌隊全體吟誦，也可能由領隊獨自擔綱，不過更有可能是**719-21**由領隊邀請伙伴陪同她一起禱告。筆者採取第三種解釋，因此**726**譯成敘述句的「時候成熟了」，而非疑問句的「什麼時候」。這首短詩天衣無縫銜接以墳塚為焦點的上半場戲和以王宮為焦點的下半場戲，把我們的注意力引進王宮之餘，並沒有遺忘阿格門儂的墳墓。

722. 類疊與排比具有儀式唸咒的效果（Garvie 240）；**725-26**重複三次現在，作用相同。**決決……鼓鼓**：πότνια...πότνι’，重出的這個希臘字係用於尊稱女性。以這個敬稱作為土地的描述詞，大地決決的意思其實就是「大地娘娘」。這同一個描述詞，在**3: 950**譯作**娘娘有大德**。

724. 阿格門儂（＝**723**先王）是遠征特洛伊的希臘聯軍**統帥**。請注意**722**和**723**行尾都沒有斷句：**庇護**的主詞是**722**鼓鼓的土丘（＝阿格門儂的墳塚），土丘則是**大地**的一部分。

726. 媚娘：見**1: 386n**。**耍詐**：即**1: 886騙人的**；奧瑞斯復仇能否成功，端賴詐術一舉。由於δολίαν（**耍詐**）這個描述詞，**727**順勢提到**赫梅斯**，他有個名稱為Δόλιος，指他是天生的「騙神」，甚至在出生的當天就跳下搖籃去偷阿波羅的牛群。希臘文的δόλος，本義為「魚餌」，引申義包括《奧德賽》第八卷所描寫用於捉姦的金絲定身網（中譯見拙作《情慾幽林》114-118頁），以及特洛伊戰爭中希臘聯軍賴以破城的木馬。

727. 下場：進入競技場，摔角的隱喻；同時也影射「進入死亡的世界」，因為他（＝奧瑞斯）剛走進去的王宮是**挖開的墳塚**（**1: 1311**）。自蘇美文學以降，上古文學常以向下的動作指涉入冥或其隱喻。

727-28. 赫梅斯屬性複雜，與此處的文義格局相關者包括：旅人保護神，使得奧瑞斯順利返鄉；雄辯術之神，涉及說服的藝術，也是神偷（見**726n**）；託夢神，與夜晚有關（故稱「**夜神**」）；護靈神（見**1n**），跨陰陽兩界（故稱**冥神**）。Garvie（243）說他又是競賽之神，這跟下一行的譬喻有關。

729. 論：猶言「華山論劍」之「論」，原文係「爭鋒」之意，包括唇槍舌劍與刀光劍影。**劍**：重出於**1: 1529**克萊婷用於指稱她殺夫以報阿格門儂弒女之仇的**劍**，一劍兜攏一個家族連環仇殺的線索。奧瑞斯在赫梅斯保佑下回到阿果斯，於薄暮時分進入數度淪為仇殺屠宰場的王宮，即將使用詐術進行一場殊死鬥。歌隊認為奧瑞斯這一進宮，就是要去解決克萊婷，奶媽的出場宛如峰迴路轉。

| 奧瑞斯 | 說到我自己，遇上這樣體面的主人， | 700 |

奧瑞斯　說到我自己，遇上這樣體面的主人，　　　　　　700
　　　　如果帶來的是好消息，有機會
　　　　套個交情，那才是三生有幸，畢竟
　　　　哪來比主客情誼更親善的呢？
　　　　可是，答應了人家也接受了接待，
　　　　如果幫助朋友沒有幫到底，　　　　　　　　　705
　　　　在我看來未免不夠交情。

克萊婷　放心，該有的禮數都有你的份，
　　　　這個家也不會虧待你這個朋友；
　　　　總得有人來報喪。時候不早了，
　　　　出門在外的人走了一整天，　　　　　　　　　710
　　　　好好接受招待是應該的。　　〔轉身對宮女。〕
　　　　帶他到男人專用的客房，
　　　　還有他的僕人和同行的伙伴，
　　　　好好招待，別讓這家族蒙羞；
　　　　出了差錯，我唯妳是問。　　　　　　　　　　715
　　　　還有，得跟老爺溝通一下，　　〔對奧瑞斯。〕
　　　　家裡有親人，像這樣的大事，
　　　　我們要好好斟酌斟酌。　　〔眾隨克萊婷下。〕

領隊〔吟〕　這家族的忠僕啊，各位姊妹，　〔行進曲。〕
　　　　還要等多久我們可以　　　　　　　　　　　720
　　　　展現舌粲蓮花幫助奧瑞斯？

歌隊〔吟〕　大地啊泱泱，土丘啊鼓鼓
　　　　在這先王埋屍處
　　　　庇護艦隊統帥，
　　　　現在請垂聽，現在請襄助！　　　　　　　　725
　　　　現在時機已成熟，媚娘要詐
　　　　陪他下場去，又有赫梅斯
　　　　幽冥夜神監看這一場
　　　　論劍定生死。　　　〔奧瑞斯的奶媽上。〕

732. **基莉莎**：「基利基亞的女人」，希臘通常以籍貫稱呼奴隸。「基利基亞」（Cilicia，英語發音為「西利西亞」）位於小亞細亞鄰近塞普路斯的陸岸。

733. 領隊看到基莉莎滿臉悲愁走出宮門。**不是花錢雇用的**：可見基莉莎的**悲愁**不是作個樣子擺在臉上（**738**），而是誠於衷形於外，原文重出於**1: 978自來**（猶言「自來水」的「自來」），Garvie說「或許影射葬禮雇人哭喪的習俗」。類如五子哭墓那樣的職業哭喪人，早在埃及壁畫就看得到。

734. 奶媽這個傳統的角色，在本劇非常搶眼，不下於任何一個悲劇丑角。撇開戲劇功能不談，只聽她的台詞就過耳難忘：「她的台詞，一如《阿格門儂》劇中的傳令，奇妙揉合高雅的詩歌用語（**749 ff, 756**）和身份卑微的人在感情激動時特有的語意不連貫」（Garvie 243）。在埃斯庫羅斯現傳於世的悲劇中，《奧瑞斯泰亞》有獨樹一幟之處，可以引基莉莎這一場戲來說明：「懷著同情甚至溫情的筆調刻劃普通人」（Herington 129）。如此塑造奶媽的角色，使得後來克萊婷在母子對決的戲所提出親情訴求的說服力大為減低，也為法庭辯論的戲（見**3: 606, 658-60**）打了一劑預防針。

742. 他：埃紀斯。

744. **混雜**：喻象參見**1: 1397-98**，混合杯中酒。

748. **吸乾**：以容器汲出船中的積水。本行後半句猶言「含辛茹苦」或「打落牙齒和血吞」。

750-51. 對比生養**小妖物**（**548**）之後在睡夢中**驚聲尖叫**（**535**）的母親。用於對比枉為人母的克萊婷（請比較**691-99**克萊婷對於奧瑞斯之死的反應與措詞），這是基莉莎的一個戲劇功能。**接手**：不是餵奶，而是接生。**大聲令下**：嬰兒哭啼。**起床漫遊**：修辭筆法苦心孤詣要呼應**524**。

752. **吃力不討好**：可能指對自己沒利益，也可能指奧瑞斯死了，白忙一場。

756. **出恭**：原文是灑尿的委婉用法（Hogan）。

〔插戲四〕

領隊	那個陌生人好像惹了麻煩，	730
	我看到奧瑞斯的老奶媽在哭。	
	基莉莎，這時候出門，上哪去？	
	悲愁是妳的伙伴，不是花錢雇用的。	
基莉莎	那個當家的女人催我去找埃紀斯，	
	要他回來見陌生人，「回來問清楚	735
	他們帶來的消息，男人對男人	
	好說話。」在僕人面前，她把傷心	
	擺在臉上，遮蓋眼角的微笑，	
	其實暗地裡高興得很。她順心	
	如意，這個家族可就完蛋囉，	740
	那兩個陌生人說得夠清楚啦。	
	他嘛，我打包票，他聽到這件事，	
	高興都會來不及。可憐哪我！	
	積年累月混雜的悲苦，滋味	
	不好受，在這個阿楚斯家族，	745
	我統統遇上了，痛到心坎裡去哦！	
	可是，沒有比這一次更痛心的！	
	所有的苦惱，我耐著性子吸乾，	
	可如今，奧瑞斯我的心肝，我咬牙關	
	就為了他。我從他的娘接手，拉拔他	750
	長大，他大聲令下我就起床漫遊，	
	接下多少吃力不討好的工作——	
	嬰兒像畜牲，不講理，吃定了奶媽，	
	你還是非養不可，不是嗎。	
	包尿布的小孩不會說話，	755
	口渴肚子餓不會說，出恭也一樣，	
	小孩子的腸胃有自己的一套王法，	

760. 洗衣婆：Garvie校注本作**κναφεύς**，即「漂布娘」，注疏說奶媽以「漂布」稱呼洗尿布這個比較低賤的工作，「表現某種程度的虛榮」。就語意的連貫來說，**760-763**應該是插在**750**的接手和拉拔，意思是奶媽為克萊婷接生之後，阿格門儂把嬰兒交給奶媽撫養。

768. 衛兵：應該和1: **1650**的重出字（**同志**）一樣指貼身侍衛，雖然出現在**769**的**δορυφόρους**才是貼身侍衛的正式稱呼。

770. 領隊說服奶媽變更口信的內容，充分體現亞里斯多德《詩學》第十八張所稱歌隊應該視同演員之說，即應該參與劇情。

773. 領隊引諺語為奶媽打氣，Smyth（**233**）釋義為「口信經過傳話人的嘴巴就可能改變意思」，Garvie（**253**）釋義為「改變口信而不啟人疑竇端賴傳話的人」。

776. 奶媽使用樸實的語言表達克萊婷在**698-99**說過的意思，不同的措詞反映不同的心理反應。

780. 參見1: **974**。

783. 第二首唱曲，不只是交代奶媽去叫埃紀斯的時間空檔，而且「具有戰舞的效果，激勵奧瑞斯貫徹殺心」（Herington 128-29），「以長短格為主的格律正合激勵之用」（Conacher 119），就整個三聯劇的結構而言上承《阿格門儂》戰車—紫紅毯—血河的意象（見1: **781n, 957n**）。這首唱曲包含三組對偶詩節，每一組對偶詩節的正旋詩節和格律相同的反旋詩節中間另有一個中插詩節，因此具有三聯詩節的意味，雖然其結構不像悲歌對唱那樣複雜。此一結構又見於第三首唱曲（**935-971**）。

我得要有第六感才抓得準，抓不準
只好乖乖去洗尿布，不是一次兩次。
奶媽和洗衣婆的工作是二合一，　　　　　　760
我就是那樣，兩種手藝都內行，
所以奧瑞斯的爹把他交給我。
現在，不幸哪，我聽說他死囉，
還得轉告這消息給那個糟蹋
我們家的人，他聽了會合不攏嘴哦。　　　765

領隊	她有沒有交代他怎麼配備？
基莉莎	配備？什麼意思？再說一次，我不懂。
領隊	是要他帶衛兵，還是單槍匹馬回來？
基莉莎	她要他帶著貼身侍衛。

領隊　　不行，不能這樣傳話給討人厭的老爺；　　770
告訴他自個兒回來，越快越好，
不用怕，回來聽大快人心的消息。
把彎話拉直全看嘴巴怎麼傳。

基莉莎　什麼？妳說這消息大快人心？
領隊　　怎麼不是，如果宙斯把邪風轉向？　　　　775
基莉莎　怎麼可能？奧瑞斯是家族的希望，他走了。
領隊　　還沒有；瘸腳先知才那麼說。
基莉莎　妳說什麼？難不成妳有內幕消息？
領隊　　傳話去吧，依我說的準錯不了；
天神自會照應該他們照應的事。　　　　　780
基莉莎　好吧，我就照你的話去做；
天神保佑一切都順利！　　　　　　〔基莉莎下。〕

〔**唱曲二**〕

歌隊〔唱〕　　　奧林帕斯神族大家長啊宙斯，　　〔正旋詩節一〕
懇請您成全我的禱告，
賜鴻運降臨這家族，　　　　　　　　785

786. 主人：也可以譯作「統治者」。這個家族的主人，在**658**是指克萊婷和埃紀斯（參見**689**，**716**），此處驟改變指涉的對象（指奧瑞斯），不免突兀；歌隊的意思必定是「這個家族合法的主人」（Garvie）。

789. 哎哎：通常用於表示痛苦的叫喊聲，劇場則用於表達啜泣，此處表明祈禱之急切（Garvie）。歌隊顯然認為她們在唱這首抒情曲的時候，奧瑞斯正在宮內遂行復仇。

790. 相對於前一行單數的**有人**（指奧瑞斯），**敵人**是複數的，包括克萊婷和埃紀斯。

791-93. 和**255-63**一樣，可以看到人神之間的「利益交換」：人祭拜神是為了「邀寵神明」，以換取神保佑人。《舊約》述大洪水過後，挪亞獻燒牲，「上主喜歡牲祭發出的香味」（**8：21**），因此與挪亞訂立契約，也是反映這樣的人神關係。**791**依照原文省略的主詞「您」，是指宙斯。

793. 字面的意思是以兩三倍的牲品與誠意酬謝宙斯，但是由於原文略而不題第二人稱的受詞，再加上復仇口吻的文義格局，本行也可以解釋為「以兩三倍的代價回報殺父的兇手」。

794. 宙斯**鍾愛的人**指阿格門儂，**失怙幼駒**指奧瑞斯。

795. 馬具套在奧瑞斯身上，此一意象上承《阿格門儂》以「頸軛」傳達「人面對命運身不由己」的譬喻，奧瑞斯被加入該劇羅列的受難名單，那張名單包括阿格門儂（**1：217**）、特洛伊（**1：529**）、奧德修斯（**1：842**）、卡珊卓（**1：953, 1071**）、阿果斯長老（**1：1640**）。

799. 挽疆御手：本詩節以運動場上的馬車競技比喻復仇之舉，奧瑞斯既是馬（**794幼駒**），又是車夫。祈禱宙斯保佑奧瑞斯復仇成功是這一組三聯詩節的主題。

800. 第二組三聯詩節，三個詩節依次祈禱家祭神（見**802n**）、阿波羅（見**807n**）和赫梅斯（見**812n**）。

801. 可能是「家祭神歡喜王室家產富足」，也可能是「王室家產富足帶來喜氣」。本行所述與舞台上呈現的當前情境構成強烈的對比。

802. 眾神：家祭神，即家家戶戶供奉之神，主要為火塘神赫絲緹雅和宙斯倉廩神（Zeus Ktesios）。「赫絲緹雅」是希臘文「火塘」（見**1：427n**）的擬人格。按古代房舍建築的格局，中央是堂屋，其布局以火塘為中心，塘內火槽的火種長年不絕，一切家族活動（包括祭祀、三餐、休閒）無不環繞火塘，火塘因此成為家庭的象徵。此一形制不但見於古希臘，也廣見於中國大陸的少數民族，甚至可以在台東阿美族文化村的仿建民宅看得到，雲南境內的哈尼族保留崇敬火塘的習俗則特具古風。後來爐灶取代火塘，赫絲緹雅也轉變為爐灶神。至於「宙斯倉廩神」，字意為「宙斯獲取者」，是家產守護神，奉獻給他的一個水壺置於儲藏室（＝**800內室**，對應於**807**的神廟**內殿**），壺內盛清水、酒和種種鮮果，把手飾以羊毛穗；由於一般民宅的儲藏室主要貯存穀物，因此也稱作「宙斯穀神」。

805-06. 以子嗣生生不息的意象比喻冤冤相報的連環仇殺。生產的意象與整部三聯劇的劇情暴力關係密切，見**1：750-71, 1565, 2：648-51**（參見**2：382-85**），不過最後這兩次的語氣明顯不同，似乎在暗示整部三聯劇的結局。

807. E. R. Dodds（**92, n. 66**）根據**金鑾內殿**這樣的措詞，推斷**主人**指阿波羅；Garvie（**263**）引Tucker 稱本詩節使用派安讚歌的格律，特別適合阿波羅。本詩節光明樂觀的語調為前述的判斷添一注腳（參見**1：1074n**）。**金鑾內殿**：德爾菲阿波羅廟的女祭司皮緹雅發神諭的所在，希臘語稱為adyton（禁區）。該內殿有一地縫，皮緹雅坐在裂口上方三腳凳（一說三腳鼎）接受信眾請示神諭，在陷入恍惚狀態後，以詩語為阿波羅代言。在上古文獻不難多方印證的這個說法，卻在二十世紀上半葉被斥為無稽（Garvie 263）。然而，新近結合考古學、地質學、

好讓主人統籌長久盼望的清平。
　我這麼說是為了正義，
宙斯啊，您請作主！

　哎哎，有人躲在王宮內，　　　　　〔中插詩節一〕
宙斯啊宙斯，請帶他到敵人面前，　　　　　　　790
如果拉拔他，
他將會樂意
　回報兩三倍

想想您鍾愛的人有失怙幼駒，　　　〔反旋詩節一〕
　馬具套上身，痛苦不堪，　　　　　　　　　795
　　請您調整他的節奏，
　　好讓我們看到他穩穩跑完全程，
　昂首奔躍衝刺到終點，
挽韁御手獲錦標。

各位常駐內室　　　　　　　〔正旋詩節二〕800
守護家產喜盈盈
　　有情眾神請明鑑：
　　一勞永逸洗滌陳年血，
　　唯有盼望新義舉。
務使舊命案　　　　　　　　　　　　　　　805
不再繁衍門庭內。

　還有金鑾內殿的主人，　　　　　〔中插詩節二〕
請您保佑男子漢的家否極泰來，
自由的光輝
透視黑面紗，　　　　　　　　　　　　　810
　友善照耀他。

海洋學與毒氣研究的跨領域探討，終於證實德爾菲斷層的存在吻合上古文獻的記載（De Boer, Hale, and Chanton），連普魯塔克在 *Moralia*（437C）所述「求卜信眾等候的房間偶爾漂進一陣陣清新的芳香沁人心脾」也有令人信服的科學論據。原來是神諭所正下方有兩條地質斷層交會，斷層活動釋放低濃度的乙烯氣體，其效應本質上與吸膠類似。中文讀者可參考《科學人》第19期（2003年9月）〈地質訴說古老的神諭〉一文的介紹——該文把 *Pythia* 譯成「皮媞亞」（「媞」音同「是」，係根據英文發音，「緹」音同「提」，係根據希臘文發音）。阿波羅雖是男性天神，歷史長達一千七百年（約1400 B. C.-A. D. 381）的皮緹雅卻屬於陰性地祇，因為阿波羅這位新主人只不過是繼承源遠流長的母系傳統（見**3: 1-19**）。

808. 男子漢：譯文省略定冠詞「這個」，指奧瑞斯。

809-11. 文法結構與**808男子漢的家否極泰來**是對等的；換句話說，歌隊的祈願有兩項，**808**為保佑奧瑞斯的家族，**809-10**為保佑奧瑞斯本人。但是，這三行也可以改寫為「請您保佑他可以流露友善的神色，在黑暗的面紗之後展望自由的光輝」。亦即祈願內容的主詞和受詞對調。無論如何取捨，歌隊期盼奧瑞斯的復仇行為就是**捎來福音劃破長夜的火光**（**1: 20**）。

812. 赫梅斯：「麥雅（Maia）的兒子」。繼**1**和**727**之後，再度呼告赫梅斯，這一次呼請是由於他有能力使人一帆風順（**813**）而且馬到成功。

813. 方寸間：存乎一心。赫梅斯只要有意願，就能助人一帆風順。這裡說的「一帆風順」，一如我們日常的口語用法，是陸、海兩路通用的譬喻詞。

815. 只要有意願，赫梅斯就能夠使隱藏在黑暗中的事情「曝光」（＝照亮）。例如克萊婷作夢，她自己不明白其意義，奧瑞斯卻明白，這就是赫梅斯的功德。

816. 開口：主詞可能是第一人稱代名詞，即歌隊自稱，也可能是第三人稱，即赫梅斯。因此，**開口說隱語**也可以有兩種解釋：我來訴說世人難明其詳的事；或，他說話隱諱，世人難明其詳。**隱語**：赫梅斯在陰（黑暗）陽（明亮）兩界來去自如，不是凡人所能捉摸。

816-18. 摸黑：「眼前一片黑暗」，因此看不到真相。**入夜……清楚**：使用視覺意象描述赫梅斯不論日夜都帶來隱而不顯之事（Garvie 267），如**815n**所述克萊婷的夢；或，影射赫梅斯的隱身帽（Lloyd-Jone），不論日夜都能因戴帽而隱形（Iliad 5: 845）。赫梅斯所擅長的障眼術和掩夜法正是奧瑞斯遂行復仇計劃所不可或缺。

819. 第三組三聯詩節，鼓舞奧瑞斯切莫半途而廢。正旋詩節（**819-25**），歌隊盼望在奧瑞斯復仇成功之後高歌凱旋曲；也有可能歌隊「伴唱」復仇行動——歌隊可能認為這時候奧瑞斯正在動手。

821. 刺耳的悲歌，如**1: 1186-87**聽到的。

822. 女：歌隊由宮女組成。**和風**：修辭意象上承**813**，下啟**823**；參見**775**。

826-30. 歌隊鼓舞奧瑞斯的同時，也提供建議——雖然他不在場。

831. 佩修斯：神話英雄，在赫梅斯的幫助下，殺死蛇女梅杜莎。蛇女總共有三個，單數特指梅杜莎。她們又名蛇髮女妖，因為她們頭上長的不是頭髮，而是蛇；按另一種說法，她們腰纏長蛇。任誰被她們的眼光掃到，必定變成石塊，因此雅典娜為了促成佩修斯的斬首任務，把自己的（青銅）盾牌借給他。佩修斯雖然透過銅鏡的反射影像，圓滿達成任務，卻也因此受到其餘蛇女追殺。這個典故是瓶繪常見的題材。這個典故除了提醒奧瑞斯應該像佩修斯那樣手起刀落絕不看受害人一眼（Conacher 122），另有多重目的：一、重申歌隊對於赫梅斯將再度玉成義舉的期盼；二、以佩修斯為奧瑞斯的榜樣，承前一個詩節的激勵詞；三、以蛇女類比克萊婷，意在言外指稱她是妖物；四、為本劇結尾奧瑞斯遭受追殺預設伏筆。

赫梅斯有大能，　　　　　　　　　〔反旋詩節二〕
送風推帆方寸間，
　　　理當對他伸援手；
　　轉念照亮多少隱密事。　　　　　　　815
　　　開口說隱語：入夜
他使人摸黑，
白天不會更清楚。

我們將歌頌　　　　　　　　　　　〔正旋詩節三〕
　　這家族脫離苦海，　　　　　　　　820
　　　不再有悲歌刺耳；
女聲展喉伴和風：
　　「船出港一帆風順，
　　而我，我，受益無窮，
禍殃遠離我的親人。」　　　　　　　　825

　　動手的時刻千萬別害怕。　　　　〔中插詩節三〕
如果她對著你呼叫「我的兒子啊！」
回她「父親啊！」
你把她收拾，
　　沒人會責怪。　　　　　　　　　　830

效法佩修斯，　　　　　　　　　　〔反旋詩節三〕
　　鴻鵠壯志要高舉，
　　　為了地上與地下
至親的人，狠下心
　　滿足他們的怒火，　　　　　　　　835
　　血濺蕭墻莫遲疑，
把罪孽禍種連根除。　　　　　　　〔埃紀斯上。〕

838-934. 劇情的高潮，簡短描寫埃紀斯被殺之後，重點鋪陳克萊婷之死。

838. 全行直譯「我來啦，不是沒有人找我，而是有人傳話要我來」，中間的片語以否定式作無謂的重複，這種名為「套套重述」的句法雖是希臘文體司空見慣的特色，出現在此處卻別具深意，「有強調的效果，提醒我們基莉莎的任務，以及埃紀斯被告知〔見**770-71**〕不要帶貼身侍衛一事」（Garvie）。

840-43. 貓哭耗子的語調。

843. 咬：影射被蛇咬──克萊婷就是「蛇女」，如莎士比亞所稱「花底下的蛇」（《馬克白》**1.5.66**）。

846. 喜悅之情溢於言表，強烈對比**845**所陳述克萊婷的焦慮。本行直譯為「向上飛竄就消失一空」，Lloyd-Jones說隱喻取自篝火的火花──篝火是在戶外架木柴燃燒的火堆。**845-46**重申男性對於女性的不信任，這是整部三聯劇所呈現兩性戰爭的主題在現實經驗的投影，又見於**1: 268-80, 483-87, 590-92**。然而，此處採用類疊修辭重申這個母題，正如Garvie（**278-79**）指出的，卻有反諷效果：埃紀斯的懷疑確實有根據，他自己卻被基莉莎牽著鼻子走。他和阿格門儂一樣輕易上女人的當（見**1: 932-45**）；克萊婷則和卡珊卓一樣對自己的命運心知肚明，下場就有「受死」的心理準備。

854. 有見識：直譯「心靈的眼睛是睜開的」，這是希臘詩常見的譬喻詞。

855-68. 和**719-29**一樣，以短短的一首行進曲把一場戲分割為兩半。此處的作用是交代埃紀斯進宮到被殺的時間流逝。

855-58. 歌隊搜枯索腸要找出恰當的祈禱詞。

863-64. 意象遙遙呼應**1: 21-23**。但是，此處指的不必然是火炬：有人解釋為慶祝勝利所點燃的篝火，更有可能指復仇成功之後酬神所點燃的牲火（Garvie **282**）。

〔插戲五〕

埃紀斯	我來啦，不是沒事找事，有人傳話	
	說什麼家裡有陌生的客人，	
	傳達的消息叫人高興不起來，	840
	原來是奧瑞斯死了。這家族	
	雪上添霜，舊傷口又要淌血，	
	潰爛的部位又被咬了一口。	
	我怎麼知道事情是真是假？	
	會不會是女人心裡的恐懼	845
	捕風捉影，火光一照就消失了？	
	妳們總可以明白告訴我吧？	
領隊	我們聽說了，詳情還是得	
	到裡面去問清楚，聽口信	
	怎麼說也比不上當面詢問。	850
埃紀斯	我倒想見見帶口信的人，	
	問仔細他到底是在死亡的現場，	
	還是轉口聽來告訴我們的。	
	他休想蒙騙有見識的人。	〔埃紀斯下。〕
領隊〔吟〕	宙斯啊宙斯，我要說些什麼？	〔行進曲〕855
	該怎麼呼請眾神求幫忙？	
	我忠心耿耿	
	怎麼樣才能恰如其分訴心願？	
	殺人的屠刀	
	鋒刃即將染鮮血，	860
	要不是阿格門儂家族	
	從此傾頹絕香火，	
	就是奧瑞斯點燃火炬	
	迎回自由，掌權治理這城邦，	
	繼承他父親豐富的遺產。	865

866. **英勇如神**：讚美之餘，可能也影射奧瑞斯的復仇行動是貫徹宙斯的意志（**1: 176-78**）。

867. 一如**339, 498-99, 692**，也是摔角的意象；參見**1: 172, 1206**。

869. **噢**：痛苦的叫聲。埃紀斯被殺是肉體之痛，出現在**1: 1114**則是卡珊卓的「心」痛。**唉喔**：和「噢」一樣表達痛苦，用在悲劇中表達死亡的叫喊雖是絕無僅有之例，重出於**1: 1072**和**1074**卻有預知死亡臨頭的沉「痛」之感；按Garvie（**284**）引Schadewaldt的說法，此處可能「存心暗示埃紀斯的娘娘腔」。破折號表示拖長喔這個音。後台傳出被害人臨終前的叫聲是希臘悲劇的一個特色，如此處和**1: 1343**，可是卡珊卓和克萊婷都不適用。

870. 歌隊聞聲心驚，**果然**一詞是在強化第二聲驚叫。他們仍不確定是誰殺誰。**869-70**使用抒情短長格，即對白的格律（短長格）卻帶有抒情的韻味，是傾斜律結合短長格的一個例子，通常用於感情驟然湧現時脫口而出的言詞，如此處的情況。

871. 在**869-70**的傾斜律之後，接著三行（**871-73**）使用情緒較為舒緩的克里特律有緩衝的作用，為**874**回復對白專用的短長三步格預作調劑。以長短長格為基礎的克里特律，據傳始於西元前七世紀的克里特詩人Thaletas，也是最早用於群舞伴唱曲（有歌隊伴唱的團體舞曲）的格律。

872. **退到一旁**：歌隊讓出表演區中央的位置，留給奧瑞斯和克萊婷演對手戲。在整部三聯劇的劇情張力即將臻於高潮的這個時刻，台詞透露這個舞台指示乃是承續**866**所揭開的編劇策略，逐漸孤立奧瑞斯，為的是凸顯他的受難形象，也同時開始彰顯本三聯劇名為「奧瑞斯泰亞」的劇旨：舞台上呈現的是「奧瑞斯的事蹟」——與其說是表彰他的英勇，不如說是寄意他的受難。歌隊並沒有退場，而只是散開；這一散開足以順勢把舞台焦點轉向王宮。歌隊的隊形變化能夠有效引導並呼應劇情的發展，這在呂柏伸導演，台南人劇團**2001**年演出的歌仔調《安蒂岡妮》表現非常出色。

876. 措詞引人聯想到**654-55**。不過，上一次奧瑞斯叫門，我們不曉得誰出來應門；這一次三聲（又是三）慘叫，我們知道隨後出來的一定是克萊婷。

878. 按古希臘的房屋格局，男眷和女眷是分開的（普通民宅則只有男眷房和女眷房），兩區以閂門分隔。家中男性成員住在男眷區（*andronitis*），男孩則在女眷區住到五歲。女眷區（*gynaekonitis*）包括婦女紡紗與織布的房間。希臘瓶繪甚至看不到夫妻共同進餐的情景。

879. Lloyd-Jones 引《奧德賽》**23.187** 說明打開大門需要壯漢。問題是，在男女授受不親的時代，說女眷區的門需要有個壯漢才打得開，誠然令人難以置信。Garvie引《伊里亞德》**24.565-67**證明很難從外面打開門，即使壯漢也一樣。然而，《利西翠妲》**428-30**卻提到使用工具破門而入的可能性。或有可能**877-78**是對著室內呼叫女眷，因為得不到回應，因此在情急之下喊出**879**求援。

883. 克萊婷不在奧瑞斯殺埃紀斯的現場，這和當代瓶繪常見的情景不一樣。

885. 一行台詞透露酒神劇場的兩個成規：劇情發生在戶外，殺人的情景不在舞台上演出（Hogan）。

886. 影射奧瑞斯假冒身分報喪之事。**死人**：奧瑞斯，但是原文一如中文，也可能是複數，亦即把阿格門儂也包括在內。前半行也可以譯成「活人在殺死人」，因此**887**有啞謎之說。

887-91. 「克萊婷對埃紀斯之死的反應比埃紀斯之死本身更重要，在提醒我們她紅杏出牆的同時，埃紀斯也和基莉莎一樣，減弱了我們對克萊婷的同情。」她這幾行台詞更是透露急遽轉變的心境：**887-88**顯然有認命的打算，**889**準備奮力一搏，**890**展現豪勇卻沒有十足的把握，**891**則以不祥的罪惡感結束（Garvie **274, 291**）。

　　　　　　　奧瑞斯英勇如神

　　　　　　　自個兒奮戰兩個對手，

　　　　　　　但願勝利屬於他！

　　　　　　　　　　　　　　　　　〔宮內傳出埃紀斯的叫喊。〕

埃紀斯　　噢！噢！唉喔——！

歌隊　　　啊！啊！果然！　　　　　　　　　　　　　　870

　　　　　不知進行得如何？這家族會怎樣？

領隊　　　我們退到一旁去，事情還沒解決，

　　　　　我們犯不著蹚這一鍋渾水。

　　　　　一場殊死鬥是免不了的。　　〔埃紀斯的一個僕人奪門而出。〕

僕人　　　喔，喔，好慘！老爺被殺了！　　　　　　　875

　　　　　我還要叫第三聲，喔！

　　　　　埃紀斯完蛋了！來開啊，

　　　　　快點兒打開女眷區的門閂啊！

　　　　　需要一個強壯的男人，

　　　　　不是要幫助被殺死的人——那有什麼用？　　880

　　　　　嗽呵！嗽呵！

　　　　　都是聾子還是睡死了不成？

　　　　　克萊婷人呢？她幹嘛去了？

　　　　　她的脖子已經挨在刀口上，

　　　　　一砍就會輪到她人頭落地！　　〔克萊婷急急衝出宮門。〕884a

克萊婷　　什麼事這樣哭天叫地喊救命？　　　　　　　885

僕人　　　死人在殺活人，我告訴妳。

克萊婷　　噢！我聽懂你打的啞謎！

　　　　　當初設計殺人，現在會中計被殺！

　　　　　快，給我一把殺人的斧頭！　　　　　〔僕人下。〕

　　　　　我們來看看是鹿死誰手；　　　　　　　　890

　　　　　一場劫難走到這樣的地步！　　〔宮門開，可以看到埃紀斯

　　　　　　　　　　　　　　　　　　的屍體；奧瑞斯持劍上，

　　　　　　　　　　　　　　　　　　皮拉代斯尾隨其後。〕

888. 參見556-57。

889. 斧頭：本三聯劇明確提到殺人的武器都是刀劍，瓶繪所見卻是斧頭。斧頭很可能是家家戶戶的日常工具。

892. 後半句的散文措詞與前半句粗率的語氣相得益彰。奧瑞斯的語氣強烈對比**893**克萊婷的悲情。

897-98. 特洛伊王子赫克托打算接受阿基里斯的單挑，王后（Hecuba）擔心兒子有去無回，也是袒胸動之以情：「赫克托，我的兒子，看這裡，聽我說，想想／你依偎在我胸前就忘憂解愁，可憐我這把老骨頭」（《伊里亞德》22.82-83）。另有流傳甚廣的說法：特洛伊戰爭結束後，梅內勞斯有意殺海倫洩忿，卻因海倫袒胸求情而饒過她（《利西翠妲》155-56）。與之對比的是馬克白夫人表明弒君的決心：「我哺過乳，知道／母奶育嬰的情愛有多深；／我會，在他對著我微笑時，／把乳頭拔出他柔嫩的嘴巴，要是我／像你那樣發過誓」（《馬克白》1.5.54-59）。

899. 雖然奧瑞斯一再強調他復仇的對象是埃紀斯，雖然基莉莎有效減弱我們對克萊婷的同情，克萊婷袒胸露乳的動作仍足以融解他復仇的決心。在這場母子對決的戲，奧瑞斯就這麼一次喊出「母親」。她第一次面臨這個問題：我有權力殺自己的母親嗎？奧瑞斯的猶豫使我們恍然大悟，他先前提到復仇總避重就輕，一味強調埃紀斯的罪名，對於克萊婷卻輕描淡寫，原來事出有因。這一遲疑透露了人性的光輝，也在兩性大戰四野煙硝的場景中確立了人的尊嚴：奧瑞斯畢竟不是男神的工具。他面臨眾神——包括男女兩性——無從理解的倫理困境（見**924-25**），他的處境具有超越的意義，這正是「奧瑞斯泰亞」這個標題寄意所在，如**872n**所述。

900. 皮拉代斯質問奧瑞斯：「難道你現在要創下把神喻當耳邊風的先例？」皮拉代斯是佛基斯的王子，佛基斯則是德爾菲所在之地，他這三行台詞是以阿波羅代言人的身份說出口的，關心的是未來如何維繫父系神所主張的權威與綱紀。「他的名字Pylades暗示Pylai，那是早年希臘人為了共同保衛德爾菲而召開近鄰同盟會議（Amphictyonic League）的地點」（Lloyd-Jones）。**皮托**：德爾菲的別名（**1: 509n**），源自母系時代女神當家時守護該地神社的巨龍皮同。皮同普遍被視為妖魔，那是父系社會的觀點把母系社會的信仰污名化的經典事例；如果不帶性別成見，「妖魔」應該正名為「靈物」。**900-02**張力之強烈直追**1: 1072**卡珊卓的呼喊，但是皮拉代斯在劇中僅有這三行台詞，卡珊卓卻在石破天驚的喊聲之後開始主導劇旨的鋪陳。

901. 我們：不是指皮拉代斯和奧瑞斯之間，而是指人（皮拉代斯和奧瑞斯）神（阿波羅）之間。**誓言**：不是奧瑞斯發誓要報父仇，而是他對阿波羅承諾，他將遵照阿波羅的指示。

903. 奧瑞斯的判斷足以說明，他後續的行動乃是他根據個人的自由意志所作的選擇，皮拉代斯的獻策不足以推卸弒母罪。

904. 打算：奧瑞斯強調自己的決心與意志。**這一邊**：埃紀斯陳屍處，與之相對的另一邊是阿格門儂的墳墓所在。**犧牲**：和**1: 1433**的**犧牲**（犧牲的是阿格門儂）是同一個希臘字，又重出於**3: 102**（克萊婷）和**3: 305**（奧瑞斯）。奧瑞斯可能想到以克萊婷之死作為獻給阿波羅的牲禮（Garvie）。

908-30. 和**1: 931-45**比起來，這兩段穿針對白都是由克萊婷主動出招而且不斷變換招式，可是阿格門儂只能被動回應，毫無還手之力，奧瑞斯卻能見招拆招，化被動為主動，逼使克萊婷在**928-29**徹底認命。此一成篇手法呼應S. Ireland觀察到的修辭技巧：這一段穿針對白的連接詞主要出自奧瑞斯之口，他用補充說明的方式，四兩撥千斤化解克萊婷的舌鋒（Garvie 275-76引）。

奧瑞斯	我找的是妳；那個人是多餘的。
克萊婷	噢！你死了，最親愛的，英勇的埃紀斯！
奧瑞斯	妳愛他？那就應該在同一個墳墓
	躺下去，天長地久相廝守。　〔拉著她要拖往埃紀斯陳屍處。〕895
克萊婷	放手呀，兒子，想想看，孩子，　〔突然扯開領口，裸肩露乳。〕
	在這胸懷你總是睡眼惺忪，
	柔軟的牙齦吮吸滋養你的奶汁！
奧瑞斯	皮拉代斯，怎麼辦？自己的母親，怎麼下手？
皮拉代斯	從今以後，阿波羅在皮托發出的神喻　900
	怎麼辦？我們立下的誓言怎麼辦？
	寧可與全人類為敵也不該忤逆天神。
奧瑞斯	你說對了，我心服口服。　〔轉向克萊婷。〕
	走！我打算在這一邊犧牲妳！
	因為妳生前愛他超過愛我父親。　905
	死後就睡在他旁邊，既然妳愛的
	是他——對該愛的人妳偏偏懷恨！
克萊婷	養你的人是我，我想跟你活到老。
奧瑞斯	什麼！妳，殺了我父親，要跟我住？
克萊婷	孩子，這件事說來命運也有份。　910
奧瑞斯	那麼，妳的厄運也是命運促成的。
克萊婷	兒子啊，難道你不怕母親的詛咒？
奧瑞斯	妳生下我，卻把我趕出家門去受苦。
克萊婷	我沒有趕你出門，是送你到戰友家。
奧瑞斯	我的父親是自由民，我卻被賣了。　915
克萊婷	你說說看，我拿到什麼價錢？
奧瑞斯	太丟臉了，我不好意思說出口。
克萊婷	別忘了你那個父親幹下的荒唐事。
奧瑞斯	他在外吃苦，妳在家享清福，沒資格數落他。
克萊婷	孩子啊，女人身邊少了個男人，很苦的。　920
奧瑞斯	男人辛苦養家讓女人在家享清福。

910. 命運：「命運女神」，是擬人格的**Moira**（見**1: 129n**）

912. 母親的詛咒：見**3: 417n**。

913. 受苦：奧瑞斯顯然誇大他離鄉背井所受的苦，這可以從他和皮拉代斯的友誼合理推斷。參見**1: 881-85, 1282, 2: 562**。

915-16. 賣：與奴隸無異。奧瑞斯說的是譬喻詞，指自己離鄉背井又喪失繼承權，與奴隸無異（參見**132-33**），克萊婷卻抓字面的意思加以反駁。

917. 奧瑞斯認為克萊婷得到的好處（＝**915**的「價錢」）是擁有埃紀斯。

918. 荒唐事：原文特指性方面的淫亂（參見**1: 1438-39**）。克萊婷抓到了奧瑞斯的語鋒，即時推出擋劍牌：阿格門儂從特洛伊帶了女人回來，即前一齣戲中的卡珊卓。克萊婷很可能還想到《伊里亞德》詩中引起阿基里斯大怒的柯萊襲。

919-21. 男人衛國養家，因此可以擁有較多的性自由，奧瑞斯的這個說詞反映「性別」雙重標準一個常見的例子。克萊婷的回覆則吻合女人的性需求比男人強烈這個成見（比較**1: 859-62**），同時也把自己擺在希臘文學女人形象的光譜中與奧德修斯之妻珮涅洛珮相對的一個極端（Garvie 298-99）。《梅黛雅》（Medea）**248-50**所噓之以鼻的這種性別偏見，屬於父系社會恨女情結的一環，其經典說詞見於赫西俄德《神統紀》：女人是禍水紅顏，可以同享福而無法共患難，男人像工蜂辛勞採蜜，女人卻像雄蜂坐享成果（Hesiod, Theogony 590-99）。

920. 參見**1: 861-62**。

922. 語氣類似**888**（見**887-91n**）。

924. 語意上承**912**，現在明確提出警告。**怨忿狗**：重出於**1054**，克萊婷的詛咒將在下一齣戲具體化身為復仇女神的形象，而希臘人設想該形象經常將之與狗聯想在一起。狗與正義掛鉤的意象早見於**1: 135-36**，但是**怨忿**（κότος）出現在《和善女神》總是跟復仇女神有關。**924-25**交代出奧瑞斯的困境與苦難的根源。

926. 哭：哭喪，唱輓歌。奧瑞斯之無情，與墳墓無異。希臘諺語：「對傻瓜求情和對墳墓求情同樣徒勞。」克萊婷套這句俗話，卻翻出新義：事到如今，她覺得雖生猶死，身後卻又沒有人為她悼喪，只好自己為自己哭墳。參較**1: 1322-23**，卡珊卓說要為自己唱輓歌。其實奧瑞斯並非無情——他在**925**報父仇為自己開脫，這談不上推卸責任。觀眾理當記得本戲開場的哭墳：奧瑞斯哭墳成功，克萊婷卻獻祭無功，阿格門儂對她的求情也是置若罔聞。

929. 傳抄稿把本行列歸奧瑞斯的台詞，此處依Garvie陳述的理由：「她有兩行台詞，因為這是這一段穿針對白的高潮，又是她在本劇壓卷的台詞。反觀奧瑞斯，他應該以單獨一行台詞收尾，這吻合他在這一段穿針對白始終採取乾淨俐落的風格。」

930. 早在《阿格門儂》的進場詩，埃斯庫羅斯就已為子弒母預作鋪陳：歌隊心繫戰果，回想起十年前遠征軍出發時的情形，中間插入的讚美詩把人世的暴力和天界的暴力透過「為正義而戰」的意念連繫在一起，進而以三代逆倫的母題藉宙斯的「必要之惡」影射奧瑞斯弒母之事，賦給逆倫慘案豐富的神學意義。

931. 總結**838-930**敷演的埃紀斯與克萊婷之死。**雙**：參見**1: 642-43n**。

933. 臻峰頂：「臻於高潮」，指流血慘案已到了無以復加的地步。**我們別無選擇**：意思應該是「〔與其讓克萊婷和埃紀斯活下去，〕我們寧可堅決主張讓奧瑞斯活下去」，但也可能是「我們寧可寄望奧瑞斯不會摔下來」，後一義引人聯想整部三聯劇中一再迴響的不祥之兆。

934. 直譯為「以免家族的眼睛徹底滅絕」，Fagles說（**921n**）「眼睛」是傳統的隱喻，指領袖人物所提供的信念、希望與光明，Lloyd-Jones行注則說眼睛是身體最珍貴的部位，由此得出引申義。

克萊婷	這麼說來，孩子，你一定要殺自己的母親。	
奧瑞斯	殺妳的人是妳自己，不是我。	
克萊婷	當心你母親的怨忿狗。	
奧瑞斯	父親也有，我如果半途而廢，躲得掉嗎？	925
克萊婷	我，活生生的人，倒像是對著墳墓哭。	
奧瑞斯	沒錯，因為父親的命運注定了妳的厄運。	
克萊婷	噢，這就是我生下來養大的蛇！	
	夢中受到驚嚇是在預告未來。	
奧瑞斯	妳當初不該殺人，現在該為殺人受苦。	930

〔拉她進宮，皮拉代斯尾隨。宮門關上。〕

領隊	他們雙重的苦難使我心悲。
	奧瑞斯彳亍獨行涉血路
	既已攀峰頂，我們別無選擇，
	總不能家族的眼界不見天日。

〔唱曲三〕

歌隊〔唱〕　　就像正義降臨普瑞安子孫，　　〔正旋詩節一〕935
　　　　　　　　報應來遲愈沉重，
　　　　　終於在阿格門儂王族家
　　　　　一頭獅子闖兩回，戰神逞威再逞威！
　　　　　　他終究如願以償，
　　　　　　求助於皮托神諭的流亡人　　　　940
　　　　　　駕車穩當當抵達終點！

　　　　　高聲歡呼主人的家　　　　〔中插詩節一〕
　　　　　苦盡甘來，保住了財富，
　　　　　　一對污漬不再為患，
　　　　　厄運不再來！　　　　　　　　945

　　　　　妙手引導復仇戰虛虛實實，　　〔反旋詩節一〕

935. 第三首唱曲，歌隊唱凱旋頌，完全使用傾斜律，以無比激動的情懷表達歡樂的心境——幾乎只見於悲劇抒情唱詞的這個格律，主要用於表達激烈的情感、內心的騷動或無以名狀的悲痛。一身喪服的歌隊竟然唱起歡樂頌，視覺上的對比效果不言而喻。語調雖然歡欣，傾斜律卻提醒我們別有隱「情」，因為主導情調的畢竟不是唱詞，而是曲調，而傾斜律在埃斯庫羅斯的用法中，主要用於「崇敬肉眼不可見的復仇靈」（Garvie 304引|G. Thomson）。

936. 報應拖越久，打擊越沉重。

938. 獅子闖兩回：指涉的對象不明確，論者莫衷一是，可能性比較大的是指奧瑞斯先後殺埃紀斯和克萊婷，或克萊婷和奧瑞斯先後擔任復仇者（Garvie 306）。準此，**戰神**係代稱復仇殘殺。但是，Lloyd-Jones說，本行可能指涉奧瑞斯和皮拉代斯。

939. 他：奧瑞斯。

941. 借自賽車的譬喻。由於殺人償命的觀念迴響不絕，本行的反諷不言自明。

946-47. 倒裝句。

954. 幽深地縫：也可以譯作「洞窟」（猶言「仙府」，那是荷馬世界神輩的居所），可能指涉807提到的金鑾內殿，但也可能指涉「地臍」（見3: 40n釋「臍石」）。

955. 堂皇耍詐：「不耍詐的耍詐」。

962. 馬勒：馬籠頭藉以施加壓力的部分。《阿格門儂》一再出現類似的意象，包括勒馬（132, 236）、馬銜索（236, 1066）和軛（953, 1071, 1226，參見1640n），歌隊以為終獲舒解，但是，見941n。

965. 時間：擬人格。時間應驗萬事萬物，猶如眾神在時機成熟時促使事事物物真相大白或彰顯天理，類似時間老人在莎士比亞《冬天的故事》所要傳達的意涵。正如Garvie（314）指出的，在希臘觀念中，「擬人化的時間本身就是在時間流逝的過程中所發生的事」，如1: 894，陪伴克萊婷睡覺的**時間**也就是她睡覺的那一段時間；在3: 286，**時間**隨著淨化的過程而增長年歲。不過，這裡的時間到底要在這家族應驗或實現什麼事，並沒有交代清楚。措詞雖然不夠清晰，文義卻不至於費解：阿楚斯家族長久的屈辱即將成為過去，原本待在家中的**時間**，如今被說成是將帶著長期伴隨的屈辱和污穢（967）離家而去。

970. 客：復仇女神；參見1: 1186-87。但是，歌隊很快會發現（1059），淨化儀式不是那麼容易完成的——預告阿波羅在《和善女神》求助於雅典娜。

971. 〔舞台說明〕依Taplin 48, n. 1 & 357-59。皮拉代斯應該尾隨在奧瑞斯身後，雖然他的戲劇功能已經結束；不然就是另有隨從跟在奧瑞斯身後（見983n）。花圈掛在樹枝上，不是戴在頭上。羊毛橄欖枝：見1035n。隨從：見983n引|Garvie。

機心巧神赫梅斯；
是誰親自督戰指揮若定？
宙斯親生的女兒，凡人稱她作正義；
　奏奇功百步穿揚，　　　　　　　　　　　950
　她對敵人噴吐致命的怒氣。

　帕拿索斯聖寶地，　　　　　　〔正旋詩節二〕
　幽深地縫歸巧曲神，
　聲響貫耳；堂皇來耍詐，　　　　　　　　955
回擊那陳年惡行。
　神意啊暢行無阻，
　　惡人哪孤立無援，
　　尊崇天理是正道。　　　　　　　　　　960

　光明入眼來，這家族　　　　　　〔中插詩節二〕
卸下大馬勒。
　奮起吧，老家！你
匍匐在地上夠久啦！

　時間無所不應驗，　　　　　〔反旋詩節二〕965
　　即將跨大步進宮門，
　　只待淨化儀式來除魃，
火塘污穢盡驅逐。
　看運氣展現光明，
　　我們高喊逐客令，　　　　　　　　　　970
　　新主再度展笑顏。
　　　〔宮門開，奧瑞斯上，一手持劍，另一手持表明祈
　　　　求者身分的羊毛橄欖枝，埃紀斯和克萊婷的
　　　　屍體躺在他腳邊，隨從跟在他後面。〕

981. **設計**：正是1: 1127卡珊卓用過的字眼。

983. 「說話的對象是隨從，肯定不是對歌隊，也不是對無中生有的民眾」（Garvie 321）。引文中「無中生有的民眾」是指華格納風格的演出為了場面的壯觀而安排阿果斯民眾聚攏圍觀，這在文本中是毫無根據的（Taplin 358）。**它**：即1: 1383的**索命錦繡袍**。

984. **網**：原文以「覆蓋物」含糊指稱，卻明顯影射1: 357-61那一張「天羅地網」。

986. **太陽神**：太陽的擬人格，即赫遼斯，是比奧林帕斯神族更古老的太陽神，如《奧德賽》8: 269-71所見（完整的插曲中譯，見拙作《情慾幽林：西洋上古情慾文學選集》）。把光明神阿波羅和太陽劃上等號是晚起的說法。太陽周巡天界，其光普照寰宇，故稱**看盡人間事**（987），這是希臘文學屢見不鮮的措詞，如1: 632-33。

987. **審判**：見120。由於987-90共四行出現 δίκη 多達三次（987「**審判**」，989「**正義**」，990「**合法**」），很可能詩人藉此預告奧瑞斯在法庭受審一事。

990. **合法**：按雅典法律，通姦罪的現行犯可由丈夫或兒子當場處死。埃紀斯雖然沒有被逮個正著，可是他的罪行人盡皆知，因此雅典人不會質疑奧瑞斯行為的正當性（Garvie）。

993. 影射克萊婷的惡夢。

994. **海蛇**：海棲毒蛇的統稱。**蝮蛇**：見249n。

995. **咬**：見843n。

997. **這事**：具有舞台說明的意味——奧瑞斯指著983攤開展示的禮袍，甚至可能自己就接手繼續展示。

998-1000. 一系列的羅網意象係取自《阿格門儂》：998設陷阱即1: 1048陷入羅網，999澡盆重出於1: 1540，**羅網**重出於1: 1115，1000禮袍襲自1: 1126 和1581袍。**綁腳**可能是套用捕獲野獸之後的動作；如其然，這也屬於羅網／捕獵意象。

999. **澡盆**：也可以解釋為「棺架」或「棺材」，因此**遮簾布**可以譯成「壽衣」，呼應1: 1383錦繡袍。

〔收場戲〕

奧瑞斯　　　看吧，篡奪國土的就是這一對，

　　　　　　殺了我父親，又在我家搜括！　　　　　　　973

　　　　　　他們曾經坐在王位上威儀堂皇，　　　　　　975

　　　　　　現在還是你儂我儂，看這個下場

　　　　　　就明白，山盟海誓生死如一。

　　　　　　他們發誓聯手殺死我不幸的父親，

　　　　　　又發誓死在一起，果然信守誓約。

　　　　　　　再看吧，各位請明察這悲慘的事故，　　980

　　　　　　他們設計束縛我可憐的父親，

　　　　　　困住他的手，又絆住他的腳！

　　　　　　把它攤開！圍到我身邊來，

　　　　　　展示她罩在丈夫身上的網，

　　　　　　好讓父親看看我母親如何逆倫──　　　　　985

　　　　　　我說的不是生父，而是指太陽神，

　　　　　　他看盡人間事──在審判的那一天

　　　　　　由他來見證我著手懲罰自己的母親

　　　　　　合乎正義。至於埃紀斯，不提也罷，

　　　　　　他犯通姦罪，受到制裁是合法的。　　　　　990

　　　　　　　可是她，對丈夫設計這令人髮指的罪行，

　　　　　　那個人的孩子是她辛苦懷胎忍痛生下來的，

　　　　　　曾經甜蜜的重擔變成不共戴天的仇恨，

　　　　　　你們怎麼看她？簡直是海蛇或蝮蛇，

　　　　　　只要一接觸，沒有被咬也會腐爛，　　　　　995

　　　　　　她無法無天的無恥行徑就是這樣！

　　　　　　　這事該怎麼稱呼，就算我存心說好話？

　　　　　　為野獸設陷阱？還是覆蓋在屍體上

　　　　　　澡盆專用的遮簾布？都不對；是羅網，

　　　　　　各位儘管說它是禮袍，卻給用來綁腳。　　1000

　　　　　　這根本是強盜土匪的手法，

1005-06. 不要有那樣的配偶。「奧瑞斯並不是真的想到結婚的事,而是語帶誇張表達她對克萊婷的感受;他寧可絕子絕孫——這在希臘人看來是其慘無比——也不要那樣的配偶。他在**909**已說過,不想以兒子的身分跟她住在一起」(Garvie)。

1007-09a. 與**1018-20**完全對稱的行進曲。**妳**:克萊婷。**災難**:災殃,死亡。**花開**:時機成熟。**待罪之身**:奧瑞斯。**1009a**指奧瑞斯以待罪之身即將面臨報應。一般英譯把**待罪之身**譯作「存活者」;但是Garvie(**331**)提醒我門,奧瑞斯不只是在殺死仇人之後大難不死,原文同時強烈暗示奧瑞斯是「等待」懲罰降臨的人。

1010. 奧瑞斯怒斥歌隊感嘆他即將受到報應。

1012. **時間**:見**965n**。

1011. **埃紀斯的劍**:殺阿格門儂的人是克萊婷,可是女人不會有自己的劍,因此殺死阿格門儂的兇器必定借自埃紀斯(Garvie)。但是,也有可能像《伊里亞德》**22.371**所述希臘人戳刺赫克托的屍體,奧瑞斯推斷埃紀斯以同樣的行為洩恨(Lloyd-Jones 行注)。

1014-15. 看到這件**索命錦繡袍**(**1383**),奧瑞斯感到亡父「音容宛在」。

1016. 奧瑞斯明白整個家族全都被冤冤連還報的鎖鏈給套牢了。

1017. 對希臘人而言,勝利的可貴在於有人會羨慕,因此本行表達了深沉的矛盾(paradox)。原文另還隱含譯文無從傳達的一層意思:奧瑞斯雖然感到悲慟,卻不會改變既定的決心(Lloyd-Jones 行注)。

1021-25. 奧瑞斯開始顯現精神崩潰的徵兆(參見**1048n**)。駕駛馬車的意象上承**794-99**馬具套在奧瑞斯身上。**恐懼**:擬人格。**挨在心頭**:靠近心之所在,猶言「深入肺腑」。**恐懼**所唱當然是恐懼之歌。在《阿格門儂》**990-91**,恐懼之歌變成歌隊內心所唱復仇女神的悲歌,如今在奧瑞斯內心又唱又跳的**恐懼**,將在《和善女神》化身為載歌載舞的復仇女神。

1028. **染血腥**:「污染」(釋義見**1048a-50n**),原文μίασμα重出於1: **1420, 1645**; 2: **944, 1017**,另又見於《伊底帕斯王》**97, 353, 1012**。

1029. **中邪**:原文通常指使人產生情意的符咒,奧瑞斯用來指稱促使他弒母的外在「動機」,因為他知道自己片面宣稱**合乎義理**(**1027**)不足以服人。按Dodds(**28-101**)的分析,從荷馬到公元前五世紀,詩人呈現心智失常都說是外在的神力或魔力造成的結果。Horgan(**145**)補充道,尤瑞匹底斯在《奧瑞斯》(公元前**408**首演)**394**行以下,已可見到完全以道德觀點所作的解釋。

看到過路人就騙就搶，洗劫

營生，靠這一類狡詐的技倆

殺人無數，非這樣不足以溫暖他的心。

　　我可不要有那樣的人住在家裡！　　　　　　　1005

要不然，天神讓我絕子絕孫算了！

歌隊〔吟〕　　天哪，天哪，真悽慘！　　　　　　〔行進曲〕

　　　　　妳竟然是這樣的下場！

　　　　　噢，噢！

　　　　　災難花開為待罪之身。　　　　　　　　1009a

奧瑞斯　　她有沒有幹下那件事？這長袍　　　　　　1010

被埃紀斯的劍給染過色，就是證據。

噴出來的血和時間沆瀣一氣

硬是把這錦繡袍給弄髒了。

　　對著害死我父親的這一張網，我終於

可以唸頌文，終於可以向他致哀。　　　　　　1015

對這件事、這場災難，還有全部的族人，我

感到悲慟；我的勝利是沒有人會羨慕的污染。

歌隊〔吟〕　　世間凡人有誰能　　　　　　　　　〔行進曲〕

　　　　　無災無難度過這一生。

　　　　　噢，噢！　　　　　　　　　　　　　1019a

　　　　　眼前有愁苦，未來更多。　　　　　　　1020

奧瑞斯　　前景茫茫，可是我希望妳們知道，

我覺得自己像個御夫，駕馭馬車

偏離了車道，我的心智不聽使喚，

橫衝直撞摔得我倒栽蔥；恐懼

挨在心頭要唱歌跳舞，憤怒來伴奏。　　　　　1025

可是我腦筋清楚得很，對身邊的人

我鄭重宣佈：我殺自己的母親合乎義理，

因為她殺了我父親，染血腥激起天怒。

　　我中了什麼邪，竟然下得了手？首先

1033. 恰當的措詞如飛矢，面對隨之而來的苦惱必定詞窮，即無法命中箭靶。

1035. 橄欖枝上纏繞白色羊毛，這是祈求者在祭台前表明身分的信物。由於奧瑞斯一直到3: 42 仍手握凶器，又由於阿波羅已指示他滌罪事宜，他在972上場時應該就帶著羊毛橄欖枝，不然就是由隨行的人帶者，在1034遞給他。

1036. **臍石**：阿波羅成為德爾菲的新主之後，以形如陽物的一塊石頭標示陸地的中心，猶如人體的中心在肚臍，陸地的中心就稱作「地臍」，故名。參見3: 40n。

1037. 德爾菲阿波羅廟的祭台，一如雅典市政廳（Prytaneum）的公共火塘，火種不熄。Lloyd-Jones行注提到，公元前480年薛西斯（Xerxes）率波斯大軍入侵，砸毀神廟，雅典人必須從德爾菲取火種承傳香火。參見1: 427n。

1038. **亡命**：奧瑞斯逃亡，可以是「逃避懲罰」，也可以是「逃避因之而來的不潔」，因為流亡本身就有淨化的作用（Garvie）。

1039. 阿波羅在3: 205 加以證實。

1040-42. 要求見證，無非是盼望獲得世人的理解則死而無憾，卡珊卓如此（1: 1183-85），莎士比亞筆下的奧塞羅（Othello, 5.2.341-47）和哈姆雷特（Hamlet, 5.2.318-19）也是。此處舉出的例子可以看出埃斯庫羅斯和莎士比亞的悲劇有血脈相通的特徵：悲劇結束於新秩序誕生之時。此一特徵和亞里斯多德所定義悲劇的敘事模式（結局比開場更悲）並不吻合，卻使我們察覺到埃斯庫羅斯匠心獨運為收煞這一部三聯劇所作的鋪陳。論者稱埃斯庫羅斯呈現「理想人」（「人理當如此」，相對於索福克里斯的「人實際如此」和尤瑞匹底斯的「人可能如此」）的形象，良有以也。

1041. 提到**阿果斯百姓**並不表示他們在現場。

1042. **梅內勞斯**：提到這個名字，預告本三聯劇結束後緊接著演出的羊人劇《普羅透斯》（Proteus），該劇描寫梅內勞斯返鄉之行，即1: 636-675所述。

1043a. 奧瑞斯認定自己的事蹟合乎英雄的標準，這也正是本三聯劇標題'Ορέστεια的微言大義。唯有英雄事蹟值得流傳後世。可是奧瑞斯所體現的英雄情操，既不是《伊里亞德》所描寫在沙場上出生入死，也不是《奧德賽》所描寫在處處陷阱的世間尋求安身立命之道，而是有待《和善女神》撥雲見日的新價值觀。參見3: 777n。

1045. 指1043流亡異鄉之事。套：套上軛，承1022的意象。

1048. **啊**：重出於1: 1087, 1125，可能是受驚時倒抽一口冷氣所發出的聲音（Garvie）。這一場戲，從1021開始，我們看到奧瑞斯從認罪歷經辯白，然後著魔似的先後陷入羅網和血手的妄念，最後意志失控，看到蛇形復仇女神，描寫精神崩潰的過程相當寫實（Hogan 144）。可是奧瑞斯並沒有（像《阿格門儂》裡頭中了邪的卡珊卓那樣）使用抒情旋律，反倒和歌隊進行一段穿針對白，格律則是說白專用的短長格。反觀尤瑞匹底斯在《奧瑞斯》253-276所呈現的奧瑞斯，那才是徹底與現實決裂。

1048a-50. 現場只有奧瑞斯一個人看到他描述的景象。如果解釋為奧瑞斯出現幻覺，那麼1047領隊提到**蛇**可能是導火線。可是，John Jones（23）認為，奧瑞斯的雙手血跡斑斑，就這一點而論，復仇女神的存在具有客觀的意義（參見1055n）。他接著（24）指出：「看到復仇女神就是犯罪的明證，猶如一雙血手是血腥的明證，埃斯庫羅斯及其社會為我們提供一箭雙鵰的一個術語：污染。」這裡說的「污染」，本義是沾到血因而變「污穢」，形同被「糟蹋」（閩南語所保留的古意），因此需要**淨化**（1059），也就是以具體的動作清洗血跡穢物（μίασμα）；參見3: 448-49n。

是巧曲神在皮托傳達的天意，他的神諭　　　　　1030
告訴我，做這件事，我不會受到譴責，
如果不下手——懲罰沒必要說出口，
因為不可能射箭命中那種種苦惱。
　　現在，妳們看，看我配備
羊毛橄欖枝，我要去陳情，　　　　　　　　　1035
去陸地的中心供奉臍石的那座廟，
在光明火永燃不熄的那個聖地，
我將為血親命案亡命異鄉，
巧曲神的指示就是這樣。
至於這一樁逆倫的行為，我要求　　　　　　　1040
阿果斯百姓牢記事情的原委，
在梅內勞斯回國時為我作見證。
我這就離開故鄉去流亡，
不論生死，把我的事蹟流傳下去。　　　　　1043a

領隊　　　你行為高尚！沒必要在自己的舌頭
套上不吉利的話，或開口觸霉頭。　　　　　　1045
你解放整個阿果斯，
妙招快手砍下兩條蛇兩個頭顱。

奧瑞斯　　啊！啊！
妳們看，那邊——像蛇髮女妖，　　　　　　　1048a
一身黑袍，她們的頭上一叢叢
蛇窩！我待不下去了！　　　　　　　　　　　1050

領隊　　　什麼景象在你腦海裡翻騰？你是令尊
最鍾愛的孩子，勝券在握，不用怕！

奧瑞斯　　我的苦惱不是捕風捉影；
我母親的怨氣化成一群獵狗，清清楚楚！

領隊　　　你一雙手血跡還沒乾，　　　　　　　　　　1055
怪不得失魂落魄神智失常。

奧瑞斯　　阿波羅威德，看！她們越聚越多，

1049. 黑：本劇開場（11）與收尾共同的色調，見1: 464n；原文本意「灰暗」，泛指黑白兩色相混的色調。古人對於色彩的鑑別度比現代人籠統多了（參見拙譯《馬克白：逐行注釋新譯本》2.3.109-10n）。

1051. 翻騰：在1: 1216 用於描述卡珊卓的瘋狂，意象取自 1: 654-57 所描寫的情景。伊烈翠在202-03使用類似的意象，預告姊弟相認，我們現在看到的是其後果。

1054. 正如克萊婷當初的威脅（924）。**狗：**並非指外觀像狗，而是指獵狗憑嗅跡追蹤獵物的行為。

1055. 還沒乾：領隊安慰奧瑞斯，等血跡乾了，時過境遷則無事矣。Garvie注疏：「領隊堅信，復仇女神只是主觀的症候，奧瑞斯是因罪惡感而神智失常。她錯了。」

1057. 越聚越多：原文不只是「成群結隊而來」，同時還表示她們在奧瑞斯眼前不斷增殖。

1058. 復仇女神眼睛滴血，意義不詳。可以確定的是，眼睛充血與瘋狂有關，見1: 1426-28。Hogan指出，本劇「目視」的意象（246-63, 693-96）以及關於眼睛的種種指涉，最後聚焦於奧瑞斯目睹的恐怖景象，而奧瑞斯卻被稱為**家族的眼界**（934）。此一視覺效果的鋪陳，神不知鬼不覺把觀眾的視線引向下一齣戲復仇女神猙獰的面貌。

1059-60. 淨化：因有「污染」（見1048a-50n），故需淨化。**加持：**譯文借自佛教術語，可能是真的觸摸，也可能只是譬喻詞。君權神授時代的英格蘭相信統治者的觸摸能獲致醫療效果，如莎士比亞《馬克白》4.3.141-49所述。當今教宗有時也採取類似的「加持」儀式行之於天主教徒。按照列些林佛學院堪布洛喪的定義，「加持」這個象徵性的名詞，指的是「接觸或經歷一個地方或對象，自己內心受到其力量影響而變得清靜與善良的過程」（<http://www.hwayye.org.tw/chtm#h>）。按聖嚴法師的解釋，「加持」乃是「佛教為了接引方便，和適應大眾的需求」，而採取的救濟法門，藉以加強被加持者面對現實的勇氣與毅力：「加持的功能，來自咒力、願力和心力。持咒功力深厚的人，咒的本身產生了感應力，能夠感通鬼神，協助並加持人；願力強的人能夠以發願心感通諸佛菩薩以及護法龍天的護持和救濟；心力強的人可以直接影響被加持者的心向，加強他們的意志，轉變他們的觀念，所謂逢凶化吉、消災、治病，都是以精神的心力為主宰。」領隊所提或可歸於第三種。

1060. 呼應1: 20守夜人的期盼。

1065. 歌隊以行進曲調列舉這王族牽連三代的詛咒。

1066. 三：影射1: 172, 247, 1386。

1068. 阿楚斯殺提也斯稚子一事，見1: 1095-97, 1218-22, 1242, 1503, 1590-602。

1069. 詛咒：見1: 1601-02.

1070. 夫君：即1: 857克萊婷一語雙關使用的**男人**。

眼睛在滴血，看了就噁心。

領隊　　淨化的方法只有一個：巧曲神

　　　　親手加持，解除你的這一切煩惱。　　　　　　　　　　1060

奧瑞斯　妳們沒看到，我可是親眼看到！

　　　　她們像獵狗在追趕，我待不下去了！　　〔奧瑞斯逃竄而下。〕

領隊　　祝你好運，但願天神照顧你，

　　　　也心懷慈悲保佑你一帆風順。

歌隊〔吟〕　看這王族，　　　　　　　　　　　　〔行進曲〕1065

　　　　第三次狂風暴雨

　　　　猛襲擊，來去自如！

　　　　先是兒童人肉餐，

　　　　提也斯下詛咒，

　　　　引出夫君命一條，　　　　　　　　　　　　　　　　1070

　　　　堂堂希臘統帥

　　　　澡盆裡喪生，

　　　　如今第三回，來了救星——

　　　　或者該說是厄運？

　　　　事情了結待何時？　　　　　　　　　　　　　　　　1075

　　　　毀滅發威何時歇？

和善女神

Εὐμένίδες

（**Eumenides**）

《和善女神》譯注

劇中人：

皮緹雅：字義「藉詢問得知」，不是人名，而是職銜（見**2: 807n**）。

時間：

午後不久：依Roche英譯本，Fagles作「早晨」。

地點：

德爾菲：Δελφοί（Delphi），字義源自δελφύς，「子宮」。在父系信仰中，德爾菲號稱陸地的中心，其實只是「子宮為女體的中心」陽性化的說法（參見**16n**）——這或許是父系神話模仿母系信仰最「幽默」的事例。

德爾菲阿波羅神殿和奧林匹亞宙斯神殿並列為希臘的兩大宗教建築群。希臘人接受阿波羅信仰之前，德爾菲神諭屬於在克里特島的米諾斯文明（Minoan civilization，約**2100-1500 B.C.**）和希臘南部伯羅奔尼撒半島的邁錫尼文明（Mycenaean civilization，約**1600-1100 B.C.**）地位舉足輕重的女神所有。此一事實明顯反映在希臘人所流傳關於德爾菲神諭的早期歷史，當今所知最早的文獻見於〈阿波羅讚美詩〉（公元前約**7-6**世紀）。該詩雖沒有提及阿波羅之前的神諭，卻述及阿波羅奮戰皮同（見**1: 509n, 2: 900n**和**3: 7-8n**），將之殺死而後入主德爾菲（*Homeric Hymn*, **3: 356-74**；參見**3: 40n**）。在愛琴文化中，蛇跟地下的勢力關係密切；皮同就是職司護衛以夢顯示徵兆的地母神諭（Harrison 1963: 394）。「皮緹雅」之稱即是紀念阿波羅屠龍之舉。阿波羅在德爾菲的神諭，最遲自公元前八世紀就深刻影響希臘的宗教與政治。

劇中人

皮　緹　雅：德爾菲阿波羅神殿的女祭司，阿波羅的代言人

阿　波　羅：真理神、預言神，宙斯的代表

奧　瑞　斯

克萊婷亡魂

雅　典　娜：雅典的守護神，智慧女神

歌　　　隊：由復仇女神組成

護　駕　隊　伍：由雅典公民組成

吹笛手一名。

時　　　間：緊接著前一齣戲。由於克萊婷的怨靈窮追不捨，奧瑞斯最後逃
　　　　　　亡到德爾菲的阿波羅神殿尋求庇護。午後不久。

地　　　點：前半場在德爾菲阿波羅神殿，後半場轉移到雅典衛城的雅典娜
　　　　　　神殿。

2. **地母**：音譯作「蓋雅」，「土地」的擬人格。開天闢地之初，從渾沌當中最早誕生的就是蓋雅（Hesiod, *Theogony* 116，中譯見拙作《情慾幽林》選譯赫西俄德《神統紀・愛神的誕生》），是眾神與人類共同的始祖。**泰米絲**：提坦神之一，「傳統」（＝自然法＝民情＋習俗）的化身，是社會結構賴以維繫的「集體良知」（Harrison 1963: 484-86），地母與天父結合所生（*Theogony* 135）。地母有個名號為Titaia，因此她與天父結合所生的孩子統稱為Titans，即「提坦神族」（Harrison 1963: 453），比以宙斯為首的奧林帕斯神族更古老。「提坦神族」這個名稱明顯透露母系氏族社會「有母無父」的家庭結構。

3. 母系時代的繼承方式有兩種，一為本行所述的母傳女，另一為4-7所述的姊妹相傳。

5. 特別強調母系職位的嬗替不是取決於暴力，與此相對的是建立在競爭、擊敗、取代這三步驟的父系嬗替（見7-8n）。

7. **福蓓**：月亮女神（Harrison 1963: 388），也是提坦神，媒投的生母（*Theogony* 404-06）。**福蓓**（Phoebe）這個名字改成陽性字尾即是下一行提到的**福玻斯**（Phoebus）。

7-8. 阿波羅在德爾菲的主權來自和平轉移，這是埃斯庫羅斯苦心孤詣率先提出的說法。尤瑞匹底斯提到年代更早的說法，明白指出阿波羅豪奪強取泰米絲與生俱來的權利（*Iphigenia in Tauris*, 1259-61；參見40n）。父系氏族面對世代交替的問題，從一開始，早在宙斯祖孫三代，就傾向於以暴力解決（1: 168-71），那一場「神界大戰」表露的繼承模式與母系的和平轉移構成強烈的對比。母系繼承就在福蓓傳給阿波羅時宣告結束：阿波羅射殺皮同之後，阿波羅信仰取代蓋雅信仰，由此可看出「地母與太陽／黑暗與光明／夢兆神諭與天啟真理之間的一場戰鬥」（Harrison 1963: 393）。「**福蓓**」隱含光輝與純潔，「**福玻斯**」則是阿波羅光明神（Phoebus Apollo）專有的描述詞，由於「三」這個數字在本三聯劇具有明確的象徵意義，原文一連三次使用**福蓓……福玻斯……福蓓**表明「皎潔」，暗扣劇情的發展，也暗示奧瑞斯終將獲得「淨化」（見40n）。

9. **提洛**：海琴海中一島嶼，與德爾菲齊名的阿波羅聖地。**山嶺**：指Cynthus，阿波羅和阿特密絲的誕生地（這一對孿生神分別有小名Cynthius和Cynthia，即是源自這一座山），與本行提到而比鄰的**湖泊**並列為提洛島上最醒目的地理特徵。其實，考古研究顯示，阿波羅的母親媒投和妹妹阿特密絲（她倆原本是大地女神母女）比他更早在該島受人膜拜。他後來以光明神的身分取代提坦神族中的太陽神赫遼斯。羅浮宮蒐藏的一個古希臘巨爵，瓶繪顯示太陽神赫遼斯離海上陸與月亮女神結婚，從此女神「在父系社會淪為出嫁從夫的妻子」（Harrison 1963: 200附圖版）。阿卡德的一個圓筒印章（Akkadian Cylinder Seal of Adda, c. 2250 B.C.）可以看到更古老的版本：戰神Ninurta和水神Ea分站左右，中間是愛神Ishtar迎接新誕生的太陽神Shamash（Kramer, *Sumerian Mythology*, p. 32圖版附解說）。這一類器物史料和《吉爾格美旭》（*Gilgamesh*，節選中譯見拙作《情慾幽林》）保留宗教從母神信仰過渡到父神信仰的鴻爪，《奧瑞斯泰亞》則為那一個過渡期劃下句點。

10. **帕拉絲**：雅典。雅典的守護神雅典娜又名**帕拉絲**（見21n），因此以之代稱。阿波羅從提洛出發，經由以雅典為首府的阿提卡前往德爾菲。

11. **帕拿索斯**：見2: 563-64n。

13. **火神**：赫費斯托斯。**火神的子孫**：雅典人，因為他們傳說中的始祖埃瑞克透斯（855n）就是火神和大地女神的兒子。火是文明的濫觴，一大功能在於製作工具，因此火神也是金工神。母系社會的宗教信仰以大母神的生育原則為核心，文明則始於男人從事金屬工具的製作，那樣一個特殊的「性別交融」就反映在希臘神話中愛神與火神的結縭。等到戰爭被標舉為「國

〔皮緹雅來到正殿門口，
作出高舉雙手的祈禱姿勢。〕

〔開場戲〕

皮緹雅　　祭禱前，我先來回顧歷代預言神，
　　　　　首先要推崇地母；接下來是泰米絲，
　　　　　她接替她母親在這神諭所的聖座，
　　　　　這是傳統的說法；第三位繼承的，由於
　　　　　泰米絲的同意，完全不涉及暴力，　　　　　　　　5
　　　　　也是提坦女神，地母的孩子，她
　　　　　就是福蓓。她把聖座當生日禮物
　　　　　送給福玻斯，這名字就來自福蓓。
　　　　　阿波羅離開提洛的湖泊與山嶺，
　　　　　航向船隻穿梭的帕拉絲海岸。　　　　　　　　　　10
　　　　　他從那裡上岸前往帕拿索斯。
　　　　　莊嚴的護駕行列浩浩蕩蕩，
　　　　　火神的子孫一路披荊斬棘，開道
　　　　　闢荒，沿途馴服未馴的陸地。
　　　　　百姓頂禮膜拜迎接他的來臨，　　　　　　　　　　15
　　　　　本地掌舵的德爾福斯王也一樣。
　　　　　宙斯為他灌注預卜未來的靈氣，
　　　　　扶他登上聖座成為第四任預言神：
　　　　　巧曲神代表他的父親發言。
　　　　　我在祭禱之前先向這些神明致意，　　　　　　　　20
　　　　　禮敬的名單也包括殿前護靈雅典娜，
　　　　　還有住在柯瑞基雅洞府的仙女，
　　　　　那深穴招來群鳥出沒與眾神流連。
　　　　　我可沒忘記酒神也揚威這地區，
　　　　　自從他吸收一批忠心的女信徒，　　　　　　　　　25
　　　　　設計讓彭休斯自投羅網像野兔。
　　　　　普萊斯眾水和波塞冬的大能大德

之大事」，愛神也有了新的丈夫，就是戰神阿瑞斯。這一樁新歡舊愛扯出的三角關係，荷馬
《奧德賽》**8: 265-366**有精采的描寫（中譯錄於拙作《情慾幽林》）。

13-14. 開荒闢路即「開化」，象徵文明，也可能影射通往德爾菲阿波羅神殿的「阿波羅聖道」
（Apollo's Sacred Way）。「提到火神與開路，可能預告劇終時的火炬大遊行」（Fagles譯注）。

16. 掌舵：領袖群倫的譬喻詞，一如中東文學的「牧羊」，是深具地域特色的隱喻。**德爾福斯：**
德爾菲人傳說中的英雄，海神波塞冬和化身為海豚的梅蘭妥交合所生，因此得名（希臘文
δελφίς＝拉丁拼音*delphis*＝英文dolphin＝海豚）。「德爾菲」這個地名就是為了紀念他。然
而，相對於前述的陽性觀點，另有陰性觀點指出，希臘文δελφύς＝拉丁拼音*delphus*＝子宮，
吻合德爾菲為地臍之說（參見**40n**釋「臍石」）。

19. 巧曲神：見**1: 1074n**。代表……發言：擔任發言人，原文προφήτης（*prophetes*）係「預先說
出將會發生的事」，正是英文單字prophet所從出。**1-19以地母**始而以**宙斯**終，皮緹雅的開場
白「揭露——或許更恰當的說法是隱匿——本劇真正的衝突，亦即新秩序與舊秩序的衝突，
還有以復仇女神為代表的地祇和以阿波羅及其父親為代表的奧林帕斯天神之間的衝突」，甚
至進而反映母系氏族與父權體制這兩種社會秩序的衝突（Harrison 1963: 385-86）。那是神靈
／神祇最後的決戰，也是乾坤陰陽大決戰。

21. 雅典娜：原文稱「帕拉絲」，「少女」之意，是雅典娜最常見的描述詞，後來成為她的代
稱。**殿前護靈：**距離阿波羅神殿約**2.4**公里的德爾菲入口有雅典娜神殿，因為位在「阿波羅神
殿前方」，故稱「殿前雅典娜」（Athena Pronaia），又因為其職責為捍衛聖地，故稱護靈。
按希羅多德記載，公元前480年波斯大軍逼近雅典娜神殿，聖地面臨洗劫，卻晴空霹靂伴隨地
震落石澆息了敵人的氣焰，殿前雅典娜果然護靈有功（Herodotus **8.36-39**）。本劇結尾時，
雅典娜將會出面收拾阿波羅慫恿奧瑞斯復仇所留下的爛攤子，「殿前雅典娜」與「先覺雅典
娜」（Athena Pronoia）合而為一。

22-23. 柯瑞基雅：靠近帕拿索斯山巔的一片荒地。山洞總是仙女和牧羊神潘恩出沒的地方。**眾
神：**主要指潘恩。

24-26. 酒神：原文稱「柏羅米奧斯」（Βρόμιος），酒神戴奧尼索斯的一個描述詞，「響雷」
之意，指他出生時響起的雷鳴（Avery 227）。他和阿波羅同為宙斯的兒子，兩兄弟分享這聖
地：冬季，他駐在此地，阿波羅則去造訪極北民。索福克里斯《安蒂岡妮》1126-36提到德
爾菲兩年一度的節慶，婦女於夜間持火炬跳舞向酒神致敬。「在這個段落，埃斯庫羅斯把戴
奧尼索斯在德爾菲建立根據地的年代追溯到這位神轟轟烈烈征服希臘之初」（Lloyd-Jones 行
注）。尤瑞匹底斯《酒神女信徒》（*Bacchae*）描寫底比斯王彭透斯以高壓措施反對酒神信仰
的下場，即是反映那一個時代背景。

27. 從德爾菲仰望上方是名為Phaedriades的雙子峰，往下俯瞰是**普萊斯托斯**（Pleistos）河谷。在
古典時期的宗教體系，**波塞登**是海神，也是宙斯的哥哥，可是在米諾斯—邁錫尼文明，他是
大地女神的配偶，因此自古就在德爾菲佔有一席之地。進入歷史時代以後，他在阿波羅神殿
裡面擁有祭台（Lloyd-Jones）。

28. 熟緣：見**1: 973**。至尊神：見**1: 509**。

29. 預言寶凳：見**2: 807n**。

30. 進入聖殿：開始每天的例行公事，代表阿波羅接受信眾請益。**聖殿：**即**2: 807**的金鑾內殿。

31. 求神賜福不嫌多，而且希望日益增多。皮緹雅祈求的福氣，無非是如卡珊卓所具備洞察世事
的能力（見**1: 1090-1285**）。

也一併呼請，還有宙斯熟緣至尊神；
我這就去坐上預言寶凳。
眾神保佑我進入聖殿納福澤　　　　　　　　　　　30
日益增多。在場的如果有希臘人，
按規矩先抽籤，依次序進殿。
我的預言只是遵照神的指示。　　　　　〔她打開殿門，跨越門檻，
　　　　　　　　　　　　　　　　　　　　進入內殿，短暫空場之後，
　　　　　　　　　　　　　　　　　　　　神色驚恐再度上場。〕

恐怖！說不出口的恐怖！看了更恐怖，
嚇得我踉蹌倒退進不了巧曲神的家，　　　　　　　35
元氣盡失兩腿發軟根本站不住。
多虧這雙手幫忙，我才逃出來；
老太婆受了驚就像小孩一無是處。
我正要進入掛滿花圈的內殿，
看到一個男人渾身血污在臍石上，　　　　　　　40
對著天神擺出祈求的姿勢，
一雙手和新出鞘的劍都在滴血，
他還握著樹梢摘下的橄欖枝，
枝頂中規中矩纏了一團毛線球，
純白的羊毛——這一切我還說得清楚。　　　　　45
那個男人的前面，看了嚇死人，
一群女人在坐椅上睡著了。
不是女人，應該叫蛇髮女妖；
不對，看起來也不像蛇髮女妖。
我看過圖畫上的妖怪，硬是搶走　　　　　　　50
菲紐斯的餐點；可是這一些沒有翅膀，
一身烏漆麻黑，看來就惡心；
她們打酣噴出的氣息使人不敢靠近，
眼睛流出教人不敢恭維的液體。
她們那一身穿著實在不適合　　　　　　　　　55

31-32. 希臘人享有優先權，這是德爾菲的慣例。

33.〔舞台說明〕**空場**：皮緹雅下場與重上之間的留白，使得這一段開場戲在希臘悲劇中獨樹一幟，因為空間上的空虛和時間上的暫停都不是希臘人所喜歡的。埃斯庫羅斯這神來一筆，把開場戲皮緹雅的獨白分成長度相等的兩半，「前半場顯示莊嚴肅穆的常規，那是德爾菲和平承傳的結果；後半場傳達無從理解而使人避之唯恐不及的情景，那是復仇女神闖入秩序井然的德爾菲世界所造成的。一前一後並置，兩相輝映，效果非凡」（Taplin 362-63）。參見**63n**。

35. **家**：神殿就是神的家。

36-38. 手腳並用，匍匐而出。

39. 古代文學與瓶繪常見到為神像配戴花圈的描寫，此一習俗源遠流長。

40. **血污**：希臘瓶繪可看到阿波羅為了洗滌污染（**2: 1048a-50n**）而幫奧瑞斯舉行淨化儀式，皮緹雅描述的就是阿波羅在奧瑞斯頭上殺小豬之後，豬血淋身的景象（參見**450n**），其象徵意義，Zeitlin（**1978: 63**）說是「像新生兒在生下他的流血器官下方」重獲新生，重生的地點就在被男性霸佔的女性象徵地（「德爾菲」字義為「子宮」，見**16n**），奧瑞斯的重生因此具有男神單性生殖（**663-66n**）的意義。奧瑞斯在**448-50**提到不准和殺人犯交談的禁忌，滌罪之後則可以重獲自由身。Lloyd-Jones（**1970: 201**）說，阿波羅殺死皮同（見**1: 509n**和**2: 900n**）之後才奠定淨化儀式，又（在行注）說為殺人流血之事舉行淨化儀式，這早自公元前七世紀就是德爾菲宗教的一個重要觀念。可是，復仇女神並沒有因此放棄追殺奧瑞斯，顯然是不承認前述的滌罪觀。**臍石：omphalos**，本義為肚臍、中心，指德爾菲阿波羅神廟內殿擺置的一顆聖石，成鈍頭圓錐狀，包於網內，在埃斯庫羅斯那個時代被視為陸地中心的地標，故稱「地臍」。按Harrison（**1963: 384, 396-99**）之說，臍石不是物神崇拜所供奉的靈石（a fetich-stone），而是立在墳塚上的圓錐狀聖石，用來標示皮同的墳塚所在；「凡有地母崇拜就有臍石」，這一塊臍石足以彰顯阿波羅射殺皮同所透露他和地母之間根深柢固的恨意。

43-44. **橄欖枝梢**以**羊毛球**為冠，見**2: 1035n**。《伊里亞德》**1: 13-14**提到人對人的懇求，也是如此。

45. **這一切**：39-45所描述的，相對於46-59難以具體描述。**說得清楚**：相對於47-51的描述無法說清楚，因為看來像女人卻不是女人、像蛇髮女妖卻不是蛇髮女妖、像哈皮艾卻不是哈皮艾。

49. 外觀看來像**蛇髮女妖**，因為頭上長出蛇。

50-51. **妖怪**：女人頭而鳥身的哈皮艾。**菲紐斯**：色雷斯王，不惜以眼瞎換取長壽，因遭受天譴，食物一再被哈皮艾搶走，一直到追尋金毛羊皮的阿果號英雄殺死妖怪才解圍。

52. **黑**：見**370n**。

54. 眼睛滲出血滴，見**2: 1058**。

55-56. 因為身穿黑袍（**2: 1049**）。黑色和土地有關，如希臘詩人常使用「黑土地」這樣的稱呼，因此被視為不潔，也是不祥之兆。

57. **族**：部落。

63.〔舞台說明〕皮緹雅下場之後，舞台再度空場，「這種中斷只有歌隊不在場時才可能出現」（Taplin 363）。

64. 奧瑞斯在**2: 269-70**提到阿波羅，開口就是**不會遺棄我**，不只是因為阿波羅主使奧瑞斯殺克萊婷，更是因為神有義務保護前來祈求的人。阿波羅的開場白意味著他正在回答奧瑞斯的祈求，「這個自然主義的技巧……在公元前五世紀的悲劇和喜劇同樣難得一見，只有在新喜劇才變得尋常」（Taplin 364）。

　　　　靠近神像，也不適合進出住家。
　　　　看不出這一票人是哪一族的，
　　　　也不曉得有哪個地方可以誇稱
　　　　生養這一窩東西不會感到錐心痛。
　　　　歸根究底還是得交給這個家的主人　　　　　　60
　　　　去斟酌：巧曲神阿波羅有能有德，
　　　　是醫療神也是預言神，會解讀異兆，
　　　　幫人家驅邪除魅也有一手。　　　　〔下。正門敞開，
　　　　　　　阿波羅站在臍石一側挨近奧瑞斯，身後是赫梅斯。〕

阿波羅　　真的不會遺棄你；你的性命我全程
　　　　捍衛，不論你是不是在我身邊，　　　　　　　65
　　　　對你的敵人我不會心軟。
　　　　看吧，瘋婆子被我制伏了；
　　　　這些該受鄙棄的東西睡著了，
　　　　白頭處女又是老年兒童，天上的神、
　　　　世上的人，甚至野獸也不想跟她們配對。　　70
　　　　邪氣是她們與生俱來的，邪穢
　　　　幽暗的塔塔羅斯是她們的住處，
　　　　世人和奧林帕斯眾神同感厭惡。
　　　　可是，你還是得躲開她們，別氣餒！
　　　　她們會天涯海角追捕你，　　　　　　　　　　75
　　　　跑遍大陸，翻山過嶺追縱你的足跡，
　　　　涉水渡洋，穿越海水環繞的城市。
　　　　別半途而廢，好好應付這一場
　　　　考驗；勇往直前奔赴帕拉絲的城市，
　　　　在那裡緊緊抱住她古色古香的神像。　　　　　80
　　　　我們會在那裡設法審理你的案子，
　　　　用動聽的言詞施展魔力。
　　　　一勞永逸解除你的苦勞；
　　　　責成你誅殺令堂的畢竟是我。

67. 看吧：希臘原文一如英文的see，可以是暗示舞台說明的台詞，也可以是「明白了吧」的意思。由於歌隊一直要到**140**才上場（見行注），取第二義較為恰當——**46**的**看了**是皮緹雅進入神殿才看到的。阿波羅的口吻暗示「復仇女神之入眠是由於阿波羅憑其高強的法力施咒，他要確保滌罪儀式順利進行」（Lloyd-Jones）。公元前六世紀的詩人Stesichorus也寫了一部《奧瑞斯泰亞》，劇中阿波羅保護奧瑞斯的方式是，交給他一副弓箭防範復仇女神的近逼（Lloyd Jones 1970: 200-01）。

69. 老年兒童：傳統的矛盾修辭譬喻，重出於**1033**，同樣的修辭也見於**1: 1545, 2: 42, 629**，意同**38**皮緹雅把自己比喻成**小孩**。

70. 配對：隱含「交配」的弦外之音。

71. 邪氣……邪穢：對應原文以κακών始而以κακόν終。原文在逗點之後有連接詞ἐπεί，和英文的and一樣，可以表達時間的先後（＝然後），也可以表達因果關係（＝所以），中文似乎無法兼顧。

72. 塔塔羅斯：位於地底下幽冥世界最深處，是宙斯囚禁提坦神的地方，也是惡人受永罰之地，有時候則只是泛稱陰間。

74-79. 點明整部三聯劇標題「奧瑞斯泰亞」寄意所在。雖然從德爾菲到雅典的路程不至於像阿波羅所描述的那樣大費周章，阿波羅不是誇張，而是有意強調這一趟「天降大任，勞其筋骨」的「苦勞」，那是滌罪過程的一部分，規格等同於受難英雄的經歷。「苦勞」一詞影射海克力斯成就其英雄偉蹟的「十二件苦勞」（Twelve Labours）；蘇格拉底在《答辯辭》剖陳自己追求真相義無反顧的心跡，也是以「海克力斯的苦勞」形容自己的哲學使命——Hogan注疏說，「苦勞」這字眼「通常用在描述神話英雄的考驗」。尤有進者，從德爾菲投奔雅典是從孤立隔離的狀態投入人群社會，只有這樣才能驗證淨化儀式是否成功打破禁忌（見**655-56n**）。如果把離開阿果斯的一段路程也算進去，那麼奧瑞斯的亡命之旅所涵蓋的範圍幾乎重疊雅典英雄泰修斯的苦勞之旅，只是方向相反罷了。

80. 雅典衛城的舊神殿（即現在的埃瑞克透斯廟）有一尊歷史悠久的橄欖木雕雅典娜像，不是後來Pheidias為帕德嫩神殿所創作的那尊大雕像。

81. 預告結尾的法庭戲。

82. 指出雄辯術的威力，即**媚娘**（見**1: 385n**）的功德，參見**885-86**。

83. 預告結局。**解除……苦勞**：重出於**1: 1**（參見**2: 1060**），意在言外指陳**苦勞**不只是奧瑞斯個人的。

85-86. 雅典法律對於蓄意犯罪和過失犯罪有所區隔，埃斯庫羅斯此處的措詞暗示他心裡想到那一層區別（Lloyd-Jones）。

89. 赫梅斯：見**2: 1n**。叫出他的名字，並不表示他在現場，箇中道理猶如我們不管神是否在場都會呼告神名。他有個廣受崇拜的名號「護衛神」，正是**90-91**所描述的。

90. 共同的父親：相對於反映母系社會習俗的文獻「只知其母而不知其父」，父系書寫只稱其父而忽略其母。

91. 好好護送：赫梅斯不只是引導亡魂前往陰間，又是羊群的守護神，阿波羅刻意使用πομπαίος...ποιμαίνων諧音雙關語，中譯卻是使用雙聲（頭韻）。

92. 亡命之徒：在這裡就是**祈求者**（＝懇求者）的意思。希臘人非常重視走投無路者訴請慈悲為懷的權利，違者是大錯。阿楚斯家族的詛咒部分源自阿楚斯漠視提也斯的懇求（見**1: 1584-1602**）。

93. 「護衛死者的神接引奧瑞斯獲得新生，這是吉兆，預告人神協力收煞這齣戲」（Fagles行注）。〔舞台說明〕**同下**：一起下場，卻分道揚鑣，阿波羅進入神殿，奧瑞斯前往雅典。

奧瑞斯	阿波羅威德，您知道如何行使正義，	85
	可別一時疏忽而為德不卒！	
	請發揮您行善有方的威力。	
阿波羅	切記，別讓恐懼主宰你的心魂。	
	你呢，赫梅斯，我的弟弟，我們有	
	共同的父親，你護送他是名正言順，	90
	好好引領我的陳情人，像牧羊人那樣。	
	亡命之徒的這個權利連宙斯也尊重。	
	祝你一路順風接引他回到人世間。	〔同下；
		克萊婷的亡魂上。〕
克萊婷	還睡！哼！一味猛睡有什麼用？	
	妳們這付德性害我名譽掃地	95
	在死人的國度抬不起頭，咒罵聲	
	在亡魂之間流傳不絕指責我犯的血案，	
	我忍辱含悲四處漂泊。我告訴妳們，	
	他們把我說得難聽到了極點。	
	我慘死在最親的人手中，	100
	神界眾靈竟然沒有一個打抱不平，	
	我可是被自己的兒子殺死的！	
	心上的傷口，看吧！怎麼來的！	
	光天化日看不到凡人的未來，	
	眼睛可以點亮沉沉昏睡的腦筋。	105
	妳們囫圇吞多少我醊地的祭品——	
	無酒奠禮，清淡肅穆誠心邀寵，	
	趁夜晚擺設莊嚴的祭宴，火塘上	
	當場燒化，那時辰天神無從分享。	
	這一切我看全都慘遭踐踏，	110
	他，人跑了，一溜煙像頭小鹿，	
	蹦蹦跳跳掙脫了羅網，	
	笑逐顏開斜眼對妳們扮鬼臉。	

94. 克萊婷的開場白是對仍未進入觀眾視界的復仇女神說的。阿基里斯在睡夢中，帕楚克洛斯的亡魂這麼激勵他：「你還睡，阿基里斯；你忘記我啦；在我生前／你對我並不是這麼不在乎，我死了卻這樣。快點／埋葬我，好讓我順利走過鬼門關」（《伊里亞德》**23.69-71**）。

102. 殺死：可以有暗示「犧牲」之意，參見**1**: **224, 1277-78, 1309-10**。

103. 怎麼來的：中譯以驚嘆號表明語氣，語意其實是疑問句。

104-5. 未來：即通常譯作「命（運）」的*moira*。有人（包括Lloyd-Jones）懷疑這兩行是偽文，疑為誤認傳抄稿頁緣的摘引批文而插補所致，中譯依Vellacott的英譯把行序對調，文義因此通順多了。**104**表明克萊婷對於阿波羅號稱光明神兼真理神的輕蔑，**105**上承**103**的語意。

106. 醑：本義為祭祀時倒酒（因此首為「酉」）於地的動作，可是希臘人祭復仇女神不用酒（**107**n），此處借用為傾倒於地的動作。

107. 無酒：有別於敬拜天神必備酒，復仇女神不喝酒（見**2**: **129**n），故稱奠禮清淡。肅穆：如下一行所描述，為了安撫（＝邀寵）地祇而採行特定的祭禮形式。

108-09. 祭拜地祇依例在夜間舉行，天神則在白天。克萊婷的台詞再度明確區隔天神光明與地祇黑暗這兩個二元對立的世界。在另一方面，「祭品的成分意義重大：地祇的祭品只包括『天然的』產物，完全沒有仰賴農耕的作物，而且在祭祀時，供品完全火化」（Vidal-Naquet **85**），即當場燒化。反觀供祭天神的場合，飲料是純酒，牲品是農牧產品，不是豢養就是耕作所得，而且只有部分火化，剩餘的部分留待緊接著的祭宴供參祭眾人大快朵頤。

110. 踐踏：見**1**: **372**n。

111-13. 整部三聯劇難得一見如此輕快的節奏和活潑的視覺意象，雖然克萊婷的語氣是滿腔憤慨。掙脫羅網：主題意象從捕獵的器具一變而為逃脫，結局可期。

114. 尊嚴：*psyche*，通常譯作「靈魂」。按希臘觀念，生命由肉體和靈魂共同組成，靈肉分離即是死亡，肉體火葬而形影仍存，此即由赫梅斯護送到陰間的魂魄。根據荷馬所述奧德修斯在幽冥世界的經歷，即使鬼魂也奮力要維持生前的尊嚴。

116. 夢中：舞台所見是復仇女神的夢境，克萊婷「託夢」給她們，就像**94**n引述《伊里亞德》的情況。這一場夢從**94**延續到**139**才結束。鬼魂糾纏睡夢中的復仇女神，引人聯想守望人「不曾有好夢來相伴」（**1**: **13**）。類似的舞台夢，在尤瑞匹底斯的《特洛伊女人》被賦予近乎超現實的意境：開場時，特洛伊王后Hecuba從睡夢中甦醒，隨後一景接一景演出她「身歷其境」的國破家亡情景，整齣戲彷彿是她的一場噩夢。

117. 歌隊在後台發出的聲音也算一行台詞。**120**、**123**、**126**、**129**亦同。

119. 奧瑞斯以懇求者的身份**不擔心沒有朋友**。克萊婷言下之意：她只能仰賴復仇女神幫她主持公道。

128. 蛇：也可以譯作「（惡）龍」——加上「（惡）」是避免不知情的讀者以中國文化的龍形象理解西洋文化的龍造形。在西方，龍蛇是二而一。復仇女神的傳統造形是獵狗，即**131-32**所透露的（參見**2**: **1062**），蛇之稱並不吻合埃斯庫羅斯在本劇把復仇女神「人性化」的苦心；而且，歌隊成員有十二人，母蛇卻使用單數。關於這個疑問，Harrison（**1962**: **233**）說：「復仇女神（Erinyes）就其為復仇使者的身分而言，數量繁多不可勝數，可是古老的復仇魂（ghost-Erinys）卻是單一，而不是許多；她就是受害母親的鬼魂。克萊婷就是真正的『母蛇』，雖然她自己不曉得，而且說來有意思，眾復仇女神竟然一直睡到她這個道地的復仇魂無意識的提醒才驚醒。」

130. 聲音從神殿內傳出，歌隊在說夢話。

聽好來！我的請願攸關尊嚴；

醒醒吧，幽冥世界的女神！　　　　　　　　　115

是我，克萊婷，在夢中呼叫。

〔傳出歌隊開始騷動的哀號聲。〕117

儘管叫吧！那個人遠走高飛去啦；

他不擔心沒有朋友，跟我不一樣。

〔又傳出哀號聲。〕120

妳們睡過頭了；不懂得體恤我的處境。

奧瑞斯，殺死親生母的兇手，他跑啦！

〔歌隊開始呻吟。〕

還會呻吟，愛睡鬼！快起來，起床囉！

除了害人，妳們還有什麼正經事？　　　　　125

〔又一陣呻吟。〕

睡眠和疲勞真是絕配，沆瀣一氣

把母蛇驚人的威力都消磨精光。

〔歌隊發出兩聲哀號。〕

歌隊　抓他！抓他！抓他！抓他！看好來！　　　130

克萊婷　妳們在做夢追野獸，叫個不停就像

時時刻刻想著追捕獵物的獵狗——

這是幹嘛？起床啦！疲勞犯不著懶散！

難道睡鄉溫柔就不管我的痛苦！

我就是要用理直氣壯的譴責叮咬妳們！　　　135

一針見血像刺棒鞭策妳們回歸正途！

把妳們那一身血的味道往他身上噴！

用妳們發自肺腑火辣辣的毒氣

把他烘乾，邊追邊烤把他烤成肉乾！　　〔鬼魂消失，

復仇女神由領隊帶頭逐一清醒，

緊接著魚貫衝出神殿進入表演區。〕

領隊　起床囉！把她叫醒，像我叫醒妳！　　　140

妳還睡？起來啦！把睡蟲踢開！

135. **譴責**之所以**理直氣壯**，因為復仇女神已接受她的祭品（**106-09**），而且懲罰弒親犯是她們的天職（**210**）。

137. 據說復仇女神吸受害人的血，直到對方乾癟而死，她們自己則不只是渾身血味，而且**眼睛滴血**（**2: 1058**）。

139. 開場戲結束。在這一段開場戲，埃斯庫羅斯做了個出人意表卻效益可觀的劇場實驗，將之拆分為約略等長的四個部分（**1-33**描述神殿聖座和平轉移的歷史，**34-63**描述她無法理解的當前景象，**64-93**呈現阿波羅保護奧瑞斯，**94-139**呈現克萊婷譴責復仇女神），以對比並置經營對照襯托的功效，各段之間有關連，彼此卻沒有互動關係，非得要到收場戲才看得出這一切藕斷絲連其實是密針細縫的功夫。「希臘悲劇由於景長而動作少，又有歌隊全程在場，突兀並置的技巧難有發揮的空間（與莎士比亞劇場成極端對比）。可是在《和善女神》的第一段戲，埃斯庫羅斯利用尋常的結構卻不按牌理出牌，在舞台上一一並置同一形勢的不同面向」（Taplin 369）。

140. 歌隊現在才上場（參見67n），最主要的兩個理由如下：一、就希臘悲劇的成規來看，歌隊在唱進場詩時進場是慣例；二、就戲劇效果而論，延遲歌隊進場的時間有助於積蓄舞台動能，進而營造劇場張力，並且避免復仇女神分散舞台焦點（Taplin 369-74）。復仇女神之現身舞台，早在2: 924克萊婷的威脅就設下了伏筆，又在2: 1048-50進一步化成懸疑。

140-2. 表明從鬼魂消失到歌隊上場之間的時間流程。領隊應該是在內殿叫醒隊員，因此這三行台詞是從後台傳出。換句話說，本齣戲繼33和63又一次出現空場，但是有別於前面兩次的時間與空間兩皆留白，這一次只有空間留白——舞台空場，領隊的台詞則使得舞台時間持續飽滿。

142. 序曲：剛才消失的那一場鬼魂夢。

143. 這一首進場詩沒有以行進曲作引子，而是以抒情曲起唱，格律則是傾斜律混合短長格。雖然混合說白使用的短長格，傾斜律本身的特色足以為整首曲子定調。

144. 本行和相對應的150同樣使用短長三步格，這雖然是說白的常態格律，在這裡卻是整首頌詩的一部分，是用唱的。同樣的情況也出現在**147/153**、**155/162**、**168/173**。

150. 世代衝突的母題，上承**68**阿波羅的**鄙棄**，下文**162**、**172**、**727**、**848**、**882-84**將持續呼應。埃斯庫羅斯的另一齣悲劇《普羅米修斯被縛》也涉及神界的世代衝突，不同的是本劇把這個母題和兩性戰爭緊密掛鉤。**撞倒**：重出於**731**、**779**（參見1: 372n），馬車撞人的意象，引出**156**馬車夫。易卜生在《約翰‧蓋柏瑞‧卜克曼》第三幕，以帶有黑色幽默的筆法寫馬車撞倒路人，藉相關人物的反應透露劇中葛糾藤纏的價值觀，同時也寄意世代衝突的主題，相當精采。

151. **目中無神的陳情人**：深具希臘倫理與宗教特色的矛盾修辭——「應該」是心中有神才會向神陳情。

152. 形容**151**的**陳情人**，即奧瑞斯。

155. 第二組對偶詩節（**155-67**）幾乎完全對稱，其中**158**及其對應的**165**展現有如中文對聯般的形式美，都是相同的介係詞後接不同的名詞，譯文忠實反映此一文體特色。

157. 描述**156**的**馬車夫**（＝**他**）。歌隊則以馬車夫駕御的馬自況。

165. 先說腳，然後提到頭，可能反映歌隊醒後由下往上看的觀點。

看看這序曲有啥不對勁！

〔進場詩〕

歌隊〔唱〕　嗷呵嗷呵追啊追！姊妹們，我們上當啦，　〔正旋詩節一〕
　　　　　　　　吃多少苦，全歸徒勞！
　　　　　　我們啊，遭到沉重的打擊，　　　　　　　145
　　　　　　　　傷害難忍受。
　　　　　　野獸溜出了羅網，逃逸無蹤，
　　　　　　我被睡眠征服，失去了獵物。

　　　　　　宙斯啊有個兒子，是土匪！年紀呀輕輕，　〔反旋詩節一〕
　　　　　　　　撞倒我們老一代神！　　　　　　　　150
　　　　　　禮遇目中無神的陳情人，
　　　　　　　　生母也懷恨：
　　　　　　偷走殺母的兇手，怎配為神！
　　　　　　這件事誰能說有什麼公道！

　　　　　　譴責從我的夢中來，　　　　〔正旋詩節二〕155
　　　　　　　　像馬車夫鞭打我，
　　　　　　　　他手裡緊緊握刺棒，
　　　　　　　　痛入心坎，痛入肺葉。　　　　　　158
　　　　　　我體嚐悲慘，　　　　　　　　　　　　160
　　　　　　悲慘感受行刑官最殘忍的鞭笞！

　　　　　　年輕神這樣胡亂來，　　　　〔反旋詩節二〕
　　　　　　　　有大權卻沒正義，
　　　　　　　　他任憑血跡染聖座，
　　　　　　　　滴在腳下，滴在頭上。　　　　　　165
　　　　　　我目睹臍石
　　　　　　橫遭罪行血淋淋最無情的污染！

172. 各有所司的規範：即一般譯作「命運」的*moira*，此處的用法貼切傳達「攤派的功能」這個意思（見**1: 129n**）。復仇女神批評阿波羅破壞傳統，竟使她們無法履行分內的職責（＝命中注定的功能＝「命運」），即逮捕進而懲罰弒母犯。

173. 得罪：省略主詞「他」，指阿波羅。**他：**奧瑞斯。

178. 先是在**67-68**被阿波羅制伏，如今又遭驅逐，本劇結局大勢已定。

176-77. 奧瑞斯將成為Alastor（擬人化的家族詛咒，參見**1: 1500n**）的受害人；復仇女神常被說成跳上受害人的頭（Lloyd-Jones行注）。所謂「家族詛咒」，見**1: 1601-02**。**染腥**：染血腥，受污染，呼應**167污染**。

181. 阿波羅一箭斃命有如蛇一咬斃命。希臘文ὄφιν（**蛇**）暗示ἰός（蛇毒，重出於**1: 834**和**3: 478**），ἰός又有「箭」的意思。

190. 大餐：總結**186-89**列舉的酷刑，只有在野蠻社會才時興，文明的希臘人所崇拜的文明神阿波羅不屑為之。Lloyd-Jones行注說，希羅多德的記載可以證實這一頓酷刑**大餐**是在影射波斯的刑罰。

194. 污穢＝污染（見**2: 1048a-50n**）。「把污穢塗在別人身上可以使自己變乾淨，這個觀念甚至出現在公元前五世紀末雄辯家Antiphon的演說」（Lloyd-Jones行注）。有些同性戀者蓄意把愛滋病傳染給別人，也是基於類似的迷信。

> 　　號稱先知卻褻瀆火塘，　　　〔正旋詩節三〕168
> 一股衝動一聲吆喝他污染自己的聖殿；　　　　170
> 　　推崇凡人卻逾越神律，
> 他摧毀自古以來各有所司的規範。

> 　　得罪我，他休想得心安；　　　〔反旋詩節三〕173
> 就算他鑽地又疾飛也永遠得不到自由；　　　175
> 　　殺人謀命染腥受詛咒，
> 將有同血緣的復仇者撲上他的頭。

〔阿波羅從內殿上。〕

〔插戲一〕

阿波羅　　走開！馬上離開這個家，這是我的命令！　　　178
現在就滾，離開我的預言聖殿，　　　　180
以免長了翅膀閃閃發光的蛇
從我這黃金打造的弓弦飛奔而出，
箭傷痛得妳們口吐從人類吸取的黑沫，
連同以前被妳們吸乾的血塊一起
噴出來。這裡不適合妳們靠近；　　　　185
妳們的家在一判刑就砍頭、挖眼珠、
割喉嚨的地方，那裡的男孩子因為去勢
巴望不到青春，男人被截肢、削鼻，
被亂石打死，被釘在木樁上呻吟哀號。
就是妳們打從心底喜歡的大餐　　　　190
惹天神反感，聽到沒？這一番道理
看妳們的長相就知道啦；妳們這副德性
應該是住在獅子的巢穴舔血度日，
不應該在別人身上塗掉自己的污穢。
在這發佈神諭的地方沒有妳們容身之處。　　　195

202. 外地人：奧瑞斯以難民（**92亡命之徒**）和客人雙重身分受到阿波羅保護，宙斯則以賓主神（Zeus *Xenios*）的身分保護**外地人**（ξένον = *xenos*）。

205. 家：神廟即是神的家。

208. 這一場插戲後續的部分是在「預演」結尾正式的法庭辯論。

212. 區別姻親和血親，並且賦予血親較高的位階，此一認知通用於父系和母系社會。血親被認為身上流著相同的血，此所以索福克里斯《伊底帕斯王》**1400**伊底帕斯提到殺死生父時，說流出來的是自己的血。然而，一旦涉及親子關係的血緣認定，父系社會和母系社會的觀點卻大相逕庭：領隊代表復仇女神，她們是從母系觀點認定血緣，因此弒母罪大於殺夫罪；阿波羅代表奧林帕斯神族，他們一心捍衛父系觀點所認定的血緣承傳，因此殺夫罪（危害父系承傳）比弒母罪嚴重。

214. 熟緣：中譯取「姻／因緣成熟」之意，在婚姻特指圓房。**熟緣娘娘**：*teleia*，婚姻女神，也用於稱呼宙斯之為婚姻神（*teleios*, 1: 973）。這個共同的稱呼表明他倆的結褵是一場聖婚，是一切婚姻的原型。由於 *telos* 常用於表達「至尊」，因此也有人主張 *teleia* 是「天后」（Smyth行注）。關於聖婚，詳見 S. N. Kramer, *Sacred Marriage Rite*, pp. 49-133，以及筆者譯注的《丘比德與賽姬：女性心靈的發展》頁166注22；關於宙斯與希拉的聖婚，參見拙作《情慾幽林：西洋上古情慾文學選輯》引論破題引《伊里亞德》的一段插曲。

215. 塞普路斯娘娘：阿芙羅狄特（羅馬神話稱維納斯）的別名，紀念她在塞普路斯島離海登陸。她是性愛美神，因此有**216第一等甜蜜**之語。

217-18. 阿波羅主張婚姻的效力大於血緣。從神話原型的觀點來看，銜尾環蛇（uroborus，見拙譯《丘比德與賽姬：女性心靈的發展》頁22附圖，參見頁171注48）特能表達母子的共生關係，阿波羅卻主張以婚約界定前所未見的父系銜尾環蛇。由於婚約是契約的一種形態，屬於法律的行為，和雅典娜在本劇結尾創設的法庭同屬於一個共生結構，因此法庭審判所預設而採取形式平等的條文主義（legalism）先天上就不利於復仇女神所標榜的自然法。女性主義宣稱「從條文主義的角度解釋法律反映鮮明的男性思考模式」（Posner 121），顯然不是無的放矢。

218. 正義：擬人格。

224. 阿波羅在**79-80**已交代奧瑞斯投奔雅典。

走開吧，沒人放牧的一群羊！
天神不喜歡看顧這樣的烏合之眾。

領隊	阿波羅，我們也有話要說！
	這椿罪行，你不只是共犯——
	你是首謀，罪過全在你身上！ 200
阿波羅	怎麼會？把話說清楚，別扯遠了。
領隊	你的神諭要這個外地人殺自己的母親。
阿波羅	沒錯，為他的父親報仇。這又怎麼樣？
領隊	你還收留他，也不管他一雙手血淋淋。
阿波羅	沒錯，我要他來到這個家接受庇護。 205
領隊	我們一路火速追趕他，卻挨你一陣臭罵。
阿波羅	沒錯，妳們根本不適合接近這個家。
領隊	可是我們有該盡的本分。
阿波羅	干妳們什麼事？沒必要吹捧自己的職權！
領隊	我們負責把殺害母親的兇手趕出家門。 210
阿波羅	一個女人殺死自己的丈夫又怎麼說？
領隊	殺死丈夫流的不是自己的血。
阿波羅	真是大言不慚，心目中根本沒有
	熟緣娘娘希拉和宙斯的誓約，
	塞普路斯娘娘也被妳的說詞給甩開了， 215
	她可是人間第一等甜蜜的源泉。
	男女結婚就是在床上結下同命緣，
	效力超過誓言，而且是由正義捍衛。
	所以，如果准許殺害配偶的人有豁免權，
	妳們不聞不問也不慍不火，那麼 220
	我要說妳們追殺奧瑞斯就是不合義理。
	同樣是殺人罪，妳們卻有雙重標準，
	對一方橫眉豎目，對另一方避重就輕。
	帕拉絲將會審理這個案子。
領隊	我們會纏著他寸步不離！ 225

230. 母親的血：見**212n**。

234. 〔舞台說明〕**同下**：歌隊在劇情進行的中途退場，傳世的希臘悲劇只有五個例子，本劇是其一。復仇女神暫時退場，主要動機有二：由於克萊婷的催逼，她們得追捕奧瑞斯（**133-39**）；由於阿波羅的脅迫，她們不得不離開（**179-97**）。經過一番交鋒，她們在**225**下定決心要離開，**230-31**開始有動作，**232**已經三三兩兩退場。雖然**232**阿波羅重複領隊的**我會**一時打斷了她們退場的動作，她們終究還是「快速而直接，簡直是飛奔而下」（Taplin 375）。

235. 〔舞台說明〕希臘悲劇換景，見《艾阿斯》**815n**。本劇另一次換景在**566**。此處的換景，早在**79-80**已有伏筆，**224**又重申。換景不必然表示時間的流逝，埃斯庫羅斯卻不像**1: 488**那樣藉戲劇幻覺壓縮舞台時間，而是獨樹一幟清楚交代流逝的過程，先是阿波羅在**75-79**預言，接著有奧瑞斯和復仇女神先後在**235-41**和**248-51**加以證實（參見**276-85, 451-52**），詩人要我們相信「奧瑞斯流浪的時間長達數週甚至數月，而不是幾個小時或幾天」（Taplin 379）。至於雅典娜**神像**（見**80n**），到底是開場就擺在定位，或者是利用阿波羅退場之後到奧瑞斯重上之前的空場時間擺出來，我們無從判斷。可以肯定的是，這一換景，劇情背景從荷馬史詩人物吒吒風雲的神話時代轉移到以儀式行為（如投票決議與陪審團審判）界定雅典城邦體制的意識形態角力場，也就是改革派與民主派如火如荼進行鬥爭的雅典當代政局。希臘詩人普遍以神話為創作的素材，並不單純是為了借古喻今或「與當代觀眾對話」，更根本的原因是他們習慣透過「古史」進行思考，因為神話是大家共同的記憶，是全民通用的文化座標。

237. 見**40n**。**血污**即血腥，譯文是為了強調**淨化**的反義，並呼應**2: 1048a-50n**所稱「污染」的觀念。

238-40. 這是一趟贖罪之旅。

239. 罪刃：猶言「刀刃」，罪和刀一樣傷人，因此有這個常見的譬喻，此處進一步把**磨鈍**從罪行引申到罪犯。

242. 守：抱住，如**259**。

243. 時機成熟：τέλος（= *telos*，參見**1: 972n**），這個希臘字也有「儀式」的意思。

244. 〔舞台說明〕**重上**：換景致使歌隊必須二度進場，稱作「後進場」。**搜尋足跡**：見**244-47**。
244-53是說白體，因此由領隊發言。她們其實還搜尋嗅跡，即血的味道，見**253**（參見**230**）。

阿波羅	請便，如果妳們不怕多惹麻煩。
領隊	你休想靠嘴巴剝奪我們的職權！
阿波羅	那樣的職權送給我我也不要。
領隊	你挨著宙斯的寶座紅得發紫，當然不要。

可是，既然母親的血驅使我這麼做，　　　　　　230
我會天涯海角追蹤他。

| 阿波羅 | 我會保護到底，救濟向我陳情的人！ |

不論人間或神界，最可怕的莫過於
對求情充耳不聞所激起的忿恨。　　　　　〔同下。
　　　　　　　　　　　　地點轉移到雅典衛城的雅典娜神殿。
　　　　　　　　　　奧瑞斯上，以陳情人的姿態出現在神像前。〕

| 奧瑞斯 | 雅典娜娘娘，是巧曲神命令我來的，　　　235 |

請您開恩接納我這個天涯淪落人。
我淨化過了，兩手不再有血污，
披星戴月餐風飲露在外地夜宿，
我的罪刃已經消蝕磨鈍了。
翻山越嶺又涉河渡海，　　　　　　　　　240
我遵從阿波羅神諭的指示
來到府上，守著您的神像，
娘娘啊，我靜候審判的時機成熟。

　　　　　　　　　〔復仇女神重上，一路搜尋足跡。〕

| 領隊 | 啊哈！這傢伙的腳印清清楚楚！ |

跟隨這無聲無息的線民走就對啦！　　　　245
像獵狗追捕受傷的小鹿，
我們循著血滴緊追不捨。
這陣操勞真要命，我胸口發脹，
大街轉小巷，出城入荒野，
沒有翅膀還是得凌波渡大海，　　　　　　250
終於來到這裡，比快船還快。
所以嘛，他一定窩在附近什麼地方，

254. 換由歌隊唱抒情詩，以傾斜律為主，穿插短長三步格（**261, 264, 267, 269, 272-73**），雖然類似進場詩的格律，卻沒有對偶結構。傾斜律足以為這首抒情詩定調，「舞蹈或許就模仿追補的動作」（Hogan）。

260. 受審：「承受法律訴訟」，原文以「正義」為字根，卻表明尚待建立的新制度與新觀念。復仇女神標榜「血債（＝**欠債**）血還」的正義觀，審判則是本劇結尾才確立的比較文明的正義觀。這一行唱詞明確指出改革派與保守派爆發衝突的母題，具體反映公元前**463-58**雅典民主改革最後一個階段所爆發的憲政之爭（Herington **24** & **146**）。

261-63. 見**2: 48n**。

273. 哈得斯：冥神。**簿冊**：和**275**一樣，原文就是使用書寫的隱喻。

276. 悲慘調教有方：不堪回首的經驗蝕骨銘心，奧瑞斯已從中學到教訓；呼應**1: 176-78**。

277-78. 要確保淨化的儀式效果，方法之一是認清說話與沉默的時機和場合，因為大多數宗教儀式都有絕口不提不吉祥話的禁忌。就目前的情況來說，奧瑞斯的當務之急是讓雅典娜和雅典人瞭解他已受過阿波羅的淨化（Lloyd-Jones）。

280. 血彷彿有自己的生命，如今活力退化，不再能有作為（Hogan）。

	人血的味道真親切，我心花怒放！	
歌隊〔唱〕	看呀看，仔細看！	
	寸土寸地都掃瞄，	255
	不容殺母兇手	
	潛逃不受罰。	〔看到奧瑞斯。〕

啊哈，就在這兒！又在求庇護，

一雙手纏繞永生女神的像，

妄想受審抵欠債。　　　　　　　　　　260

門都沒有！他母親的血流在地上，

覆水難收；

黃沙吸收水流乾，一去不回！

你必須償還她的血，從你的活體

貢獻殷紅的祭品，好讓我　　　　　　265

暢飲止渴把你吸乾搾乾！

趁你生龍活虎時耗光你的精力，

死拖活拉把你逼到必須為受害母親償痛的地方，

眼睜睜看染了血污的暴力犯

對神不敬或待客無禮　　　　　　　　270

或傷害血親長輩

罹罪必受正義罰。

哈得斯掌握眾生簿冊，

在陰間，

凡事他銘記心版，凡事無所遁形。　　275

奧瑞斯　　悲慘調教有方，我現在深深瞭解

淨化之道不止一端，我也知道說話

和沉默一樣要看場合：眼前的事

就有個明智的老師敦促我說話。

我手上的血如今昏昏欲睡褪了色，　　280

殺死母親造成的污染已清洗乾淨；

色澤還鮮艷的時候，在天神的火塘，

283. **光明神**：即福玻斯（見7-8n）。**洗滌**：滌罪，淨化，見40n。

284-85. 受到詛咒（見2: 912）的人，可能被認為像疾病一樣，會使身邊的人受到感染。奧瑞斯從德爾菲來到雅典，途中跟他接觸過的人不計其數，卻沒有人受到感染，因此他「合理」推斷自己已洗脫污染而重獲自由。同樣的道理，Antiphon（見194n）某篇演講稿的雇主被控殺人罪，為了證明自己無辜，他提出的證據是自己搭乘的一艘船平安入港（Lolyd-Jones行註）。

286. 有不少人認為本行是夾批在傳抄的過程中被誤認為原詩而補插進入文本，但是Lolyd-Jones認為不能只以現代人的觀點推論古代作家理當如何。**時間**：見2: 965n。

287. **蘭唇蕙舌**：直譯作「純潔的嘴唇」，用於總結276-86的經歷，同時提示已脫胎換骨（＝283**洗滌**）的奧瑞斯終於能夠理直氣壯（＝**誠心**）呼請雅典娜**聞聲救苦**（297），譯文套成語「蘭心蕙性」。

288. **后神**：雅典娜是雅典的守護神。

289. **動用槍矛**：雅典娜也是戰爭女神（如296所述）。她從宙斯頭上誕生時，就是全副武裝的女戰士。

289-91. 本劇第一次影射到雅典與阿果斯結盟的當代政局，另外兩次在670-73和762-74。就在本劇首演（461B.C.）之前三年，雅典和阿果斯——斯巴達在伯羅奔尼撒半島的主要對手——締結盟約，這意味著雅典終於決定挑戰斯巴達對於整個希臘的領導權。阿格門儂的王都，按荷馬的說法，是在邁錫尼，埃斯庫羅斯卻改為阿果斯，很可能就是為了迎合時局。

292. **利比亞**：古代用於稱呼非洲。

293. **崔屯河**在今利比亞境內，從希臘人於公元前約631年所建立的移民城市昔蘭尼（Cyrene）附近的崔屯尼斯湖（Tritonis）引水入海（Liddell & Scott 1824a）。「崔屯」和「崔屯尼斯」似乎可以通用。Fagles和Lloyd-Jones的行註都提到，在呼請時明確指出天神可能流連的地點，這雖是老套，本行不無可能影射公元前460雅典派遣遠征軍前往埃及協助Inaros反抗波斯的史實。《伊里亞德》提到雅典娜又名Tritogeneia，有人解釋為 "Trito-born"，並且以之結合「雅典娜是從宙斯的頭顱生出來」這個傳統的說法，因而有雅典娜在崔屯湖從宙斯頭顱誕生之說。可是雅典娜的這一個別稱，也有可能是「從頭而生」、「在第三天出生」、「第三個孩子」或「三度出生」等意思（Avery 1116）。

294. **或站或坐**，措詞可能反映神像的兩種標準姿勢（Smyth行註）。

296. **福列格拉**平原在卡桑得拉（Kassandra），該地是馬其頓境內Chalcidice半島尾端三個海岬最西的一個，相傳奧林帕斯神族與地神族大戰的地點。有別於提坦神族（2n），**地神族**（*Gigantes*＝Giants＝從地而生）是地母單性生殖的後代，一個個人頭蛇身，集體反抗人形人性、以宙斯為首的奧林帕斯神族。這一場名為地神之戰（*Gigantomachia*，亦稱theomachy，即神界大戰）的乾坤大會戰，結果是人性化的奧林帕斯神族大獲全勝。

302. 復仇女神打算趁他活著的時候吸他的血（參見264-67, 302）。

303. 有舞台說明的意味，「暗示奧瑞斯擺出輕篾的手勢」（Hogan）。

304-05. 把奧瑞斯比擬為奉獻給神的祭牲，這只是關喻詞，見302n。

306. **定魂曲**：307-96的抒情詩。**緊箍咒**：原文指的是唸來束縛祭牲的咒語。台灣民間宰殺家禽也有唸咒的習俗，為的是送牠們超度，以便來世轉生為人。此處所述，作用不同，Lloyd-Jones行註提到羅馬帝國末年保留下來大量的這一類咒文，刻在鉛版上，包含有如下的制式套語：「我綁住你的手和腳，還有舌頭和靈魂」，或者是（出現在作用及於全族命運的符咒）

光明神殺了豬洗滌得一乾二靜。
接下來，要從頭細數那些我拜訪過
到現在仍舊安然無恙的人，說來話長。　　　　285
時間把隨時間成長的一切都扯平了。
　　所以，我現在憑蘭唇蕙舌誠心
呼請本地的后神雅典娜幫助我；
她不必動用槍矛就可以贏得
我本人、我的故鄉和阿果斯百姓　　　　　　290
真誠不二永矢弗諼的信賴。
不論是不是在利比亞
她誕生的地點崔屯河，
不論她兩腳樹立或衣袍覆膝，
不論她是在援助她的朋友，或是　　　　　　295
在福列格拉平原督軍奮戰地神族，
但願她顯靈——她是聞聲救苦的女神——
但願她卸除我背負的這一切苦惱。

領隊　　沒這回事！阿波羅和雅典娜同樣
　　　　救不了你，你會孤伶伶走到窮途　　　　300
　　　　末路，心境冷清清找不到歡樂，
　　　　空有血管卻沒有血液，只好行屍走肉。
　　　　　　幹麼不回答？把我說的話當耳邊風？
　　　　你只不過是撐肥了獻給我的祭品！
　　　　可我不殺不拜，我要享受活生生的你；　　305
　　　　一首定魂曲成為你的緊箍咒！

〔唱曲一〕

歌隊〔吟〕　　手牽手來跳支舞，　　　　　　〔行進曲〕
　　　　　　　姊妹一條心
　　　　　　　展現歌聲攝魂有威力，
　　　　　　　伸張職權　　　　　　　　　　　　310

「綁住馬腿，箝制馬力，別驚嚇，不跑不跳。」由於柏拉圖也提到這類咒語，可信此一習俗流傳的年代還要來得更早。

307. 牽手跳舞：可能暗示歌隊「環繞」奧瑞斯而舞（Taplin 386n）。**舞**：「合唱」、「歌隊」。在古代，合唱必定伴舞，有舞必有歌，兩者不可分。

312. 復仇女神和正義的關係是第二首唱曲（特別是**508-25**）的重點。

321. 第一組對偶詩節（**321-27**與**334-40**）及其後續的複唱曲（**328-33**與**341-46**），大抵上是長短格。

321-22. 復仇女神稱黑夜為母親（又見**416, 745, 791, 821, 844, 876**），黑夜女神則和命運女神是姊妹（**961-62**），此一親子關係為希臘文獻所不曾見，埃斯庫羅斯這麼做，「提高了復仇女神的地位，同時也為她們和黑暗建立直接的關係，而劇情的發展證實黑暗的確是復仇女神和陰性世界的通性」（Herington 135）。

324. 媟投：阿波羅的生母。

326. 縮頭烏龜：「畏縮發抖的獵物」，捕獵意象。

328-33. 這整個詩節從頭到尾完全沒有動詞，以首行的介係詞（ἐπί = 籠）片語破題之後，並列三個雙聲與母音韻兼而有之的分詞（παρακοπά, / παραφορά / φρενοδαλής＝轟腦門／瘋心顛智狂癲癲；轟、瘋諧音）描述歌隊正在唱的這首瘋狂歌（＝**306定魂曲**），同時也體現曲調之狂烈，接著又以持續堆砌的同位格營造破題字眼「籠」的效果。Fagles行注引述H. J. Rose的解釋：復仇女神「不是復仇使者，而是復仇本身，因此她們的咒誦不是用來引出瘋狂，而是以咒語和動作體現瘋狂」。莎士比亞在《馬克白》四幕一景的兩行覆唱詞（**10-11, 20-21, 34-35**），也同樣展現聲韻結合文義的咒誦效果："Double, double toil and trouble:/ Fire burn, and cauldron bubble." 筆者的譯文揣摩如下：「加倍，加倍賣力勞累：／火，燒！大煮鍋，滾沸！」

328-29. 籠：覆罩其上，如杜牧〈泊秦淮〉詩云「煙籠寒水月籠沙」。**牲禮**：即將供祭的宰牲，原文以被動分詞暗示奧瑞斯是已被宰殺而即將燒化的家畜。**籠牲禮／一曲癲狂**：改寫可作「我們唱這首癲狂歌，歌聲籠罩我們的牲禮」。

331. 讚美詩：傳統上用於向天神或英雄致敬。復仇女神屬於陰間地祇。

332. 瘋癱：肢體不能自由行動的病症，此處引申為感官不能自主。**捨**：捨棄。**抱琴**：荷馬史詩的伴唱樂器，傳統上引人聯想到穩健和理性，是制式教育的一個科目，在社交場合也被認為比較高級，不像吹笛子使臉部變形（比較**1: 991**）。悲劇演出的伴奏樂器是笛子，這首**定魂曲**（**307**）當然不例外。

333. 枯槁：血液被吸乾有如植物脫水。

334. 司命娘娘三姊妹，Klotho職司「**紡**」生命線，Lachesis司「分配」男男女女各有一定的長度，Atropos適時切斷使人「無從迴避」。

336. 貫串：藉「**貫徹**」職權把人類的命運「**串連**」起來。

把世人的命運掌中握！
我們正直又公平。
有人兩手乾淨沒污染，
我們的怒氣鞭長莫及，
他毫髮無傷過一生。　　　　　　　　　　315
如果像這個人，犯了罪過
沾血污躲躲藏藏，
我們挺身為死者作證，
要求血債血還，
不含糊對他貫徹我們的權力。　　　　　320

〔唱〕　　母親啊黑夜母親，　　　　　〔正旋詩節一〕
　　　　　　　您生下我
　　　　　跨陰陽兩界司報應，
　　　　　請聽呀！孃投的小鬼頭
　　　　　　　對我無禮，想橫奪　　　　325
　　　　　　　我的囊中物，那縮頭烏龜
　　　　　合該清償他母親的血。

　　　　　　　　籠牲禮　　　　　　　〔複唱曲一〕
　　　　　一曲瘋狂轟腦門
　　　　　瘋心顛智狂癲瘋　　　　　　　330
　　　　　復仇女神唱讚美詩
　　　　　瘋癱定魂捨抱琴
　　　　　　　凡生枯槁

　　　　　司命娘娘紡命紗，　　　　　〔反旋詩節一〕
　　　　　　　授我職權　　　　　　　　335
　　　　　　把眾生性命來貫串：
　　　　　世間如有使性弒親長，

351. 大餐：祭品。

352. 天神和地祇各擁一個世界，各自接受人類以不同的方式崇拜，彼此兩不相干，最顯而易見的一個分野是天神主白而地祇主黑，如禮服所見。

353. 原稿漏失一行，但根據對應詩行音節數相同的翻譯原則，本行和366同樣為8個漢字。

355. **戰神＝暴力**，「**暴力**」是中譯增補的。

359. 和358的**兩手血未乾**同樣是在描述358一**壯漢**，指奧瑞斯。

360. 這個詩節的意義迄無共識，筆者根據的是Lloyd-Jones的詮釋。宙斯為了挽救某位天神，對復仇女神下禁制令，不許她們干預奧林帕斯神族。那一位天神可能是**戰神**阿瑞斯（**355**），傳說他因為殺死海神波塞冬的兒子Halirrhothius而被拘提到雅典衛城附近的一個山崗受審，該山崗因此被稱作「阿瑞斯崗」（見**685n**），是後來雅典的貴族議會所在，也是《新約・使徒行傳》**17: 22-31**述使徒保羅在雅典傳教的地點。可是不曾聽說阿瑞斯受到復仇女神追捕。

366. 滴血手：即**兩手血未乾**（**358**）。

　　　任憑我窮追不捨
　　直到出陽入陰在幽冥界，
直到死後沒有自由身。　　　　　　　　　　　　340

　　　　籠牲禮　　　　　　　　〔複唱曲一〕
　　一曲癲狂轟腦門
　　瘋心顛智狂癲瘋
復仇女神有讚美詩
　　瘋癱定魂捨抱琴　　　　　　　　　　　345
　　　凡生枯槁

我的權力與生俱來，　　　　　　〔正旋詩節二〕349
　永生的天神休想插手，　　　　　　　　　350
　　誰也分享不到我們的大餐，
　白袍我也不想要，
……………………。

　　　我主張推倒　　　　　　　〔複唱曲二〕
暴力家族，不容戰神　　　　　　　　　　　355
　在門庭內滋長逞兇，
　所以我們全力追捕
　一壯漢兩手血未乾
　　天昏地暗尋生路。

急於豁免天界兇手，　　　　　　〔反旋詩節二〕360
　宙斯拒絕我們的禱告，
　　也不許我們過問，他存私心
　自毀立場，他包庇　　　　　　　　　　　365
　　我們敵視的滴血手。

367. 現代的編校本普遍在這裡補入複唱曲二。同樣的情形也見於緊接在**380**之後的複唱曲。

369. **羞**：恥辱。**消散**：身體腐爛的隱喻。

370. 復仇女神和《奠酒人》的歌隊一樣一身黑（又見**2: 1049**），**52**甚至可能暗示她們的面具和四肢也是黑色的」（Herington **135**）。

371. **踏**：旨趣與**150n**所述母題不同。**復仇舞**：不只是譬喻詞；歌隊在酒神劇場的表演原本就是載歌載舞。

373. 可能暗示這節骨眼的舞蹈動作，Rehm（**103**）說狂烈的節奏強調她們剛烈的正義觀。

377. **蠢**：因瘋而蠢。

378. **污穢**：μύσος，重出於**446**和**839**，通常用於指稱「污染」（**2: 1048a-50n**）的一個字眼。

383. **敬畏**：原文σεμναί有時用於稱呼復仇女神的委婉語，以兩個長音節取代短長格強調音義合一的聲韻效果（Lloyd-Jones行注）。

385-86. 又一次與天神劃清界線。**不見天日**：「沒有陽光」，即幽冥世界。**光明**：「火炬」，遙遙呼應**1: 8**的**火炬信號**，那是光明重臨的前奏。

387-88. **道**：旅途的隱喻。**眼界明暗**：「眼界」有光明與黑暗之分，即「明界」與「暗界」。明界：眼睛看得到光，陽間生者；暗界：眼睛看不到光，陰間死者。

人心自滿要與天齊高，　　　　　〔正旋詩節三〕368
　　卻含羞消散在地底下，
　　經不起我們的黑袍攻勢，　　　　　　　370
承受不住我們腳踏復仇舞。

　　我從高處　　　　　　　　〔複唱曲三〕
　重重往下跳，
　　腿力萬鈞
　絆倒飛毛腿，　　　　　　　　　　　　375
讓他永遠起不來。

跌倒在地他蠢不自知，　　　　　〔反旋詩節三〕
　　黑濛濛是污穢罩頭頂；
　　濃霧陰沉籠罩他整個家，
流言滿載嘆息四處廣傳揚。　　　　　　　380

　　我從高處　　　　　　　　〔複唱曲三〕
　重重往下跳，
　　腿力萬鈞
　絆倒飛毛腿，　　　　　　　　　　　　375
讓他永遠起不來。

一切如故。我們強勢有智謀，　　〔正旋詩節四〕
　　言出必行，牢記
　　　惡行，人人敬畏，
　　　耳根不軟，
　　貫徹天神摒棄的職權，　　　　　　　385
堅守不見天日的光明立場，
　　鋪設一條坎坷道，
　　眼界明暗都適用。

389. 命運：見**1: 129**n。繼**172、334-35、349**，第四度強調來自命運女神的古老權力。

391. 聖約：原文是θεσμòν（＝**2**n泰米絲）這個莊嚴的字眼，格律的變化呼應**383**敬畏，傳達同樣強烈的聲韻效果（Lloyd-Jones行注）。

392-93. 重申啊**387-88**所述藉激發恐懼的心理以獲致規範的效果。許多人相信**恐懼自有好處**（**517**），對於這一類的訓規，奧古斯丁《懺悔錄》**1.9**有一段發人深省的體悟。他回顧幼年遭受體罰的經驗，寫道：「我只要偷懶不讀書，就會挨打，因為傳統認為體罰有效。從沒人記得的古老年代以來，數不清的兒童老早就為我們鋪了這一條源遠流長的石頭路，我們被趕鴨子上架一路走下去。」

398-402. 斯卡曼德河：見**1: 510**n。**阿凱奧斯**：見**1: 108**n。**泰修斯**：斬殺克里特人牛怪（Minotaur）並打敗亞馬遜人（見**685**n）的雅典英雄。荷馬提到有個名叫Menestheus的雅典人投效征討特洛伊的希臘聯軍。據傳泰修斯的兩個兒子也參加特洛伊戰爭。這些神話故事反映雅典人對於愛琴海東岸主權的關心。在歷史上，希羅多德（**5. 95**）提到公元前六、七世紀，雅典和小亞細亞離島萊斯沃斯（Lesbos）對於特洛伊附近的小鎮Sigeum有過主權爭議。

403. 兩腳兼程：並不表示雅典娜走路來的，猶言「馬不停蹄」不代表騎馬。

404. 山羊皮：*aegis*，以山羊皮製成的披肩、胸甲或盾牌。在前古典時期，雅典衛城舊雅典娜神殿山形牆的《雅典娜力戰地神》石雕群像中，雅典娜左手垂掛的山羊皮披肩，以蛇裝飾花邊。托萊多美術館（Toledo Museum of Art）所藏希臘古典時期的一件瓶繪，可以看到雅典娜身穿山羊皮胸甲，以蛇作流蘇，正面鑲佩修斯所殺蛇髮女妖的頭。瓶繪甚至可以看到雅典娜穿山羊皮披肩裝（連裙裝與披肩搭配成套），有蛇飾花邊，可是沒有鑲蛇髮女妖的頭。**颯颯**：描述羊皮與疾風磨擦的擬聲字。**鼓風**：形容山羊皮如船帆迎風鼓起。

405. 有人主張刪除本行，因為**車**明顯與**404**矛盾，可能是有人演出雅典娜坐車上場而插補（Smyth 腳注）。但是Lloyd-Jones行注認為**戰馬**可以隱喻疾風，因此**這輛車**指前一行的**山羊皮**。信然。莎士比亞《馬克白》**1.7.21-23**說「憐憫……策馬騰空」（Pity...horsed Upon...the air），我們不會認為他的意思是真的騎馬，箇中道理恰如「快馬加鞭」的用法無關乎馬與鞭。

407. 驚奇盈眶：「驚奇充塞我眼睛」，中譯套成語「熱淚盈眶」。

409. 外地人：根據奧瑞斯的裝扮判斷。

413-14. 雅典娜為自己在**410-12**的說詞感到歉意。**沒道理**：不合義理，「義理」是*dike*（**1: 250**n）的衍生字。**禮**：禮節，禮法，其擬人格即**泰米絲**（Themis，見**2**n）。雅典娜的開場白顯示她足堪仲裁之大任，起碼願意在形式上力求客觀，不像阿波羅對復仇女神一味厭惡鄙視。

我說的可是命運授權在先，　　　　　　　〔反旋詩節四〕

眾神追認，效力　　　　　　　　　　　390

無疆。堂堂聖約

有誰聽了

膽敢不戰慄畏縮？自古

我的職權常在，榮譽也不缺，

即使我的根據地　　　　　　　　　　395

在地下不見天日。

〔雅典娜全副武裝上。〕

〔插戲二〕

雅典娜　　我老遠聽到你的呼請，

在斯卡曼德河，正接收領地，

阿凱奧斯的將領和勇士在那裡

獻給我一大份槍矛贏來的戰利品，　　　400

永生永世完全歸我獨有，

是為泰修斯的子孫精選的禮物。

我從那兒來，兩腳兼程不嫌累，

不用翅膀，只靠山羊皮颯颯鼓風，

為這輛車套上年輕力壯的戰馬。　　　405

我看到素昧平生的訪客，

雖然不至於害怕，卻驚奇盈眶。

各位是什麼人？我一起全問啦，

包括跪在我神像前的這個外地人，

還有妳們，看來不像世間的物種，　　　410

男神眼前沒見過這樣的女神，

也不像凡人該有的長相。

失言了。無緣無故對身邊的人

品頭論足，這沒道理，也失禮。

416. 復仇女神是黑夜的女兒，見**321-22n**。

417. 《伊里亞德》述及阿珥泰雅呼請復仇女神懲罰自己的兒子梅列阿格，說：「眾神成全她的詛咒」（**9.457**）。埃斯庫羅斯在《七雄攻城》（Seven Against Thebes）**70-74**把伊底帕斯對兒子的詛咒視同復仇女神。追根究底，復仇女神很可能是源自把個人的詛咒擬人化，她們早在荷馬以前就是職司懲罰弒親犯的幽冥勢力（Lloyd-Jones, **1970: 199**）。參見**1: 1602n**與**2: 406n**。

427. **刺激**：原文重出於**157刺棒**。

429. 根據古老的法律程序——這在公元前五世紀的雅典法律有跡可尋——原告可以要求被告發誓自己是無辜的，如果作假誓願意接受天誅地滅。奧瑞斯不能否認殺母；一旦他承認了，復仇女神會自認獲勝。可是，由於奧瑞斯的訴求是要辯明殺母有理，她們的要求無法成立，正如雅典娜在娜在**430**和**432**指出的（Lloyd-Jones行注）。

432. **義理**即「正義」（見**413-14n**）。下一行**合理**亦同。

434. 雅典娜不是自己主動承攬審理權，參較**719n**。

435. 復仇女神對於自己站在正義的一方自信滿滿。**1: 129n**引阿基里斯的戰馬口出人言之事，特能說明復仇女神是襄助正義女神維護宇宙常軌的助手。

441. **伊克西翁**：殺人犯的始作俑者，也是第一個向天神陳情的人。他為了妻子的嫁妝和岳父起爭執，把他殺死，宙斯親自為他淨化，甚至招待他登上奧林帕斯山。伊克西翁不知感恩，竟然意圖非禮希拉。宙斯用計把一朵雲變成希拉的模樣，一番雲雨之後生下人馬怪。埃斯庫羅斯有一組失傳的三聯劇取材於此。

領隊	宙斯的千金，妳很快會聽到長話短說。	415
	我們是黑夜永生永世的女兒，	
	名叫詛咒，我們的家在地底下。	
雅典娜	妳們的身世和名字我都知道啦。	
領隊	我們的職權妳也很快就會知道。	
雅典娜	沒錯，只要妳把話說清楚。	420
領隊	我們把殺害血親的人趕出家門。	
雅典娜	兇手逃亡總有個天涯海角吧？	
領隊	有，在歡樂派不上用場的地方。	
雅典娜	所以妳們氣急敗壞追趕他？	
領隊	對！他處心積慮殺自己的母親。	425
雅典娜	是被逼的，或者是他在怕什麼？	
領隊	有什麼刺激大到可以殺自己的母親？	
雅典娜	雙方都在場，現在只聽到單方面的說詞。	
領隊	可是他不發誓，也不接受別人發誓。	
雅典娜	妳們追求正義的美名，行為卻背道而馳。	430
領隊	怎麼會呢？用妳的智慧把話說清楚！	
雅典娜	不要仰賴發誓獲得不合義理的勝利。	
領隊	那妳親自問他，然後做個合理的判斷。	
雅典娜	妳們打算把這個案子交給我處理？	
領隊	就這麼辦——妳和妳的身世都值得尊重。	435
雅典娜	輪到你啦，陌生人，可有話要說？	
	先報上籍貫、身世和財產，接下來	
	看看能不能反駁這個指控，如果你	
	自信行為正當，有充分的理由	
	挨近祭台抱住我的神像，	440
	像伊克西翁陳情那樣令人動容。	
	你得說清楚好讓我聽明白。	
奧瑞斯	雅典娜娘娘，您剛說的最後幾句話	
	有一點誤會，我得先澄清。	

445-46. 污穢：即「污染」，見**378n**。奧瑞斯意在言外表明，他向雅典娜陳情只有一個目的：擺脫復仇女神的糾纏。可是在本劇開場戲，皮緹雅看到的奧瑞斯仍然有血污，而且從那以後，復仇女神也一再提到奧瑞斯的血污，這和奧瑞斯宣稱的**不需要淨化**互相矛盾。由此可見復仇女神不承認阿波羅的滌罪儀式。儀式作法得不到代表舊秩序的復仇女神的認可，局面如此，欲期一勞永逸解決奧瑞斯的案子，唯有以新觀念確立新制度。

448-49. 第一行表明奧瑞斯本人成了禁忌，隨後兩行陳明他試圖擺脫禁忌之舉。佛洛伊德在《圖騰與禁忌》寫道：「以適當的淨化儀式擺脫禁忌，此一習俗無疑說明了禁忌的可傳遞性」，「任誰違犯禁忌，他本人便成為禁忌，因為他具備誘發別人起而效尤的危險特質：為什麼不許別人做的事，**他**卻可以做？先例有鼓舞效尤的作用；違犯禁忌的人的確會傳染，因此必須隔離。」但是，「隨違犯禁忌而來的危險，可透過贖罪或淨化的動作而避開」（Freud **20, 32**）。奧瑞斯的贖罪之舉，見**238-40**。

450. Apollonius Rhodius寫追尋金毛羊皮的史詩《阿果號之旅》，述及紀珥凱為伊阿宋和梅黛雅作法，淨化儀式如下。要為命案滌罪，她首先抓來一隻正在吃奶的乳豬，在這兩位兇手的頭頂上方割喉，讓血淋在他們的手上。接著她獻上敬酒，呼請宙斯滌罪神保護染了血污的陳情人。最後由僕人把不潔之物清出戶外（*Argonautica* 4: 704-11）。

452. 家：見**35n**，此處指德爾菲的阿波羅神殿。**活水**：流動的水。「河水和豬血同樣用於淨化儀式」（Lloyd-Jones行注）。

459. 黑心肝：「黑心」。陰性世界以黑為本色，對比**665**所述雅典娜的出身。

460. 見**1: 1381-83**。**羅網**：捕獵之網，重出於**1: 1048**和**2: 999**。

461. 澡盆：見**1: 1540**。

467. 見**2: 276-305**。

474. 清靜之身：雅典娜顯然承認真理神阿波羅的滌罪儀式，參見**445-46n**。然而，同樣明顯的是，身為智慧女神的她並不否認復仇女神的主張（見**476**）。願意持平觀照立場相左的雙方，這正是「智慧」有別於「真理」的關鍵。

我來到這裡陳情不需要淨化，　　　　　　　　445
也不是兩手污穢抱著您的神像。
我這就向您報告萬無一失的證據。
按規矩，殺人犯不許說話，
除非透過淨化血罪的儀式，
用雛牲的血洗淨他身上的血污。　　　　　　　450
我老早就那樣淨化過了，
在別的家，犧牲和活水樣樣不缺。
您擔心的事，我已經化解了；
說到身世，您很快就會明白。
我是阿果斯人。承蒙娘娘問起家父，　　　　　455
我深感榮幸，他就是艦隊的統帥阿格門儂，
協同娘娘您把特洛伊化作死城。
他過世了，走得不明不白，凱旋回家
卻遭了殃，被我那黑心肝的母親
給殺了，裹在精心設計的羅網裡，　　　　　　460
澡盆可以指證他是怎麼死的。
我被趕出家門，流亡在外，事後
回到家，把生我的人殺了——我不否認——
我執行死刑為我所敬愛的父親伸冤。
和我一起承擔這個責任的是巧曲神，　　　　　465
他敦促我採取那樣的行動，
嚴厲警告我可能面臨的錐心痛。
請您裁決我的行為是不是合乎正義！
不論結果如何，我不會有怨言。

雅典娜　　這件事非同小可，沒有哪個凡人　　　　　470
做得了主。即使是我，也沒有權利
裁決在情急盛怒時犯下的殺人案。
更何況你已經按部就班行禮如儀，
以清靜之身到我家來陳情，

476. 份內的事：μοίραν，見1: 129n釋*moira*，此處的用法可以引來說明希臘人視命運為各人所分配到必定應驗或必須實現的生命光景。

477-79. 寫活了Herington（9）所稱，希臘悲劇中的家庭詛咒（family curse）可視同遺傳的影響。

483-84. 解釋人文制度的起源是神話的一個功能。雅典娜承認過去的歷史（參見**849**），又預想可能的後果（**477-79**），設想一勞永逸的解決辦法，又有耐心化解阻力（**800**），不愧為「智慧女神」。

489. 依Taplin（**391-92**）的分析，只有雅典娜暫時退場，理由有二。一、沒有文本證據顯示在第二首唱曲的前後有奧瑞斯退場然後重上的跡象。二、奧瑞斯留在場上，戲劇效益可觀，因為這首唱曲把劇情重心從奧瑞斯這個人轉移到到雅典這個城市和人類全體，同時也把復仇女神的形象從令人毛骨悚然的妖魔怨靈轉化為令人心生敬畏的和善福靈。「如果奧瑞斯在舞台上不再是受害人，而是促成文義格局廣開一境的靈感源泉，這樣或許有助於強化這首唱曲的這個功能」（Taplin **392**）。

490. 新制度：雅典娜在**484**提議的司法審判。第二首唱曲含四組對偶詩節。開頭的兩組對偶詩節（**490-525**），格律和第一首唱曲的第一組對偶詩節（**321-27, 334-40**）類似，是長短格；第三組對偶詩節以同樣的格律起頭（**526-29, 538-40**）之後，一變而為荷馬史詩所用的長短短格，引人聯想第一首唱曲的第二和第三兩組對偶詩節的長短短格；最後，結尾的短長格則引人聯想第一首唱曲第四組對偶詩節也使用短長格。格律的呼應把這兩首唱曲緊密聯結，意義的呼應也不遑多讓（Lloyd-Jones行注）。就意義而論，這一首唱曲把舞台焦點從奧瑞斯這個特例轉向公民的正義這個普遍的觀念。

499-502. 解釋何以會發生**496-98**之事，亦即**499**開頭省略「因為」。或者，換個角度看，這四行省略了一個前提：「如果我們的職權被免除了」。

所以嘛，本城不為難，我接納你。　　　　　　　475
可是，她們也有份內的事不容迴避，
如果她們受了委屈得不到平反，
到時候噴吐怨恨化成毒汁
滴落在地上會長期引發瘟疫。
這案子棘手。留她們下來？　　　　　　　　　480
趕她們走？同樣為難，同樣苦惱。
不過，既然事情交到我手上，
我就來組個殺人犯的審判團，
以誓詞約定可久可長的法庭制度。
雙方都要找證人，要提出證據，　　　　　　　485
為了確保正義，作證要先宣誓。
我去挑選最優秀的雅典公民，
很快就回來。他們會宣誓
秉持良知不作違反正義的判決。　　　　　〔下。〕

〔唱曲二〕

歌隊　　　　　　新制度不堪設想，　　　　　〔正旋詩節一〕490
　　　　　　　　　如果這個殺母兇手
　　　　　　　　大言不慚的主張
　　　　　　　　竟然獲得勝利！
　　　　　　　他的行為為全人類打通
　　　　　　　隨興殺人的無障礙空間：　　　　　　495
　　　　　　　　將會有命案層出不窮，
　　　　　　　　　子女群起效尤，
　　　　　　　　殘殺自己的父母。

　　　　　　　憤怒靈偃旗息鼓　　　　　　〔反旋詩節一〕
　　　　　　　　不再監看凡人作為，　　　　　　500
　　　　　　　　從今起兇殺風氣

511-12. 求救的呼聲。

513-16. 父母因子女忤逆而哭倒正義之家──像孟姜女哭倒萬里長城。**516**一如**525**，原文都是以正義收煞整個詩節。**正義**：仍是最古老的意義，是「正義觀」的擬人化，是個女神。

517. 本詩節陳明**畏懼**──和羞恥一樣──使人有所不敢為。復仇女神的「義憤」（**1: 464n**）足使人知所不能為。

520-21. 參見**1: 176-78**和**180**。

526. **群龍無首**：無法無天的狀態，在雅典特指執政官出缺期間（άναρχία=anarchy，本義「沒有領袖群倫的人物」），喻人世不受規範。Lloyd-Jones行注闡明**526-37**這個詩節的微言大義：「宙斯統治整個宇宙，包括人世，既不容許**群龍無首**，也不是**一意孤行**（**527**），而是恪守中庸之道，分權委事各有所司，其中就包括復仇女神，她們在貫徹宙斯的正義法則扮演重要的角色。」**526-30**可以見到復仇女神演化的跡象：「接觸到理智而文明的護城女神雅典娜之後，她們展露新氣象，那是我們先前看她們和阿波羅的對決時無從想像的」（Herington 145）。在前一首唱曲（**307-96**），復仇女神的歌舞完全聚焦在奧瑞斯身上；在這一首唱曲，奧瑞斯卻只是個引子，從個人引出城邦而歸結於正義，眼界更開闊而格局更寬廣（參見**489n**）。

527. 「甘於極權專制的淫威」。**極權專制**：δεσποτεία（=despotism），希臘人用於描述主人與奴隸的關係，或家／族長獨攬之大權。和**526**一樣，以政治概念比喻人世。

528. **你**：現場的觀眾。「命令語氣和第二人稱代名詞（又見於**539-40**）意味著復仇女神直接對觀眾以雅典人的正義感為訴求，視他們為當代道德觀所含蘊的社會秩序的保證人」（Rehm 103）。

將會暢流無阻。
人人預期鄰居遭到不測，
彼此探問苦難什麼時候
　　結束或減輕；可憐的人　　　　　　　　505
　　　平白自我安慰，
　　提供醫藥沒療效。

　　一旦遭遇災殃，　　　　　　　〔正旋詩節二〕
　　　誰也不用
　　高聲呼叫　　　　　　　　　　　　　　510
「正義呀！
復仇女神的聖寶座啊！」
　　我彷彿聽到
　　　新受打擊的父母
　　　悽厲哭訴，　　　　　　　　　　　　515
因此倒塌的家族是正義。

　　畏懼自有好處，　　　　　　　〔反旋詩節二〕
　　　應當持續
　　監看人心；
高壓下　　　　　　　　　　　　　　　　　520
領悟智慧有妙用無窮。
　　城邦或個人
　　　不知培養畏懼心
　　　　怎麼可能
未來一本初衷尊敬正義？　　　　　　　　　525

　　　有群龍無首，　　　　　　　〔正旋詩節三〕
　　　　卻也有一意孤行，
　　　兩者你都不可取。

534. 參較**1: 763-71**，對比**1: 761-62**。**盧榮：**對神不敬，其反義為**525尊敬**。

535. 健全：健康，譬喻參見**1: 1001-03**。

537. 福氣：重出於**1: 929**，一如原文出現在句尾，藉以收煞整個詩節。

539. 另一座**正義的祭台**在**1: 382**。

542. 它：正義的祭台（**539**）。**踢：**參見**150n**釋**撞倒**。

545. 認清兩件事：546孝敬父母和**547-49**善盡賓主誼。

553-57. 把行事不義的人比喻為水手，駛船偏離正道，自尋煩惱有如闖進暴風圈，想收帆以圖亡羊補牢之計，卻為時已晚。船難的譬喻，參較**1: 1005-13**。

凡事守中庸，

　天神常保佑， 530

縱使因時制宜是天意。

且聽一句至理名言

　適時說分明：

虛榮有嫡子叫做自大。

　　　心思健全 535

　　自然心想事成

　　招來那長久期盼的福氣。

　　總括一句話： 〔反旋詩節三〕

　　　尊重正義的祭台。

　　各位切莫太猖狂， 540

看有利可圖

　　橫腿將它踢，

或早或晚必定受懲罰。

注定的後果難更改。

　　世人當認清 545

孝敬父母是第一要務；

　　　走出門外

　　殷勤迎接客人，

　　引入室內善盡主人之道。

　心甘情願大方行正義， 〔正旋詩節四〕550

　　　福氣不會匱乏，

也不擔心子孫滅絕人世間。

　　任誰膽敢違法犯紀，

　　　庫藏不義堆滿艙，

　　　終將被迫把帆收， 555

　　苦惱疾風來襲時，

558. 承續前一詩節的船難意象與敘事。

560. 神明：「靈」，見1: 1468n。

563-64. 財富與正義相剋的母題，早見於1: 375-84。

565. 人死了，卻沒有葬禮——無法入土為安就成了遊魂。

566. 〔舞台說明〕場景轉移：見685。Herington（146）言簡意賅指出地點從雅典娜神殿轉移到貴族議會（Areopagus）的旨趣：場景一變，劇情也從英雄時代的阿果斯這個湮遠的時空背景聚焦於雅典當代政治衝突的暴風眼，「山丘上一法庭，這就是那一場衝突的主要象徵」。
貴族議會：原本指古雅典衛城西北的一座小山丘，是貴族代表商議國是的聚會所，後來也用於指會議本身，後來成為審判殺人犯的法庭。陪審團的確實人數無從確知，肯定是偶數（見753），十二人（歌隊的人數）應該是合理的推測。劇場裡的觀眾就是現成的旁聽群眾，似無必要另行安排代表雅典民眾的默角（沒有台詞的角色）。本行以下的法庭審判，可信反映當代雅典法庭實況（Podlecki 204）。
這些人：重出於569人群，有不少人認為指的是隨雅典娜和陪審團一起上場的雅典民眾，甚至因為571有全城百姓而認為場面極其壯觀。Taplin（394）不以為然，主張既然陪審團是雅典娜所挑選最優秀的雅典公民（487），當然足以代表雅典民眾，因此這些人就是指陪審團。其實，說這些人是現場的觀眾亦無不可。由於學術中人積年累代皓首窮經，難免出現鑽牛角尖的情況，這種情形在希臘悲劇比在莎士比亞更常見，此處所見就是個例子。

567. 埃特魯斯坎人（Etruscan）是羅馬興起之前義大利半島的主人，他們發展出高度的青銅文明，自稱為Rasenna，希臘人則稱之為Tyrrhenoi，後人習慣依拉丁人稱作Etrusci（埃特魯斯坎人）或Tusci（托斯卡納人），居住在台伯河西北，今稱托斯卡納（Tuscany）和一部份翁布里亞（Umbria）之地。按希羅多德所述（1: 94），他們是公元前十二世紀來自小亞細亞呂底亞（Lydia）的移民。號：小號，俗稱小喇叭，傳說是埃特魯斯坎人發明的。按古代文獻，酒神劇場以吹號宣佈新戲開演，此處卻是要求肅靜。傳世的悲劇就只這麼一次聽到號聲。雅典戲劇原本屬於節慶活動，這一聲號響把劇場和宗教連結在一起，進而邀請觀眾來體驗他們自己就是劇情不可分割的一部分（Rehm 104）。

573. 一如原文，以正義收煞開場白。〔舞台說明〕阿波羅在這節骨眼突然現身，他上場的時機係依Taplin 395-98所論。這一來，574-75從領隊改為雅典娜的台詞可謂順理成章。阿波羅和雅典娜都是天神，可是立場大相逕庭。雅典娜願意「傾聽」並主持人世間的一場審判，甚至親自挑選陪審員，因此她在565和陪審團一起上場可謂理有必然。反觀從天而降的阿波羅，很可能是利用稱作舞台機關的滑輪裝置把他從景屋的屋頂吊下來，降落在奧瑞斯身後（「在身後」為荷馬史詩描寫天神對特定人物顯靈的情形），效果有如電影裡的吊鋼絲。他在753的退場應該也是如此（參見751n）。此處所描述阿波羅凌空而降，即拉丁文說的「機器神」（deus ex machina），後來文學批評引申泛指不合情理的劇情安排。

574. 雅典娜看到阿波羅驟然現身，因此轉而對他說話。

船桅已折索已斷。

　　掙扎呼叫卻無人回應，　　　　　　　　〔反旋詩節四〕
　　　徒然載浮載沉；
　　神明笑看這樣的莽撞猛夫　　　　　　　　　560
　　　曾經吹噓絕對平安，
　　　劫波覆頂無生路。
　　　　他財運亨通，如今
　　　撞上正義的暗礁，
　　　身亡蹤滅無人哭。　　　　　　　　　　　　565

〔插戲三〕

　　　　　　　　　　　　　　〔場景轉移到雅典貴族議會。雅典娜
　　　　　　　　　　　　　　率傳令官與陪審團魚貫而上。〕

雅典娜　傳令官，約束一下這些人的秩序，
　　　　嘹亮的埃特魯斯坎號該吹了。
　　　　鼓足中氣，把高亢的音調
　　　　吹進人群，壓制他們的噪音。
　　　　　　　　　　　　〔吹號。陪審團和訴訟雙方分別就座。〕
　　　　法庭擠滿了人，一定要維持肅靜，　　　　570
　　　　好讓全城百姓世世代代牢記
　　　　我訂下的規矩。也只有這樣，
　　　　審理他們的案子才能合乎正義。　　　〔阿波羅上。〕
　　　　阿波羅少爺，我們河水不犯井水──
　　　　說說看這件事和你有什麼相干！　　　　575
阿波羅　我是來作證的。這個人向我陳情，
　　　　到我家接受庇護完全按規矩來，
　　　　是我親自淨化他染過的血污，
　　　　現在還要親自為他辯護。何況
　　　　他殺害生母我也有責任。開庭吧，　　　　580

581. 一如**573**雅典娜的情形，阿波羅的開場白也是以**正義**收煞。

587. 以下到**607**這一段穿針對白，總共有十一行歌隊的台詞，恰好是隊員的數目，因此有人主張這些台詞，就如同**1: 1348-71**，是由隊員輪流發言。不過這沒有定論。

589. 摔角的隱喻，見**1: 172n**。沒必要追問剩餘的兩局在哪裡，領隊只是表明旗開得勝之意。

592. 一刺到底：πρòς δέρην τεμών，普遍譯成「刺／割她的喉嚨」，這和克萊婷亡魂所說她的傷口在心窩（見**103**）互相矛盾。可能埃斯庫羅斯自己疏忽，不然就是另有其他解釋。由於δέρη除了「喉嚨」之外，也有「領口之類的環狀物」這個意思，或許引申可以指劍柄，因此奧瑞斯的意思是「一劍刺下去，深達劍柄」（Roche, p. 183, n.）。

594. 指阿波羅。

595. 「懷疑而且嘲諷的語氣」（Horgan）。**開示**：重出於**609**，原文（ἐξηγεῖτό）是德爾菲神喻用於交代儀式與宗教事宜的字眼，因此它的用法和**預言神**一樣具有反諷效果（Lloyd-Jones）。

597. 壓倒：承**589**的隱喻。歌隊自信勝券在握。

598. 在地之靈：「從墳裡」。

600. 污染：見**2: 1048a-50n**。

602. 聽到奧瑞斯說克萊婷**污染了兩次**（**600**），一般人的理解應該是兩件罪行，沒想到奧瑞斯竟然把一椿罪行從不同的觀點重複計算成兩個罪名。

603. 克萊婷已償命抵罪，奧瑞斯並沒有。復仇女神主張血債血還的部落社會正義觀。

605. 見**212n**。

606. 修辭問句，以質問的語氣表達否定的意思。從奧瑞斯在**609**的反應可知，他知道親子的血緣關係，因此不知如何反駁。希臘悲劇中的穿針對白，以唇槍舌劍呈現理智的交鋒，主要的戲劇功能是爭辯，不論是用於質疑（如**1: 268-79**）、探詢（如**1: 538-50**）、說服（如**1: 931-43**）或反駁（如**1: 1246-55**），重點不在於細密的推理，而是在於展現臨場的反應。在尤瑞匹底斯有意識地探索人物心理之前，穿針對白是舞台上用來透露詩人的心理洞察的一大利器。奧瑞斯的修辭問句正是出於本能的否認。

609. 開示：見**595n**，此處的用法「提醒我們阿波羅特有的權威」（Lloyd-Jones）。

	妳儘管按照程序把他們引向正義。	
雅典娜	正式宣佈：開庭！由妳們先說。	
	原告先開口是理所當然。	
	把事情說清楚，案子才成立。	
領隊	我們人數不少，可是話不多。	585
	你一句一句回答我們的問題。	
	你有沒有殺你自己的母親？	
奧瑞斯	我不否認，我把她殺了。	
領隊	三局定勝負，我們贏了一局。	
奧瑞斯	還沒摔倒對手卻先吹起牛皮。	590
領隊	怎麼殺的，你非說不可。	
奧瑞斯	我說：我抽出劍，一刺到底。	
領隊	誰要你動手的？誰的主意？	
奧瑞斯	這位天神的神喻；他是證人。	
領隊	預言神開示你殺自己的母親？	595
奧瑞斯	沒錯。我到現在還不曾後悔。	
領隊	票數把你壓倒，口氣就會不一樣。	
奧瑞斯	我有信心，家父在地之靈會保佑我。	
領隊	信心寄託在屍體上，你這個殺母兇手！	
奧瑞斯	我是殺了，她可是污染了兩次。	600
領隊	怎麼說？好好解釋給判官聽！	
奧瑞斯	她殺丈夫，也殺了我的父親。	
領隊	她流了血，罪名勾消，你卻活著。	
奧瑞斯	她生前妳們並沒有追捕她，為什麼？	
領隊	她流的是和受害人不一樣的血。	605
奧瑞斯	難道我身上流的是我母親的血？	
領隊	當然，不然她怎麼在子宮哺育你！	
	殺人犯！母親的血最親，你也否認！	
奧瑞斯	出面作證吧，阿波羅，請您開示	
	我殺她到底是不是合乎正義。	610

612. 道理：即合乎正義（610）。**615正當亦然。**

615. 可是真理未必──而且通常並不──等同於智慧（參見**474n**）。

621. 誓詞：應該是指陪審團成員的宣誓（見**484和488，680和710重申**），雖然舞台上並沒有呈現宣誓的情景。「阿波羅的意思是，即使認為復仇女神有他們的權益，陪審員也不能為奧瑞斯定罪，因為那是公然違抗宙斯的意志」（Lloyd-Jones）。

622-23. 難以置信的語氣。譯文和原文一樣，以**宙斯**（＝**他**）提頭，有強調的作用。

628. 亞馬遜人：見**685n**。

632. 出色：比特洛伊人出色，或比預期的出色（因為她犧牲了自己的女兒伊斐貞，見**1: 191-247**），但也可能沒有隱含比較級的意味，而只是單純的「良好」（Smyth）。

638. 咬：承襲**2: 843和2: 995**「蛇咬人」的意象。**火：**發火，生氣。「咬痛」是咬了使人感到疼痛，咬火則是咬了使人火氣上升。

639. 呼應**573雅典娜以正義收尾。**

那件事我的確做了，我不能否認；
可是這一樁血案有沒有道理，
請您定奪，我好在庭上回覆。

阿波羅　當著雅典娜創設的這個高等法院，
我宣佈他行為正當，真理神不說謊。　　　　615
我在真理聖座上宣佈的每一件事，
不論事關男男女女或城邦列國，
無不遵從奧林帕斯父神宙斯的命令。
　　這一番聲明合乎正義，效力無疆，
我鄭重呼籲各位屈從天父的意志──　　　　620
誓詞的約束力比不上宙斯的權威。

領隊　　宙斯，你說他授權給你這個神論，
要這個奧瑞斯報殺父之仇，
全然不顧慮為人母親該有的尊榮？

阿波羅　不能相提並論──我說的是人中豪傑，　　625
天神賞賜他權杖，卻
死在女人的手中，不是在戰場上
身中飛矢，像亞馬遜人射出來的那樣，
而是──帕拉絲以及在場要投票
表決這件事的各位判官，我來說明原委。　　630
　　他征戰返家，受到百姓的愛戴，認為他
表現出色。妻子守在家裡歡迎他。
他洗好澡，要跨出澡盆，就在盆緣
她攏袖罩頂蒙蓋他，用長袍
纏住自己的丈夫，刺到他倒地不起。　　　　635
　　他是怎麼死的，各位都聽我說了──
人人敬佩的英雄，堂堂的艦隊統帥。
至於那個女人，我提她是為了咬火各位陪審，
你們在這裡集會是為了裁決正義。

領隊　　照你的抗辯，宙斯最看重父親的性命，　　640

641. 赫西俄德《神統紀》**713-21**述宙斯推翻提坦神族，用鐵鏈把他們囚禁在地底深處。宙斯的父親也是提坦神（見**2n**）。

644. 復仇女神的動物意象包括蛇（**127**）、獵狗（第一次出現在**131-32**）、口吐血塊的無名怪物（**183-84**）、獅（**193**）、羊（**196**）、吸血妖（**253**），甚至她們本身也以動物自比（**264-67, 302, 305, 326**）。這一類的稱呼，頻率逐漸降低，在雅典娜現身法庭之後更只有阿波羅依然故我，雖然此時復仇女神已走上進化之道，開始蛻變了。「雅典娜對他們彬彬有禮的開場白立竿見影定了調」（Herington **143**）。天界眾神只有雅典娜願意傾聽立場相左的雙方，這吻合她出任仲裁的角色，此一角色又吻合她兼具陰陽兩性的「超現實」身分。Herington（**142, 147**）說本劇的法庭審判是我們所知埃斯庫羅斯筆下「最超現實」的一場戲：「人類投票判決分裂天地的兩股勢力，為受害的一方辯護的是黑夜娘娘的女兒，也是命運女神的甥女，被告的律師則是宙斯的兒子兼發言人。」

645-46. 面對復仇女神犀利的質問，阿波羅其實不難四兩撥千斤，只要說「那不是謀殺」或「宙斯後來釋放克羅諾斯，還讓他統治極樂島」（赫西俄德《歲時記事》**166-173a**）即可。埃斯庫羅斯顯然刻意把阿波羅刻劃成精明不足而恨女有餘。難怪他在**644**惱羞成怒。

647-49. 和1: **1019-23**歌隊的唱詞如出一轍。

654. 父家：即國人說的「娘家」。

655-56. 這兩個問句隱含古代社會的禁忌觀：不潔（＝**污染**，見**1048a-50n**釋義）之人是禁忌的對象；既然復仇女神不承認阿波羅的淨化儀式，奧瑞斯仍然是不潔之人，猶言「待罪之身」。佛洛伊德在《圖騰與禁忌》書中寫道：「觸犯禁忌的人，本身也將成為禁忌。經由觸犯禁忌所產生的危險，可以用贖罪或淨化的方式來避開。〔……〕破壞禁忌的人會成為禁忌，那是因為他已具備使人追隨其行為的特性：為什麼他能夠做別人不能做的事？他的行為無疑會引起效尤，因此必需加以隔離」（頁**34, 49**）。

656. 族：氏族，有一個共同祖先的後裔所構成的族群，原文（φράτρα）在古典時期的雅典用於指稱男性族人所構成的政治團體（正如名稱本身所反映的，因此有些英譯本譯成 "brotherhood"，L. H. Morgon《古代社會》中譯本pp. **178-80**作「胞族」），他們每年秋天舉行為期三天名為「阿帕圖瑞亞」（*Apaturia*）的宗教節慶。但是，此處的用法顯然指涉較古老的意義，即重點在於「氏」的社會結構，所謂「共同的祖先」是「族母」，而不是「族父」；所謂「後裔」是就母性單系承傳而論；而且阿帕圖瑞亞節的活動只限女性參加（cf. Harrison 1963: 498-501）。阿芙羅狄特在伯羅奔尼撒半島上的Troezen有個名銜 'Απᾰτουρία（Apatouria），很可能就是這個古老習俗的遺跡。淨水：見**2: 129n**。

658-59. 祖親：見**2: 690n**，其複數形態為「雙親」。就像英文的men（複數的「人」）兼有「眾男人」和「人類」兩個意思，而後一義因為明顯把女人附屬於男人而帶有性別歧視。阿波羅使用類似的文字遊戲，表達「母親」不是嚴格定義下的「祖親」，從而表明母親在生殖過程居於附屬的角色。備受女性主義非難的這個論點影射古代一個熱門的爭議，比埃斯庫羅斯稍早的埃及人就提過了，在他之後的希臘作家也一再提到，包括畢達哥拉斯學派、尤瑞匹底斯（*Orestes* **552**）和亞里斯多德（Smyth; Hogan），如今由阿波羅以父系社會代言人的身份提出，「兼具社會與經濟雙重作用，以便確保男性在民主政體的財產繼承權」（Fagles）。雖然「他其實沒有否認母親以自己的血哺育胎兒，正如領隊在**607-08**指出來的」（Lloyd-Jones），卻已達到「經由否認母親而達成否認母系制度」（Zeitlin 1978: 65）的目的。即使從公元前五世紀的雅典法律來看，阿波羅也是強詞奪理：雅典男人可以娶同父異母的姊妹，同母異父則

　　　　　　他卻把自己的高齡老父克羅諾斯手銬腳鐐。
　　　　　　他的行為和你的辯解不是互相矛盾嗎？
　　　　　　這一點，各位判官請務必明察秋毫。

阿波羅　　一群妖物，天神沒有一個不討厭！
　　　　　　鐐銬可以鬆開呀，那種傷害　　　　　　　　645
　　　　　　有得彌補，方法多得很。
　　　　　　可是人一旦死了，土地
　　　　　　吸了他的血，不可能起死回生。
　　　　　　我的父親不曾提供回魂咒，
　　　　　　雖然別的事他不費吹灰之力　　　　　　　　650
　　　　　　就能夠隨心安排、隨意反轉。

領隊　　　各位想清楚硬是讓他無罪開釋的後果！
　　　　　　把自己母親的血灑在地上，
　　　　　　這樣的人可以待在阿果斯住父家？
　　　　　　在公祭的場合，他用什麼祭台？　　　　　655
　　　　　　族人會允許他分享淨水嗎？

阿波羅　　這一點我也會說明，而且句句實話。
　　　　　　被稱作母親的那個人並不是孩子的
　　　　　　祖親，她只是奶媽，使新播的種子發芽，
　　　　　　播種的是男性，女方就像客人為客人　　　660
　　　　　　保存嫩芽，如果天神沒有使它枯萎的話。
　　　　　　我舉個例子來證明我剛才的解釋。
　　　　　　沒有母親也可以有父親，就在眼前
　　　　　　鐵證如山，奧林帕斯神宙斯的女兒，
　　　　　　她不曾在子宮的黑暗世界接受撫養，　　　665
　　　　　　這樣的苗裔沒有一個女神生得出來。

　　　　　　　說到我的立場，帕拉絲，我一本初衷
　　　　　　會盡全力使妳的城市和人民出類拔萃，
　　　　　　就像我指派這個人來到府上的火塘陳情，
　　　　　　就是希望他成為妳永遠可以信賴的朋友，　670

不行（Rehm 105），顯然他們認為只有母系血親是禁忌。事實如此，弒母案的死結卻非解開不可，埃斯庫羅斯讓克萊婷認不出自己的兒子，又把育兒之恩安排給奶媽，可謂煞費苦心。

660. 播種：重出於2: 846n提供的直譯「飛竄」，原文（θρώσκων）可用於描述任何「突進」的動作，因此在這個文義格局也可以譯作「射（精）」或「躍（上馬背）」。**客人**：也可以譯成「陌生人」，此為本三聯劇的通例。

661. 阿波羅在658-61的說詞，其實是逆轉「既有的信仰」：在母系世界，男人之為播種者只是大地的工具，他所播的是大地的種子；到了父系時代，男人的精子後來居上成為創造的因素，作為容器的母親則被貶為「臨時的居所和養育之地」（Neumann 1963: 63）。

663-66. 宙斯在第一任妻子梅緹絲（Metis）第二次懷孕時，擔心她生下的孩子會威脅到自己的地位，把母親連同胎兒一起吞下肚，後來金工神斧劈宙斯的頭，跳出全副武裝的女戰神雅典娜（Hesiod, *Theogony* 886-929）。瓶繪證據顯示，這個故事在埃斯庫羅斯的時代流傳甚廣。從宙斯吞妻繼之以雅典娜誕生，我們看到阿波羅在德爾菲鳩佔鵲巢的進一步發展，也就是「男權革命」（見拙作《情慾幽林‧千面女神說從頭》）的最後一個步驟：男神篡奪女神的地位最後導致生殖現象的全面翻轉，父系神話確立了男性單性生殖的能力。「但是在這個翻轉的過程中，男性的生殖活動一變而為以頭顱取代陽物，或者，換個不同的說法，陽物和頭顱結為一夥」（Zeitlin 1978: 66）。佛洛伊德說：「這一番從母親轉向父親意味著知性獲勝而感官落敗」（Zeitlin 1978: 68引）。

666. 苗裔：原文即661重出的嫩芽。

668. 阿波羅以賄賂允諾永久結盟阿果斯。由奧瑞斯在287-91率先提出，後來又在762-74加以確認的這個提議，直接影射當代雅典民主改革派伯里克利斯黨（919n）的基本主張，即改革雅典貴族議會並改變外交政策——雅典的傳統盟邦是斯巴達，那是希臘保守思想的大本營（Herington 148）。因此，**人民**是指支持民主制度的雅典公民。Herington（137）在本劇看出有史可徵的第一場保守心態與自由心態的衝突。

674. 雅典娜沒有回應阿波羅的賄賂手段，在704甚至指陳其非。

676. 猶如國人說「唇槍舌劍」，以槍劍比喻言詞，希臘人卻是以箭矢作譬喻（參見1: 1194）。

678. 你們：應該是指阿波羅和奧瑞斯。下一行的**你們**則是陪審團。

679. 票：見709n。

680. 誓詞：見621n。本行所述與621明顯矛盾。一個可能的解釋是，阿波羅已願意接受雅典娜的仲裁角色，這從667-73可以看出。

681. 阿提卡：希臘沿用至今的一個古地名，雅典早在公元前十三世紀就是該地區的首府。

683. 《阿格門儂》數度提到未來，卻一再幻滅；在《奠酒人》，過去完全遮掩了未來（見2: 135-36n），如今雅典娜終於把眼光指向未來，並在708重申。**埃構斯**：赫赫有名的雅典王泰修斯的父親。

684. 反映雅典民主改革的最後一役，即縮限貴族會議的權力。貴族會議只有貴族才有資格與會，以統治者的諮詢機構職司監督憲政，並掌握人民的生殺大權。民主改革成功之後，貴族議會蛻變成刑事審判庭，判官是從雅典公民抽籤產生。**司法審判**：即 δίκη（*dike*，見1: 250n），本義為「自然的常道」，含意複雜，舉凡「天理」、民情、習俗、秩序、公平、規範都在其中，最常見的意思是「正義」，譯文措詞則隨文義格局而有所不同（如699**公正**、709**案子**、719**公道**、804**赤誠**）。「這些意義當中，在公元前五世紀訴訟正興的雅典民主社會，有一個使用的頻度越來越高，那就是『審判』。」接下來的一場戲，「終於以『**審判**』明確界定δίκη，甚至還在觀眾面前演出」（Herington 144）。

	也希望妳贏得新盟友，妳知道嗎，女神，	
	他本人和後代永遠信守盟約，	
	兩地的人民子子孫孫肝膽相照。	
雅典娜	是不是兩造雙方都已經陳述清楚，	
	我可以請這些判官憑良知裁決正義？	675
領隊	我們所有的箭全射出去了，	
	就等著聽審判的結果。	
雅典娜	很好。怎麼樣可以贏得你們的尊重呢？	
阿波羅	你們聽也都聽了，投票的時候，	
	各位朋友，請遵守當初的誓詞。	680
雅典娜	各位阿提卡公民，你們就要為血案	
	創先例作出判決，聽我宣佈敕令。	
	從現在以後，埃構斯的子民永遠	
	以這個法庭作為司法審判的場所。	
	在這阿瑞斯崗，亞馬遜人曾經紮營	685
	建立根據地，發洩她們對泰修斯的恨，	
	大軍壓境，據守戰略要地，	
	高高圍起這一圈新城牆，	
	為阿瑞斯殺牲，因此這座石山	
	以阿瑞斯命名。在這個地方，公民的	690
	敬重之情和恐懼之心這一對近親	
	將節制不義，白天、晚上都一樣；	
	只要不標新立異就不會有人違法犯禁	
	帶出壞榜樣。拿泥巴污染乾淨的水，	
	還巴望甘美的飲水，那是緣木求魚。	695
	各位切記，群龍無首和一意孤行	
	同樣不可取，同樣不值得尊重，	
	也不要把畏懼完全趕出城去。	
	一無所懼的人，有誰是公正的呢？	
	所以，對正義常懷敬重之心，	700

685. 阿瑞斯崗：見360n。地名的由來另有多種說法。其一，"Areopagus"（**566n**）之稱是紀念雅典娜首開先例的這一場審判，她因為投下使奧瑞斯無罪開釋的關鍵票而博得 "Areia" 這個描述詞（Avery 141）。其二，"Areopagus" 原本的意思是「詛咒崗」（Hogan 173）。其三，埃斯庫羅斯在此處（**685-90**）又有不同的說法。**亞馬遜人**：傳說中好戰的女人族，住在小亞細亞 Thermodon河（今稱Termeh，注入黑海）附近，為了報王后希波麗塔被雅典王泰修斯（見**398-402n**）劫持之仇而入侵阿提卡。雅典娜獨鍾最後一種說法，有效提醒2: 631-36的典故（見**2: 602n**）：掌權的女人前仆後繼要把男人趕盡殺絕。我們再度看到，雅典娜表面公正，其實她的思維與立場都偏向男性這一方。「亞馬遜之戰在這個文義格局簡直是用來界定奧瑞斯受審主要的實質議題乃是兩性戰爭」（Zeitlin 1978: 53）。泰修斯打敗亞馬遜女人族預告這一場戰爭的結局。這同一個典故，到了莎士比亞筆下被敷衍成光（舞台的妙趣）影（心理的陰暗）交錯的浪漫喜劇《仲夏夜之夢》，仍然涉及兩性戰爭的議題。

688. 城：在古時候，雅典「城」的範圍不超過衛城（Acropolis），甚至進入歷史時代，雅典人仍習慣以「城」特指衛城。

689. 亞馬遜人是「阿瑞斯的女兒」（＝阿瑞斯的女性崇拜者），理所當然向戰神阿瑞斯獻祭（＝殺牲）。**石山**：雅典衛城是一座花崗岩山崗。

691-92. 敬重和恐懼（φόβος，**517**畏懼是δεινός）相輔相成，敬畏使人知所不能為（參見**2: 55**）。Lloyd-Jones引公元前七世紀的文獻，說「心存畏懼才會心生敬重」很可能早在這個時候就以諺語的形態流傳，羅馬諺語則從不同角度表達類似的觀念，說「熟悉生怠慢」（英譯 "Familiarity breeds contempt"）。**517-19**復仇女神的唱詞已表明，在宙斯統治下的宇宙世界，恐懼有其必要；如今雅典娜重申其旨，是針對雅典人組織的政府統治下的人倫世界。一如復仇女神為宙斯的宇宙世界提供了培養敬畏心的溫床，刑事法庭將為雅典的人倫世界提供同樣的溫床。雅典娜在本劇結尾將復仇女神迎入雅典城，即是確認恐懼、暴力與懲罰為維護正義所不可或缺的手段（參見**699n**）。

692. 不義：「正義」（**684n**）的相反。**節制不義**：使雅典公民有所不為而合乎正義。

694. 帶出壞榜樣：見**448-49n**。

696. 見**526n**和**527n**。以下到**699**重申**517-30**復仇女神的唱詞。

698. 雅典娜創設刑事法庭就是要世人有所不敢為。

699. 人人一無所懼則**群龍無首**，那是無法無天，**個人一無所懼**則**一意孤行**，那是暴君暴政或暴徒暴行。**公正**：合乎正義。恐懼和暴力（見**387-88n, 691-92n**）有賴理性和同理心加以調劑。如其不然，一旦正義的維護只仰賴恐懼和暴力，暴政或暴行勢必無法節制。阿楚斯家族無法根絕的「詛咒種」正是此一現象最醒目的例子。

702. 保障：原文σωτήρια本義「脫離苦難」，如重出於1: 646所見，引申為「解救」，如作為描述詞用於稱呼宙斯為「救世天尊」（見**3: 760**），其中所寓含「救贖」（本義為買回原本屬於自己的東西）的意義是古希臘英雄崇拜的基本觀念。

703. 自北至南無與倫比。斯庫替亞：見**2: 161n**。**伯羅奔尼撒**：「佩羅普斯（見**2: 503n**）之地」，在古典時期特指斯巴達。斯巴達人和斯庫替亞人都以「法治」馳名。

706. 以防有人像馬克白那樣「謀殺睡眠」——遂行謀殺而不能安眠。雅典娜不忘指明她創設的是刑事法庭。

709. 有別於陶片流放制（ostracism）的投「票」是投陶片，陪審員投的是小石子（1: 814n）。**裁奪**：本義「明辨（是非、實情）」，原文διάγνωσις就是英文的diagnosis（診斷）。

你們就會擁有金城湯池，
城邦將獲得史無前例的保障，
斯庫替亞人不能比，伯羅奔尼撒找不到。
我設立的這個法庭，不受利益左右，
威儀堂皇，怒氣劍及履及，　　　　　　　　　705
時時警覺保護睡夢中人。

　　這一大段話是說來告誡我的子民，
策勵未來。現在得麻煩各位站起來，
領自己的票，裁奪這個案子，
切莫違背當初的誓詞。我說完了。　　　　　710

領隊	聽著！我們聯合起來會壓垮你的轄地。 奉勸你，千萬不要對我們失禮。
阿波羅	我要妳尊重神諭，那不只是我的， 也是宙斯的，別作怪壞了收成。
領隊	你越俎代庖管起殺人流血的事。　　　715 你發佈的神諭再也不可能純潔。
阿波羅	伊克西翁是第一個殺人犯，他提出 求情，難道家父那一番心意也錯了？
領隊	是你說的！假如我討不回公道， 以後我會自動來蹂躪貴寶地。　　　720
阿波羅	在神界不論老少哪個世代， 妳名譽掃地。我會獲得勝利。
領隊	你在菲瑞斯家也幹同樣的勾當！ 你說服命運女神使凡人逃過死亡。
阿波羅	對心地虔誠的人投桃報李，尤其是　　　725 在他危難的時候，這犯了什麼罪？
領隊	你用酒欺瞞年長的女神， 破壞開天闢地以來的規矩。
阿波羅	妳贏不了這個案子，很快就要 口吐怨毒汁，卻傷害不到敵人。　　　730

711. 〔舞台說明〕開始投票。「雅典陪審團列隊穿越歌隊表演區,他們象徵民主司法的自由與責任」(Rehm 106)。

713-14. 繼19與615-18,阿波羅第三次強調自己是宙斯的發言人,因此也是為奧林帕斯父系/父權組織發聲。壞了收成:「使結不出果實」,農業的譬喻,指阻礙神諭的應驗。

717. 伊克西翁:見441n。

719. 是你說的:表示贊同卻不想承擔責任時的措詞。按《馬太福音》27:11,羅馬總督彼拉多問耶穌:「你是猶太人的王嗎?」耶穌回答:「是你說的。」

723-24. 阿波羅殺死獨眼巨人,宙斯罰他伺候凡人,即菲瑞斯之子阿德梅特斯。一年期滿,為了回報阿德梅特斯的友善,阿波羅為他爭取到一個特權:只要有人願意代死,他的壽命可以延長。在尤瑞匹底斯的《阿凱絲緹絲》(Alcestis)劇中,阿德梅特斯的雙親先後拒絕之後,妻子阿凱絲緹絲自願代死,可是該劇沒有提到727-28所稱阿波羅先把命運女神灌醉之事。按另一種說法,阿波羅的罪行是射殺德爾菲的守護龍。

723-26. 阿波羅身為光明神與真理神的形象,幾乎只剩下負面的意義。他在1: 1202-12求歡不成惱羞成怒,又在2: 269-96威脅奧瑞斯如復仇不成將會面臨的嚴重後果,一見到女性就成為極端份子。因此,他在劇中最後一樁神話事蹟是欺騙前代女神,說來不足為奇。「可是,《奧瑞斯泰亞》的結尾和458 B.C.的雅典同樣容不下極端份子,因此阿波羅〔在法庭審判時〕連招呼也不打就下場去了〔見753n舞台說明〕」(Herington 151)。

729-30. 阿波羅貴為真理神,預知未來的能力其實有侷限,雖然正確預告復仇女神贏不了這個案子,卻無法預知她們「重整神格」的潛能。就是這樣的潛能使得伊帕斯王在劍目自殘之後得以重拾生命的尊嚴。傷害:原文重出於373重、711壓垮、720蹂躪、932-33重(手出)擊。

731. 見150n。

732. 審判:見684n。

735. 雅典娜到底有沒有投票?難有定論。這一票可能指她手中真的有一顆石子,也可能只是象徵性的宣示。Podlecki(211-31)說她並沒有實際的投票動作,但 "Athena's vote"(雙方僵持不下時,有利的判決歸於被告)在法庭實務上確有其事。但是,埃斯庫羅斯要使雙方票數相等有什麼意義呢?一個可能的答案是:雅典娜的決定把兩性衝突檯面化,使觀眾容易看出性別立場的本質原來是那麼膚淺,竟然只靠出生決定,同時藉以引出下一場她恩威並濟的「智慧手腕」。

736. 重申663-66(見行注)。「透過雅典娜誕生的神話,神統紀在新出爐的胚胎學重複演化,男神的新生殖法演化成功係得益於新確立的正義觀」(Zeitlin 1978: 66)。引文中的「神統紀」影射663-66n引述的神話來源,即赫西俄德述希臘眾神譜系的《神統紀》。

736-40. 雅典娜的立場宣示把法庭審判的焦點從奧瑞斯弒母案轉移到整貫串整部三聯劇的兩性戰爭。

741. 雅典娜為什麼在開票之前就先這樣宣佈?Lloyd-Jones(734n & p. 202)說,她遲早得表明自己的立場,如果在計票之後才這麼宣佈,復仇女神可能更憤慨,可能當場翻臉而立刻造成雅典無可彌補的損失;如今她搶佔先機,未雨綢繆,一肩承擔對雅典有利的結局,使那個結局形同是她個人的判決,以便轉移復仇女神洩恨的對象。她的宣示解釋了雅典法庭在實務運作上的一項慣例:如果票數一樣,被告就以所謂「雅典娜的一票」獲得無罪開釋,她那一票總是計入慈悲的一方。

742. 贊成與反對的票(石子)各有一個容器。為了確保秘密投票,規定投票者必須在兩個票箱都把手伸入,如1: 814-7使用投票為譬喻所描述的。

領隊	年輕的神竟想撞倒我的高齡， 我就等著看審判的結果 再決定要不要對這城邦發怒。
雅典娜	該由我來作最後的審判了， 我這一票投給奧瑞斯。　　　　　　　　　735 因為沒有母親生下我，凡事 我全心支持男性，除了婚姻， 而且完全站在父親的一方。 因此，這個案子的女人死有餘辜， 她殺死夫君，那可是一家之長。　　　　740 即使正反票數相當，奧瑞斯還是贏了。 　把票箱倒空，動作快一點， 陪審員就按當初分配的工作。
奧瑞斯	光明神阿波羅，這案子會有什麼結果？
領隊	玄女神黑夜母親，您看到這情景沒？　　745
奧瑞斯	很快會定案，不是上吊就是重見光明。
領隊	如果維護不了名譽，我們會翻不了身。
阿波羅	票倒出來啦，各位雅典朋友， 計票務必要精確。別算錯了。 算錯票數，後果不堪設想。　　　　　　750 一票之差足以挽救一整個家族。

〔雅典娜從陪審員手中接過小石子。〕

雅典娜	這個人無罪開釋，控訴案不成立， 因為正反雙方票數相等。　　　〔阿波羅下。〕
奧瑞斯	帕拉絲啊，您是我家族的救星！ 因為您，我這個亡命天涯的人終於　　　755 找回了父家！希臘各地都會這麼說： 「這個人回到阿果斯，又住進了 他父親留下的祖厝，恩典來自 帕拉絲和巧曲神，還有天帝第三

745. 玄女神：原文（μέλαινα＝玄，重出於1: 770和3: 52）作為**黑夜**（重出於1: 355）**母親**的描述詞，直譯為「黑色」。

748-51. 編校本普遍把這四行台詞攤派給阿波羅，其實沒什麼根據，Taplin（403, n. 3）懷疑僅有的理由是在阿波羅臨下場之前讓他說句話。不無可能**748**和**750**是領隊的台詞，**749**和**751**則是奧瑞斯說話。

751. 這是阿波羅最後的台詞。他可能在**752-53**得知投票結果之後才下場，但也有可能在**777**和奧瑞斯同時下場。由於文本中遍尋不得他下場的蛛絲馬跡，Taplin（403-07）懷疑是因為傳抄稿脫落。阿波羅在這一場法庭審判戲上下場的時機誠然費解，但是換個角度來看，他不按排理出牌，來如風而去無影似乎也能呼應他的老大作風。不論如何看待他在劇中的角色，他畢竟是神，而且一貫維持高高在上的身分。

753. 見**741**及行註。〔舞台說明〕下：凌空而去（見**573n**）。Rehm（105）說阿波羅連招呼也不打就「溜之大吉」，也沒有人跟他打招呼，這「在古代劇場並非常態，彷彿他的論點無足輕重」（參見**723-26n**）。

759. 天帝：稱宙斯為最高統治者的描述詞，有「一切事因他而定，萬物由他作主」之意。**第三：**祭拜奠酒，第三杯固定獻給宙斯救世天尊（見**1: 247n**）。救世天尊即**救世尊神**，改稱呼以錯開前一行的「天」。

761. 奧瑞斯說到**我母親**時，應該會手勢指向復仇女神。

762-74. 奧瑞斯是以「百年之後為英雄」的身分作出這一段承諾（Taplin 402）。

763-66. 見**670-73**。具體地說，這段話直接影射公元前**461**年雅典流放保守派大將Cimon，並廢棄與斯巴達簽訂的條約之後，轉而結盟阿果斯（Smyth）。

767-74. 英雄有靈足以影響世事，正如《奠酒人》劇中悲歌對唱的招魂曲所表明的，這是古代希臘人普遍的信仰，不只是見於其他的希臘悲劇，如索福克里斯的《伊底帕斯在科羅納斯》和尤瑞匹底斯的《海克力斯諸子》，而且見於公元前五世紀的歷史，如斯巴達人為求戰事順利設法從Tegea迎回奧瑞斯的屍骸（Herodotus 1.67-68）。Lloyd-Jones另又提到，距本劇首演之年不久，雅典人設法要從Scyros迎回泰修斯的屍骸。

775. 各位：指陪審員（Taplin 410）。

777. 奧瑞斯這一告辭，他的戲結束了。雖然**799**還提到他名字，「可是從**778**以後，演出的不再是奧瑞斯或阿果斯或阿楚斯的孩子，而是關於雅典娜、雅典和復仇女神。因此，奧瑞斯下場標誌一個重要的分水嶺」（Taplin 402），在後續的劇情因缺席而醒目的語言特徵是：蛇、毒、網等意象以及反諷的台詞在舞台上絕跡。Lloyd-Jones的英譯本有這樣的舞台說明：「新的一幕從這裡開始」。在這「新的一幕」，在奧瑞斯回阿果斯繼承祖業之後，復仇女神取代奧瑞斯成為被剝奪繼承權而且無家可歸的角色。假如他們在奧瑞斯離去之後也跟著調頭而去，那必定是去發洩怒氣，她們留下來意味著妥協，尚待解決的是她們和雅典娜之間關於雅典的利益事宜（Taplin 407-09）。她們得各讓一步，以便各取所需，為的是共同打造雅典永世的基業。「分析到最後，這部劇作是關乎人與雅典」（Vidal-Naquet 84）。就呈現雅典人之所以為雅典人而論，稱《奧瑞斯泰亞》為雅典的「憲章神話」（a "charter myth"）倒也允當，雅典城邦的社會進程盡在其中。《奧德賽》**1.298-300**把奧瑞斯的英雄事蹟定位於報殺父之仇（「難道你們沒聽過奧瑞斯殺死他父親的仇人，就是機心巧詐的埃紀斯，因此在人世間博得莫大的榮譽？」），僅此一事即可看出埃斯庫羅斯添增這「新的一幕」，如何為古老的傳說賦予嶄新的意義（參見**2: 1043a**行註）。

救世尊神。」他沒忘記家父怎麼死的；　　　　　　　　760
他聽不慣我母親的說詞，留我生路。
　　我就要回故鄉去，離去之前，
當著貴國以及您的子以民面前
我鄭重立誓，誓約沒有期限，
從今以後，在敝國掌舵的人　　　　　　　　　　　765
永遠不會整軍持矛向貴國發兵！
我本人即使在墳裡也將捍衛到底！
如有違背，我會使他們遭殃，
使他們在進軍途中一籌莫展
事事不順，一路上惡兆相隨，　　　　　　　　　770
讓他們知道自找麻煩後悔莫及！
反過來說，如果他們上道，永遠
尊重帕拉絲的城市，共結堅強的戰友，
那麼我將保佑他們受益無窮！
　　告辭了！女神您以及衛城有功的各位，　　775
後會有期，祝你們抗敵得心應手！
祝你們國泰民安，沙場上百戰百勝！　　〔奧瑞斯下。〕

〔抒情應答〕

歌隊〔唱〕　　　你們這些年輕神，古老的禮法　　〔正旋詩節一〕
　　　　　硬是被撞倒，對我們豪奪強取！
　　　繼承權被篡奪，心悲痛，我滿腔怒氣　　　　780
　　　　要發洩在這片土地：
　　　　　　怨毒凝汁，
　　　　　　　滲透土壤，
　　　　　　病菌蔓延，
　　　　　樹葉枯萎，孩童早夭。　　　　　　　785
　　　　　正義啊！看荼毒
　　　　　　迅速氾濫無止境，

778-891. 對於審判的結果，復仇女神唱出兩組對偶詩節表達心中的憤慨。這兩組抒情詩都是以傾斜律為主調，雖然第一組含有短長格和長短格的成分，而且第二組對偶詩節還有一部分無法確定其格律。每一組對偶詩節的正旋和反旋歌詞是重複的，即複唱詞（**778-92 = 808-22**，**837-47 = 870-80**），而且每一個詩節都得到雅典娜以三步格詩行作出的回應，總共有四段長短不一的回應。在雅典娜第四次回應（**881-91**）之後，歌隊首度顯示她們對於雅典娜所提議的安撫措施感到興趣，因而引出的一段穿針對白（**892-902**）透露復仇女神由堅持轉向屈服的跡象（Lloyd-Jones行注），即Herington所稱復仇女神的「性格轉向」之一環。

778. 你們：複數代名詞指涉的具體對象，除了雅典娜，還包括阿波羅，也可能包括宙斯，甚至可能是泛稱天神世代。這並不必然表示阿波羅這時候還在場上。

778-79. 措詞和語義皆呼應**731**。

780. 繼承權被篡奪：即**722**的名譽掃地和**796**的名譽受損，又以字根的形態出現在**792**、**807**、**833**（尊榮），其中的字根τιμή通常譯作「名譽」（**747, 868, 917**），卻也有「尊嚴，地位，權利，權力，特權」等意思，包括**855**禮遇、**853**、**891**、**894**、**915**榮耀和**967**尊榮，特指與生俱來的具體榮譽（**845**），其本義係指以崇拜的方式向超自然勢力表達敬意，是希臘城邦社會英雄崇拜的基本觀念，如**2: 556**以愛戴（τίμιον）這字眼所表明的；參見**855n**。經由陶片流放制被驅逐出境的公民，連帶喪失的是τιμή，如**884**所表達的。《伊里亞德》開宗明義寫阿基里斯和阿格門儂吵架，原因就在於阿基里斯自覺τιμή受損而怒不可遏。

782-88. 「彷彿在描述核子放射的情景」（Herington 153）。

785. 重拾「青春早夭」的母題。

786. 以呼告正義之名行詛咒雅典之實，在《阿格門儂》俯拾可得的這種口頭反諷，隨劇情漸入尾聲已大為減少——事實上，這一次在整部三聯劇是最後一次。

791. 夜神：黑夜女神（見**745n**）。

795. 審判：見**684n**。

802. 喻象與**714**相同。

803. 毒雨：「矛雨」，猶言槍林彈雨，只是以矛取代槍彈。然而，就修辭效果而論，復仇女神降矛雨，其死亡效力比起阿波羅在《伊里亞德》開頭降的「箭雨」，只有過之而無不及。本行台詞是針對**783**的唱詞說的。

805. 洞府：在阿瑞斯崗（見**360n**）的東北角有個山洞，是奉獻給她們的聖地，也就是尤瑞匹底斯在《伊烈翠》**1271-72**描寫的「山崗一側有地縫，深幽肅靜為世人保神諭」。

806. 光可鑑人：聖石一向以塗油磨光。

808-22. 一字不漏重複正旋詩節（**778-92**）。第二組偶詩節（**837-47＝870-79**）亦然。復仇女神重複相同的歌舞，不只是表達她們堅持不妥協的立場，更透露她們的眼界一時無法超越怒氣所及的範圍，面對**794-807**雅典娜語氣溫柔卻鏗鏘有力的說法，只能耽溺在自憐的氛圍中，重複原先的哀怨。重複的動作也透露她們保守的心態，與雅典娜柔軟的身段構成鮮明的對比。

　　　　　　　　　　造就一片荒漠地！

　　　　　　　　我縱聲悲嘆，該如何？

　　　　　　　　我受人嘲笑。　　　　　　　　　　　　790

　　　　　　　　　冤屈啊難忍，夜神的女兒

　　　　　　　　名譽掃地苦含悲！

雅典娜　　　聽我勸一句，別這樣怒氣逼人。　　　　793

　　　　　　妳們並沒有吃敗仗。審判的結果　　　　795

　　　　　　票數相等，妳們並沒有名譽受損；

　　　　　　只是宙斯顯示的證據一清二楚，

　　　　　　而且預言神本身親自作證，

　　　　　　是他嗾使又出面保護奧瑞斯。

　　　　　　別把怒氣發洩在這片土地，　　　　　　800

　　　　　　別讓妳們的怨恨滴落在地面，

　　　　　　不要使作物沒有收成，

　　　　　　不要降毒雨吞噬種子。

　　　　　　我本乎赤誠鄭重允諾妳們

　　　　　　在這正義之地，妳們將享有一洞府，　805

　　　　　　光可鑑人的寶座矗立在祭台前，

　　　　　　永遠接受我的子民頂禮膜拜。

歌隊〔唱〕　　你們這些年輕神，古老的禮法　　〔反旋詩節一〕

　　　　　　　硬是被撞倒，對我們豪奪強取！

　　　　　　繼承權被篡奪，心悲痛，我滿腔怒氣　810

　　　　　　　要發洩在這片土地，

　　　　　　　　怨毒凝汁

　　　　　　　　　滲透土壤

　　　　　　　　病菌蔓延

　　　　　　　樹葉枯萎，孩童早夭。　　　　　　　815

　　　　　　　正義啊！看荼毒

　　　　　　　　迅速氾濫無止境，

　　　　　　　造就一片荒漠地！

824-25. 雅典娜肯定她們也是**女神**，她的安撫手法明顯對比阿波羅的敵意（見**644n**）。莎士比亞《馴悍記》劇中，皮楚丘「馴服」凱瑟琳娜的招式，一方面以霸道對付凱瑟琳娜周遭的人，讓她目睹她自己的本來面貌，另一方面卻以溫柔對待她本人，讓她見識她可以努力的目標，剛柔並濟的策略簡直是脫胎自雅典娜和阿波羅一軟一硬的唱雙簧。

826. 我信賴宙斯：回應歌隊在816呼告**正義**。

827-28. 尤瑞匹底斯《特洛伊屠女人》**80-81**也提到雅典娜的這個特權。特洛伊屠城戰期間，希臘將領埃阿斯在雅典娜神廟非禮卡珊卓（參見**1: 338-42**）。為了懲罰這個倒行逆施的行為，宙斯允許雅典娜「使用雷光電火／全面轟擊阿凱奧斯船隊」，也就是**1: 650-57**所描寫的。

827-29. 雷電是宙斯的武器。靠著這武器，他擊敗提坦神族，後來又制伏地神族的叛亂。未必是威脅，但至少是策略性提醒，萬一說服不成，還有雷電可以逞威。即便如此，如果認為復仇女神是因為這一提醒而妥協，那就錯了。且不說雷電根本摧毀不了毒汁（**812**），雅典娜自始至終不曾惡言以對。「提到雷電是因為，雅典娜如果要讓復仇女神相信她能夠為她們爭取『榮耀』〔見**780n**〕，必定要證明她有足夠的權力和智力，而這兩者都來自宙斯〔見**826, 850**〕。應該指出的是，復仇女神雖然面臨成為年輕神手下敗將的危險，卻不曾挑戰或質疑宙斯的地位」（Taplin **408**, n. **2**）。

829. 說服：雅典娜要展現**媒娘**的功夫（見**850n**）。

832. 波：海波。

834-36. 生產和結婚之後都要獻祭禮酬神，酬謝的對象當然包括農業女神黛美特；復仇女神是地祇，關乎豐產，因此有榮與焉。

838. 高齡智慧：隨年歲增長而來的智慧，原文（$\pi\alpha\lambda\alpha\iota\acute{o}\varphi\rho\sigma\nu\alpha$）可以套成語「年高德劭」譯作「年高智劭」。**被趕下地**：回應雅典在**805**允諾的**洞府**。還沒有屈服的跡象，可是復仇女神至少表明她們聽進了雅典娜的建議。歌隊所悲嘆者在於，一旦住進地洞，就無法在光天化日下追逐殺人犯。

839. 污穢：見**378n**。

840. 風：取其與「瘋」諧音，一字雙關，既是呼出怨氣成狂風，又表明她們的瘋歌狂舞。同樣的**氣**，**810-11**是復仇女神要**發洩**出來的，本行卻是她們內心的感受。Hogan注疏說：「這幾行唱詞的語言暗示劇烈的舞蹈動作。」Lloyd-Jones則在本行插入舞台說明：「她們高聲發出悲嘆。」

847. 可能是摔角的隱喻。

849. 見**838n**。

850. 雅典娜是智慧女神，她的智慧在她和復仇女神打交道的過程中表現無遺：她有耐心傾聽不同的聲音，有意願試著去理解不同的立場，又有口才動之以情進而訴之以理。總之，她以妥協取代對撞，充分發揮**媒娘**（**1: 385**）的說服功力。Conacher（**170**）說，**媒娘**在《阿格門儂》先後化身為禍水紅顏的海倫和引誘阿格門儂踐踏壁毯的克萊婷，此時終於由辯才無礙的雅典娜加以收伏，證實「和藹戰勝暴力」。

我縱聲悲嘆，該如何？

我受人嘲笑。　　　　　　　　　820

　冤屈啊難忍，夜神的女兒

名譽掃地苦含悲！

雅典娜　　妳們的名譽絲毫無損，何苦拿女神　　823

威力無邊的怒氣把人間變成荒地？　　825

我信賴宙斯——這需要多說嗎？——

天神當中只有我知道

鎖藏雷霆的鑰匙放在哪裡。

可是沒必要費事。我用說服的。

別浪費唇舌口出惡言　　　　　　830

使這片土地不再有收成。

怒氣盪胸激出來的黑波就讓它平息，

來跟我作伴，共享尊榮接受膜拜。

這裡地大物博，生產和結婚之後

奉獻的第一批祭品將永遠　　　　835

歸妳們獨享。到時候妳們會認同。

歌隊〔唱〕　　竟然受到這樣的待遇！　　　〔正旋詩節二〕

　高齡智慧被趕下地，

臉上無光身污穢，

噴吐怨氣呼風狂！　　　　　　　840

　慚愧呀真慚愧！

我胸腔賬痛！

　黑夜母親您聽我說，

我古老的榮譽被掠奪！　　　　　845

　天神耍詐無敵手，

狠狠把我摔落地！

雅典娜　　我可以諒解妳們的憤怒；

妳們年紀比我大，智慧比我多。

可是，宙斯給我的智力也不少。　　　850

855. 復仇女神蛻變為和善女神，在這一部三聯劇不只是以英雄崇拜的儀式術語τιμή（見**780n**）這個概括性的字眼表達，而且還進一步明確使用**埃瑞克透斯**這個雅典英雄崇拜的原型神話加以確認。雅典娜把復仇女神和雅典民族英雄的原型並列的提議，誘惑之大無庸置疑。**埃瑞克透斯**：傳說中的雅典王，雅典英雄崇拜的始祖。火神赫費斯托斯意圖非禮雅典娜未果，精液滴落在雅典衛城，地母因此受孕，胎兒出生即是埃瑞克透斯，由雅典娜撫養長大（Apollodorus **3.14.6**）。《伊里亞德》**2.547-8**述埃瑞克透斯「從供應穀物的土地而生」，即是此意。就此一意義而論，雅典人乃是「土自生」（αὐτοχθονος = *autochthon* = 自＋土，有別於χθόνιος = *chthon* = 土（生）」），雅典之地（**805正義之地**）即是全體雅典人共同的「母地」（有別於父系觀點說的「祖國」），生於斯長於斯的雅典人都是因埃瑞克透斯這個「地自生」之人而從「母地」子宮一脈承傳，埃瑞克透斯也因此成為雅典英雄崇拜的始祖。**埃瑞克透斯的家**：可能指雅典衛城的埃瑞克透斯廟，供奉埃瑞克透斯的英雄魂，原建築在**480** B.C.毀於波斯大軍，現在看到的是後來重建的；也可能指「雅典娜之地」，即雅典。第一個解釋與**805**矛盾。

858. **磨刀石**：同樣的譬喻出現在**1: 1535**。

861. **鬥雞的心**：參見**1: 1671**公雞的隱喻。內戰的陰影來自雅典當代的政局：461 B.C.，《奧瑞斯泰亞》首演之前兩年，由於Ephilates針對貴族議會的改革主張，雅典幾乎爆發內戰。

864-65. 本劇首演時，雅典和斯巴達有一場戰爭，也可能有一支雅典部隊在幫助埃及人反抗波斯。

868. 把報應律（**1: 1564n**）轉換為法治社會的責任觀念和文明社會的報賞原則。

880. 空行，原文如此。前面的抒情詩，第二組對偶詩節只有十行，比第一組的十五行來得短，可見復仇女神的狂態舞歌有漸歇之勢，到了**892**甚至冷靜得可以進行穿針對白。雅典娜以溫合的語氣進行說服明顯奏效。

假如住到外地去，我保證

妳們會懷念這個地方！

隨時間往前流，更大的榮耀

將匯聚在我的子民，妳們也將

在埃瑞克透斯的家備受禮遇，　　　　　　　855

男男女女列隊迎送的盛況

妳們在別個地方享受不到。

所以，不要對這片土地投擲磨刀石

激發嗜血慾腐蝕年輕人的心，

以免他們滴酒不沾也狂暴為患；　　　　　　860

也不要那麼狠，好像摘下鬥雞的心

移植到我的子民身上，使他們

關起城門來發揚鬥志自相殘殺。

讓他們對外發動戰爭，在敵人面前

盡情展現名揚千古的雄心壯志。　　　　　　865

我可不要一群鳥在巢裡廝殺。

　　我有個提議，妳們自己選擇：

作善事受善報，博得好名譽，

一起分享天神最鍾愛的這片土地！

歌隊〔唱〕　　　　竟然受到這樣的待遇！　　　〔反旋詩節二〕870

　　　　　　高齡智慧被趕下地，

　　　　　　臉上無光身污穢，

　　　　　　噴吐怨氣呼風狂！

　　　　　慚愧呀真慚愧！

　　　　　我胸腔賬痛！　　　　　　　　　　875

　　　　黑夜母親您聽我說，

　　　　　我古老的榮譽被掠奪！

　　　　　　天神耍詐無敵手，　　　　　　878

　　　　　狠狠把我摔落地！　　　　　　　880

883. 護城有功的凡人：見775n。

885. 媚娘：辯才的擬人格，見1: 385n。雅典娜在這節骨眼以**媚娘**為訴求，不著痕跡把情思轉移到新的方向。《阿格門儂》提到媚娘是在385-86，用於描述帕瑞斯過不了美人關。在後續的劇情中，媚娘雖然沒有親自現身，卻數度以不同的化身若隱若現，如1: 930-45克萊婷說服阿格門儂步上地毯，又如《奠酒人》奧瑞斯計騙克萊婷和埃紀斯，都是不祥之兆充斥其間，如今出自雅典娜口中，新氣象呼之欲出。媚娘雖然不屬於雅典正統的宗教，卻也是雅典人崇拜體系的一環。泰修斯早在聯合許多小鎮組成雅典城邦時（此一時間背景不必盡信），就建立了愛神阿芙羅狄特和媚娘這一對母女神崇拜的習俗（Pausanias 1.22.3）。

885-86. 反映希臘人對於辯論的看法，視辯論說理為智慧的表現。

892. 復仇女神首度對雅典娜的提議感到興趣，因此對雅典娜的提議開始有實際的反應，「突然改用短長格說白體表明了心情的驟變。這個橋段精彩之處在於，歌隊面臨雅典娜提出的種種訴求，憤怒之情由緩和而終至於出現大逆轉」（Conacher 170-71）。

896. 那樣的權力：裁斷人生福禍的權力。

899. 「神情有點詭異的幽默口吻」（Lloyd-Jones）。

900. 復仇女神終於屈服，即Herington（151-52）所稱「復仇女神最後一次性格轉向」。她們原本被賦予動物形象（見644n），崇尚本能，此一形象在她們與奧瑞斯和阿波羅的衝突過程中始終如一。等到陰陽同體的雅典娜一顯靈，她們的動物形象開始褪色，轉而標舉宇宙與人事的古老傳統，甚至一直到奧瑞斯獲釋都如此。可是初與雅典娜打交道，她們就流露本性中迄未顯露的一面（415以下），終至於（916以下）措詞和語氣徹底改觀，溫情與慈悲取代先前的嚴厲和怨恨。最後這一次轉向吻合女性神的基本功能：物種的繁殖（見923-26n）。復仇女神的蛻變終於使得克萊婷「不男不女」（1: 11n）潛在的危險昇華成為雅典娜「雌雄同體」潛在的福氣。可是，我們不該忘記，雅典娜是父系神話單性生殖的後代。「城邦是城市內部不同的性別之間、不同的世代之間以及不同的氏族團體之間互相妥協所產生的新形態」（Simon 49）

902. 不論身世為何（見321-22n），復仇是比宙斯更古老的大神，雖鐵面無情，卻也有能力賜予豐產，因此掌握人世的繁榮幸福。對於復仇女神的崇拜，在希臘境內雖談不上普及，在雅典卻源遠流長。

903. 如阿格門儂，從戰場凱旋，卻成為勝利的受害人。又如克萊婷，復仇成功，卻也**遭到勝利反噬**。雅典娜所寄望的福氣是「自然」的產物（見904-06）。克萊婷在 1: 1389-92 對聖婚（見214n）極盡嘲弄之能事，如今由於雅典娜的矯正，終於在903-09重現天地交合的美景。

905-07. 風調雨順則收成好；907陳明904-06的結果，並引出909的植物意象「**種……子**」。雅典娜的這一段台詞，特別是904-09，輕快的節奏、抒情的韻味、樂觀的語氣和前瞻的時間向度，為這整部三聯劇的收場戲定了調。展現在我們的想像眼界的是，借用狄更斯小說的標題，走過「艱困歲月」（Hard Times），「大好前程」（Great Expectations）在望。

910. 把信仰虔誠和人丁旺盛緊密繫結。

雅典娜	我有耐心解釋我提供的禮物，	
	好讓妳們沒有理由說我，年輕的神，	
	和護城有功的凡人聯合，使年長的女神	
	名譽掃地像被驅逐出境的人。	
	假如妳也尊重媚娘的威嚴，尊重她	885
	灌注在我舌頭上的魔力與魅力，	
	那妳該留下來！即使沒這個意願，	
	妳也沒理由為難這個城市，	
	沒理由對城裡的百姓發怒洩恨，	
	因為妳掌控半個地主的權益，	890
	心念一轉就有權利享受永恆的榮耀。	
領隊	雅典娜娘娘，妳說歸我所有的是怎樣的地方？	
雅典娜	苦惱絕跡的地方。怎麼樣，接受吧！	
領隊	假如我接受，會有什麼樣的榮耀？	
雅典娜	少了妳，沒有一個家能夠興旺。	895
領隊	妳願意讓我擁有那樣的權力？	
雅典娜	對，我們一起保佑我們的信徒。	
領隊	妳保證這個承諾永遠有效？	
雅典娜	我沒必要保證我辦不到的事。	
領隊	妳的魔咒有效，我的怨恨消退了。	900
雅典娜	那就住下來交新朋友。	
領隊	妳要我賜給這片土地什麼福氣？	
雅典娜	不至於遭到勝利反噬的福氣，	
	來自土地，來自甘霖，	
	來自高空吹送的氣流	905
	在陽光照耀下拂掠田野，	
	土地欣欣增產，畜牧源源增殖，	
	供應我的子民，永祚不虞匱乏，	
	人間傳種，孫曾繞膝，子息綿綿。	
	對妳越虔誠則家族越興旺，	910

911-12. 植物成長的意象，一舉導正《阿格門儂》一系列倒錯的自然意象，同時取代一直在舞台上耀武揚威的捕獵語彙。《奧瑞斯泰亞》和《馬克白》同樣以植物成長的意象結束一場人倫慘劇，異曲同工（見拙譯《馬克白：逐行注釋新譯本》**5.9.31**行注及引論頁**38-39**）。

912. **他們**：陪審員，他們是雅典公民的代表（Taplin 411）。

914-15. 雅典娜是是戰爭女神，也是雅典的守護神。

915. 雅典娜的台詞結束後，Fagles加上舞台說明：「復仇女神聚在雅典娜四周載歌載舞，雅典娜儼然成為她們的領隊。」

916. 回應832-36雅典娜的呼籲和邀請。以下抒情應答的戲，歌隊唱抒情詩，雅典娜以行進曲吟誦應和，如此交錯進行，直到1020。其中第一組對偶詩節（**916-26, 938-48**）是短長格和長短格搭配而成。這兩種格律非常相似，因此常常同時出現。第二組對偶詩節的格律，見**956n**，第三組見**996n**。

917. 見**780n**釋τιμή。

918-20. 雅典是救世天尊宙斯和戰神阿瑞斯的**前哨站**，也是神界眾靈共同擁有的**明珠**，更是捍衛希臘宗教信仰的**防護盾**。提及戰神係呼應**914-15**。

919. 伯里克利斯（Pericles）在**448 B.C.** 說服雅典人邀請希臘各城市參加泛希臘議會（Panhellenic Congress），協力重建公元前**480**被波斯人燒毀的神廟以及戰後尚未恢復的海上秩序。他的心願就是使雅典成為**為希臘祭台高舉防護盾**的**不朽明珠**（Lloyd-Jones）。

920. **明珠**：此珠即**1: 208**的掌上「珠」。

923. 陽光象徵光明，在《阿格門儂》數度呈現反諷意義，如**1: 254-55、522-23、658-60**，或不祥之兆，如**1: 264-65、1323-25**，如今終於獲得矯正。

923-26. 回應雅典娜在**904-07**對於領隊提問的答覆。女性生殖神的身分（參見**900n**）就反映在隨意賜福的能力。

925. **黑土地**：「人間沃土」的傳統譬喻（如荷馬描寫阿基里斯盾牌上的農更景象）。**黑**也呈現正面的意涵。

926. 描述作物欣欣向榮形成一片「綠海」的景象。

928. **她們**：指復仇女神。雅典娜這一段台詞是對雅典公民／陪審團／觀眾說的。

932-33. **重擊**：希臘人稱「復仇女神的重擊」猶如國人說「命運沉重的打擊」；見**730n**。**所以然**：為什麼復仇女神**重手出擊**。

934. 由於繼承祖先的詛咒而不得不犯的罪行，如阿格門儂祭殺伊斐貞（Lloyd-Jones）。

939. **邪風不吹襲**：早在**1: 147**就刮起的**邪風**，終於改邪歸正。

　　因為，像園丁對他的植物滿懷愛心，

　　我疼惜正直一族，要使他們枝繁葉茂。

　　　這一切全都交給妳支配；至於我，

　　我不會在酣戰爭鋒的節骨眼聽任

　　這個城邦的榮耀在人間遭受侵蝕。　　　　　　　　915

歌隊〔唱〕　　　住進新家陪伴帕拉絲　　　　〔正旋詩節一〕

　　　　央央大城的名譽我絕不敗壞

　　　　全能宙斯與阿瑞斯

　　　　　共掌這座前哨站

　　　明珠不朽為希臘祭台高舉防護盾　　　　　920

　　　　　為這城市我祈福

　　　　　　預告吉兆

　　　　　陽光燦爛引歡欣　　　　　　　　923

　　　　　催生黑土地發嫩芽　　　　　　925

　　　　　綠冠湧潮波連波

雅典娜〔吟〕　我這一切作為全是為我的子民　　〔行進曲〕

　　　著想，勞駕像她們這樣的神靈，

　　　有大能，又堅守自己的立場。

　　　一世人生　　　　　　　　　　　　　930

　　　統統劃歸她們的職權。

　　　誰有眼無珠看不出她們重手

　　　如何出擊，也不會知道所以然，

　　　因為長久以前生出的罪惡

　　　拖他來到她們面前，不聲不響把他毀。　　935

　　　他雖然大聲吹牛，

　　　終究被她們的怒氣和敵意碾成灰。

歌隊〔唱〕　　　另有福氣聽我來細數　　　　〔反旋詩節一〕

　　　　但願邪風不吹襲綠樹不枯萎

　　　　　沒有熱氣強渡關山　　　　　940

　　　　　使花草苞芽窒息

946. 大地懷孕：地下埋藏礦產。

947. 土生財富：原文πλουτόχθων，即「財富」（*ploutos*）加上「土生」（*chthon*），其字首擬人化即亞里斯多芬喜劇取為標題的「財神」，其字根見**855n**。**喜出望外**：原文ἑρμαίαν，本義「意外的發現」，源自「赫梅斯」（**2: 727-28n**）；「意外的發現」是幸運，咸認「幸運的發現」是這位神使帶來的。以前沒有探勘技術，發現礦產純屬意外。Lloyd-Jones認為本行影射史實：公元前**480**雅典在薩拉米斯海戰粉碎波斯併吞希臘的野心，籌建那一支艦隊所需的經費就是來自阿提卡東南的Laurium所發現的銀礦，Themistocles說服雅典人把此一「幸運的發現」用於該目的。

949. Lloyd-Jones 加上舞台說明「對陪審團」。

950. 娘娘……大德：見**2: 722n**。

952-54. 握、錯、歌：譯文押行尾韻，純屬偶然，因為原文沒有押韻。希臘古詩不押韻。

955. 眼界……模糊：一語雙關，由於復仇女神使他們（**其餘的人**）淚流滿面，他們因淚眼而視線**模糊**，因為未來人生一片茫茫——**眼界**既指視線，又指未來人生。

956. 這一場抒情應答的第二組對偶詩節（**956-67, 976-87**），採用第一組對偶詩節的格律（見**916n**）混雜長短短格。

956-57. 不容許青壯男子因暴力事件而早逝。

958-60. 呼請大權在握的眾神保佑適婚女子都有對象。《阿格門儂》劇中，倒錯的婚姻層出不窮，從此得以匡正。隨復仇女神蛻變成為和善女神，兩性戰爭消弭在即，禍水紅顏可望成為歌德《浮士德》結尾天國歌隊所唱頌「引人超升」的「不朽紅顏」。

961-62. 命運女神和復仇女神的關係，見**321-22n**。這個詩節的譯文都沒有標點符號，因此**961**可以回頭指涉**956-60**，即祁求命運女神保佑男子各個享天年而女子人人有丈夫，也可以往前指涉**963-66**。

961-63. 復仇女神祁求命運女神看在同母姊妹情的份上，貫徹賞罰有道的公義原則。

964. 命運女神和每一戶人家都息息相關，譯文借用國人安神位求保佑的民俗。

965. 重手：見**932-33n**。本行呼應**恐懼**之為用的道理（見**517-25, 691-92**），言命運女神隨時隨地護持正義，絲毫不講情面。

967. 稱美命運女神。

970-72. 指涉**885-86**。媚娘不只是關心（**殷勤垂顧**），還促成（**指引**）雅典娜成功說服復仇女神，進一步落實復仇女神性格轉向（見**900n**）之後發揮其功德；媚娘的作用出現一百八十度的轉變，參見**885n**。說服與恐懼曾遭濫用，如今終於回歸正道：說服成為理智之聲，用於妥協與策略，恐懼則成為發揮正義的利器（**691-92**）。

一切農作物不必擔心病蟲害肆虐

羊肥壯大地慷慨

產量倍增　　　　　　　　　　945

大地懷孕無人知

土生財富喜出望外

謳歌眾神賞厚禮

雅典娜〔吟〕　各位護城鬥士，聽到沒？她們帶來　〔行進曲〕

多大的福氣！復仇娘娘有大德，　　　950

在天神間和在地祇間同樣醒目；

人類的命運顯然由她們掌握，

她們貫徹意志絕不出差錯，

對某些人賞賜歡樂歌，

其餘的人眼界被淚水給模糊。　　　955

歌隊〔唱〕　　　青壯男子享天年　〔正旋詩節二〕

橫死事件我禁止

眾神大德請保佑

妙齡年華女有歸

白頭偕老一世情　　　　　　　　960

命運女神三姊妹

妳我本是同母生

賞罰公道見分明

家家戶戶有神位

時時刻刻備重手　　　　　　　　965

要把正義來貫徹

擁尊榮無與倫比在神界

雅典娜〔吟〕　她們心誠意篤對我的土地

慷慨賜福，

我心歡暢，感謝媚娘殷勤垂顧，　　970

指引我的口才從容應對

她們不講情面的拒絕。

973. 演說尊神宙斯：「主管民眾聚會的宙斯」，民眾聚會則是演說發揮說服力量的場合（Fagles 行注）。**演說尊神**（αγορααος）這個描述詞，本義為「市場的」，市場則是發表演說的地方。雅典人崇拜宙斯的這個神相，反映他們對於演說的重視。

974-75. 爭鋒：爭執，意圖超越對方的野心。赫西俄德（《歲時記事》11-26）提到兩種「爭執」或「野心」，一種是惡性的競爭，導致戰爭與毀滅，另一種是良性的競爭，促成生產力的提高與生活環境的改善，後者是夜晚的女兒，由於宙斯的安排而常駐人世。這個典故有助於我們瞭解976-87的主題。「雅典娜意在言外指出，這種〔良性的〕**爭鋒**特別適合她自己和雅典公民」（Lloyd-Jones）。

977-78. 再度祈求雅典不要發生內戰（見861n）。**內訌**：擬人格，引出980-81的譬喻。

979. 冤冤相報因**內訌**（977）而起，結果則是無止境的復仇（981）。

980-81. 把熾烈的復仇心比喻成捕捉獵物的野獸，非要置對方於死地不可，奄奄待斃的獵物則是「**毀滅**」。**毀滅**：國破家亡。禍起蕭牆引發復仇心切，為害之烈不下於攫取獵物如探囊取物的野獸。

982-83. 土壤吸血有如引鳩止渴（**渴飲鴆**，參見1: 1188, 2: 577），後果見3: 647-48。

985-87. 願全體公民有志一同，同親相愛（985）以安內，共同禦敵（986）以攘外，則城邦可望安和樂利。

987. 自從守望人在1: 16-17以醫藥意象陳述一再落空的願望之後，醫藥意象出現在《阿格門儂》（98, 200, 387, 512, 1170-72, 1199, 1248）無非是用於傳達反諷、懷疑或否定。甚至到了3: 507仍然藥石罔效，如今復仇女神既已脫胎換骨，藥效立竿見影。

993-94. 心存善念……善念存心：原文（εὔφρονας εὔφρονες）把緊鄰的兩個形容詞透過字尾變化製造雙關語的效果。同樣的並置修辭技巧又見於999和1013。

996. 第三組對偶詩節（996-1002, 1014-20）以長短短格詩行開頭，接著是長短二步截尾格。

998. 因為人品正直而與宙斯為鄰。

999. 他：宙斯。**掌上明珠**：雅典娜是宙斯的女兒。**明珠……明珠**：φίλας φίλοι，見993-94n。前一個**明珠**係「姑娘」之意，大寫作為專屬的描述詞是指稱雅典娜處女神；後一個**明珠**指雅典娜鍾愛的對象，即雅典。920的**明珠**是ἄγαλμα（重出於1: 208）。

1000. 參見838與849.

1001-02. 由於雅典娜（＝帕拉絲）的庇蔭，她的父親宙斯（＝天尊）殷勤眷顧。

1002. 〔舞台說明〕**護駕團**：這一支隊伍是否由陪審員充任？或者是1024提到的保駕團？甚至是否出現在舞台上？這一類問題的答案，從文本無法判斷。正如我們在克萊婷迎接阿格門儂的紫紅地毯（1: 909-10）所看到的，文本的確透露埃斯庫羅斯波瀾壯闊的視覺想像。這一部三聯劇如果在結尾安排火炬遊行的隊伍，以壯麗的火網呼應開頭守夜人在星空下黎明前遙見光點（1: 20-22）的情景，難謂不妥；但是，見1005n。陪審員代表雅典市民旁觀（也見證）遊行的行列。

　　　　　　　　　　　勝利歸演說尊神宙斯；
　　　　　　　　　　　我們為了賜福彼此爭鋒，
　　　　　　　　　　　他為千秋萬世創造雙贏。　　　　　　975
歌隊〔唱〕　　　　我把心願說明白　　　　　〔反旋詩節二〕
　　　　　　　　　　　內訌作虐不知足
　　　　　　　　　　　莫使我城起迴響
　　　　　　　　　　　一旦流血報流血
　　　　　　　　　　　復仇情懷最貪婪　　　　　　　　　980
　　　　　　　　　　　捕捉毀滅不放鬆
　　　　　　　　　　　自相殘殺血污黑
　　　　　　　　　　　莫使土壤渴飲鴆
　　　　　　　　　　　讓他們以恩報恩
　　　　　　　　　　　讓他們有志相愛　　　　　　　　　985
　　　　　　　　　　　讓他們敵愾同仇
　　　　　　　　　許多病痛從此能夠根治
雅典娜〔吟〕　　聽到沒？她們有心找出路　　　〔行進曲〕
　　　　　　　　　沿途裝飾吉祥話。
　　　　　　　　　她們雖然容貌訴說恐怖，　　　　　　990
　　　　　　　　　卻對我的子民展現無比的善意。
　　　　　　　　　只要各位心存善念崇敬她們，
　　　　　　　　　她們自會善念存心保佑你們
　　　　　　　　　治國理鄉
　　　　　　　　　步上康莊道無往不利。　　　　　　　995
歌隊〔唱〕　　　　恭喜恭喜鴻運開　　　　　〔正旋詩節三〕
　　　　　　　　　　　恭喜雅典人
　　　　　　　　　　　比鄰宙斯
　　　　　　　　　他的掌上明珠有明珠
　　　　　　　　　歲月輪轉添智慧　　　　　　　　　1000
　　　　　　　　　　　帕拉絲羽翼下
　　　　　　　　　　天尊慈眉又善目

1004. 聖火：火炬。在《阿格門儂》的開場戲，火炬使守望人大感振奮，卻偏偏引出漫漫長夜，他盼望**火光破曉，夜盡天明**（1：21），如今總算實現。

1005. 新家：應該是指阿瑞斯崗下方的祠堂（Herington 154-55），那裡供奉的是莊嚴女神（見**1041n**），埃斯庫羅斯顯然是把她們和復仇女神視為相同（Smyth行注）。如果硬要執著於字面意義，認為護駕隊伍真的來一趟火炬遊行前往復仇女神的**新家**，那就跟莎士比亞《仲夏夜之夢》的雅典工匠演出中戲部分同出一轍了。戲劇的本質是「以假作真」，「真相」存在於觀眾的想像眼界。

1006. 他們：護駕隊伍雖有可能由陪審團充任，但也可能（如埃斯庫羅斯的《懇求者》結尾所呈現的）另有一支歌隊。**牲禮**：祭祀用的牲品，應該也是護駕隊伍攜出；很可能這一支隊伍有人持火炬，其餘的捧牲禮（參見**1030n**）。

1007. 地下：見**805**和**1023**。火炬屬陽，地下屬陰，「火炬隱入和善女神的新家，這意味著在家庭、城邦和宇宙等不同的層面，男女兩性之間的宿怨（不論就其字面或譬喻的意義）終於化解」（Herington 156）。

1010. 希臘詩人有時稱雅典為*Kranaa polis*，「岩城」，可能因此穿鑿附會而有傳說中「土自生」（見**855n**）的雅典始祖*Kranaos*，即科蘭奧斯（Lloyd-Jones行注）。

1011. 僑客：原文（μετοίκοις，英文metic的字源）可以指移民，在雅典特指定居於雅典的外邦人士。此一稱呼表明復仇女神的外來屬性。本劇的結局不只是關乎陰陽兩性和種族世代的妥協，也涉及異類神族的和解：埃斯庫羅斯所寄望於雅典的泱泱風範，除了需要突破性別樊籬與世代隔閡，另還得突破「凡我族類」和「非我族類」的畛域劃分──也就是在性別和籍貫兩方面都需要打破「異己」（the Other）迷思。

1013. 善善相報：*ἀγαθῶν ἀγαθή*，見**993-94n**。

1018. 賓至如歸：呼應**1011**僑客貴賓。

1021. 雅典娜改用說白。

1024. 文本並沒有明示這一支隊伍一定出現在舞台上，但是，見**1032n**。雅典娜神像的保駕團由婦女組成（**1028婦女**）。

1025-26. 女性的名字通常隨身分改變：從古代文獻可知，雅典娜撫平復仇女神之後，給了她們新名稱，標題「和善女神」不只是印證那樣的說法，而且吻合雅典娜在**1029**下令舞台換裝的台詞。這一改名，奧瑞斯「天降大任」的英雄情操也有了報賞。傳世的稿本沒有提到復仇女神改名之事，很可能是傳抄漏失所致，Lloyd-Jones說在**1027**漏失可能不止一行。

1026. 各位：既然護駕團出現在舞台上（見**1032n**），因此雅典娜直接對團員說話。

1027. 心臟地帶：「眼睛」。「希臘文和拉丁文同樣使用『眼睛』這字眼比喻最珍貴的部分」（Lloyd-Jones行注）。

〔護駕團人人手持火炬上。〕

雅典娜〔吟〕　　　也恭喜妳們！　　　　　　　　　　〔行進曲〕

　　　　　　　　　我來帶路，聖火同行，

　　　　　　　　　帶妳們前往新家，　　　　　　　　　　　1005

　　　　　　　　　他們一路護駕，帶著牲禮

　　　　　　　　　盡快到地下去，

　　　　　　　　　去阻絕對城邦有害的一切惡，

　　　　　　　　　去迎接帶來利基的一切善。

　　　　　　　　　各位科蘭奧斯的子孫，你們擁有　　　　　1010

　　　　　　　　　這城邦，理當引導僑客貴賓。

　　　　　　　　　願全體公民好自珍惜

　　　　　　　　　善善相報。

歌隊〔吟〕　　　　恭喜恭喜再恭喜　　　　　　　〔反旋詩節三〕

　　　　　　　　　　城牆圍四境　　　　　　　　　　　　　1015

　　　　　　　　　　　神靈凡人

　　　　　　　　　　共同治理帕拉絲之城

　　　　　　　　　　　禮遇我賓至如歸

　　　　　　　　　　　各位情深義重

　　　　　　　　　　保終生無怨無悔　　　　　　　　　　　1020

〔收場戲〕

雅典娜　　　　　　感謝妳們出自肺腑的吉祥話，

　　　　　　　　　我親自陪伴護送的行列

　　　　　　　　　前往妳們在地下的洞府，

　　　　　　　　　同行的還有保駕我神像的隊伍，

　　　　　　　　　妳們配得上這樣的陣式。　　　　　　　　1025

　　　　　　　　　　　　　　　　　　　　　　　〔轉向護駕團。〕

　　　　　　　　　各位組成令人蕭然起敬的團隊，

　　　　　　　　　前往泰修斯的心臟地帶，

　　　　　　　　　婦女同胞老老少少一起帶路，

1029. 紫紅大袍：繼克萊婷迎接阿格門儂的紅毯和奧瑞斯展示血衣之後，劇中第三次出現醒目的紅布（Herington 156）。「誰身穿**紫紅大袍**？遺失的幾行〔見**1025-26n**〕很可能有所交代，但也不無可能復仇女神現在穿上類似僑客〔見**1011n**〕在酒神祭遊行行列所穿的紅袍」（Hogan行注引A. Pickard-Cambridge, *Dramatic Festivals at Athens*, p. **61**）。Fagles的英譯「現在為我們的復仇女神穿上血紅袍」即是反映引文提到的最後一個觀點，Lloyd-Jones則在行注說「不妨設想復仇女神在這場戲披上袍衣表明其新的地位」。**紫紅**這個顏色，「一度象徵流血，如今一變而為接納復仇女神的吉慶」（Rehm 108）。主題色調由暴戾變祥和的「性格轉變」反映在**1033**「黑夜友善女」這個措詞（見**1033n**）。

1030. 在雅典最重大的節日泛雅典娜節，各部落代表手持火炬組成遊行行列，一路唱讚美詩，外籍居民手捧托盤，盤中放置蜂蜜和糕餅等祭品，也參加遊行（Hogan行注）。僑客在泛雅典娜節也會穿紫紅大袍參加遊行（Herington 155）。

1032. 以下到劇終是退場詩，保駕團邊唱邊退場，其餘角色尾隨。然而，復仇女神「退場」的同時，也是和善女神「回家」的時刻，最後這一場遊行「在劇情發展的過程中意義重大，以肉眼可見的方式呈現雅典人和復仇女神的妥協，體現雅典人對於這一批新居民的接納〔……〕。復仇女神則在雅典找到歸宿聖地，從此結束狠心聞血跡四處流浪的歲月。這一場氣氛莊嚴而慈暉洋溢的遊行把這個前所未見的和解化入劇情」（Taplin 415）。這一首詩的格律以長短短格為主，調性莊嚴肅靜，可信適合此處的遊行伴唱。煞尾這首詩，「無疑是由額外的一支歌隊主唱」，其成員很可能由陪審員充任（Taplin 410-11）。

1033. 友善女：「高齡孩子」，雖然是（黑夜女神的）孩子，卻高齡（超過奧林帕斯神族，參見**849**），原文（παίδες άπαιδες）一如**1: 1545**和**2: 42**所見，使用希臘作品常見的矛盾修辭，中譯為了保留此一修辭特色，動了手腳，把對比效果轉移到**黑夜**和**友善**的並置。黑夜友善女：可以釋義為「黑夜女神的孩子不再是黑夜之子」。

1040. 女神莊嚴：法相莊嚴的女神，即莊嚴女神，原文Σεμναί，一如和善女神（Eumenides），是常用來指涉復仇女神的委婉語。強調復仇女神的莊嚴法相，這在**383**和**833**已設下伏筆：**383**的**敬畏**＝本行的**莊嚴**，**833共享尊榮接受膜拜**的原文σεμνότιμος＝*semnai*＋τιμή＝膜拜＋尊榮，其中的τιμή見**780n**。

1045. 本劇以**地母**揭開序幕，以**宙斯**收煞劇情，藉破題與結尾詩行的字眼暗示兩性權力的消長。此一修辭手法在《伊里亞德》有異曲同工的表現：首行是「繆斯女神請謳歌阿基里斯之怒」，末行為「這就是馴馬勇士赫克托的葬禮」，這整部史詩正是敷陳阿基里斯因何與如何怒殺赫克托。

1045-47. 宙斯是奧林帕斯神的的父神，命運女神是前奧林帕斯時代女性神的母神，他們代表乾坤之戰與新舊世代神族的兩大原則，如今同心齊力為雅典「加持」，這意味著他們終於和解。

1046. 靈眼：Hogan引赫西俄德的三行詩闡明這個描述詞：「宙斯的見識無所不包又無所不曉，／他意願所及無所不見，俯察城邦／推行正義之道絕無閃失」（《歲時記事》167-69）。

　　　　　　　　　　用紫紅大袍表達最高的敬意，

　　　　　　　　　　火把高舉在頭上照亮賓館，　　　　　　　　　1030

　　　　　　　　　　但願高貴的子孫證實這是靈秀寶地。

護駕隊伍〔唱〕　　　　　　女神盛德頂榮光　　　　〔正旋詩節一〕

　　　　　　　　　我們誠心護駕黑夜友善女　　　　　　　　1033

　　　　　　　　　雅典同胞眾口一聲吉祥話　　　　　　　　1035

　　　　　　　　　　地底下元始洞府　　　　　　〔反旋詩節一〕

　　　　　　　　　榮譽足牲禮齊更有虔誠心

　　　　　　　　　凡我同胞眾口一聲吉祥話　　　　　　　　1038

　　　　　　　　　　眾女神莊嚴　　　　　〔正旋詩節二〕1040

　　　　　　　　　歡迎光臨天賜福地

　　　　　　　　一路心歡暢熊熊火焰吐光明

　　　　　　　　　高聲歡呼迴響祝頌歌

　　　　　　　　　　帕拉絲子民　　　　　　　〔反旋詩節二〕

　　　　　　　　　天常地久永享和平　　　　　　　　　1045

　　　　　　　　靈眼宙斯與命運女神共加持

　　　　　　　　　高聲歡呼迴響祝頌歌　　　　　　〔劇終。〕

書目

一、外文書目

Aeschylus. *The Oresteia*. Smyth 2: 1-371.

-----. *Choephori*. Garvie 1-46.

Apollodorus. T*he Library, with an English Translation by Sir James George Frazer*. 2 vols. Cambridge, Mass.: Harvard UP, 1921.

Andrewes, Antony. *The Greeks*. 1967; New York: Norton, 1978.

Arnott, Peter D. *An Introduction to the Greek Theatre*. 1959; London: Macmillan, 1985.

Avery, Catherine B., ed. *The New Century Classical Handbook*. New York: Appleton-Century-Crofts, Inc., 1962.

Baldry, H. C. *Ancient Greek Literature in Its Living Context*. New York: McGraw-Hill, 1968.

Benton, Janetta Rebold. *The Medieval Menagerie: Animals in the Art of the Middle Ages*. New York: Abbevile, 1992.

Bloom, Harold, ed. *Aeschylus's The Oresteia*. New York: Chelsea House Publishers, 1988.

Bowra, C. M. *Homer*. London: Duckworth, 1972.

Bremmer, Jan, ed. Interpretations of Greek Thought. 1987; London: Routledge, 1988.

Buxton, Richard. "Wolves and Werewolves in Greek Thought." Bremmer 60-79.

Campbell, David A., ed. and tr., *Greek Lyric: Sappho and Alcaeus*. The Loeb Classical Library. Cambridge, Mass.: Harvard UP, 1990.

De Boer, J. Z., J. R. Hale, and J. Chanton. "New Evidence of the Geological Origins of the Ancient Delphic Oracle (Greec)." *Geology*, 29.8 (Aug. 2001): 707-710.

Dodds, E. R. *The Greeks and the Irrational.* Berkeley: U of California P, 1951.

Fagles, Robert, tr. *Aeschylus: The Oresteia.* Introductory Essay, Notes and Glossary with W. B. Stanford. New York: Bantam Books, 1977.

Frazer, James. *The New Golden Bough.* Abridged ed. Rev. and ed. by Theodor H. Gaster. 1959; New York: New American Library, 1964.

Freud, Sigmund. *Totem and Taboo.* Tr. James Strachey. New York: Norton, 1952.

Garvie, A. F., ed. *Aeschylus: Choephori with Introduction and Commentary.* Oxford: Clarendon Press, 1986.

Graham, Casey. "Ancient Athenian Women." <http://www.angelfire.com/ca3/ancientchix/>.

Grant, Michael. *Myths of the Greeks and Romans.* New York: New American Library, 1962.

Graves, Robert. *The Greek Myth.* 2 Vols. 1955; Harmondsworth: Penguin, 1960.

Grene, David, and Wendy Doniger O'Flaherty, tr. *The Oresteia by Aeschylus: A New Translation for the Theater.* Introductions by Grene, O'Flaherty and Nicholas Rudall. Chicago: Chicago UP, 1989.

Grimal, Pierre. *The Concise Dictionary of Classical Mythology.* Oxford: Basil Blackwell, 1990.

Hamilton, Edith. *The Great Age of Greek Literature.* New York: Norton, 1942.

-----, tr. *Three Greek Plays: Promethues Bound, Agamemnon, The Trojan Women.* 1937; New York: Norton, 1965.

Harrison, Jane Ellen. *Prolegonema to the Study of Greek Religion.* London: Merlin, 1962.

-----. Themis: *A Study of the Social Origins of Greek Religion.* London: Merlin Press, 1963.

Harsh, Philip Whaley. *A Handbook of Classical Drama.* Stanford: Stanfore UP, 1944.

Heidel, Alexander. *The Gilgamesh Epic and the Old Testament Parallels.* 1946; Chicago: Chicago UP, 1949.

Henle, Jane. *Greek Myths: A Vase Painter's Notebook.* Bloomington: Indiana UP, 1973.

Herington, John. *Aeschylus.* New Haven: Yale UP, 1986.

Herodotus. *The History of Herodotus.* Tr. Geroge Rawlinson. Great Books. Ed. Mortimer J. Adler. 1952; Chicago: Encyclopaedia Britannica, 1990. 5: 1-341.

Hesiod, The Homeric Hymns and Homerica, with an English Translation by Hugh G. Evelyn-White. The Loeb Classical Library. Cambridge, Mass.: Harvard UP, 1914.

Hogan, James C. *A Commentary on The Complete Greek Tragedies: Aeschylus.* Chicago: U of Chicago P, 1984.

Huxley, Francis. *The Dragon.* New York: Collier, 1979.

Jones, John. "The House of Atreus." From *On Aristotle and Greek Tragedy* (1962). Bloom: 5-29.

Klein, Theodore M. "Myth, Song, and Theft in Homeric Hymn to Hermes." *Classical Mythology in Twentieth-Century Thought and Literature.* Ed. Wendell M. Aycock and Theodore M. Klein. Lubbock: Texas Tech Press, 1980. 125-44.

Kramer, Samuel Noah. *The Sacred Marriage Rite: Aspects of Faith, Myth, and Ritual in Ancient Sumer.* Bloomington: Indiana UP, 1969.

-----. *Sumerian Mythology: A Study of Spiritual and Literaty Achievement in the Third Millennium B. C.* Philadelphia: U of Pennsyvania P, 1972.

Lebeck, Ann. "Imagery and Action in the Oresteia." *The Oresteia: A Study in Language and Structure.* Cambridge, Mass.: Harvard UP, 1971. Segal 73-83.

Liddell, H. G., and R. Scott. *Greek-English Lexicon*. Oxford: Clarendon Press, 1996.

Lloyd-Jones, Hugh, tr. with notes. *Aeschylus : Oresteia*. 1970; Berkeley, Los Angeles: U of California P, 1993.

-----. "The Guilt of Agamemnon." *Classical Quarterly* 12 (1962): 187-99. Segal 57-72.

Lurker, Manfred. *Dictionary of Gods and Goddesses, Devils and Demons*. 1984. Tr. G. L. Campbell. London: Routledge, 1987.

MacNiece, Louis, tr. *The Agamemnon of Aeschylus*. *Four Greek Plays*. Ed. Dudley Fitts. San Diego: Harcourt, 1936. 1-67.

Merchant, Moelwyn. *Comedy*. The Critical Idiom. Ed. John D. Jump. London: Methuen, 1972.

Moir, Anne, and David Jessel. 《腦內乾坤：男女有別‧其來有自》。*Brain Sex: The Real Difference Between Men and Women* (1999). 台北：遠流，2000。

Morgon, L. H. *Ancient Society*.《古代社會》。楊東蓴、馬雍、馬巨譯。南京：江蘇教育出版社，2005。

Neumann, Erich.《丘比德與賽姬：女性心靈的發展》。呂健忠譯注。台北新店：左岸，2002。

-----. *The Great Mother: An Analysis of the Mother*. Tr. Ralph Manheim. Princeton: Princeton UP, 1963.

Pausanias. *Description of Greece, with an English Translation by W. H. S. Jones*. 5 vols. Cambridge, Mass.: Harvard UP, 1926.

Plutarch. *Plutarch's Moralia with English Translation*. 16 vols. Cambridge, Mass.: Harvard UP, 1927-1969.

Podlecki, A. J., tr., ed., and commentary. *Aeschylyus: Eumenides*. Warminster: Arise & Philips, 1992.

Posner, Richard. *Law and Literature*. 1988; Cambridge, Mass.: Harvard UP, 1998.

Preminger, Alex, ed. *Princeton Encyclopedia of Poetry and Poetics.* Princeton: Princeton UP, 1965.

Rehm, Rush. *Greek Tragic Theatre.* Theatre Production Studies. 1992; London: Routledge, 1994.

Seaford, R. "The Last Bath of Agamemnon." *Classical Quarterly* 34 (1984): 247-54.

Segal, Erich, ed. *Greek Tragedy: Modern Essays in Criticism.* New Your: Happer and Row, 1983.

Simon, Bennett. *Tragic Drama and the Family: Psychoanalytic Studies From Aeschylus to Beckett.* New Haven: Yale UP, 1988.

Smith, P.M. *On the Hymn to Zeus in Aeschylus' Agamemnon.* Missoula: Scholars Press, 1980.

Smyth, H. Weir, tr. *Aeschylus: With an English translation by Herbert Weir Smyth.* 2 vols. The Loeb Classical Library. Cambridge, Mass.: Harvard UP, 1922-26.

Sourvinou-Inwood, Christiane. "Myth as History: The Previous Owners of the Delphic Oracle." Bremmer 215-41.

Stanford, W. B. "The Tragic Emotions in the Oresteia." *Greek Tragedy and Emotions.* Routledge & Kegan Paul Ltd., 1983. Bloom 87-120.

Taplin, Oliver. *The Stagecraft of Aeschylus.* Oxford: Clarendon, 1977.

Tripp, Edward. *The Meridian Handbook of Classical Mythology.* New York: New American Library, 1970.

Roche, Paul, tr. *The Orestes Plays of Aeschylus.* New York: New American Library of World Literature, 1963.

Smyth, Herbert Weir, tr. *Aeschylus.* Ed. Hugh Lloyd-Jones. 2 Vols. Cambridge, Mass.: Harvard UP, 1926.

Suetonius. *Suetonius: With an English Translation.* J. C. Rolfe. 2 Vols. The Loeb Classical Library. 1913; Harvard, Mass.: Harvard University Press, 1951.

Taplin, Oliver. *The Stagecraft of Aeschylus: The Dramatic Use of Exits and Entrances in Greek Tragedy.* Oxford: Clarendon Press, 1977.

Vellacott, Philip, tr. with Intro. *The Oresteian Trilogy.* New York: Penguin, 1956.

Vidal-Naquet, Pierre. "Hunting and Sacrifice in Aeschylus's *Oresteia.*" Bloom 1988: 73-86.

Watton, j. Michael. *The Greek Sense of Theatre: Tragedy Reviewed.* London: Methuen, 1984.

Willcock, Malcolm M. *A Companion to the Iliad: Based on the Translation by Richmond Lattimore.* Chicago: U of Chicago P, 1976.

Winnington-Ingram, R. P. "Clytemnestra and the Vote of Athena." *Journal of Hellenic Studies* 68 (1948): 130-47. Segal 84-103.

Zeitlin, Froma I. "The Motif of the Corrupted Sacrifice in Aeschylus' *Oresteia.*" *Transactions of the American Philological Association* 96 (1965): 463-508.

Zimmermann, Bernhard. *Greek Tragedy: An Introduction.* Tr. Thomas Marier. 1986. Baltimore: John Hopkins, 1991.

二、中文書目

李奭學。〈長夜後的黎明──試論《奧勒斯提亞》的一則主題故事〉。《中外文學》16.2（1987）：50-71。呂健忠、李奭學編譯《新編西洋文學概論：上古迄文藝復興》。台北：書林，1998。251-76。

呂健忠。〈伊底帕斯面面觀〉。《中外文學》8.12 & 9.1（1980）。呂健忠、李奭學編譯《新編西洋文學概論：上古迄文藝復興》。台北：書林，1998。277-328。

-----. 〈台灣劇場改編現象的近況〉。《中外文學》23.7（1994）：26-47。

呂健忠譯注。《馬克白：逐行注釋新譯本》。台北：書林，1999。

-----。《情慾幽林：西洋上古情慾文學選集》。2002；台北，秀威，2011。

-----。《易卜生全集（二）：家庭倫理篇》。台北新店：左岸，2004。

-----。《丘比德與賽姬：女性心靈的發展》。*Amor und Psyche.* Erich Neumann. 台北新店：左岸，2004。

-----。《變形記》。奧維德原著。台北：書林，2008。

-----。《伊底帕斯三部曲》。含《伊底帕斯王》、《伊底帕斯在科羅諾斯》和《安蒂岡妮》。台北：書林，2009。

劉毓秀。〈從奧瑞斯泰亞看父系制度與正義〉。《國立台灣大學文史哲學報》35（1987）：1-33。

吳哲夫，〈圖書中的龍〉。《龍在故宮》。台北：國立故宮博物院，1978。185-217。

袁珂，《中國神話傳說辭典》。台版。台北：華世，1987。

袁德星，〈史前至商周造型藝術中的龍〉。故宮27-52。

聖嚴法師。〈加持的功用是真的嗎？〉。《學佛群疑》。<http://ybamswk.cdc.net.my/ebook/taq/quest17/htm>.

美學藝術類　PH0034

奧瑞斯泰亞

作　　者 / 埃斯庫羅斯
譯　　注 / 呂健忠
責任編輯 / 蔡曉雯
圖文排版 / 蔡瑋中
封面設計 / 陳佩蓉

發 行 人 / 宋政坤
法律顧問 / 毛國樑　律師
出版發行 / 秀威資訊科技股份有限公司
　　　　　114台北市內湖區瑞光路76巷65號1樓
　　　　　電話：+886-2-2796-3638　傳真：+886-2-2796-1377
　　　　　http://www.showwe.com.tw
劃撥帳號 / 19563868　戶名：秀威資訊科技股份有限公司
　　　　　讀者服務信箱：service@showwe.com.tw
展售門市 / 國家書店（松江門市）
　　　　　104台北市中山區松江路209號1樓
　　　　　電話：+886-2-2518-0207　傳真：+886-2-2518-0778
網路訂購 / 秀威網路書店：http://www.bodbooks.tw
　　　　　國家網路書店：http://www.govbooks.com.tw

2011年03月BOD一版
定價：360元
版權所有　翻印必究
本書如有缺頁、破損或裝訂錯誤，請寄回更換

國家圖書館出版品預行編目

奧瑞斯泰亞 / 埃斯庫羅斯著；呂健忠譯注 -- 一版. -- 臺
北市：秀威資訊科技, 2011. 03
　　面；　公分. -- （美學藝術類；PH0034）
BOD版
譯自：Oresteia
ISBN 978-986-221-697-2（平裝）

871.34　　　　　　　　　　　　　　　99026058

讀者回函卡

感謝您購買本書，為提升服務品質，請填妥以下資料，將讀者回函卡直接寄回或傳真本公司，收到您的寶貴意見後，我們會收藏記錄及檢討，謝謝！如您需要了解本公司最新出版書目、購書優惠或企劃活動，歡迎您上網查詢或下載相關資料：http:// www.showwe.com.tw

您購買的書名：_____

出生日期：_____年_____月_____日

學歷：□高中 (含) 以下　　□大專　　□研究所 (含) 以上

職業：□製造業　□金融業　□資訊業　□軍警　□傳播業　□自由業
　　　□服務業　□公務員　□教職　　□學生　□家管　　□其它_____

購書地點：□網路書店　□實體書店　□書展　□郵購　□贈閱　□其他

您從何得知本書的消息？

　　□網路書店　□實體書店　□網路搜尋　□電子報　□書訊　□雜誌

　　□傳播媒體　□親友推薦　□網站推薦　□部落格　□其他_____

您對本書的評價：（請填代號　1.非常滿意　2.滿意　3.尚可　4.再改進）

　　封面設計____　版面編排____　內容____　文／譯筆____　價格____

讀完書後您覺得：

　　□很有收穫　□有收穫　□收穫不多　□沒收穫

對我們的建議：_____

_____

_____

_____

11466
台北市內湖區瑞光路 76 巷 65 號 1 樓

秀威資訊科技股份有限公司　　　收

BOD 數位出版事業部

....

（請沿線對折寄回，謝謝！）

姓　　名：＿＿＿＿＿＿＿＿　年齡：＿＿＿＿　性別：□女　□男

郵遞區號：□□□□□

地　　址：＿＿＿＿＿＿＿＿＿＿＿＿＿＿＿＿＿＿＿

聯絡電話：(日) ＿＿＿＿＿＿＿＿＿　(夜) ＿＿＿＿＿＿＿＿＿

E-mail：＿＿＿＿＿＿＿＿＿＿＿＿＿＿＿＿＿